Philippa Gregory est l'autrice de nombreux succès de librairie, et plusieurs de ses romans historiques ont été adaptés à la télévision. Historienne reconnue de la condition des femmes, elle est diplômée de l'université du Sussex et a soutenu sa thèse de doctorat à l'université d'Édimbourg. Elle est docteur *honoris causa* de l'université de Teeside, et chargée de recherches auprès des universités du Sussex et de Cardiff. Retrouvez-la sur son site : philippagregory.com.

De la même autrice :

La Dernière Reine
Reines de sang
La Princesse d'Aragon
La Sorcière de Sealsea
La Reine à la rose blanche
La Reine à la rose rouge

Philippa Gregory

LA REINE À LA ROSE BLANCHE

Traduit de l'anglais (Grande-Bretagne) par Céline Véron Voetelink

Hauteville

Hauteville est un label des éditions Bragelonne

Titre original : *The White Queen*

Cette édition est publiée avec l'accord de l'éditeur d'origine Atria Books, une division de Simon & Schuster, Inc., New York.

Première édition : L'Archipel (2013) sous le titre *La Reine clandestine*

ISBN : 978-2-38122-483-1

Bragelonne – Hauteville
60-62, rue d'Hauteville – 75010 Paris
E-mail : info@editions-hauteville.fr
Site Internet : www.editions-hauteville.fr

À Anthony

Les batailles qui marquèrent la guerre des Deux-Roses

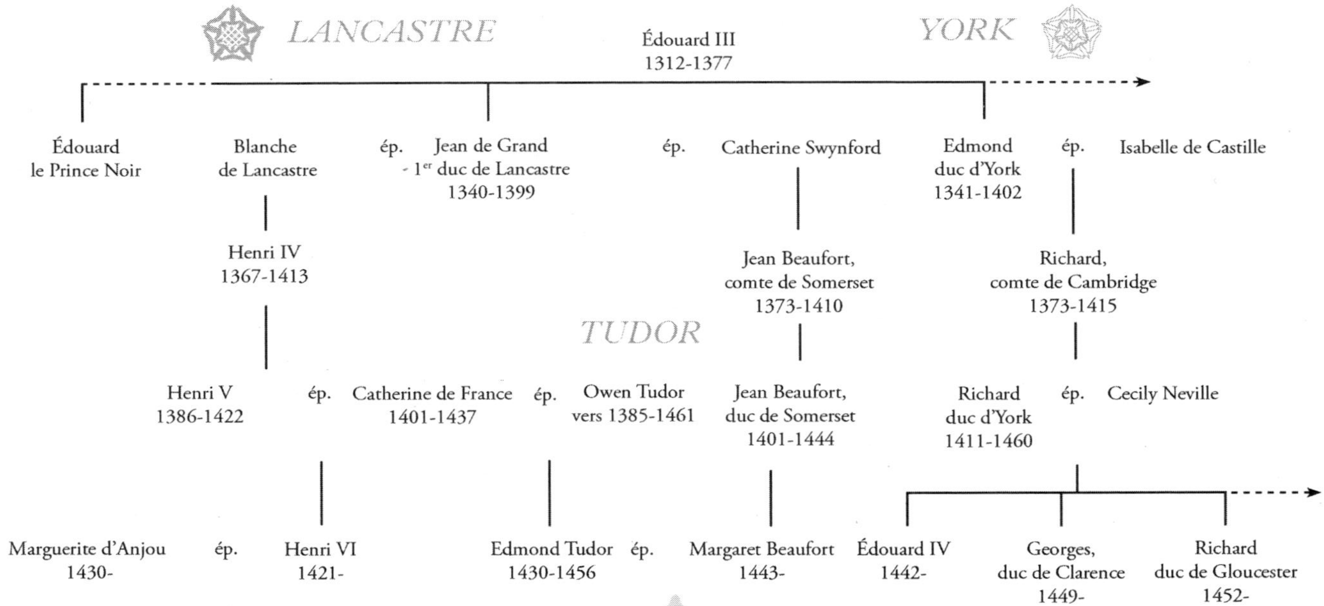

Le conflit des cousins

Les maisons d'York, de Lancastre et de Tudor
au printemps 1453

Dans la forêt plongée dans les ténèbres, le jeune chevalier entendit le clapotis de l'eau longtemps avant d'apercevoir le reflet de la lune sur sa surface. Sur le point d'y plonger son visage, impatient d'en goûter la fraîcheur, il retint son souffle à la vue de la forme obscure qui ondoyait dans les profondeurs. Une ombre vert sombre se découpait sur le fond du bassin, énorme poisson ou corps de noyé. La forme bougea, se déploya puis jaillit soudain, laissant apparaître une femme nue, les cheveux noirs comme la nuit, la peau plus pâle que le marbre blanc.

Mélusine, déesse des flots, se meut dans les sources ou les cascades des forêts aux quatre coins de la chrétienté, et aussi loin qu'en Grèce. Elle occupe également les fontaines des Maures. Dans les contrées du Nord, où les lacs sont recouverts d'une fine couche de glace qu'elle brise de son corps lorsqu'elle surgit, on lui connaît un autre nom. Un homme aura licence de l'aimer à condition qu'il ne trahisse pas son secret et qu'il la laisse seule à son bain. Elle l'aimera en retour jusqu'à ce qu'il rompe son serment. Elle l'attirera alors dans les abysses où elle transformera son sang en eau.

La tragédie de Mélusine, narrée ou chantée en quelque langue que ce soit, vient de ce qu'un homme promettra toujours plus à une femme qu'il ne saura tenir.

Printemps 1464

J'ai pour père sir Richard Woodville, baron Rivers, noble du royaume, propriétaire de bonnes terres et partisan des véritables rois d'Angleterre : la lignée de Lancastre. Ma mère tire ses quartiers de noblesse du duché de Bourgogne. Dans ses veines coule le sang aqueux de Mélusine, qui a fondé cette auguste maison avec le premier des ducs, son amant envoûté. La voix de la déesse se fait encore entendre quand, par-dessus les toits du château, elle avertit d'un long cri plaintif que le fils héritier se meurt, que la famille court à sa perte.

Du fait de cette ascendance contradictoire, de cette union entre la solide terre anglaise et une déesse des eaux française, on me tient tantôt pour une fille ordinaire, tantôt pour une enchanteresse. Certains affirment que je suis les deux. Quoi qu'il en soit, aujourd'hui, alors que je brosse ma chevelure avec soin, la couvre de ma plus haute coiffe, puis prends la route de Northampton en tenant mes deux fils par la main, je donnerais tout ce que je possède pour être simplement irrésistible.

Il me faut attirer l'attention d'un jeune homme qui s'apprête à livrer une énième bataille contre un ennemi invincible. Peut-être ne m'apercevra-t-il même pas. Son humeur ne le portera ni à l'écoute d'une requête ni au badinage. Je dois susciter sa compassion pour qu'il mette un terme à mes tourments. Cet homme, au cou duquel se pendent chaque soir des femmes magnifiques, doit également choisir parmi des centaines de postulants dès qu'il lui plaît d'octroyer un poste.

Ce personnage est un usurpateur, un tyran, mon ennemi, tout comme son père l'était avant lui. Mon propre père est allé combattre à Towton ce gamin vantard qui se proclame roi d'Angleterre. Jamais je n'ai vu chevalier plus brisé que lui lorsqu'il est revenu de cette bataille, livide, la chemise imbibée de sang. Il balbutiait que ce jouvenceau surpassait les plus grands commandants, que notre cause était perdue. Vingt mille hommes ont péri à Towton ; aucun champ de bataille anglais n'avait jamais été jonché d'autant de cadavres. Mon père a qualifié la victoire yorkiste de véritable « moisson de Lancastriens ». Le roi Henri, notre souverain légitime, a été contraint de s'enfuir en Écosse avec son épouse, la reine Marguerite d'Anjou.

Ceux d'entre nous demeurés en Angleterre ne se sont point rendus sans combattre. Les échauffourées se sont succédé contre ce faux roi, cet enfant d'York. Mon propre époux, sir John Grey, a péri à la tête de notre cavalerie à la bataille de St Albans, il y a trois ans, me laissant veuve, dépossédée de mes terres et de ma fortune. Ma belle-mère s'en est alors emparée, avec la bénédiction du véritable vainqueur. Celui que l'on surnomme le « faiseur de rois » : Richard Neville, comte de Warwick. Ce talentueux marionnettiste, maître de l'enfant-roi yorkiste, est parvenu à transformer en monarque un gamin vaniteux de vingt-deux ans. Il s'emploie aujourd'hui à convertir l'Angleterre en antichambre de l'enfer pour les partisans de la maison de Lancastre.

Les Yorkistes occupent à présent toutes les positions dominantes du royaume, tirent profit des places fortes, des commerces et des impôts les plus lucratifs. Les amis du jeune souverain forment la nouvelle Cour. Quant à nous, les vaincus, nous sommes devenus des étrangers dans notre propre pays, tandis que notre reine ourdit sa vengeance avec un vieil ennemi de l'Angleterre, Louis de France. Il nous faut accepter les conditions dictées par le tyran d'York, priant en notre for intérieur que Dieu s'en détourne et assiste notre souverain légitime lorsqu'il guidera son armée vers l'ultime confrontation.

En attendant, comme beaucoup de femmes dont le mari est mort et le père défait, je dois recoller les morceaux épars de ma vie. J'ambitionne de récupérer ma fortune, sans pouvoir compter sur l'aide de parents ou d'amis car j'appartiens à une famille de traîtres, pardonnés mais honnis, dépouillés de tout pouvoir. Seule avocate de ma cause, je m'apprête à la défendre devant un homme qui respecte si peu la justice qu'il a osé prendre les armes contre son cousin, un roi oint. Comment me faire entendre d'un tel sauvage ?

Mes fils, Thomas, neuf ans, et Richard, huit ans, sont vêtus de leurs plus beaux habits. Ils ont les cheveux mouillés et leur peau luit d'avoir été lavée au savon. Je les retiens à mes côtés d'une main ferme car, en dignes petits mâles, ils attirent la saleté comme par enchantement. Si j'omets de les surveiller un seul instant, l'un d'eux éraflera ses bottes, l'autre déchirera ses hauts-de-chausses, et tous deux finiront mouchetés de boue. Pour le moment, ils sautillent d'une jambe sur l'autre, mis au supplice par l'ennui, et ne se redressent qu'à mes mots :

— J'entends des chevaux.

De prime abord, on croirait le son de la pluie, qui se transforme bientôt en un grondement de tonnerre. Le cliquetis des éperons, le claquement des étendards, le crissement métallique des cottes de mailles, le souffle puissant des destriers, le bruit, l'odeur, le rugissement d'une centaine de montures lancées au galop me submergent soudain. Que ressent-on à affronter ces hommes au combat, leurs lances pointées en avant, véritable mur d'épieux lancé au galop ? Qui oserait les défier ?

Thomas aperçoit la tête nue aux cheveux blonds qui émerge de ce vacarme frénétique et lance un « Hourra ! » Le roi tourne la tête, m'aperçoit avec mes enfants. Il tire sur ses rênes et ordonne :

— Halte !

Son cheval se cabre. La cavalcade s'immobilise dans un concert d'imprécations sonores. Bientôt, le silence s'installe alors que la poussière retombe.

L'étalon s'ébroue, souffle par les naseaux, mais le cavalier reste immobile. Nos regards se sont croisés, accrochés. Il règne un tel calme que j'entends chanter une grive dans les branches du grand chêne qui s'élève derrière moi. Seigneur, son trille est comme une ode glorieuse, la personnification de la joie ! Jamais je n'avais entendu un si beau chant d'oiseau.

Je m'avance, les mains de mes fils encore dans les miennes. J'ouvre la bouche pour plaider ma cause mais, en cet instant crucial, le vide envahit mon esprit. Quoique j'aie répété avec soin mon petit discours, je ne me souviens de rien. Il semble toutefois inutile que j'émette un son ; il me suffit de le dévisager pour qu'il entende tout – ma peur de l'avenir, mes espoirs pour mes fils, mon manque d'argent, l'irritante pitié de mon père qui rend mon existence si insupportable sous son toit, le vide glacé de ma couche quand vient la nuit, mon désir d'enfanter de nouveau, la terrible impression que ma vie s'est arrêtée. Dieu tout-puissant, je n'ai que vingt-sept ans et mon époux est mort. Suis-je destinée, comme tant d'autres veuves appauvries, à passer le restant de mes jours devant l'âtre d'un autre en m'évertuant à remplir le rôle de l'invitée pleine de charme ? Ne puis-je prétendre au bonheur ?

L'oiseau chante toujours, il semble affirmer que la félicité sourit à ceux qui la désirent. D'un geste, le jeune roi yorkiste fait signe à l'homme plus âgé qui se tient à son côté. Celui-ci aboie un ordre et les soldats dirigent leurs montures vers l'ombre d'un bosquet. Le souverain saute de sa selle, lâche les rênes, puis se dirige vers moi et mes fils. Bien que je sois une femme de haute taille, il me dépasse d'une tête. Il doit mesurer plus de six pieds[1]. Mes garçons se tordent le cou pour observer ce géant. Blond aux yeux gris, le teint cuivré, souriant et amène, il respire le charme, exsude la grâce. C'est un roi comme nous n'en avons jamais connu en Angleterre ; un homme que le peuple adorera au premier regard. Il m'observe comme si je détenais un secret qu'il veut percer à jour, comme si nous nous connaissions depuis toujours. Mes joues s'enflamment, mais je ne parviens pas à détourner le regard.

Dans ce monde, une femme modeste baisse la tête, un solliciteur avance une main timide. À l'inverse, effarée par ma propre attitude, je me redresse de toute ma hauteur, je le fixe avec les yeux écarquillés d'une paysanne ignorante, subjuguée par ses prunelles qui me brûlent la peau.

— Qui êtes-vous ? demande-t-il, sans me quitter des yeux.

— Votre Majesté, voici ma mère, lady Élisabeth Grey, répond poliment mon fils Thomas, avant d'ôter son bonnet et de s'agenouiller.

À ma gauche, Richard met lui aussi un genou à terre et chuchote, comme s'il ne pouvait être entendu :

---

1. Un pied équivaut environ à 30 centimètres. (*NdT*)

— Est-ce le roi ? C'est l'homme le plus grand que j'aie jamais vu !

Je plonge dans une révérence, sans cesser toutefois de le contempler. Je soutiens toujours son regard avec hardiesse.

— Relevez-vous, madame, m'ordonne-t-il dans un murmure destiné à mes seules oreilles. Vous trouvez-vous ici pour me voir ?

— J'ai besoin de votre aide, balbutié-je, éprouvant l'impression que le philtre d'amour confectionné par ma mère et qui imprègne l'étoffe de ma coiffe influe sur moi et non sur lui. On me refuse les terres qui m'ont été octroyées en dot – elles constituent mon douaire à présent que je suis veuve.

Devant son expression souriante et intéressée, je répète en bredouillant :

— Je suis veuve, sans aucun moyen de survie.

— Veuve ?

— Mon époux, sir John Grey, a péri à St Albans.

Avec ces paroles, je confesse sa trahison, qui a entraîné la condamnation de mes enfants. Le roi reconnaîtra le nom d'un commandant de la cavalerie ennemie. Je me mords les lèvres.

— Leur père a accompli son devoir tel qu'il l'estimait honorable, Votre Majesté, reprends-je. Il a fait preuve de loyauté envers l'homme qu'il considérait comme son souverain. Mes fils sont innocents de tout crime.

— Il vous a laissé ces deux jouvenceaux ? s'enquiert-il en leur adressant un sourire.

— Mon bien le plus précieux, réponds-je fièrement. Voici Richard et Thomas Grey.

Il salue d'un signe de tête mes deux garçons qui l'observent, frappés d'une stupeur respectueuse. Puis ses yeux reviennent se poser sur moi.

— J'ai soif, déclare-t-il soudain. Votre demeure se trouve-t-elle à proximité ?

— Nous serions honorés…

Je glisse un œil vers la garde qui l'accompagne ; elle doit compter une centaine d'hommes. Il émet un petit rire.

— Ils poursuivront leur chemin, me rassure-t-il. Hastings ! (L'homme plus âgé attend ses ordres.) Continuez vers Grafton. Smollett restera avec moi ainsi que Forbes. Je vous rejoindrai dans une heure.

Sir William Hastings me toise de la tête aux pieds, comme un joli ruban dont il estimerait le prix. Je lui rends son regard. Il ôte son chapeau, s'incline devant moi puis devant le roi.

— Où allez-vous ? demande-t-il au souverain.

L'enfant-roi m'interroge du regard.

— Dans la demeure de mon père, sir Richard Woodville, baron Rivers.

Je le dis avec fierté, bien que je sache que le roi reconnaîtra le nom d'un courtisan qui avait les faveurs du roi Henri, qui a combattu pour lui, et qui l'a un jour abreuvé de dures paroles lorsque les familles d'York et de Lancastre se trouvaient à couteaux tirés. En ces temps troublés, nous n'ignorons rien de nos identités respectives. Toutefois, la courtoisie exige que chacun oublie sa fidélité passée à l'endroit d'Henri VI. Sir William lève un sourcil.

— Je doute que vous désiriez trop vous attarder, en ce cas, rétorque-t-il avec impertinence avant de s'éloigner au galop.

Le grondement qui fait trembler le sol s'estompe peu à peu, tandis que la paix nous enveloppe. Relevant le menton, je déclare, sur la défensive :

— Mon père a été gracié, son titre restauré. Vous lui avez offert votre pardon en personne après Towton.

— Je me souviens de vos parents, remarque le roi d'une voix calme. Je les ai connus enfant, dans les bons comme dans les mauvais moments. Je suis seulement surpris qu'ils ne vous aient jamais présentée à moi.

Ce souverain est un séducteur patenté. Aucun père possédant une once de bon sens ne le mettrait en présence de sa fille. Je demande :

— Vous plairait-il de me suivre ? La demeure familiale se trouve à quelques pas.

— Vous voulez monter en selle, les garçons ? propose le roi à mes fils, qui approuvent de la tête avec vigueur. Fort bien, vous prendrez place ensemble, déclare-t-il en les soulevant l'un après l'autre. Tenez-vous bien !

Il enroule la bride autour de son poignet, puis m'offre son bras libre. Nous cheminons ainsi à travers les bois, à l'ombre des arbres. Son corps dégage une douce chaleur et je lutte contre le puissant désir de m'appuyer contre lui. Je distingue le manoir devant nous, et le mouvement furtif de ma mère derrière la fenêtre de son appartement. Elle aura guetté notre arrivée et souhaité ce moment de toutes ses forces.

Elle nous attend devant la porte d'entrée, le majordome à son côté, et s'incline dans une profonde révérence.

— Votre Majesté, le salue-t-elle, affable comme si le roi d'Angleterre nous rendait quotidiennement visite. Soyez le bienvenu à Grafton Manor.

Un palefrenier s'approche en courant et s'empare des rênes pour mener l'étalon à l'écurie. Mes garçons s'accrochent à la selle, faisant durer le plaisir jusqu'au tout dernier instant, tandis que ma mère recule d'un pas et invite le souverain à entrer.

— Désirez-vous une coupe de bière ? Nous possédons également du vin qui nous vient de mes cousins de Bourgogne.

— J'accepte la bière avec plaisir. Par tous les saints, ces chevauchées me dessèchent le palais ! D'autant qu'une chaleur inhabituelle marque ce printemps. Je vous souhaite le bonjour, lady Rivers.

Sur la table d'honneur de la grand-salle sont posées les plus belles coupes ainsi qu'une cruche de bière et une carafe de vin.

— Attendiez-vous de la visite ? s'étonne-t-il.

Ma mère lui sourit.

— Nul homme passant à proximité de ma fille ne poursuivrait son chemin. Lorsqu'elle m'a annoncé son intention de vous présenter sa pétition en personne, j'ai donné l'ordre que l'on tire notre meilleure bière. J'ai deviné que vous vous arrêteriez.

Égayé par ses paroles, le roi me contemple à nouveau.

— En effet, seul un aveugle manquerait de vous remarquer.

Sur le point d'émettre un commentaire, je sens l'émotion me gagner une fois de plus. Les mots me manquent. Nous restons un long moment silencieux, les yeux dans les yeux, jusqu'à ce que ma mère lui tende une coupe et déclare doucement :

— Que Dieu bénisse Votre Majesté.

Elle semble le tirer d'un rêve.

— Votre père se trouve-t-il ici ? me demande-t-il.

— Sir Richard est allé rendre visite à l'un de nos voisins, l'informé-je. Nous attendons son retour pour le dîner.

Ma mère s'empare d'une coupe en verre et l'observe à la lumière comme si l'objet montrait un défaut.

— Excusez-moi, déclare-t-elle avant de quitter la pièce.

Le roi et moi demeurons seuls dans la grand-salle. Le soleil pénètre à flots par les immenses fenêtres, derrière la table d'honneur.

La maison est plongée dans un silence irréel ; chacun paraît retenir son souffle.

Il contourne la table et prend place dans le fauteuil du maître.

—Asseyez-vous, je vous en prie, m'invite-t-il en indiquant le siège à côté de lui.

Je m'installe à sa droite, comme si j'étais sa reine, tandis qu'il me remplit une coupe de bière.

—J'étudierai votre requête concernant vos terres, décrète-t-il. Demeurer dans la maison de vos parents ne vous satisfait-il point ? s'enquiert-il ensuite avec curiosité.

—Ils se montrent bons, admets-je, cependant je suis accoutumée à vivre dans mon propre logis et à diriger mes propriétés. Par ailleurs, mes fils ne posséderont rien si j'échoue à recouvrer les possessions de leur père.

—Nous traversons des temps troublés, prononce-t-il, mais si je réussis à conserver mon trône, je m'assurerai que la loi de la terre [1] soit appliquée d'un bout à l'autre du royaume, et vos garçons grandiront sans craindre la guerre.

J'attends la suite.

—Votre fidélité est-elle acquise au roi Henri ? questionne-t-il. Suivez-vous votre famille dans sa loyauté lancastrienne ?

Je ne peux nier notre passé. Je n'ignore pas non plus qu'à Calais, une terrible querelle a opposé ce roi, qui n'était alors rien de plus qu'un jeune fils de la maison d'York, à mon père, alors puissant seigneur lancastrien. Nul doute que ma mère, la première lady à la Cour de Marguerite d'Anjou, n'ait traité ce beau rejeton

---

1. Référence à la *Lex terrae*, ensemble de lois qui visent à défendre les droits des habitants à la terre, le roi lui-même ne pouvant se placer au-dessus des lois. Le terme a été utilisé pour la première fois dans la *Magna Carta* signée par le roi Jean en 1215. (*NdT*)

d'York avec condescendance en plus d'une occasion. Mais qui aurait pu deviner que le monde se renverserait cul par-dessus tête et que la fille du baron Rivers aurait à solliciter ce même gamin pour que ses terres lui soient restaurées ?

— Mon père et ma mère jouissaient d'une puissante position à la Cour du roi Henri. Toutefois, ajouté-je en hâte, ma famille et moi-même nous soumettons à votre gouvernement.

Il sourit.

— Sage décision puisque j'ai gagné. J'accepte votre hommage.

Je ne peux contenir un petit rire joyeux, et son visage s'illumine immédiatement.

— Plaise à Dieu que tout se termine bientôt ! lance-t-il. Henri ne possède plus qu'une poignée de châteaux perdus dans le nord du pays. Il peut lever une troupe de brigands à l'instar du premier hors-la-loi venu, mais il ne peut rassembler d'armée digne de ce nom. Quant à la reine, il lui faudra bien cesser un jour d'utiliser les ennemis de l'Angleterre pour combattre son propre peuple ! Ceux qui luttent à mes côtés se verront récompensés, mais même ceux qui s'opposent à moi constateront mon équité dans la victoire. Ma loi prévaudra en chaque recoin du royaume, pénétrera jusqu'au cœur de leurs places fortes, jusqu'aux frontières écossaises.

— Est-ce dans le Nord que vous vous rendez présentement ?

J'avale une gorgée de bière, la meilleure qu'a brassée ma mère, mais qui exprime une discrète note acidulée ; elle y aura ajouté quelques gouttes d'une solution dont elle connaît le secret, un philtre d'amour destiné à accroître le désir. Je n'en ai nul besoin ; je suis déjà à bout de souffle.

— La paix devient une nécessité, déclare-t-il en guise de réponse. Avec la France, avec l'Écosse, mais également entre frères, entre cousins. Qu'Henri se rende, que son épouse cesse d'amener des soldats français pour combattre les nôtres. Il est temps que York et Lancastre mettent fin à leurs divisions ; nous appartenons tous au peuple anglais. Rien n'entraîne tant la ruine d'un pays qu'une guerre fratricide. Elle brise les familles et nous anéantit à petit feu. J'y mettrai un terme. Dès cette année.

La peur qui accompagne les habitants de ce pays depuis une décennie m'envahit soudain.

— Une autre bataille, encore ?

Il sourit.

— Je m'efforcerai de ne pas l'amener au seuil de votre demeure, madame, cependant elle reste inévitable – et devra avoir lieu au plus tôt. Bien que j'aie pardonné au duc de Somerset, à qui j'ai offert mon amitié, ce renégat a rejoint Henri. D'autre part, les Percy soulèvent le Nord contre moi, pétris de leur haine des Neville, mes plus fidèles alliés. Tout est en place, comme pour un bal. Rien n'empêchera cette bataille d'avoir lieu.

— L'armée de la reine viendra-t-elle jusqu'ici ?

Son armée me cause une terreur absolue, bien que ma mère ait jadis servi la reine comme première dame d'atour. Elle est formée de mercenaires, de Français qui nous haïssent, de sauvages venus du nord de l'Angleterre ; les soldats de Marguerite d'Anjou pillent les récoltes et brûlent les cités prospères. La reine a proposé aux Écossais de garder pour solde le produit de leurs rapines. Autant lâcher une bande de loups !

— Je l'en empêcherai, me rassure-t-il d'un ton ferme. J'ai l'intention de l'affronter dans le nord de l'Angleterre, où je la mettrai en déroute.

— Comment pouvez-vous l'affirmer avec certitude ?

Mon exclamation résonne dans la pièce.

— Parce que je n'ai jamais perdu un combat et n'en perdrai jamais, explique-t-il d'une voix posée. Sur le champ de bataille, je suis le plus rapide et le plus vif. En outre, ma bravoure n'a d'égale que ma chance. Mon armée accomplit des prodiges, avançant plus vite que toute autre sans que mes hommes se délestent un instant de leur équipement, prêts à combattre à chaque instant. Je devine les intentions de l'ennemi, que je prends de vitesse. Invincible à la guerre comme en amour, j'excelle aux jeux qui les composent. J'affronterai Marguerite d'Anjou et je remporterai la victoire.

Je feins l'amusement devant son assurance quand, en réalité, il m'éblouit. Il vide sa coupe de bière, puis se lève.

— Je vous remercie de votre amabilité, déclare-t-il.

— Vous partez ? Vous partez maintenant ? balbutié-je.

— Me manderez-vous par écrit les détails de votre pétition ?

— Oui, mais…

— Les noms, les dates ? Ces terres qui selon vous constituent votre patrimoine ainsi que les détails de vos droits de propriété ?

Je m'accroche presque à sa chemise, telle une mendiante.

— Certes, toutefois…

— Dès lors, permettez-moi de prendre congé.

Je ne puis rien faire pour le retenir.

— Merci à vous, Majesté. S'il vous plaisait de prolonger votre visite, cependant, nous en serions honorés. Nous dînerons sous peu.

— Je dois partir. Mon ami William Hastings m'attend.

— Oui, bien sûr. Je ne voudrais point vous retarder…

Je l'accompagne jusqu'à la porte. Son départ me plonge dans l'angoisse. Sur le seuil, il s'immobilise, me prend la main. Il s'incline, baise ma paume puis replie mes doigts, comme pour emprisonner son baiser. Son geste m'a prise au piège et il ne l'ignore nullement. Je garderai mon poing serré jusqu'à la nuit.

Il baisse les yeux, observe ma main qui, douée d'une vie propre, se pose sur son bras…

—Je viendrai en personne prendre la pétition que vous aurez rédigée. Pensiez-vous que je partirais sans vous revoir ? Bien sûr que non. Je serai là demain, quand sonnera midi. Vous verrai-je alors ?

Les couleurs me reviennent et les joues me brûlent soudain.

—Oui, certes, réussis-je à répondre.

—À midi, répète-t-il. Je me joindrai à vous pour déjeuner, si vous l'acceptez.

—Votre Majesté nous fait trop d'honneur.

Il s'incline, avant de traverser à grands pas la cour baignée de soleil. Je pose une main sur le chambranle, à la recherche d'un soutien tandis que mes genoux se dérobent.

—Il est parti ? s'enquiert ma mère qui surgit discrètement par la petite porte latérale.

—Il reviendra demain, lui apprends-je.

Alors que le soleil se couche et que mes garçons s'agenouillent pour leur prière du soir, petites têtes blondes inclinées sur leurs mains jointes au pied de leur lit, ma mère m'entraîne à l'extérieur, sur le chemin sinueux qui mène à une sommaire passerelle de bois enjambant la rivière Tove. Elle la franchit, sa coiffe conique frôlant les branches des arbres, m'indiquant par geste de la suivre. Arrivée de l'autre côté, elle pose la main sur le tronc d'un vieux frêne. Une fine cordelette de soie ceint l'écorce granuleuse de l'arbre majestueux.

—De quoi s'agit-il ? m'étonné-je.

— Rembobinez-le, ordonne-t-elle, sibylline. Un pied par jour environ.

Posant les doigts sur le fil, je le tire délicatement. Il vient à moi sans effort. Quelque chose est attaché à son extrémité – un objet sans doute petit, léger. Je ne parviens toutefois pas à le distinguer, car le brin de soie se perd dans les roseaux.

— De la magie, dis-je à mi-voix.

Mon père en a banni la pratique dans sa demeure car, dans le royaume, la loi l'interdit. La mort attend ces sorcières que condamne la justice. Liées sur une chaise et noyées, ou bien étranglées à la croisée des chemins par le forgeron du village. Il nous est défendu d'user de nos talents, de nos dons. Dans l'Angleterre d'aujourd'hui, nous portons le nom de proscrites.

— De la magie, répète-t-elle. Un envoûtement puissant au service d'une cause juste. Celle-ci mérite le risque. Venez chaque jour et remontez un pied de ce cordon.

— Que trouverai-je au bout de votre ligne de pêche ? m'enquiers-je. Quel poisson ferrerai-je ?

Elle me sourit et me caresse la joue.

— Celui que désire votre cœur, m'assure-t-elle d'une voix douce. Je ne vous ai point élevée pour que vous meniez l'existence d'une veuve appauvrie.

Elle marche vers la mince passerelle de bois. Je tire le fil d'une douzaine de pouces [1], selon ses instructions, puis le rattache au tronc. Je reprends notre conversation tandis que nous cheminons vers le manoir.

— Quel dessein nourrissez-vous à mon endroit ? Quel rôle suis-je censée tenir dans vos projets, dans ce monde dévasté par

1. Un pouce équivaut à 2,54 centimètres. (*NdT*)

la guerre ? Malgré votre prescience et votre magie, nous restons coincés dans le camp des perdants.

La nouvelle lune se lève, minuscule quartier dans un ciel sans étoiles. Sans nous concerter, nous lui adressons un vœu silencieux ; dans nos poches résonne le petit tintement métallique des pièces que nous tournons consciencieusement.

—Je vous ai éduquée de façon à vous permettre d'obtenir le meilleur de ce que la vie vous proposerait, me lance-t-elle. Je ne savais pas ce que cela signifierait pour vous, et je ne le sais toujours pas. Mais il n'était point dans mes intentions que vous deveniez une mère se débattant pour sauvegarder ses enfants et dont la beauté s'étiolerait dans une couche vide.

—Amen, dis-je doucement, les yeux fixés sur le fin croissant. Que la nouvelle lune m'apporte une meilleure perspective.

Le lendemain, à midi, j'ai pris place sur un siège dans mes appartements, vêtue de ma robe ordinaire, lorsqu'une servante surgit pour m'annoncer que le roi se dirige vers le manoir. Je m'astreins à ne point courir à la fenêtre pour observer son arrivée ni me précipiter dans les appartements de ma mère vérifier mon reflet dans son miroir d'argent martelé. Je pose calmement ma couture, puis descends d'un pas mesuré l'escalier de bois, de façon qu'à son entrée dans la grand-salle il me découvre à mi-chemin, sereine et comme interrompant mes tâches ménagères pour accueillir un hôte imprévu.

Je m'avance vers lui, détendue, et il dépose un chaste baiser sur mes joues. Les yeux mi-clos, je distingue l'éclat de sa douce chevelure blonde et perçois la chaleur de sa peau. Ses cheveux forment des boucles à la base de son cou et dégagent une légère odeur d'épices. Il lâche ma main ; je recule avec réticence, puis m'abîme dans une révérence. Sur ces entrefaites, mes deux frères aînés, Anthony et John, s'approchent à leur tour et s'inclinent devant l'auguste visiteur.

À table, la conversation se déroule sur un ton cérémonieux. Bien que ma famille montre de la déférence à l'endroit de ce souverain d'Angleterre, il demeure toutefois impossible de nier le passé : nous avons jadis engagé nos vies et notre fortune dans une bataille livrée contre lui, à laquelle mon époux, à l'égal de bon nombre des membres de notre maisonnée et de nos relations, n'a point eu l'heur de survivre. Mais ainsi en va-t-il dans cette guerre, que l'on nomme « la guerre des cousins » car les frères se battent contre les frères et leurs fils les suivent jusqu'à la mort. Mon père a obtenu son pardon, ainsi que mes frères ; le vainqueur rompt à présent le pain en leur compagnie, comme pour oublier qu'il a exulté bruyamment face à eux, à Calais, ou que mon père, à Towton, a tourné les talons et a fui son armée dans une neige maculée de sang.

Le roi Édouard se montre charmant à l'endroit de ma mère et amusant envers Anthony et John, puis mes autres frères Richard, Édouard et Lionel lorsque ceux-ci se joignent à nous. Trois de mes plus jeunes sœurs partagent notre déjeuner, en silence, les yeux écarquillés, trop impressionnées pour prononcer une parole. Élisabeth, l'épouse d'Anthony, aussi calme qu'élégante, a pris place à côté de ma mère. Le roi, respectueux envers mon père, s'enquiert de ses terres, du gibier, du prix du blé ou encore de la cadence du travail. Quand le repas s'achève avec des fruits confits, le souverain bavarde comme un vieil ami de la famille et je me laisse retomber contre le haut dossier de ma chaise pour l'observer plus à mon aise.

— Et maintenant, parlons affaires, déclare notre hôte à mon père. Lady Élisabeth m'apprend qu'elle a perdu son douaire.

Mon père acquiesce.

— Vous me voyez navré de vous importuner avec cela, mais nous avons essayé en vain de raisonner lady Ferrers et lord Warwick. On lui a confisqué ces terres à la suite de… St Albans, termine-t-il après s'être raclé la gorge. Son mari a été tué là-bas. Et maintenant, elle ne peut pas obtenir leur restitution. Même si vous considérez son mari comme un traître, ce terme ne saurait s'appliquer à elle et la loi devrait lui permettre de rentrer en possession de son douaire.

Le souverain s'adresse alors à moi :

— Avez-vous couché par écrit votre titre ainsi que votre réclamation ?

— Oui, réponds-je en lui tendant le parchemin.

Il le parcourt rapidement des yeux, puis annonce simplement :

— Je manderai à William Hastings qu'il veille à l'heureuse conclusion de cette affaire. Il parlera en votre nom.

Voilà. C'est aussi simple que ça. Sur un seul mot de lui, je serai libérée de ma pauvreté et reprendrai possession de mon bien. Mes fils auront un héritage et je cesserai enfin de représenter un poids pour ma famille. Si d'aventure un homme envisage de me demander en mariage, je viendrai à lui dotée de terres. Je n'aurai point à me montrer reconnaissante de ce que l'on m'épouse.

— C'est très généreux de votre part, Sire, énonce mon père, qui m'adresse un léger signe de tête.

Je me lève aussitôt, puis plonge dans une profonde révérence.

— Je vous remercie, lui dis-je. Rien ne revêtait plus d'importance à mes yeux.

— Je me montrerai un roi juste, affirme le souverain. Je désire qu'aucun Anglais ne souffre de mon avènement au trône.

Mon père ravale sa réflexion avec un effort visible. Nul doute que, selon lui, bon nombre d'entre nous ont déjà souffert.

— Du vin ? s'empresse d'intervenir ma mère. Votre Majesté ? Monsieur mon époux ?

— Non, il me faut prendre congé, décline le roi. Nous levons par tout le Northamptonshire des troupes qu'il reste à équiper.

Il repousse son siège et se lève tandis que mon père, ma mère, mes frères, mes sœurs et moi-même bondissons sur nos pieds pour imiter son mouvement.

— Acceptez-vous de me faire voir les jardins avant que je ne me retire, lady Élisabeth ?

— J'en serais très honorée.

Mon père ouvre la bouche, sur le point de proposer de nous accompagner, mais ma mère le prend de vitesse avec un « Allez, Élisabeth ! » hâtif, et nous nous éclipsons sans chaperon.

La température me paraît estivale après la fraîche obscurité de la grand-salle. Le roi m'offre son bras et nous descendons en silence les marches qui mènent aux jardins. J'emprunte le petit sentier de graviers blancs qui se faufile entre les haies bien taillées. Je ne distingue rien, trop attentive à son bras qui serre ma main contre son flanc, à la chaleur qui se dégage de son corps. Autour de nous, les pieds de lavande ont fleuri ; leur fragrance m'assaille, douce comme la fleur d'oranger, mordante comme le citron.

— Je ne puis guère m'attarder, prononce-t-il. Somerset et Percy rassemblent leurs forces. Henri lui-même quittera sa place forte et dirigera son armée – si son esprit le lui permet, toutefois. Pauvre homme. J'ai ouï dire qu'il avait retrouvé ses sens, mais

Dieu seul sait pour combien de temps. La reine prévoit d'envoyer un bataillon de soldats français pour grossir leurs rangs.

— Je prierai pour vous.

— La mort rôde, déclare-t-il avec sérieux. Elle s'attache en particulier aux pas d'un roi quand celui-ci a conquis sa couronne à la pointe de l'épée, et que sonne l'heure d'une autre bataille.

Il s'arrête. Le silence nous enveloppe, brisé par le chant d'un oiseau. Il s'enquiert à voix basse :

— Puis-je vous mander un page pour vous mener à moi ce soir ? Je brûle d'un désir encore inconnu de mes sens, lady Élisabeth Grey. Ce n'est pas le roi qui implore, ni même le soldat qui risque de périr au combat, mais l'homme, qui s'adresse à la plus belle femme qu'il lui ait été donné de contempler. Venez à moi. Je vous en supplie. Il pourrait s'agir de mon ultime vœu. Me rejoindrez-vous ce soir ?

— Pardonnez-moi, Votre Majesté, mais je suis une femme d'honneur.

— Je n'aurai peut-être plus jamais l'occasion de vous le demander – ni à aucune autre femme, du reste. Votre acceptation ne serait cause d'aucun déshonneur, je pourrais mourir la semaine prochaine.

— Même ainsi.

— Ne souffrez-vous point de la solitude ? demande-t-il dans un souffle, ses lèvres contre mon front, son haleine chaude me caressant les joues. N'éprouvez-vous donc rien pour moi ? Pouvez-vous affirmer que vous ne voulez point de moi ? Juste une fois ?

Aussi lentement que possible, je lève les yeux vers lui, m'attarde sur ses lèvres, remonte encore.

— Je dois vous posséder ! grogne-t-il.

— Je ne saurais être votre maîtresse, déclaré-je d'une voix douce. Je mourrais plutôt que de ternir mon nom, d'apporter la honte sur ma famille…

Afin de ne pas trop le décourager, je termine dans un murmure :

— Quoi que mon cœur espère.

— Me désirez-vous ? me presse-t-il comme un enfant.

Je lui offre en retour la chaleur qui a envahi mon visage.

— Je ne devrais point vous avouer… (J'inspire profondément.) Je ne devrais point vous avouer à quel point.

Sur ses traits apparaît un éclair de triomphe aussitôt réprimé. Il ne doute pas que, le moment venu, je lui céderai.

— Viendrez-vous, alors ?

— Non.

— En suis-je réduit à prendre congé ? Me faut-il vous quitter ? Me permettrez-vous au moins…

Il baisse la tête. Son baiser est aussi doux et léger que la caresse d'une plume. J'entrouvre mes lèvres, et il se met à trembler comme un étalon aux rênes trop tendues.

— Lady Élisabeth…

Appréciant chaque moment de cette délicate chorégraphie, je recule d'un pas et murmure :

— Si seulement…

— Je viendrai demain, déclare-t-il d'un ton brusque. Au coucher du soleil. À l'endroit où j'ai posé les yeux sur vous la première fois, sous le grand chêne. Me retrouverez-vous ? Je veux vous dire adieu avant de partir pour le Nord. Je vous en prie.

Il s'éloigne à grandes enjambées vers les écuries. Un moment plus tard, il s'élance au galop sur son destrier, talonné par ses deux pages qui s'efforcent de se maintenir à sa hauteur. Je le suis des yeux jusqu'à ce qu'il ait disparu. Puis je franchis lentement le petit pont de bois jusqu'au grand frêne, de l'autre côté de la rivière. Pensivement, j'amène le fil sur une longueur, avant de le rattacher.

Une réunion de famille s'organise le jour suivant, à l'heure du dîner. Le roi a mandé par courrier que son ami, Sir William Hastings, soutienne ma requête au sujet de mon domaine de Bradgate. Ma fortune me sera rendue, m'assure-t-il. Mon père se déclare satisfait. Mes frères, en revanche, Anthony, John, Richard, Édouard et Lionel, se montrent unis dans leur suspicion à l'encontre du roi.

— C'est un séducteur notoire, il la convoquera à la Cour, affirme John d'un ton péremptoire.

— Il ne lui a point rendu ses terres par charité chrétienne, renchérit Richard. Je gage qu'il exigera son dû pour cette action. Personne n'ignore qu'il a séduit toutes les femmes de la Cour. Pourquoi ne tenterait-il pas sa chance avec Élisabeth ?

— Une Lancastrienne, renchérit Édouard.

— C'est un homme à qui l'on peut difficilement refuser quoi que ce soit, lance pensivement Anthony.

Ce dernier possède bien plus d'expérience du vaste monde que John ; il a déjà voyagé dans toute la chrétienté et étudié avec les plus grands penseurs. Mes parents écoutent toujours ses conseils avec attention.

— Je suppose, Élisabeth, que vous vous sentez compromise, voire son obligée.

— Certainement pas. Je n'ai rien obtenu de plus que mon dû. J'ai sollicité la justice du roi, et celui-ci me l'a accordée comme à tout pétitionnaire dans son bon droit.

— Quoi qu'il en soit, s'il vous fait mander, vous refuserez de vous rendre à la Cour, décrète mon père. Cet homme a frayé avec la moitié des épouses londoniennes, il poursuit à présent avec les femmes lancastriennes. Il n'a rien d'une âme pure, contrairement à Sa Grâce le roi Henri.

On ne pourrait non plus le qualifier de faible d'esprit comme son rival, constaté-je en mon for intérieur. Malgré tout, j'acquiesce :

— Bien sûr, père, je vous obéirai.

Surpris par ma docilité, il me demande d'un ton suspicieux :

— Vous n'imaginez pas lui être redevable d'une faveur, ou pis encore, n'est-ce pas ?

Je joue l'indifférente :

— J'ai requis de lui qu'il exerce la justice royale, non qu'il m'accorde une faveur. Je ne suis pas un valet dont on achète les services ni un paysan sommé de jurer fidélité à son suzerain, mais une lady de bonne lignée. Je voue ma loyauté à qui bon me semble et m'acquitte avec honneur de mes obligations. Celles-ci ne le concernent en rien, n'obéissent aux lubies d'aucun homme.

Ma mère masque un sourire. Fille de Bourgogne, descendante de Mélusine, la déesse des eaux, jamais elle ne s'est sentie contrainte d'agir à l'encontre de sa propre volonté, et il ne lui viendrait pas à l'esprit que sa fille diffère d'elle en ce domaine.

Le regard de mon père se pose sur elle, puis sur moi. Il hausse les épaules, comme pour reconnaître l'indépendance invétérée des femmes obstinées, avant de s'adresser à mon frère John :

— Je me rends au village d'Old Stratford. Vous joindrez-vous à moi ?

Alors qu'ils quittent la pièce, mes autres frères à leur suite, Anthony s'attarde.

— Éprouvez-vous le désir d'aller à la Cour ? L'admirez-vous, en dépit de tout ?

— Il est le roi d'Angleterre, réponds-je, énonçant l'évidence. Bien sûr que je me rendrai à la Cour s'il m'invite. Quel autre choix s'offre à moi ?

— Le refus, parce que père vous l'interdit et que je vous le déconseille.

— J'ai pris note de vos réserves.

— Comment une pauvre veuve parviendrait-elle, sinon, à s'imposer dans ce monde cruel ? me taquine-t-il.

— Précisément.

— Vous commettriez une folie en acceptant de vous vendre à bas prix, m'avertit-il.

Je le regarde à travers mes cils et prononce :

— Je n'ai nullement l'intention de me vendre. Suis-je un lé de satin ou un jambon ? Personne ne m'achètera.

Au coucher du soleil, je l'attends sous le chêne, camouflée dans l'ombre. Avec soulagement, je perçois le pas d'un seul cheval à l'approche. Se fût-il présenté avec sa garde, je me serais esquivée sans bruit, craignant pour ma sûreté. Quelque tendresse il m'ait manifestée dans les jardins de mon père, je n'oublie point qu'il reste le roi de l'armée yorkiste, dont les soldats violent les femmes et exécutent les époux. Il aura endurci son âme devant des actes dont le commun des mortels ne saurait se montrer le témoin impassible – peut-être aura-t-il lui-même commis les plus noirs péchés. Je ne puis me fier à lui, malgré son sourire qui me dilate le cœur, la franchise de son regard, l'admiration que je voue à ce jouvenceau porté aux plus hauts sommets par son ambition. Nous ne vivons pas une époque chevaleresque. Foin de ces preux qui errent dans d'épaisses forêts, de ces femmes qui se baignent dans des fontaines éclairées par la lune, de ces promesses d'amour éternel chantées pendant des siècles.

Pourtant, il m'apparaît comme le héros d'une ballade lorsqu'il tire sur la bride puis démonte en un mouvement fluide.

— Vous êtes venue ! s'exclame-t-il.

— Je ne puis rester longtemps.

— Je suis tellement heureux de vous découvrir devant moi, s'enflamme-t-il avec un éclat de rire. Je me suis conduit comme un gamin, aujourd'hui. Après une nuit sans sommeil, toutes mes pensées tournées vers vous, j'ai passé la journée dans la crainte de ne point vous rencontrer ce soir. Mais vous voici ! (Il enroule les rênes de sa monture autour d'une branche, puis m'entoure la taille d'un bras.) Douce amie, susurre-t-il à mon oreille, soyez bonne à mon endroit. Voulez-vous ôter votre coiffe et libérer vos cheveux ?

Cette requête est la dernière à laquelle je me serais attendue. La stupeur me pousse à acquiescer et mes mains se portent aussitôt aux rubans qui retiennent ma coiffe.

— Je sais, je sais. Je crois que vous me rendez fou. Je me suis demandé toute la journée si vous accepteriez de me laisser défaire votre chevelure.

En réponse, je dénoue les nœuds qui fixent ma petite coiffe conique. Je soulève celle-ci, la pose à terre avec soin. Avec la délicatesse d'une camériste, il détache une à une mes épingles d'ivoire, qu'il glisse dans une poche de son pourpoint. Ma chevelure dorée déferle en cascade, je la rejette derrière mes épaules. Il détache son manteau, l'étale sur le sol, à mes pieds.

— Asseyez-vous à mon côté, commande-t-il, bien que nous sachions tous deux qu'il préférerait ordonner : « Allongez-vous. »

Avec précaution, je prends place sur l'étoffe. Je relève mes genoux et les entoure de mes bras, attentive à laisser ma fine robe de soie envelopper mon corps. Il caresse ma chevelure, plongeant ses doigts dans son épaisse luxuriance jusqu'à atteindre mon cou.

Lentement, il se penche sur moi de façon à me dominer. Il tire sur ma robe, tente de la remonter ; je pose aussitôt mes deux mains sur son torse et le repousse avec douceur mais détermination.

— Élisabeth, souffle-t-il.

— Je vous ai dit non, hier, réponds-je fermement. Je ne parlais point à la légère.

— Mais vous êtes venue à ma rencontre !

— Dois-je prendre congé ?

— Non, restez ! Ne fuyez pas. Je vous fais le serment que… Permettez-moi seulement de vous embrasser.

Mon cœur bat à tout rompre. Mon corps désire tellement son contact qu'un court instant je caresse l'idée de lui céder, de m'autoriser ce plaisir, une seule fois… Dans un sursaut de lucidité, toutefois, je m'écarte et répète :

— Non, non, non.

— Si ! me presse-t-il avec plus de force, d'un ton persuasif. Vous serez reçue à la Cour, j'exaucerai tous vos souhaits. Par tous les saints, Élisabeth, je me consume de désir depuis l'instant où j'ai posé les yeux sur vous…

Il pèse sur moi de tout son poids. Je détourne la tête, mais sa bouche se pose sur mon cou, parcourt ma gorge. Le désir me coupe le souffle, remplacé bientôt, à ma grande surprise, par une vague de colère. Par le Christ, il ne s'agit plus d'une étreinte, il me force ! Il me maintient au sol telle une ribaude entre deux bottes de foin ! Il remonte ma robe comme il s'y emploierait avec une catin, glisse son genou entre mes jambes. La fureur qui s'empare de moi me donne une vigueur insoupçonnée. Alors que je le repousse une fois de plus, je touche le manche de sa dague qui dépasse de sa large ceinture de cuir.

Il est parvenu à remonter ma robe et manipule maladroitement l'aiguillette de ses hauts-de-chausses ; dans un instant, il sera trop tard. Je tire la dague hors de son fourreau. Entendant le chuintement du métal, il se rejette en arrière. J'en profite pour me dégager et me dresse d'un bond, l'arme à la main, la lame étincelant dans les derniers rayons du soleil.

Il se lève brusquement à son tour, tous les sens en alerte, prêt à combattre.

— Vous dégainez une arme contre votre roi ? éructe-t-il. Savez-vous bien que vous commettez là un acte de haute trahison, madame ?

— Cette arme n'est destinée qu'à moi, réponds-je en hâte, appuyant la pointe acérée sous mon menton. Je jure que, si vous avancez d'un seul pas, je me trancherai la gorge et me viderai de mon sang à l'endroit même où vous vous apprêtiez à me déshonorer.

— Simagrées !

— Non ! Il ne s'agit point d'un jeu, Majesté. Je refuse de devenir votre maîtresse. Je me suis d'abord présentée à vous en quête de justice. Ce soir, c'est l'amour qui a guidé mes pas – folle outrecuidance de ma part, que je vous supplie de me pardonner. Moi non plus, je ne trouve plus le sommeil et ne cesse de penser à vous. Tout le jour, l'éventualité m'a tourmentée que vous puissiez ne point venir. Mais même ainsi, vous ne devriez pas...

— Je pourrais vous arracher cette dague sans effort, me menace-t-il.

— Vous oubliez que je compte cinq frères. Je joue avec des épées et des dagues depuis l'enfance. Je me couperais la gorge avant que vous ne m'atteigniez.

— Vous n'oserez pas. Vous n'êtes qu'une femme. Le courage vous manquera.

— Essayez donc. Vous ignorez tout de mon courage. Vous pourriez regretter ce qui s'ensuivrait.

Il hésite, le cœur déchiré par un mélange de colère et de désir, puis il reprend le contrôle sur lui-même, lève la main en signe de capitulation, et recule d'un pas.

— Vous triomphez, madame. Gardez la dague, c'est le fruit de votre victoire. En fait… (il détache l'étui et le jette à terre) prenez son satané fourreau, par la même occasion !

Les pierres précieuses et l'or émaillé lancent des éclairs dans la lumière du crépuscule. Sans le quitter des yeux, je me baisse et m'en empare.

— Je vous raccompagne, ajoute-t-il. Je veillerai à ce que vous rentriez chez vous sans encombre.

— Non, refusé-je. Nul ne doit m'apercevoir en votre compagnie. Si l'on apprend cette rencontre secrète, mon nom s'en trouvera souillé.

Un instant sur le point de discuter, il baisse la tête.

— Marchez devant, alors. Je vous suivrai tel un page, ou comme votre valet, jusqu'à ce que vous arriviez saine et sauve à votre porte. Repaissez-vous de votre succès qui me transforme en chien à votre suite, madame. Vous m'avez ridiculisé !

Rien de ce que je lui opposerai n'apaisera sa colère. Nous cheminons dans un silence troublé par le bruissement de son manteau, derrière moi. Nous émergeons de la forêt et parvenons en vue du manoir.

— Je ne risque plus rien, ici. Je vous supplie de pardonner ma folie.

— Je vous supplie en retour de pardonner ma trop vive ardeur, me concède-t-il avec raideur. Peut-être suis-je par trop accoutumé à m'abandonner sans retenue à mes inclinations. Toutefois, j'avoue que jamais encore une femme ne s'était refusée à moi à la force d'une dague – la mienne, de surcroît !

Je lui tends son arme.

— La reprendrez-vous, Votre Majesté ?

— Gardez-la en souvenir de moi, refuse-t-il en secouant la tête. Elle sera mon seul cadeau à votre endroit, en guise d'adieu.

— Ne vous reverrai-je donc point ?

— Jamais, déclare-t-il simplement avant de s'incliner et de s'éloigner.

— Votre Majesté !

À mon cri, il s'arrête.

— Je ne voudrais pas que nous nous séparions en si mauvais termes, émets-je faiblement. J'espère que vous me pardonnerez.

— Vous m'avez ridiculisé, martèle-t-il à nouveau d'une voix glaciale. Vous pouvez vous en féliciter, étant la première à y être parvenue. Mais vous resterez la dernière, madame.

Je m'abîme dans une profonde révérence. Il fait volte-face puis s'éloigne, sa lourde cape effleurant les buissons qui bordent le sentier. Lorsque le silence retombe, je me redresse lentement.

Une partie de moi me pousse à courir vers ma chambre pour me jeter sur mon lit et laisser libre cours à mes sanglots. Je m'en abstiens. Je diffère en cela de mes sœurs, à qui le rire et les larmes viennent aisément. Elles subissent les événements, qui les heurtent de plein fouet. Je n'ai rien d'une jeune fille en fleur. Descendante de la déesse Mélusine, je suis une femme dans les veines de qui coule l'eau sacrée. Je provoque les événements, je ne m'avoue pas vaincue. Ce damoiseau coiffé depuis peu d'une couronne s'imagine-t-il m'avoir mise en déroute ? Aucun homme ne prend congé de moi, pétri de la certitude qu'il ne me reviendra point.

Au lieu de me diriger vers le manoir, j'emprunte le sentier qui mène au petit pont de bois puis de l'autre côté de la rivière, où se dresse le grand frêne ceint du cordon de ma mère. Je détache le fil, en tire une longueur, le rattache fermement puis, enfin, rebrousse chemin vers la demeure de mon père.

Commence alors l'attente. Pendant vingt-deux nuits, tel un pêcheur attentif et patient, je tire le fil à moi. Un soir, il s'accroche et se raidit alors que l'objet attaché à son extrémité se libère des roseaux. Je ferre délicatement ma prise et sens la ligne qui résiste avant de soudain se détendre. Un léger « plouf » se fait entendre. Une masse petite et dense chute au fond de la rivière, roule dans le courant puis s'immobilise au milieu des galets.

Sur le chemin du retour, je trouve ma mère sur la rive de l'étang à carpes, perdue dans la contemplation de sa propre image. Son reflet rappelle un long poisson d'argent qui ondoie à la surface du lac, ou encore une femme qui nage. Le ciel est balayé de fins nuages qui évoquent des plumes blanches caressant un pâle tissu de soie. La lune qui se lève montre son dernier quartier. L'eau clapote contre le muret de pierre. Je viens me placer à côté de ma mère et observe nos reflets ; on nous croirait sorties des flots, tels des esprits du lac.

— Tirez-vous le fil chaque soir ? s'enquiert-elle.

— Oui.

— Parfait. Le roi Édouard vous a-t-il envoyé un présent ? Vous a-t-il fait parvenir un message ?

— Je ne m'attends à rien. Il a affirmé qu'il ne me reverrait jamais plus.

Elle soupire.

Quelques instants plus tard, alors que nous nous dirigeons à pas lents vers le manoir, elle remarque :

— On le prétend occupé à réunir ses troupes à Northampton. Quant au roi Henri, il rassemble son armée dans le Northumberland avec l'intention de marcher sur Londres. La reine lui adjoindra les soldats français débarqués à Hull. Si les Lancastriens l'emportent, les sentiments d'Édouard n'auront plus aucune importance ; il sera tué et le souverain légitime restauré sur son trône.

Ma main s'envole malgré moi pour retenir ses paroles. Mais, plus rapide qu'une vipère, ma mère l'attrape au vol.

— Ne pouvez-vous supporter une allusion à sa défaite ?

— Ne prononcez point ce mot !

— Quel mot ?

— Je ne puis souffrir de l'imaginer vaincu, d'envisager son trépas. Il m'a demandé de partager sa couche comme un soldat sur le point d'affronter la mort.

Elle se gausse.

— Évidemment. Quel homme partant au combat a jamais résisté à l'occasion d'en tirer le meilleur parti ?

— Quoi qu'il en soit, j'ai refusé et, s'il ne revient point, je regretterai mon refus jusqu'à la fin de mes jours.

— Pourquoi des regrets ? raille-t-elle. Vous recouvrerez vos terres quoi qu'il advienne, soit par ordre du roi Édouard, soit parce que le roi Henri l'aura défait et vous rendra votre fortune. J'eusse cru que vous aspireriez à la victoire de la maison de Lancastre et à la déchéance de l'usurpateur.

— Assez. Ne lui souhaitez pas de mal.

— Cessez donc de prêter tant d'attention à mes paroles et réfléchissez, m'enjoint-elle durement. Votre loyauté est acquise à la maison de Lancastre, vous ne pouvez tomber amoureuse de l'héritier de la maison d'York, à moins qu'il ne sorte victorieux du conflit et que cet amour ne vous rapporte quelque gain. Nous vivons des temps périlleux. La mort nous escorte quotidiennement. Elle demeurera à vos côtés, croyez-moi. Après avoir emporté votre époux, elle vous prendra votre père, vos frères, vos fils.

Je lève la main pour l'empêcher de poursuivre.

— Vous ressemblez à Mélusine prévenant sa maisonnée de la funeste destinée de ses hommes.

— Mais je vous avertis, en effet, confirme-t-elle, dramatique. C'est vous qui me poussez à m'ériger en naïade lorsque vous musardez, vous imaginant libre de badiner avec un usurpateur. Vous êtes née dans un royaume déchiré, souvenez-vous-en. Votre chemin sera teinté de sang, pavé de douleur.

Les dents serrées, je demande :

— Vraiment ? Rien de bon à venir pour ma personne ? Pas une once de bonheur ? Ne prenez donc pas la peine de me menacer d'un sort terrible, le regret me ronge déjà.

Les traits de la prophétesse laissent place à ceux de la mère que je chéris depuis toujours.

— Il vous appartiendra, si c'est cela que vous souhaitez.

— Plus que la vie.

Elle se fend d'un sourire affectueux.

— Ah, mon enfant, vous divaguez. Rien n'importe plus que la vie. Il vous reste une longue route à parcourir et beaucoup de leçons à apprendre si vous ne savez pas cela.

Je prends son bras sous le mien, et nous nous remettons en chemin d'un pas tranquille.

— Lorsque la bataille aura pris fin, quel que soit le vainqueur, vos sœurs devront se rendre à la Cour, décrète ma mère, toujours occupée à fomenter un plan. Elles séjourneront chez les Bourchier ou les Vaughan. Elles eussent dû s'y présenter plus tôt, mais je ne supportais pas de les envoyer loin de moi, dans un pays en proie au soulèvement, sans certitude quant à l'avenir et sans aucun moyen de me tenir informée. Il se peut toutefois qu'à la suite de cette bataille, la vie reprenne son cours sous l'autorité d'York. Les filles, dès lors, logeront chez nos cousins pour y recevoir leur éducation.

— Très bien, acquiescé-je.

— Quant à votre fils, Thomas, il sera bientôt en âge de quitter la maison familiale. Il est temps qu'il apprenne à être un gentilhomme.

— Non, réponds-je avec fermeté.

— Qu'y a-t-il ?

— Mes enfants ne me quittent pas. Je refuse que l'on me les enlève.

— Ils ne recevront un enseignement convenable que dans l'entourage d'un lord. Votre père en trouvera un, à moins que leurs parrains…

Je l'interromps :

— Non, mère. Je m'oppose à leur départ.

— Mon enfant ? (Elle tourne mon visage vers le clair de lune pour mieux me voir.) Céder aux lubies ne vous ressemble guère.

Toutes les mères du monde doivent un jour laisser leurs fils quitter la maison, afin qu'ils deviennent des hommes.

Sourde à ses arguments, je répète, la voix tremblante :

— J'ai… peur pour eux. Je ne sais pourquoi, mais l'idée de les laisser à des étrangers me répugne.

Elle m'enserre la taille d'un bras réconfortant.

— Ce sentiment est parfaitement légitime, m'assure-t-elle d'une voix calme. Vous avez perdu un époux, aussi éprouvez-vous le désir naturel de protéger vos garçons. Ils vous quitteront cependant un jour, vous le savez.

— Il ne s'agit point d'une lubie, mais d'une réelle angoisse… que je ne m'explique pas.

— Est-ce une vision ? demande-t-elle à voix très basse. Êtes-vous pénétrée de la certitude qu'un malheur s'abattra sur eux ? Votre don s'est-il déclaré, Élisabeth ?

Mes yeux sont soudain embués de larmes.

— Je ne sais pas. Mais la seule pensée qu'ils se trouvent loin de moi, instruits par des étrangers, tandis que j'endurerais des nuits sans leur présence sous mon toit, je… je ne le supporterais pas – l'idée même me fait frémir.

— Là, là, m'apaise-t-elle en m'étreignant, n'y songez plus. Je parlerai à votre père. Ils ne partiront que lorsque vous y serez disposée. (Elle me prend la main.) Seigneur, vos mains sont glacées.

Elle appuie alors sa paume contre mon front, et déclare avec conviction :

— Il ne saurait être question d'une lubie quand votre corps est pris de chaud et de froid au clair de lune. C'est une vision. Ma chère enfant, vous êtes avertie d'un danger menaçant vos fils.

— Rien n'est certain. Je pressens seulement que jamais je ne devrais laisser à quiconque la possibilité d'emmener mes garçons.

— Vous m'avez convaincue : un péril accablera vos fils dès qu'on les soustraira à votre vue. Fort bien. Vous garderez vos enfants auprès de vous. Nous les protégerons.

Mon attente se poursuit, sans dessein précis – ne m'a-t-il pas affirmé qu'il ne reviendrait jamais ? Il peuple mes rêves remplis d'une passion et d'un désir tels que je m'éveille au milieu de la nuit, pantelante entre des draps trempés de sueur. Mon père remarque mon manque d'appétit. Anthony raille mon chagrin.

Ma mère me lance un regard aigu et affirme :

— Elle va bien. Elle va s'alimenter.

À mes jeunes sœurs qui me demandent dans un murmure si je souffre de l'absence du beau roi, je rétorque vertement : « À quoi cela servirait-il ? » Puis je reprends mon attente.

Elle dure sept nuits et sept jours de plus. À l'image d'une princesse de conte de fées enfermée dans son donjon, ou de Mélusine se baignant dans sa source, je nourris l'espoir que le preux chevalier surgira et me déclarera sa flamme. Chaque soir, je tire une longueur de fil. Au huitième jour, un cliquetis métallique résonne contre la pierre. Baissant les yeux, j'aperçois un éclat doré. Je me baisse et dégage un anneau d'or, dont une tranche est constellée de petites pointes qui le font ressembler à une minuscule couronne. Je le place dans la paume de ma main, à l'endroit où Édouard a déposé un baiser, puis le glisse à l'annulaire de ma main droite – et non de la gauche, celle de l'union. Je veille à ne point tenter le diable ! Le petit cercle de métal épouse parfaitement mon doigt. Je le retire avec un haussement d'épaules, comme indifférente à ce précieux bijou bourguignon, puis l'enfonce dans ma poche.

Devant le manoir, je découvre avec stupeur un cheval et son cavalier, lequel tient à la main une bannière frappée de la rose blanche d'York. Mon père, sur le seuil, déchiffre une missive. Relevant la tête, il prononce à l'adresse du messager :

— Mandez à Sa Majesté que j'en serai honoré. Je me présenterai après-demain.

L'homme s'incline sur sa selle, m'adresse un salut, puis éperonne sa monture et s'éloigne.

— De quoi s'agit-il ? m'enquiers-je en gravissant les marches.

— D'une levée de troupes, répond mon père. Nous partons au combat.

— Pas vous !

— Non, mais le roi me commande de lui fournir dix hommes de Grafton et cinq de Stony Stratford, équipés, armés et prêts à le suivre dans sa lutte contre le roi lancastrien. Nous avons troqué une cause pour une autre. Ce dîner que nous lui avons offert se révèle bien coûteux, en définitive.

— Qui prendra leur tête ? Pas Anthony ? Pas John ?

J'ai tellement peur pour mes frères.

— Ils obéiront à William Hastings, qui les intégrera à ses troupes.

Après une infime hésitation, je demande :

— Ajoute-t-il autre chose ?

— Il m'entretient d'une levée de soldats, pas d'une invitation à déjeuner ! Il complète son courrier en m'informant qu'il atteindra la région après-demain dans la matinée et qu'il s'attend à ce que les nouvelles recrues rejoignent son armée à ce moment-là.

Le lendemain, lors de la première collation, ma mère propose que mes sœurs et moi ainsi que nos deux cousines, qui séjournent sous notre toit, assistions au passage de l'armée et prenions congé de nos hommes à l'endroit où ils seront incorporés.

—Votre suggestion me surprend, intervient mon père avec impatience. Je vous eusse crue lasse de voir défiler des combattants.

—Il serait judicieux d'afficher notre soutien, explique-t-elle d'un ton posé. S'il sort vainqueur, nous gagnerons à ce qu'il nous croie empressés de lui fournir des soldats. S'il est vaincu, personne ne se souviendra de notre présence.

—Je paie leur solde, n'est-il pas vrai ? Je les équipe avec les armes dont j'ai fait usage lors de la dernière levée, laquelle, si mes souvenirs sont bons, m'a placé face à lui sur le champ de bataille. Je les rallie, les achemine vers lui, leur achète des bottes. Je trouve que je lui apporte un soutien incontestable !

—Certes, toutefois il importe de le lui fournir en faisant bonne figure, raisonne ma mère.

Dans ce genre d'affaire, il se rend aux arguments de son épouse. Fille du comte de Saint-Pol, ancienne duchesse unie à Jean de Lancastre, premier duc de Bedford, quand mon père servait ce dernier comme écuyer, elle reste rompue aux us des courtisans.

—Je vous engage à vous joindre à notre cortège féminin, poursuit-elle. Peut-être débusquerons-nous dans notre salle du Trésor une bourse d'or que nous pourrions offrir à Sa Majesté ?

—Une bourse d'or ! manque de s'étouffer mon père. Pour financer une guerre contre le roi Henri ! Êtes-vous devenue yorkiste, madame ?

Patiente, elle attend un instant que sa fureur s'estompe.

—En signe de loyauté, précise-t-elle enfin. S'il défait le roi Henri et rentre victorieux à Londres, Édouard établira sa Cour, distribuera les faveurs royales qui se trouvent à l'origine de toute fortune : terres, titres, postes, et unions qu'il lui plaira d'autoriser.

Or, nous avons la charge d'une grande famille, sir Richard, qui compte beaucoup de filles.

Tout le monde retient sa respiration. Tête baissée, nous attendons qu'éclate le fougueux tempérament de mon père. Mais il s'incline :

— Dieu vous bénisse, mon envoûtante fée. Vous avez raison, comme toujours. Je suivrai vos avisés conseils, quoique ceux-ci me retournent l'estomac. Mandez aux filles qu'elles s'ornent d'une rose blanche, si toutefois elles parviennent à en cueillir si tôt dans la saison.

Elle se penche vers lui et l'embrasse sur la joue.

— Les églantiers sont en bouton, réfléchit-elle. Ceux-ci ne souffrent certes pas la comparaison avec des fleurs écloses, mais il comprendra ce que nous exprimons et c'est ce qui importe.

Bien entendu, mes sœurs et mes cousines passent le reste de la journée dans une effervescence frénétique. Elles essaient diverses robes, lavent et apprêtent leur chevelure, échangent des rubans et s'exercent à la révérence. Élisabeth, l'épouse d'Anthony, prétend que l'armée ne se montrera pas, mais mes sœurs ne contiennent plus leur excitation à l'idée que le souverain et la plupart des nobles de son entourage défileront sous peu. Quelle excellente occasion de faire impression sur ces hommes qui, bientôt, agiront en maîtres de l'Angleterre – pour peu qu'ils remportent la victoire, bien entendu.

— Comment vous vêtirez-vous ? me demande Margaret, tandis que je me tiens à l'écart de cette agitation.

— Je porterai ma robe grise et mon voile assorti.

— Celle du dimanche, pour l'église ? Votre tenue bleue est bien plus élégante.

— Je ne me joins à vous que pour obéir à l'ordre de notre mère. Je ne m'attends point à ce que l'on nous prête attention.

Je sors la robe de son coffre de rangement et la secoue. De coupe plutôt ajustée, elle est ornée d'une courte traîne. J'ai pour habitude de l'agrémenter d'une large ceinture d'étoffe grise au-dessus de la taille. Je ne dis rien à Margaret, mais je sais qu'elle me va mieux que ma robe bleue.

— Le roi a déjeuné ici sur votre invitation, me rappelle-t-elle. Pourquoi ne vous prêterait-il point attention ? Il vous a bien remarquée la première fois ! Nul ne peut douter qu'il vous apprécie. Il vous a rendu vos terres, a accepté de partager notre repas, et a fait une promenade en votre compagnie dans les jardins. Pourquoi diable refuserait-il de revenir ou cesserait-il de vous favoriser ?

— Parce que depuis, j'ai obtenu ce que je voulais, mais pas lui, réponds-je crûment en jetant ma robe de côté.

— Il a voulu vous posséder ?

— Exactement.

— Mon Dieu, Élisabeth. Que lui avez-vous dit ?

— Je lui ai dit non, mais ça n'a pas été sans mal.

Elle semble scandalisée.

— A-t-il tenté de vous forcer ?

— À peine. Qu'importe, conclus-je dans un grognement, je ne demeure à ses yeux qu'une fille sur le bas-côté de la route.

— Peut-être ne devriez-vous pas nous accompagner, demain, réfléchit-elle. Après tout, il vous a offensée. Informez notre mère que vous êtes souffrante – je peux l'en instruire, si vous le désirez.

— Non, j'irai, dis-je négligemment, comme si je n'y accordais aucune importance.

Au matin, cependant, ma feinte bravoure m'a désertée. Une nuit sans sommeil et un quignon de pain agrémenté d'une tranche de viande n'arrangent guère mon teint, pâle comme le marbre. Margaret me passe de l'ocre rouge sur les lèvres mais je reste exsangue, telle une beauté spectrale. Au milieu de mes sœurs et de mes cousines, rayonnantes dans leurs robes aux couleurs vives, j'apparais comme une novice en route pour le couvent. Toutefois, ma mère me lance un coup d'œil approbateur :

— Parfait. Vous ressemblez à une lady et non à quelque paysanne accoutrée de sa plus belle jupe, en route pour la foire.

Le reproche glisse sans les piquer sur les autres, trop excitées à la perspective d'assister au rassemblement pour se soucier du trop vif éclat de leur vêture. Après quelques pas sur la route de Grafton, nous apercevons devant nous une douzaine d'hommes armés de gourdins et, pour quelques-uns d'entre eux, de triques : les recrues de mon père. Il leur a donné à chacun un écusson arborant la rose blanche et leur a rappelé qu'ils combattaient maintenant pour la maison d'York. Ils se fichent de ce renversement de leur loyauté. Ils partent au combat parce que mon père, leur seigneur et maître, propriétaire des terres qu'ils cultivent et des maisons dans lesquelles ils vivent, le leur ordonne. Il possède le moulin où ils vont moudre leur blé, la brasserie pour laquelle ils paient un droit d'usage. Certains n'ont jamais franchi les limites des domaines qui lui appartiennent et ne sauraient imaginer un monde où le terme de « châtelain » ne signifie point sir Richard Woodville. Quand il en tenait pour Lancastre, ils le suivaient. Lorsqu'il a reçu le titre de Rivers, cela n'a rien changé pour eux ; ils lui appartenaient toujours corps et âme. À présent qu'il les envoie combattre pour la maison d'York, ils agiront au mieux. Ils partent avec la promesse d'un salaire pour leur peine et d'une rente pour leurs épouses ainsi que leurs enfants s'ils ne reviennent pas. Ils n'en demandent pas davantage. Cela ne fait pas d'eux une armée animée d'un zèle fanatique, mais ils saluent cependant mon père de vivats et ôtent leurs chapeaux à notre approche tandis que leurs femmes et leurs progénitures s'inclinent sur notre passage.

Une soudaine clameur résonne dans l'air matinal. Au détour de la route apparaissent d'abord les écuyers portant les couleurs du roi, puis les trompettes, les hérauts, la garde royale. Enfin, au milieu de cet océan qui bruit et ondule, je l'aperçois.

Un instant, je crains de m'évanouir, mais ma mère me serre le bras et je reprends mes esprits. Il lève la main et la cavalcade s'immobilise. Derrière celle-ci serpente une longue file de gens de pied, eux-mêmes suivis des nouvelles recrues qui affichent, comme les hommes amenés par mon père, un visage désorienté. Puis vient un train de chariots transportant le ravitaillement en nourriture, en matériel ou en armes, un énorme canon tiré par quatre puissants chevaux, quelques mules et, fermant la marche, une poignée de femmes et de vagabonds. On croirait une bourgade en mouvement – une cité dangereuse, en route pour le mal.

Le roi Édouard saute de sa monture et se dirige vers mon père, qui s'incline profondément.

— Voici tous ceux que nous avons pu enrôler, Sire. Ils ont juré fidélité à Votre Majesté. En sus, recevez ceci, en gage de notre soutien à votre juste cause.

Ma mère s'avance à ces mots et tend la bourse remplie de pièces d'or. Le souverain s'en empare et la soupèse, puis il dépose deux francs baisers sur ses joues.

— Vous faites preuve de générosité, déclare-t-il, je ne l'oublierai pas.

Son regard la quitte et se pose sur moi, debout à côté de mes sœurs. Nous plongeons toutes dans une révérence et je découvre en me relevant qu'il ne m'a pas quittée des yeux. L'espace d'un battement de cœur, le vacarme de l'armée et des chevaux s'éteint et nous laisse seuls au monde, lui et moi. Sans réfléchir et comme répondant à son muet appel, je m'avance d'un pas, puis d'un autre, jusqu'à dépasser mes parents pour me retrouver devant lui.

— Je ne peux dormir, murmure-t-il à voix basse.

— Moi non plus.

— En vérité ?

— En vérité.

Il exhale un profond soupir, comme soulagé.

— Est-ce cela, l'amour ?

— Je le crois.

— J'ai perdu l'appétit.

— Oui.

— Vous occupez toutes mes pensées. Je ne puis poursuivre ainsi, et moins encore partir au combat. Je suis devenu fou – fou de vous, comme un jouvenceau. Je ne survivrai point sans vous. Je vous veux, quel que soit le prix qu'il me faille payer.

La chaleur envahit mes joues ; pour la première fois depuis des jours, j'irradie de bonheur et lui chuchote :

— Je pense à vous sans arrêt, rien qu'à vous. Je me croyais malade.

L'anneau semblable à une petite couronne pèse dans ma poche, ma coiffe tire sur mes cheveux. Que m'importe. Je ne suis consciente que de sa présence, de son souffle chaud sur mes joues, de sa fragrance faite d'épices, d'eau de rose, de sueur, à laquelle se mêle l'odeur de son cheval et du cuir.

— Je suis fou de vous, répète-t-il.

Sans cesser de lui sourire, je plonge mon regard dans le sien et déclare :

— Et je suis folle de vous.

— Épousez-moi, alors.

— Comment ?

— Unissons-nous.

— Vous vous moquez.

— Je suis très sérieux. Si je ne vous possède pas, je mourrai. Voulez-vous m'épouser ?

— Oui, réponds-je dans un souffle.

— Demain matin, je me présenterai de bonne heure. Retrouvez-moi dans votre petite chapelle. Je viendrai avec mon aumônier, assurez-vous d'amener des témoins. Choisissez des personnes en qui vous avez toute confiance, notre union devra demeurer secrète pendant quelque temps. Y êtes-vous disposée ?

— Oui.

Son beau visage s'illumine.

— Je brûle de vous prendre dans mes bras.

— Demain, dis-je à voix basse.

— À 9 heures, précise-t-il.

Il se tourne vers mon père.

— Accepterez-vous un rafraîchissement ? propose celui-ci, son regard passant de mon visage cramoisi à celui, lumineux, du souverain.

— Non, en revanche je souperai demain en votre compagnie, si vous m'acceptez. Je traquerai le gibier dans les environs et j'espère une chasse fructueuse.

Il s'incline devant ma mère et moi, salue mes sœurs et mes cousines, puis s'élance en selle.

— À vos rangs ! ordonne-t-il aux recrues. Une courte marche vous attend, qui sera suivie d'un dîner. Vous soutenez une cause juste et noble. Gardez-moi fidélité et je vous serai bon seigneur. Jamais je n'ai perdu une bataille. Je vous conduirai vers la victoire et la fortune, puis vous ramènerai sains et saufs en vos foyers !

Il n'aurait pu mieux choisir ses mots. Ils se hâtent de rejoindre l'arrière-garde. Mes sœurs agitent leurs roses en bouton sitôt que les trompettes sonnent et que s'ébranle l'imposante armée. Les traits sérieux, il m'adresse un léger signe de tête, et j'agite la main en murmurant : « Demain », tandis qu'il s'éloigne.

Je doute de lui, quand j'ordonne au page de ma mère de s'éveiller aux aurores afin de se rendre à la chapelle, prêt à chanter des psaumes. Je doute de lui, même lorsque j'annonce à ma mère que le roi d'Angleterre m'a demandé de l'épouser en secret et que je lui demande de remplir le rôle de témoin avec sa dame d'honneur, Catherine. Je doute de lui tandis que, debout dans l'air froid, devant l'autel, je frissonne dans ma robe. Et oui, je doute… jusqu'à ce que résonne son pas rapide lorsqu'il remonte la petite nef… jusqu'à ce que je sente son bras autour de ma taille, son baiser sur ma bouche, et que je l'entende lancer au prêtre :

— Mariez-nous, mon père. Je suis pressé.

Le page chante ses cantiques, le religieux prononce les paroles sacramentelles. Nous échangeons nos vœux. Je perçois vaguement l'expression satisfaite de ma mère et les rayons du soleil qui, à travers les vitraux, dessinent un arc-en-ciel sur le sol de pierre.

— Qui a l'anneau ? s'enquiert le prêtre.

Le roi s'exclame :

— L'anneau ! Je ne m'en suis point muni. Me prêterez-vous une bague, madame ? demande-t-il à ma mère.

— Oh, mais j'en possède un, interviens-je.

Je tire de ma poche l'anneau que j'ai sorti de l'eau avec tant de patience, celui qui, ciselé comme une couronne, était destiné à réaliser mon vœu le plus cher. Le souverain d'Angleterre le glisse autour de mon annulaire. Je suis sa femme, je deviens la reine.

La reine yorkiste.

Le page termine ses prières d'intercession et le roi demande sans détour à ma mère :

— Milady ? Où puis-je emmener mon épouse ?

Elle lui tend une clé.

— Un relais de chasse se dresse sur les rives de la rivière, explique-t-elle. Il porte le nom de River Lodge. Je l'ai fait préparer.

Il m'aide à m'installer sur son puissant destrier, puis il prend place derrière moi. Ses bras m'enserrent lorsqu'il s'empare des rênes. Nous avançons au pas sur le chemin qui borde le cours d'eau. Je me laisse aller contre lui et je sens son cœur qui bat la chamade. Le relais apparaît à travers les arbres ; un filet de fumée s'élève de la cheminée. Il saute de sa selle, m'aide à en descendre. Puis il mène son cheval à l'écurie tandis que j'ouvre la porte du logis. L'intérieur est simple. Un feu dans l'âtre, un pichet de bière épicée avec deux gobelets sur une table de bois, deux chaises disposées pour un repas constitué de pain, de fromage et de viande froide, et enfin un grand lit de bois préparé avec les meilleurs draps. La pièce s'assombrit alors qu'il baisse la tête pour franchir le seuil.

— Votre Majesté, dis-je avant de me corriger aussitôt. Monsieur mon mari.

— Femme, au lit, m'invite-t-il avec une satisfaction tranquille.

Le soleil du matin, qui brillait si fort lorsque nous avons glissé nos corps entre les draps, prend une chaude couleur dorée en fin d'après-midi.

— Que la Madone qui règne sur les cieux soit louée pour ce déjeuner auquel m'a convié votre père. Laissez-moi sortir du lit, sorcière que vous êtes.

Je proteste :

— Je vous ai proposé du pain et du fromage voici deux heures, et vous ne m'avez pas laissée faire trois pas pour aller les chercher sur la table.

— J'étais occupé, rétorque-t-il avant de m'attirer contre son épaule nue.

Son contact et l'odeur de sa peau envoient une nouvelle vague de désir à travers mon corps. Lorsque nous reprenons à nouveau notre souffle, le crépuscule donne à la pièce une teinte rosée.

— Je dois me laver, annonce-t-il. Voulez-vous que je vous rapporte une cruche d'eau de la cour ?

Sa tête effleure le plafond ; il possède un corps parfait. Je le contemple avec satisfaction, comme un marchand observerait un magnifique étalon. Il est grand, mince, musclé, le torse large, les épaules puissantes. Il me sourit et mon cœur chavire.

— Vous semblez prête à me manger tout cru, remarque-t-il.

— C'est le cas, réponds-je. Je ne sais comment satisfaire le désir que vous m'inspirez. Je crois qu'il me faudra vous emprisonner et vous dévorer par petits bouts, jour après jour.

— Si je vous gardais prisonnière, je ne ferais de vous qu'une bouchée. Mais vous ne sortiriez qu'une fois grosse de mon fruit, s'amuse-t-il.

Une exclamation m'échappe alors que se forme dans mon esprit la plus délicieuse des pensées :

— Si je vous donne des fils, ils seront princes !

— Vous deviendrez la mère du roi d'Angleterre, fondatrice de la lignée d'York qui régnera éternellement, s'il plaît à Dieu.

— Amen, renchéris-je dévotement. Dieu vous accordera la victoire.

— Je gagne toujours, fait-il valoir avec une confiance suprême. Réjouissez-vous, Élisabeth, vous ne me perdrez point sur le champ de bataille.

— Et je serai reine.

Pour la première fois, je comprends que si ce jeune homme revient vainqueur après avoir occis le roi légitime, Henri, alors il deviendra le souverain incontestable de toute l'Angleterre – ce qui fera de moi le second personnage le plus important du pays.

Après le souper, Édouard prend congé de mon père et part pour Northampton.

— Je reviendrai demain soir, me promet-il en aparté. Il me faut lever des troupes et accompagner mes hommes tout le jour, mais quand viendra le crépuscule, je vous retrouverai.

— Venez au relais de chasse, lui enjoins-je dans un murmure. Je vous attendrai avec un dîner, comme une bonne épouse.

— Demain soir, répète-t-il avant de remercier mes parents de leur hospitalité.

— Sa Majesté se montre pleine d'égards à votre endroit, remarque mon père. Que cela ne vous monte point à la tête.

— Bien qu'Élisabeth reste la plus jolie femme de toute l'Angleterre et qu'il apprécie sans conteste un joli minois, elle connaît son devoir, le rassure ma mère avec douceur.

L'attente recommence. La soirée, tandis que je joue aux cartes avec mes fils puis les écoute réciter leurs prières nocturnes ; la nuit, quand, malgré la délicieuse lassitude de mon corps, je ne parviens pas à m'endormir ; le jour suivant, interminable, qui me voit marcher et parler comme dans un rêve, jusqu'au crépuscule tant espéré, quand il baisse la tête dans l'embrasure de la porte, s'avance dans la petite pièce et me prend dans ses bras en s'exclamant :

— Femme, au lit !

Trois nuits se succèdent dans ces brumes voluptueuses. Le dernier matin, il s'éveille et m'annonce :

— Il me faut partir, ma mie. Je vous retrouverai lorsque tout cela aura pris fin.

J'ai l'impression d'avoir reçu un seau d'eau glacée au visage.

— Vous partez au combat ?

— Mes troupes sont levées, et mes espions m'informent qu'Henri se dirige vers la côte Est pour y rejoindre sa femme. Je veux d'abord affronter le mari, puis intercepter Marguerite aussitôt qu'elle aura débarqué avec ses soldats.

— Vous ne partez pas à l'instant même ?

— Aujourd'hui, précise-t-il en me repoussant avec douceur avant de continuer de se vêtir.

— Je ne puis vivre sans vous.

— J'entends bien. Mais vous y parviendrez. À présent, écoutez.

L'homme qui s'adresse à moi n'a plus rien du jeune amant exubérant de notre courte lune de miel. Pendant que je ne songeais qu'à notre plaisir, il s'organisait, se préparait, en roi qui défend son royaume. Muette, j'attends ses ordres.

—Quand j'aurai remporté la victoire, je reviendrai vous chercher et nous annoncerons notre union aussitôt que possible. Il s'en trouvera pour grogner, mais ils devront s'en accommoder.

Je sais que son premier conseiller, lord Warwick, négocie une union avec une princesse de France. Or ce puissant personnage est accoutumé à commander à mon jeune époux.

—Si d'aventure la fortune m'abandonnait, gardez-vous de prononcer une seule parole sur ce mariage et les quelques jours qui viennent de s'écouler.

Il lève la main pour faire taire mes objections.

—Vous ne gagneriez rien à devenir la veuve d'un imposteur dont la tête surmonterait les portes de la cité d'York. Aux yeux de tous, vous continuerez d'incarner la fille d'une bonne famille demeurée loyale à la maison de Lancastre. J'escompte que vous vous souviendrez de moi dans vos prières, mais notre secret ne concernera que vous, moi, et Dieu.

—Ma mère sait...

—Votre mère veillera à votre sûreté par tous les moyens. Elle imposera le silence au page et à sa dame d'honneur. Elle s'y est préparée. En outre, je lui ai donné de l'or.

Je ravale un sanglot.

—Fort bien.

—Par ailleurs, j'aimerais vous savoir remariée. Choisissez un brave homme qui vous aimera, prendra soin de vos garçons et vous rendra heureuse.

Je baisse la tête, incapable de prononcer un mot.

—Si vous découvrez que vous attendez un enfant, il vous faudra quitter l'Angleterre, me commande-t-il. Informez-en aussitôt votre mère – je me suis entretenu avec elle, elle saura quoi faire. Le duc de Bourgogne règne sur les Flandres, il vous installera dans une maison, par respect pour votre mère dont il est le parent et par amour pour moi. Si vous enfantez une fille, obtenez une grâce du roi Henri, puis reprenez votre place à la Cour. Laissez s'écouler une année, cela vous rendra délicieusement populaire et les hommes s'éprendront tous de vous, la veuve magnifique d'un prétendant occis. En souvenir de moi, profitez de la vie, je vous en conjure.

» En revanche, un garçon deviendrait l'héritier de la maison d'York, et prétendant au trône d'Angleterre. Il vous faudrait le garder en sécurité, peut-être le dissimuler jusqu'à ce qu'il soit en âge de revendiquer son héritage. Qu'il vive sous un nom d'emprunt, parmi des gens d'humble condition – ne vous embarrassez point de fausse fierté. Mes frères Richard et Georges agiront comme oncles et tuteurs, accordez-leur toute votre confiance pour protéger mon fils. Il se peut qu'Henri et son rejeton s'éteignent jeunes ; votre enfant viendrait alors leur succéder – je ne compte point la Lancastrienne Margaret Beaufort [1]. Mon garçon doit s'asseoir sur le trône. Je désire qu'il réclame son héritage s'il a la possibilité de l'emporter, ou si mes frères Georges et Richard peuvent le conquérir en son nom. M'entendez-vous ?

— Oui, réponds-je, consciente que mon chagrin et ma frayeur ne constituent aucunement une affaire privée.

Si j'ai conçu pendant ces nuits de passion, notre enfant ne représentera pas uniquement le fruit de notre amour mais

1. Il s'agit de l'épouse en secondes noces d'Edmond Tudor, demi-frère du roi Henri VI. (*NdT*)

un héritier du trône, un prétendant, un nouveau pion dans la longue rivalité qui oppose les lignées d'York et de Lancastre.

— Cette éventualité vous peine, je le vois, ajoute-t-il. Je ne souhaite nullement une telle situation. Rappelez-vous seulement que votre refuge se trouverait dans les Flandres si vous deviez mettre mon fils à l'abri. Votre mère a de l'argent et sait quoi faire.

— Je m'en souviendrai, mais revenez-moi.

Son rire éclate, franc et joyeux, celui d'un homme convaincu de sa bonne fortune, de ses capacités.

— Comptez sur moi. Vous avez épousé un homme qui mourra dans son lit, de préférence après avoir fait l'amour à la plus jolie femme de toute l'Angleterre.

Il ouvre les bras et je m'y blottis.

— Assurez-vous de cette fin-là, dis-je. Je veillerai quant à moi à rester toujours à vos yeux la plus belle femme du royaume.

Il m'embrasse brièvement, l'esprit déjà ailleurs, puis se dégage de mon étreinte. Il s'est éloigné de moi bien avant de franchir le seuil, et je vois que son page a amené son cheval devant la porte et qu'il est prêt à partir.

Je cours dehors pour lui faire signe. Il est déjà en selle, et son destrier danse sur place. C'est un grand alezan, fort et puissant. Il arque son encolure et tente de se cabrer pour se libérer de la prise ferme d'Édouard. Le roi d'Angleterre se dresse de toute sa hauteur dans le soleil sur son grand cheval de guerre et, pendant un instant, je suis sûre moi aussi qu'il est invincible.

— Dieu vous garde !

Il me salue, puis éperonne sa monture. Le souverain légitime s'en va combattre l'autre souverain légitime. Je reste sur place, main levée, jusqu'à ce que disparaisse la bannière à la rose blanche et que s'éteigne le grondement des montures lancées au galop.

Il est parti. Accablée par cette pensée, je découvre avec horreur mon frère Anthony, caché derrière un arbre depuis Dieu sait quand, et qui s'avance vers moi.

— Espèce de catin !

Je le regarde fixement, comme méconnaissant le mot qu'il vient d'employer.

— Comment ?

— Infâme ribaude ! Vous avez jeté le déshonneur sur notre maison, sur votre nom et sur celui de feu votre époux qui a péri en combattant cet usurpateur. Dieu vous pardonne, Élisabeth ! Je vais en informer père immédiatement ; il vous enfermera dans un couvent, s'il ne vous étrangle pas avant de ses propres mains !

— Non !

Je m'élance à sa poursuite et lui agrippe le bras, tandis qu'il se dégage d'un geste brusque.

— Ne me touchez pas, garce. Je ne veux pas que ces mains me salissent après l'avoir tripoté.

— Anthony, ce n'est pas ce que vous croyez !

— Mes yeux me tromperaient-ils ? crache-t-il férocement. Suis-je face à la déesse Mélusine sortant de son bain, que son preux et noble chevalier quitte après lui avoir juré fidélité ? Serions-nous à Camelot ? Voudriez-vous me faire croire qu'il s'agit d'un amour vertueux, honorable ?

— Parfaitement. Honorable ! m'entends-je rétorquer.

— Vous ne connaissez pas la signification de ce mot. Vous n'êtes qu'une traînée qu'il passera à William Hastings, comme il le fait de toutes ses catins.

— Il m'aime !

— C'est ce qu'il affirme à chacune.

— C'est la vérité. Il reviendra me chercher.

— Il le promet toujours.

Furieuse, je brandis mon poing gauche et il s'écarte, craignant un coup. Il aperçoit l'anneau d'or qui brille à mon doigt.

— Une bague ? Il vous a offert une bague ? Ce gage d'amour est-il censé m'impressionner ?

— Il s'agit d'un anneau nuptial. Nous sommes unis.

J'ai fait ma déclaration sur un ton triomphant.

— Dieu du ciel, il vous a abusée ! s'écrie Anthony. (Il me prend dans ses bras et me presse contre son torse.) Ma pauvre sœur, il vous a dupée.

Cherchant à me libérer, je m'exclame :

— Laissez-moi donc ! Je ne suis la dupe de personne, que voulez-vous dire ?

Il me dévisage, l'air chagrin.

— Laissez-moi deviner. Cette union s'est-elle tenue en secret, dans une petite chapelle déserte, sans la présence du moindre courtisan ni d'aucun de ses amis ? N'est-il pas vrai que lord Warwick ne doit pas en être informé, que cela doit rester caché ? Devez-vous nier qu'elle ait eu lieu si on vous le demande ?

— Oui, mais…

— Vous n'êtes pas mariée, Élisabeth, mais bernée. Il s'agissait d'une fausse cérémonie, sans substance aux yeux de Dieu ou des hommes. Il vous a abusée à l'aide d'un anneau de pacotille et d'un faux prêtre de façon à vous glisser dans sa couche.

— Non !

— Nous parlons d'un homme qui aspire à devenir roi d'Angleterre. Il épousera une princesse, pas une veuve appauvrie du camp ennemi venue le supplier de lui restituer ses terres. S'il devait épouser une Anglaise, il choisirait une femme de la noblesse, probablement Isabel, l'aînée de Warwick. Que ferait-il de la fille d'un homme qui a lutté contre lui ? Non, je gage qu'il s'unira à quelque grande princesse d'Europe – une infante d'Espagne ou une dauphine de France. Son mariage devra représenter une alliance solide qui lui apportera la stabilité sur son trône. Aucune chance qu'il épouse un joli minois par amour. Lord Warwick ne le lui permettrait jamais et, de toute façon, Édouard d'York n'est point si fou.

— Peu lui importe son conseiller ! Il est le roi.

— Il est la marionnette de Warwick, me corrige Anthony. Ce dernier lui a apporté son soutien, à l'égal de son propre père qui avait accordé son aide au père d'Édouard. Sans l'appui de Warwick, ni votre amant ni feu le duc d'York n'eussent été en mesure de disputer le trône au roi Henri. Warwick est un faiseur de rois. Il a transformé votre galant en souverain et vous pouvez être assurée qu'il « fera » également la reine. Il choisira l'épouse d'Édouard et, roi ou non, celui-ci obéira.

Réduite un moment au silence, je lâche enfin :

— Mais il ne saurait obéir à un tel ordre, puisqu'il m'a épousée.

— Une mascarade, rien de plus.

— Une cérémonie légitime, devant témoins.

— Qui ?

— Notre mère, pour commencer.

— En vérité ?

— Accompagnée de sa dame d'honneur, Catherine.

— Père y a-t-il assisté également ?

Je fais signe que non.

— Vous voyez. Qui d'autre ?

— Le prêtre, un page.

— Quel prêtre ?

— Je ne le connais pas. Le roi l'a fait venir pour officier.

— S'il s'agit bien d'un religieux. Peut-être n'était-ce qu'un pauvre diable en quête d'une faveur et appelé à jouer ce rôle. Quand bien même il eût été ordonné, le roi peut toujours réfuter la légitimité de cette union ; ce sera la parole de trois femmes et d'un gamin contre celle du souverain d'Angleterre. Il lui sera facile de vous faire enfermer une année ou davantage, jusqu'à ce qu'il s'unisse à une princesse de son choix. Il vous a dupées, mère et vous.

— Je vous fais le serment qu'il m'aime d'un amour puissant.

— Cela se peut, concède-t-il. De la même façon qu'il a aimé toutes les femmes qu'il a glissées dans sa couche – et on ne les compte plus. Mais, la bataille terminée, lorsqu'il rentrera chez lui et apercevra un autre joli minois sur le bord de la route, il ne lui faudra pas plus d'une semaine pour vous oublier.

Passant ma main sur ma joue, je la découvre trempée de larmes et je chuchote :

— Je répéterai vos paroles à notre mère.

Une menace revenue de notre enfance. Déjà, à l'époque, elle ne l'effrayait guère.

— Allons-y ensemble, suggère-t-il. Je doute qu'elle se réjouisse d'apprendre qu'elle a hâté le déshonneur de sa fille.

En silence, nous traversons la forêt puis le petit pont de bois. À quelques pas du grand frêne, je lorgne le tronc du coin de l'œil. Le fil a disparu. Il ne reste aucune trace du rituel magique. Les eaux de la rivière d'où j'ai tiré mon anneau se sont refermées. Il n'y a aucune preuve que la magie ait jamais fonctionné. Aucune preuve que la magie existe. Tout ce que j'ai, c'est un petit anneau d'or en forme de couronne, qui ne signifie peut-être rien.

Notre mère se trouve dans le jardin des simples. Lorsqu'elle nous aperçoit, mon frère et moi, marchant dans un silence buté et à un pas l'un de l'autre, elle se redresse avec son panier rempli de plantes aromatiques et carre les épaules en prévision de l'affrontement à venir.

— Mon fils, accueille-t-elle Anthony.

Celui-ci s'agenouille devant elle pour recevoir sa bénédiction ; elle pose une main légère sur sa chevelure blonde et lui sourit. Il se relève alors et prend ses mains entre les siennes.

— Je crois que le roi vous a menti, ainsi qu'à ma sœur, lance-t-il sans préambule. La cérémonie s'est déroulée dans le secret, aussi aucune personne d'autorité n'est-elle en mesure d'en rendre compte.

— Oh, vraiment ? réplique-t-elle sans s'émouvoir.

— En effet. Par ailleurs, ce n'est pas la première fois qu'il feint de s'unir à une femme de façon à la mettre dans son lit. Il a joué à ce petit jeu auparavant, et la dame s'est retrouvée sans anneau au doigt et grosse d'un bâtard.

Ma mère est magnifique de certitude.

— Ses agissements passés le regardent. Je témoignerai de son union et qu'elle a été consommée. En outre, je gagerais ma fortune qu'il reviendra chercher son épouse.

— Jamais, la contredit Anthony. La disgrâce d'Élisabeth est inéluctable. En outre, si elle a conçu, cela précipitera sa ruine.

— Eussiez-vous raison, elle déplorerait assurément de bien tristes perspectives, acquiesce-t-elle.

Un peu plus tôt, mon amant m'indiquait comment garder son fils en sécurité. Voici qu'à présent, celui-ci serait cause de ma fin.

— Je m'en vais voir mes enfants, interviens-je froidement. Je refuse d'entendre un mot de plus. Je lui resterai fidèle tout comme il respectera sa parole envers moi et vous regretterez d'avoir douté.

— Pauvre idiote, vous me faites pitié, me lance mon frère. (Il poursuit à l'intention de ma mère.) Belle gageure que vous tentez. Très belle. Mais vous misez sa vie et son bonheur sur la parole d'un menteur avéré.

— Peut-être, répond ma mère sans se démonter. Vous êtes un homme plein de sagesse, mon fils, un philosophe. Toutefois, il reste certaines choses que je connais mieux que vous, encore aujourd'hui.

Je m'éloigne. Aucun d'eux ne tente de me retenir.

Il me faut attendre, à l'instar du pays entier, l'issue de la bataille. Mon frère Anthony envoie un homme aux nouvelles. Au retour de ce messager, nous saurons.

En mai, le serviteur d'Anthony revient. Au terme d'un périple qui l'a mené à Hexham, très au nord, un homme lui a parlé d'un affrontement terrible, sanglant. Sur le seuil, j'hésite un instant. Je désire connaître le dénouement, point les détails sordides. Je n'ai besoin d'aucune aide pour imaginer une bataille, notre pays s'est accoutumé à ces récits. Qui n'a jamais entendu parler de troupes en position, de charges, de retraits, de ces pauses exténuées ? En outre, tout le monde connaît quelqu'un qui se trouvait dans une ville où des soldats victorieux sont passés, déterminés à faire la fête, à voler et à violer ; tout le monde a entendu des histoires de femmes qui courent vers une église pour y trouver refuge, en criant à l'aide. Nul n'ignore que ces guerres déchirent notre pays, anéantissent sa prospérité, épuisent l'amitié entre voisins, brisent la confiance accordée aux étrangers. Elles affectent l'amour entre frères, la sécurité des routes, l'attachement du peuple pour son roi ; et pourtant, rien ne semble interrompre leur effroyable succession. Le royaume attend et espère une victoire finale, un monarque triomphant qui apporterait la paix. Mais la victoire ne vient jamais, la paix ne vient jamais, et aucune souveraineté ne s'installe.

Le messager d'Anthony va droit au fait. L'armée du roi Édouard a remporté un succès décisif. Les forces lancastriennes ont été mises en déroute et le roi Henri, cette pauvre âme errante qui ne sait jamais réellement où il se trouve, même lorsqu'il loge dans son palais de Westminster, a pris la fuite vers les landes du Northumberland, sa tête mise à prix comme celle d'un vulgaire hors-la-loi, sans serviteur, sans ami, sans même de partisans.

Sa femme, la reine Marguerite d'Anjou, jadis l'amie intime de ma mère, a pris la fuite et s'est réfugiée en Écosse avec le prince héritier. Son armée est défaite, son époux vaincu. Elle n'acceptera point son sort, toutefois ; nul doute qu'elle n'intrigue au nom de son fils – à l'égal de ce qu'Édouard m'a ordonné de faire pour le nôtre. Elle ne s'arrêtera que lorsque son époux sera mort, que son fils sera mort, et qu'elle n'aura plus personne à mettre sur le trône. Voilà ce que signifie être reine d'Angleterre, de nos jours. En particulier pour elle, dont l'époux, depuis dix ans, se révèle incapable de régner, à l'image d'un lièvre apeuré. Pis encore, je sais que c'est cela qui m'attend, si Édouard revient victorieux, me désigne comme sa reine et me donne un fils.

Mon jeune amant ne forfait point à sa parole. Il me mande par messager qu'il a remporté la bataille et brisé le siège de Bamburgh Castle. Il ajoute qu'il nous rendra visite sitôt qu'il mènera son armée vers le sud. À mon père, il écrit qu'il viendra dîner et à moi, qu'il passera la nuit.

Je montre le billet à ma mère :

— Vous pouvez informer Anthony que mon mari respecte sa promesse.

— Je ne dirai rien à votre frère, refuse-t-elle d'un ton tranchant.

Mon père, quant à lui, parvient à se réjouir à la perspective de recevoir la visite du vainqueur.

— Nous avons bien fait de lui fournir ces hommes, déclare-t-il d'un ton satisfait à ma mère. Merci à vous, ma mie, de nous avoir une fois de plus guidés du côté des vainqueurs.

Elle lui sourit.

— Nous avions une chance sur deux, comme toujours, tempère-t-elle. Par ailleurs, c'est Élisabeth qui lui a tourné la tête, et c'est à elle qu'il rend visite.

— Avons-nous du bœuf séché en suffisance ? J'irai chasser au faucon ce tantôt avec les garçons et vous rapporterai du gibier.

— Nous lui servirons un bon dîner, le rassure ma mère.

Elle omet de lui apprendre cet autre motif de célébrations familiales : mon union avec le roi d'Angleterre. Elle garde celle-ci sous silence et je me demande si elle aussi craint une tromperie d'Édouard à mon égard.

Rien ne trahit toutefois ses pensées, quelles qu'elles soient, lorsqu'elle l'accueille d'une profonde révérence. Elle ne lui montre aucunement cette familiarité qu'une belle-mère serait en droit de manifester à l'endroit de son gendre. D'un autre côté, elle n'affiche pas non plus la froideur qu'elle ne manquerait pas de ressentir si elle l'estimait coupable de duplicité envers moi – et envers elle ! Elle le reçoit en souverain victorieux. Édouard, pour sa part, s'adresse à elle avec le respect dû à une noble dame, à une ancienne duchesse, et tous deux me traitent avec les égards réservés à la favorite de la maisonnée.

Le dîner se révèle un succès, avec mon père trahissant un enthousiasme quelque peu fanfaron, ma mère élégante comme à son habitude, mes sœurs réduites à leur silence coutumier par une admiration respectueuse et mes frères taciturnes à l'excès. Le roi prend congé de mes parents, puis se dirige ostensiblement vers Northampton. Peu après, je jette ma cape sur mes épaules et cours vers le relais de chasse.

Il m'y attend déjà, son destrier à l'écurie, son écuyer installé sur quelque botte de paille, dans la grange. Sans un mot, il me prend dans ses bras. Je reste également muette – je ne suis point stupide au point d'accueillir cet homme avec mes soupçons et mes plaintes. De surcroît, aussitôt qu'il pose les mains sur moi, je n'aspire qu'à son contact, à ses baisers, et à ces paroles, les plus douces qu'il puisse prononcer : « Au lit, femme. »

Au matin, je peigne et attache ma longue chevelure devant le petit miroir d'argent. Il se tient derrière moi, m'observe, tire parfois une mèche dorée qu'il enroule autour de sa main.

— Vous ne m'aidez guère, lui dis-je en souriant.

— Je n'en ai point l'intention, j'adore vos cheveux lorsqu'ils sont détachés.

— Quand rendrons-nous notre union publique, monsieur mon mari ? m'enquiers-je tout à trac, les yeux fixés sur son reflet.

— Plus tard. Lord Warwick me presse d'épouser Bonne de Savoie, de façon à garantir la paix avec la France. J'ai besoin de temps pour refuser ce mariage auquel il tient. Je veux qu'il s'habitue à cette idée.

— Quelques jours ?

— Plutôt quelques semaines, se dérobe-t-il. Sa déception sera grande, d'autant qu'il a accepté Dieu sait quel pot-de-vin pour mener ce mariage à son terme.

— Un pot-de-vin ? N'est-ce point là faire preuve de félonie ?

— Pas avec lui. Il accepte l'or français sans le moindre dessein de me trahir. Nous ne formons qu'un, je le connais depuis mon enfance. Il m'a instruit de l'art de la joute, m'a mis en main ma première épée. Son père était comme un père pour moi et lui, comme un grand frère. Jamais je ne me serais battu pour la couronne sans sa présence à mon côté. Son propre père a poussé le mien jusqu'aux marches du trône et l'en a fait proclamer l'héritier. Plus qu'un mentor à mes yeux, il est mon ami le plus fidèle, celui qui m'a enseigné presque tout ce que je sais du combat et du gouvernement d'un royaume. Je dois prendre le temps de lui parler de nous, et lui expliquer que je n'ai pas pu vous résister. Je lui dois cela.

— A-t-il tant d'importance à vos yeux ?

— Aucun homme n'en a davantage.

— Vous me ferez venir à la Cour et me présenterez comme votre épouse ?

— Quand l'heure viendra.

— Puis-je au moins en instruire mon père, de façon que nos rencontres se déroulent entre mari et femme ?

— Autant transmettre l'information au crieur public, plaisante-t-il. Non, ma mie, il vous faudra garder notre secret pendant quelque temps encore.

Je m'empare de ma lourde coiffe et la fixe en silence sur ma chevelure. Son poids me donne mal à la tête.

— Vous avez confiance en moi, n'est-ce pas, Élisabeth ?

— Oui, mens-je. Absolument.

Anthony surgit à mon côté alors que le roi s'éloigne. Il lève la main pour le saluer, ironique.

—Alors, vous ne l'accompagnez pas? demande-t-il, sarcastique. Pas de voyage à Londres pour acheter de nouvelles robes? Pas de présentation à la Cour ni de messe d'action de grâces agenouillée sur le royal coussin?

—Il doit discuter avec lord Warwick et lui expliquer, me défends-je gauchement.

—Oh, c'est lord Warwick qui va lui expliquer, raille Anthony. Il va lui dire qu'un roi d'Angleterre ne peut se permettre d'épouser une roturière, une veuve sans nom ni fortune. Votre précieux souverain le rassurera. Il s'agissait d'une union secrète à laquelle aucun courtisan n'a assisté, sa nouvelle épouse ne l'a pas même mentionnée à sa propre famille et elle porte son anneau dans sa poche. Tous deux conviendront qu'il leur est loisible de prétendre qu'elle n'a jamais eu lieu. C'est ainsi qu'il a agi par le passé et il ne s'en privera pas dans le futur, si tant est qu'il reste des femmes crédules dans le pays.

Lorsqu'il lit la douleur sur mes traits, il cesse aussitôt de me tourmenter.

—Élisabeth, ne prenez pas cet air.

Ses paroles libèrent ma colère:

—Je me fiche qu'il ne me reconnaisse pas comme épouse légitime, imbécile! Je me moque de devenir reine, je ne souhaite même plus d'amour honorable. Je l'aime à la folie, d'un amour puissant, incontrôlable. Répétez-moi à l'envi que je ne suis qu'une conquête parmi tant d'autres, j'en rirai. Rien ne m'importe comme de l'aimer encore, ni mon nom ni ma fierté! Je ne désire qu'une chose au monde: son amour.

Anthony me prend dans ses bras:

— Son amour vous est acquis, j'en suis certain, m'apaise-t-il. Quel homme vous résisterait ?

— Je l'aime tant, confié-je sur un ton misérable. Je l'aimerais même s'il n'était qu'un pauvre manant.

— Je n'en crois rien, me contredit-il. En digne fille de notre mère, dans les veines de qui coule le sang d'une déesse, vous êtes née pour régner. Il se peut qu'il vous aime et vous soutienne envers et contre tous.

Je lève la tête et plonge mon regard dans le sien.

— Vous n'y croyez guère, cependant.

— Non, avoue-t-il. À dire vrai, je pense que vous ne le reverrez plus.

Septembre 1464

Édouard m'envoie une missive, qu'il adresse à lady Élisabeth Grey et dans laquelle il écrit « Mon aimée » et non « Chère épouse », ne m'accordant de ce fait aucun moyen de prouver la légitimité de notre union. Il m'informe qu'il reste fort occupé mais qu'il me fera mander avant peu. La Cour se trouve à Reading, et il escompte bientôt s'entretenir avec lord Warwick. Le conseil se réunit, il y a tellement à faire. Le roi Henri se cache toujours dans le Northumberland tandis que la reine a trouvé refuge dans son pays d'origine, la France, pour y demander de l'aide. Pour cette raison, une alliance avec ce pays se révèle plus que jamais nécessaire, afin de l'exclure des conseils français et de s'assurer qu'elle ne pourra pas bénéficier de leur soutien. Il se garde d'observer qu'une union française lui apporterait cette assurance. Il affirme qu'il m'aime, qu'il brûle de me serrer dans ses bras. Paroles et promesses d'amant, qui ne le lient en rien.

Le même messager est porteur d'un billet adressé à mon père, qui lui enjoint de se présenter à Reading. Il ne diffère point de celui qu'ont reçu tous les courtisans de bonne noblesse du royaume.

Mes frères Anthony, John, Richard, Édouard et Lionel doivent l'accompagner.

— Écrivez-moi tout ce qui surviendra, commande son épouse à mon père alors que nous assistons à leur départ.

C'est une véritable petite armée, que forme cette riche nichée de ma mère.

— Nul doute qu'il ne nous invite pour nous annoncer son mariage avec une princesse française, grogne mon père, occupé à resserrer la sangle de sa selle. Quel bien une alliance avec ce pays nous apportera-t-elle – nous a jamais apporté, du reste –, je vous le demande ? Enfin, cela demeure une nécessité s'il désire éliminer Marguerite d'Anjou. En outre, une épousée de France vous accueillerait avec joie à sa Cour en tant que compatriote.

Ma mère, sans ciller à la perspective d'une possible union d'Édouard, se contente de répéter :

— Écrivez-moi. Que Dieu vous accompagne et vous protège, monsieur mon époux.

Il se hisse en selle, se penche vers elle et lui baise la main, puis il tire sur ses rênes et dirige son étalon sur la route du sud. Mes frères soulèvent leur chapeau, nous adressent un signe de tête, éperonnent leur monture à leur tour. Mes sœurs agitent la main tandis qu'Élisabeth plonge dans une révérence destinée à Anthony. Le visage sombre, celui-ci nous salue d'un geste.

Toutefois, c'est lui qui m'écrit deux jours plus tard, une longue missive.

Ma sœur,

Le triomphe vous appartient, et cela me réjouit le cœur. Une terrible querelle a opposé le roi à lord Warwick lorsque celui-ci a présenté, comme chacun s'y attendait, un contrat d'union entre Sa Majesté et la princesse Bonne de Savoie. Le souverain, parchemin devant lui et plume en main, a levé la tête et déclaré à Sa Seigneurie qu'il lui était impossible de s'unir à la princesse, car il était déjà marié. On eût entendu une poussière tomber. Pour ma part, je jure avoir entendu le cœur de lord Warwick battre à tout rompre lorsqu'il a demandé au roi de répéter ce qu'il venait de dire. Celui-ci était blanc comme un linge, mais il a affronté son mentor (ce que je ne me fusse point hasardé à faire) et lui a expliqué que tous ses projets et toutes ses promesses avaient été faits en vain. Sa Seigneurie a agrippé le roi par le bras comme il l'eût fait avec un marmot et l'a entraîné dans une pièce adjacente, nous laissant bouillants de stupéfaction.

J'ai profité de l'occasion pour prendre notre père à part et le préparer à la possibilité que le roi annonçât votre union, afin de nous éviter d'avoir l'air aussi ahuris que lord Warwick. Toutefois, je vous avoue qu'en cet instant, je craignais encore que Sa Majesté n'admît son mariage avec une autre lady – mention avait été faite d'une dame de noble lignée lui ayant donné un fils. Pardonnez-moi, ma sœur, mais vous ne savez pas quelle réputation il s'est forgée. Père et moi nous tenions dans l'embrasure d'une fenêtre, sursautant comme le Lièvre de mars à chaque bruit, tandis qu'enfermés de l'autre côté de la porte se trouvaient le roi et l'homme qui l'avait placé en cette position et qui pouvait tout aussi bien l'en déloger.

Bien entendu, Lionel et John ont voulu connaître les raisons de nos chuchotis. Dieu merci, Édouard et Richard s'étaient absentés, aussi n'y avait-il que ces deux-là à informer. Ils n'y ont pas cru plus que père et j'ai eu fort à faire pour leur imposer quelque discrétion, comme vous l'imaginez.

Une heure s'est écoulée sans que quiconque osât quitter la salle du conseil, de peur de ne point connaître le dénouement – ils aimaient mieux pisser dans l'âtre, ma sœur, que s'absenter un instant ! La porte s'est alors ouverte et le roi a émergé, l'air bouleversé, en compagnie de lord Warwick, sombre comme un jour de pluie. Sa Majesté s'est appliquée aussitôt à afficher son plus joyeux sourire et s'est exclamée : « Messieurs, je vous sais gré de votre patience. Je suis heureux et fier de vous annoncer mon union avec lady Élisabeth Grey. » Il a hoché la tête en direction de père et m'a lancé un regard qui, je le jure, me suppliait d'empêcher toute intervention de sa part. Aussi me suis-je empressé de serrer son bras et de me pencher en arrière de façon à l'arrimer au sol, tandis que John faisait contrepoids de l'autre côté et que Lionel se signait comme s'il était déjà archevêque. Père et moi nous sommes inclinés fièrement, puis avons minaudé à l'excès, tels des complices de longue date ayant gardé secrets, par simple pudeur, nos états de beau-père et de beau-frère du roi d'Angleterre.

Édouard et Richard sont survenus sur ces entrefaites et de façon fort inopportune. Il nous a fallu leur chuchoter que le monde se trouvait soudain sens dessus dessous, et ils ont réagi à merveille : ils ont gardé la bouche close. Les personnes présentes ont pris cela pour une tranquille fierté. Un véritable quatuor de crétins cherchant à prendre un air suave ! Vous n'imaginerez point le raffut qui s'est ensuivi, les grognements, les récriminations. Certes, personne à proximité n'a osé dire à haute et intelligible voix que le roi s'était par trop abaissé en vous épousant, mais je sais qu'il y en a eu pour le penser. Le roi a fait face à ce flot de commentaires la tête haute. Père et moi nous sommes placés de part et d'autre de lui, suivis de tous nos frères qui se sont rangés derrière nous. On ne saurait nier que nous formons une famille d'hommes fort élégants ou, à tout le moins, de haute taille. Enfin ! La chose est faite, nul ne le réfutera. Dites à mère que son audacieuse gageure a payé : vous devenez reine d'Angleterre et élevez ainsi notre famille jusqu'aux plus hautes marches du pouvoir, même si personne ne nous y souhaite.

Père s'est gardé d'exprimer quoi que ce soit jusqu'à notre départ de la Cour, mais ses yeux roulaient dans sa tête comme à l'idiot du village. Revenus à notre logement, je lui ai exposé le pourquoi et le comment des choses, du moins ce que j'en connaissais. Il se montre à présent chagrin de ce que personne ne lui ait confié la vérité plus tôt, lui qui se fût révélé d'une discrétion exemplaire, mais sa nouvelle position de beau-père du roi d'Angleterre aura tôt fait de le consoler et je gage qu'avant peu, il vous aura pardonné, à vous et à mère, vos petits secrets féminins. Vos frères sont partis s'enivrer à crédit, comme il se doit. Lionel se voit déjà pape.

Le terrible orage qui s'est abattu sur votre nouvel époux le plonge dans une visible stupeur. Je doute qu'il se réconcilie aisément avec son ancien maître, lord Warwick, qui soupera dans ses quartiers ce soir et pourrait constituer un dangereux ennemi. Nous sommes invités à partager le repas du roi, et ses intérêts sont les nôtres. Le monde a changé pour nous, les Rivers. Comme vous l'imaginez, nous embrassons la cause yorkiste avec passion. Attendez-vous à ce que père plante des roses blanches dans toutes ses haies et en accroche une à son chapeau. Vous pouvez informer mère que, quelle que soit la magie qu'elle a déployée pour parvenir à ce résultat, elle a l'admiration la plus complète de son époux et de ses fils.

Du reste, sa magie se réduisît-elle à votre seule beauté que nous lui en rendrions semblable hommage.
Votre présence à la Cour est maintenant requise. Les ordres du roi partiront demain. Ma sœur, écoutez mon conseil : venez vêtue modestement et accompagnée d'une faible escorte. Cela n'étouffera point la jalousie mais évitera d'envenimer une situation déjà délicate. Nous comptons désormais des ennemis au sein de chaque famille du royaume, même celles que nous ne connaissons pas. Toutes maudiront notre bonne fortune et nous voueront aux gémonies. Les pères ambitieux de jolies demoiselles ne vous pardonneront jamais ce succès. Nous passerons le reste de nos vies sur nos gardes. Les immenses opportunités que nous fournit votre position n'ont d'égales que les innombrables risques qui nous menacent. Quoique le beau-frère du souverain d'Angleterre, je ne nourris ce soir que l'ambition de m'éteindre dans mon lit, paisiblement, comme un vieil homme.

Votre frère,
Anthony

Je songe toutefois qu'avant de mourir en paix, je lui demanderai de me faire duc.

Ma mère organise le déplacement de notre famille vers Reading comme s'en acquitterait la plus fervente partisane d'une reine. Toutes les personnes en mesure de bénéficier de notre ascension ou de contribuer à asseoir notre position sont appelées des quatre coins du pays. Elle invite même sa parentèle bourguignonne à venir à Londres assister à mon couronnement. Elle affirme qu'ils me procureront ces lettres de noblesse qui me font défaut. Par ailleurs, dans l'état actuel de notre monde, la sagesse commande de s'appuyer sur de puissants parents auprès desquels il est loisible de se réfugier.

Elle établit une liste de bons partis destinés à mes frères et à mes sœurs, d'enfants nobles placés sous tutelle que nous pourrions élever dans la pouponnière royale. Elle m'enseigne le fonctionnement d'une Cour, le principe du patronage, la puissance qui en découle. Elle connaît bien le sujet, ayant épousé la royauté en premières noces en la personne du duc de Bedford[1]. Jadis la deuxième femme du royaume sous la reine de Lancastre, elle continue d'occuper cette position avec la souveraine d'York – moi.

Elle envoie un chapelet d'instructions à Anthony, qui doit commander aux tailleurs et aux couturières de me confectionner de nouvelles robes. Elle se rend cependant aux conseils de mon frère de ne pas effectuer une entrée triomphale, de ne point nous glorifier outre mesure d'avoir quitté la maison de Lancastre défaite pour intégrer la maison d'York victorieuse. Mes sœurs, mes cousines et ma belle-sœur m'accompagneront à Reading, mais sans escorte grandiose comptant bannières et trompettes. Dans une missive adressée à ma mère, mon père rapporte qu'un grand nombre de courtisans nous envient cette nouvelle prospérité, mais qu'il craint par-dessus tout le grand ami du roi, Sir William Hastings, son plus puissant allié, lord Warwick, et sa famille proche, sa mère, ses sœurs, ses frères – qui ont le plus à perdre de la soudaine ascension de nouveaux favoris.

Je me souviens encore du regard que m'a lancé Hastings la première fois que j'ai rencontré le roi. Je me fais le serment que

1. Jean de Lancastre, premier duc de Bedford, était le troisième fils d'Henri IV d'Angleterre. (*NdT*)

jamais il ne me dévisagera de nouveau comme si j'étais le ballot d'un colporteur. Il ne m'inquiète guère, toutefois ; il aime le souverain comme nul autre et acceptera – défendra même – toute action de celui-ci. Lord Warwick m'effraie, en revanche. C'est un homme qui ne reculera devant rien pour obtenir ce qu'il convoite. Jeune encore, il a vu son propre père se rebeller contre son souverain et installer une maison royale rivale en la personne du duc d'York. À la mort de son père et de celui d'Édouard, Warwick a repris le projet à son compte et a fait couronner mon époux quand celui-ci avait à peine dix-neuf ans. Warwick compte treize années de plus que son protégé ; par comparaison, c'est un adulte accompli. De toute évidence, il avait prévu de longue date de placer une marionnette sur le trône de façon à en tirer les ficelles dans l'ombre. Le choix d'Édouard de m'épouser constitue une déclaration d'indépendance, dont Warwick aura tôt fait de limiter l'ampleur. Me voici unie à la marionnette du faiseur de rois, nul doute qu'il n'essaie de me faire danser à son rythme. Quoi qu'il en soit, l'heure est venue de prendre congé de mes garçons, de leur soutirer la promesse qu'ils obéiront à leurs précepteurs, de m'installer en selle sur la magnifique jument que m'a fait parvenir le roi et, accompagnée de ma mère, suivie de mes sœurs et de mes cousines, de me diriger vers Reading et ce nouvel avenir qui m'attend.

— J'ai peur, avoué-je à ma mère.

Elle amène sa monture à ma hauteur, puis repousse la capuche de sa cape.

— Cela se peut, répond-elle, mais j'ai vécu à la Cour de Marguerite d'Anjou, et il est impossible que vous vous montriez pire souveraine qu'elle.

Dire que ma mère était la meilleure amie de la reine, la première de ses dames d'atour !

— Vous chantez là un nouveau refrain.

— En effet, car j'ai changé de chorale. Je dis vrai, toutefois, et je le répète : vous ne pourriez vous révéler plus mauvaise reine pour ce pays qu'elle ne le fut – que Dieu la garde, où qu'elle se trouve.

— Elle était unie à un homme qui ne possédait point tous ses esprits la plupart du temps.

Ma mère balaie mon objection d'un geste.

— Elle agissait à sa guise, que son époux se montrât sain d'esprit, légèrement confus, ou pris d'une folie furieuse. Elle avait pris un amant, explique-t-elle gaiement avant de poursuivre, ignorant ma réaction scandalisée. Bien sûr, comment croyez-vous donc qu'elle a enfanté son Édouard ? Pas avec l'aide de son mari, engourdi du corps comme du cerveau. Vous ferez mieux que cela, n'en doutez pas un instant. Quant à Édouard, je suis assurée qu'il surpassera un simple d'esprit – que Dieu bénisse le pauvre homme. Pour le reste, il vous suffira de donner un prince héritier au roi, de protéger les innocents, et de combler les espoirs de votre famille. Voilà l'étendue de votre tâche, vous l'accomplirez sans effort. N'importe quelle nigaude avec un cœur honnête, une famille rusée et une bourse ouverte y parviendrait.

— Bon nombre de gens me haïront – *nous* haïront, reprends-je.

Elle acquiesce.

— Aussi, assurez-vous d'obtenir les faveurs et les places que vous convoitez avant que ces fâcheux ne s'emparent de l'oreille du roi, me lance-t-elle. Les postes que peuvent occuper vos frères sont limités, le nombre de gentilshommes auxquels unir vos sœurs également ; décrochez tout dès la première année, cela vous placera en position dominante pour toute lutte à mener par la suite. Votre influence déclinerait-elle auprès du roi, notre sécurité resterait néanmoins assurée.

— Lord Warwick…, dis-je nerveusement.

— S'affirmera notre ennemi, termine-t-elle. Il vous faudra le surveiller et vous en défier, à l'instar des frères du roi : Georges, le duc de Clarence toujours débordant de charme, et Richard, le jeune duc de Gloucester.

— Pourquoi les frères du roi se montreraient-ils hostiles ?

— Votre influence restreindra celle dont ils jouissent auprès du souverain. Orphelins de père, ces trois garçons ont combattu côte à côte. Édouard disait qu'ils étaient « les trois fils d'York », il a même aperçu un signe qui les identifiait dans les cieux [1]. Toutefois, c'est à vous qu'il réservera le plus clair de son temps, à présent. En outre, il vous accordera des titres et des terres qu'il eût sans vous attribués à ses frères. Souvenez-vous que Georges devait hériter de la couronne après Édouard, et Richard après Georges ; ils reculeront d'une case aussitôt que vous enfanterez un garçon.

Effrayée par ses paroles, je proteste :

— Je m'apprête à devenir reine d'Angleterre. Vous semblez insinuer que je m'engage dans une lutte sans merci.

— C'est de cela qu'il s'agit, confirme-t-elle. Vous n'êtes point Mélusine jaillissant des eaux pour embrasser le bonheur, ni seulement la plus jolie femme de la Cour. La route que vous avez choisie sera pavée de combats, de brouilles, d'intrigues. Notre tâche consistera à vous en faire triompher.

---

1. Il s'agit d'un phénomène météorologique nommé parhélie qui se déroula au matin du 2 février 1461, jour de la bataille de Mortimer's Cross, l'un des hauts lieux du triomphe de la maison d'York sur celle de Lancastre. Trois soleils apparurent dans le ciel et Édouard tira profit du phénomène en déclarant qu'il s'agissait d'un présage de victoire, les trois soleils désignant les trois fils survivants de Richard d'York. (*NdT*)

Au plus profond de la forêt, il l'aperçut et murmura son nom – Mélusine. Obéissant à cet appel, elle s'éleva des eaux. Femme à l'extraordinaire beauté jusqu'à la taille, la suite de son corps était faite d'une longue queue aux écailles argentées. Elle lui promit de devenir sa femme, de le rendre heureux comme une mortelle l'eût fait, de pacifier sa propre nature sauvage qui l'emportait parfois comme une lame de fond. Elle jura enfin qu'elle serait pour lui une bonne épouse. En retour, elle demanda qu'il lui accordât la liberté de redevenir elle-même de temps à autre, de retourner à son élément, d'effacer les traces du labeur échu aux femmes de la Terre pour se transformer à nouveau en déesse des eaux. L'état de mortelle pèse lourd sur le corps et le cœur, aussi devinait-elle combien elle aurait besoin d'évoluer seule dans l'étreinte fluide de l'eau, les ondulations jouant sur les écailles de sa queue. Il promit de lui accorder tout ce qu'elle désirait, absolument tout, comme le promettent les amants passionnés. Et elle se fia à ses serments, ainsi que le font les femmes amoureuses.

Mon père et mes frères viennent à notre rencontre de façon que je pénètre dans Reading avec ma famille à mes côtés. Sur le bord de la route, une foule s'est amassée ; des centaines de gens observent mon père qui, parvenu à ma hauteur, saute à terre et s'agenouille dans la poussière pour saluer la reine.

— Relevez-vous, père ! dis-je, alarmée.

Il se redresse lentement puis s'incline de nouveau.

— Il vous faut vous accoutumer, Majesté, souffle-t-il, tête inclinée.

Je lui chuchote :

— Vous voir vous incliner devant moi me semble malséant.

— Vous êtes reine d'Angleterre, Majesté. Tous les hommes, à l'exception d'un seul, doivent ployer le genou devant vous.

— Me nommerez-vous encore Élisabeth, mon père ?

— Seulement dans l'intimité.

— M'accorderez-vous votre bénédiction ?

Son large sourire m'assure que rien n'a changé entre nous.

— Mon enfant, nous jouons des rôles qui se révèlent tout nouveaux. Vous voici la souveraine inopinée d'une maison royale tout aussi inattendue. Jamais je n'eusse rêvé vous voir séduire un monarque, pas plus que je n'imaginais ce jouvenceau s'emparer du trône. Nous participons à la construction d'un monde inédit et établissons les bases d'une famille nouvelle. Si nous échouons à nous montrer plus royaux que le roi, nul ne croira en nous – en vérité, me convaincre moi-même me semble déjà difficile !

Mes frères sautent à bas de leur monture, soulèvent leur chapeau, s'inclinent jusqu'à terre au milieu de la route. Les yeux posés sur Anthony, qui m'a traitée de catin et a affirmé que mon époux était un menteur, j'ordonne :

— Restez donc prostré. Qui disait vrai ?

— C'est vous, Majesté, m'accorde-t-il en se relevant, tout sourires.

Il me baise la main, puis s'élance en selle d'un mouvement souple.

— Votre triomphe me remplit de joie.

Mes autres frères s'approchent, effleurent des lèvres à leur tour le bout de mes doigts. Nos visages témoignent d'une gaieté incrédule.

— Qui l'eût cru ? murmure John, émerveillé.

— Où se trouve le roi ? m'enquiers-je alors que notre petite procession franchit les portes de la ville.

Les rues sont bordées d'une multitude de maîtres artisans, de compagnons, d'apprentis ; des acclamations saluent ma beauté et quelques moqueries fusent. Le rouge monte aux joues d'Anthony lorsqu'il attrape au vol une plaisanterie salace, mais je calme ses élans.

— Il est naturel que le peuple se gausse. Une union secrète a eu lieu, impossible de le nier ni d'échapper au scandale qui en découlera. Vos grands airs offensés ne m'aident en rien.

Ses lèvres se recourbent aussitôt en un rictus affecté.

— Que pensez-vous de mon sourire de Cour ? Je l'affiche en présence de Warwick ou des ducs royaux.

— Très élégant, réponds-je, en essayant de ne pas rire. Anthony, nous croyez-vous capables de traverser cette aventure sans encombre ?

— Le triomphe nous attend, à condition que nous restions unis, affirme-t-il.

Dans la grand-rue, des bannières et des images de saints ornent les fenêtres pour me faire bon accueil. Lorsque nous parvenons à l'abbaye, Édouard se dresse au centre de la cour, entouré de ses courtisans et conseillers, vêtu de drap d'or, les épaules couvertes d'une cape écarlate, le chef coiffé d'un chapeau assorti. Il est le plus bel homme de l'assemblée, dépassant tout le monde d'une tête, et il incarne la royauté à la perfection. Nos regards se croisent ; une fois de plus, le monde disparaît autour de nous. Mon soulagement de le retrouver est tel que je lui adresse un petit signe de la main, telle une gamine énamourée. Sans attendre que j'aie immobilisé ma jument, mis pied à terre puis me sois avancée vers lui sur l'épais tapis, il traverse à grandes enjambées la distance qui nous sépare et me prend dans ses bras pour me faire descendre.

La foule rugit son approbation tandis que la Cour s'enferme dans un silence choqué face à cette rupture du protocole.

— Femme, chuchote-t-il d'une voix rauque à mon oreille. Par le Christ, comme il me plaît de vous tenir dans mes bras.

— Édouard, réponds-je. J'ai eu tellement peur.

— Nous avons gagné, me déclare-t-il simplement. Nous vivrons ensemble dorénavant, et je vous ferai sacrer reine d'Angleterre.

— Je vous rendrai heureux, dis-je à mon tour, citant les vœux prononcés lors de la cérémonie d'union. Je me montrerai belle et allègre en votre couche comme à votre table.

— Je me fiche des repas comme d'une guigne, rétorque-t-il vulgairement, tandis que j'enfouis mon visage dans son cou.

Comme je n'ai toujours pas rencontré sa mère, Édouard me mène à ses appartements. Elle n'a pas assisté à mon arrivée. Mon époux me laisse seule devant sa porte.

— Elle désire s'entretenir avec vous, m'explique-t-il.

— Quel accueil me réserve-t-elle, selon vous ? m'enquiers-je nerveusement.

— Que peut-elle faire ? sourit-il.

— C'est précisément ce que j'aimerais savoir avant de me présenter devant elle.

Je relève la tête et m'avance vers le double battant qu'ouvrent deux sentinelles. Ma mère ainsi que trois de mes sœurs m'accompagnent, chétif cortège composé de mes toutes nouvelles dames et demoiselles d'honneur, et nous franchissons le seuil des appartements de Cecily Neville avec l'enthousiasme d'une confrérie de sorcières traînées au tribunal.

La duchesse douairière est assise dans un vaste fauteuil sous un dais aux couleurs du roi et ne prend pas la peine de se lever pour m'accueillir. Elle est vêtue d'une robe ourlée de pierres précieuses, la chevelure couverte d'une coiffe carrée qu'elle porte fièrement, comme une couronne. J'entends parfaitement son message : quoique l'épouse de son fils, je ne suis point encore une reine, aussi ne se sent-elle nullement obligée de me saluer d'une révérence. Son port de tête et sa froideur expriment sans équivoque qu'à ses yeux, je reste une femme du peuple. Derrière elle se tiennent ses filles, Anne, Élisabeth et Margaret, vêtues modestement comme il se doit pour ne point porter ombrage à leur mère. Margaret est très jolie – blonde et élancée comme son frère. Elle m'adresse un sourire timide mais se garde de s'avancer à ma rencontre. L'atmosphère de la pièce est aussi glaciale que l'eau d'un lac au mois de décembre.

Je lui adresse une salutation mesurée à l'aune de son importance en tant que mère de mon époux. Du coin de l'œil, j'aperçois la profonde révérence dans laquelle s'abîme ma propre mère, qui se relève ensuite et se tient parfaitement immobile, aussi altière qu'une reine.

— Je ne prétendrai point me montrer satisfaite de ces épousailles secrètes, lance Son Altesse Ducale.

— Intimes, la reprend ma mère d'un ton suave.

La duchesse lève un sourcil.

— Plaît-il ? Vous avez parlé, lady Rivers ?

— Ni ma fille ni votre fils ne s'oublieraient au point de s'unir dans le secret, explique ma mère.

Son accent bourguignon, cette intonation qui évoque l'élégance dans toute l'Europe, résonne plus vivement qu'à l'ordinaire et rappelle à l'assistance que, fille du comte de Saint-Pol, du sang royal coule dans ses veines. Elle a été l'amie intime de la reine précédente, qu'elle seule continue de nommer « Marguerite d'Anjou » en français, en prononçant le « d' » de son titre avec emphase. Mariée en premières noces au duc de Bedford, elle occupait la position de première dame de la Cour lancastrienne lorsque la femme assise devant nous n'était que lady Cecily Neville, du château de Raby.

— J'ai assisté en personne à ce mariage, en compagnie de quelques autres témoins. Il ne s'est nullement déroulé dans le secret mais dans l'intimité, répète ma mère.

— Votre fille est une veuve plus âgée que mon fils, attaque à nouveau la duchesse.

— Nul ne pourrait accuser le roi de manquer d'expérience, il n'est que de songer à sa réputation. Par ailleurs, seulement cinq années les séparent.

Les courtisanes de la duchesse prennent un air offusqué, tandis qu'un frisson d'inquiétude parcourt ses filles. Margaret me lance un regard empreint de sympathie, comme pour me consoler de l'humiliation qui est sur le point de s'abattre sur moi. Mes sœurs et moi ressemblons à des statues, figées comme des sorcières dont on a interrompu la danse par enchantement.

— Réjouissons-nous de surcroît, poursuit ma mère avec entrain, de leur fertilité avérée. Je crois savoir que votre fils compte quelques enfants illégitimes, tandis que ma fille a enfanté deux beaux et sains garçons.

— Mon fils provient d'une famille féconde, rétorque Cecily. J'ai moi-même donné naissance à huit garçons.

Ma mère incline la tête et le voile de sa coiffe ondule comme une voile gonflée de fierté.

— Certes, lui accorde-t-elle, quoique seuls trois de ces garçons aient survécu. Quelle tristesse. En ce qui me concerne, je compte cinq garçons – cinq – et sept filles. Élisabeth descend d'une lignée royale et abondante. Je ne doute point que Dieu ne bénisse Leurs Majestés d'une nombreuse progéniture.

— Il demeure que cette union ne correspond point à mon choix ni à celui de lord Warwick, tranche la duchesse, la voix tremblante de colère. Cela se fût révélé de piètre importance si Édouard n'eût été le roi, et j'eusse sans doute fait fi d'un tel écart de conduite de la part d'un puîné…

— Cela se peut, mais cette décision ne nous appartient pas, l'interrompt ma mère. Le roi Édouard est notre souverain. Dieu sait combien il lui a fallu combattre pour asseoir sa position.

— Je connais le moyen de le destituer, jette la duchesse, emportée par sa fureur, les joues écarlates. Il me suffirait de le renier, d'installer Georges sur le trône à sa place. Que diriez-vous de cette conclusion à votre « union intime », lady Rivers ?

Les femmes de la duchesse pâlissent et reculent d'un pas. Margaret, qui idolâtre son frère, lâche un « mère ! » scandalisé, sans toutefois s'aventurer plus avant. Édouard n'a jamais été le favori de sa mère. Edmond, son fils bien-aimé, a trouvé la mort au côté de son père à Wakefield, et les Lancastriens victorieux ont exhibé leurs têtes sur des piques au-dessus des portes d'York. Georges, plus jeune, reste le mâle chéri de la famille. Richard, le benjamin, aussi brun que tous les autres sont blonds, incarne le plus faible de la portée. Je ne parviens pas à croire qu'elle propose de façon aussi inconsidérée de remplacer un fils par un autre.

— De quelle façon ? la défie ma mère. Comment vous y prendriez-vous pour détrôner votre propre fils ?

— S'il ne se révélait point le fils de feu mon époux...

— Mère ! glapit de nouveau Margaret.

— Vous le qualifieriez de bâtard ? la presse ma mère, la voix mielleuse. Vous vous désigneriez comme catin ? Dans l'unique dessein de nous écarter du trône, vous ruineriez à jamais votre réputation et planteriez des cornes disgracieuses sur le chef de votre défunt mari ? Lui dont on a tranché la tête pour la ficher au-dessus des portes de la ville, coiffée d'une couronne de paille ? Voudriez-vous déshonorer sa mémoire et votre propre nom ?

Les dames d'atour lâchent un petit cri à l'unisson tandis que la pauvre Margaret oscille, comme sur le point de perdre connaissance. Mes sœurs et moi, les yeux exorbités, suivons en silence la joute verbale à laquelle se livrent ces deux inflexibles combattantes.

— Beaucoup me croiraient, menace la duchesse.

— Votre infamie n'en serait que plus grande, alors, la contre brutalement ma mère. Cette rumeur a jadis atteint l'Angleterre, mais j'appartenais à la petite faction qui affirmait qu'une femme de votre lignée ne se fût jamais abaissée à ce point. Comme tout un chacun, j'ai entendu mentionner cet archer – quel était son nom, voyons ? (Elle feint d'avoir oublié et se tapote le front.) Ah, je m'en souviens : Blaybourne. On supposait qu'il était votre amant. Cependant j'ai affirmé, et la reine Marguerite d'Anjou a joint sa voix à la mienne, qu'une lady de votre sang ne se fût jamais avilie au point de se laisser culbuter par un soldat et de glisser son bâtard dans le berceau d'un duc.

Ce nom de Blaybourne résonne dans la salle comme un tir de canon. Seigneur, ma mère ne craint rien ni personne !

— Par ailleurs, reprend-elle, si vous parveniez à faire détrôner Sa Majesté Édouard par les lords, qui soutiendrait votre nouveau roi Georges ? Quant à son frère Richard, qui vous dit qu'il ne chercherait point à ceindre la couronne à son tour ? Votre grand ami, lord Warwick, pourrait également fort bien entrer en lice. Qui les empêcherait tous de s'entre-tuer, d'engendrer une nouvelle génération d'ennemis, de diviser le royaume, d'inaugurer une nouvelle ère de guerre fratricide et de détruire cette paix que votre fils est parvenu à établir pour lui-même et votre famille ? Iriez-vous jusqu'à tout réduire en cendres par simple dépit ? Il est de notoriété publique que l'ambition la plus excessive caractérise la maison d'York ; nous donneriez-vous l'occasion de vous observer vous entre-dévorer à l'image d'une chatte apeurée qui avale ses chatons ?

Incapable d'en entendre davantage, la duchesse tend le bras, comme pour la supplier de s'interrompre.

— Non, non. Assez !

— Je m'adresse à vous en amie, s'empresse de reprendre ma mère, sinueuse comme une anguille. Vos paroles impulsives ne sortiront point de cette pièce, mes filles et moi-même n'oserions répéter une telle indignité. Je suis seulement surprise – stupéfaite, à vrai dire – que vous y ayez songé.

— Assez, répète son interlocutrice. Je ne désirais que vous faire entendre combien ce mariage me rebutait. Toutefois, je m'en accommoderai. Vous m'en avez convaincue… Je considérerai cela comme mon fardeau, termine-t-elle après un soupir.

— Le roi a fait son choix, il nous faut l'accepter, ajoute ma mère, qui pousse plus avant son avantage. Sa Majesté a sélectionné une épouse à sa convenance. Celle-ci va devenir la première dame du royaume. Nul ne niera qu'elle incarne de surcroît la plus belle souveraine que ce pays ait jamais connue.

La mère du roi, dont la beauté était célèbre en son temps et lui a valu le surnom de Rose de Raby, me contemple pour la première fois. Elle pose sur moi un regard peu amène, puis admet à contrecœur :

— J'en conviens.

Je m'incline de nouveau, puis demande d'un ton allègre :

— Puis-je vous appeler « ma mère » ?

À peine passée cette introduction houleuse chez la duchesse d'York, il me faut me préparer à me présenter à la Cour. Grâce aux commandes passées par Anthony aux tailleurs londoniens, je me trouve en possession d'une robe gris pâle ornée de perles. Coupée bas sur ma gorge, elle arbore de longues manches soyeuses et s'accompagne d'une large ceinture également emperlée. Je pose sur mes cheveux une haute coiffe conique assortie, à laquelle est attaché un voile diaphane. Ce vêtement exprime un mélange subtil de richesse et de modestie. Lorsque ma mère survient dans mes appartements et me découvre ainsi vêtue, elle s'empare de mes mains et me baise les joues.

— Magnifique, approuve-t-elle, laconique. Nul ne doutera qu'il ne vous ait aimée dès le premier regard. On parlera d'un amour digne des troubadours – que Dieu vous bénisse tous deux.

— Tout le monde m'attend ? m'enquiers-je, prise de nervosité.

— Ils sont tous présents : lord Warwick, le duc de Clarence, et une demi-douzaine d'autres.

J'inspire profondément, lève une main pour affermir ma coiffe, ordonne d'un signe à mes demoiselles d'honneur d'ouvrir le double battant, puis sors d'un pas mesuré et la tête haute, en reine.

Lord Warwick, tout de noir vêtu, se tient à côté de la cheminée. C'est un homme imposant d'une trentaine d'années, aux épaules larges. Le visage grave et fermé, il fixe les flammes. Lorsqu'il entend la porte s'ouvrir, il se retourne et me dévisage avec une mine renfrognée, qu'il habille aussitôt d'un sourire figé.

— Votre Altesse, me salue-t-il en s'inclinant très bas.

Je lui adresse une révérence qui ne réchauffe en rien son expression. Cet homme, qui comptait garder Édouard sous sa coupe et avait promis au roi de France de lui livrer en mariage le souverain d'Angleterre, a vu tous ses projets anéantis. Et l'on se demande à présent s'il demeure la véritable puissance du royaume ou si Édouard décidera de gouverner par lui-même.

Le duc de Clarence se tient à quelques pas. C'est un vrai prince d'York, blond comme les blés, gracieux, les traits détendus – la délicate copie de mon époux. Il s'incline avec une élégance racée.

— Votre Grâce, m'accueille-t-il. Ma sœur. Votre union surprise me remplit de joie. Permettez-moi de vous offrir mes vœux d'une longue prospérité en votre nouvel état.

Je lui tends la main, mais il m'attire impétueusement à lui pour me baiser sur les joues.

— Recevez tous mes vœux de bonheur, répète-t-il d'un ton enjoué. La fortune sourit à mon frère, en vérité, et je suis très honoré de vous appeler « ma sœur ».

Je me tourne vers le comte de Warwick.

— Mon époux vous aime comme un frère en qui il a toute confiance, lui dis-je. C'est un privilège de faire votre connaissance.

— Tout l'honneur est pour moi, rétorque-t-il plus sèchement. Êtes-vous prête ?

Je lance un bref coup d'œil par-dessus mon épaule ; les femmes de ma famille sont alignées, en position pour m'emboîter le pas, et je réponds :

— Nous le sommes.

Flanquée du duc de Clarence et du comte de Warwick, j'amorce le mouvement. Notre troupe se dirige à pas lents vers la chapelle de l'abbaye, fendant la foule qui s'écarte sur notre passage.

Tous les courtisans sur lesquels j'ai jadis eu l'occasion de poser les yeux assistent à la cérémonie, vêtus de leurs plus beaux atours. À ceux-là s'ajoutent une centaine de nouveaux venus dans le sillage des York. Les lords occupent les premiers rangs, leurs capes bordées d'hermine sur les épaules. Derrière eux se tiennent les gentilshommes et les bourgeois, le torse barré des insignes de leur charge, leurs bijoux portés avec ostentation. Les échevins et les membres du conseil municipal de Londres sont venus en masse pour m'être présentés, les édiles parmi eux. Les magistrats de Reading luttent pour voir et être vus au milieu des bonnets à plumes et des houppelandes, suivis des représentants des corporations de cette cité et de bourgeois venus de toute l'Angleterre. C'est un événement d'importance nationale, et tous ceux qui ont pu acheter un pourpoint et emprunter un cheval se sont précipités pour observer celle par qui le scandale arrive. Je leur fais face seule, encadrée par mes ennemis. Des milliers d'yeux sont fixés sur moi, me détaillant avec avidité depuis mes pieds chaussés de souliers délicats jusqu'à la pointe de ma coiffe d'où retombe mon voile gracieux ; ils scrutent les perles de ma robe, la coupe modeste de celle-ci, l'exquise délicatesse de la dentelle qui couvre et cependant met en valeur la blancheur laiteuse de mes épaules. Lentement, telle la brise qui fait onduler la cime des arbres, ils ôtent leurs chapeaux et s'inclinent les uns après les autres. C'est devant moi qu'ils se courbent, moi qu'ils accueillent comme leur souveraine en lieu et place de Marguerite d'Anjou, moi qu'ils honorent de cette manière comme la première femme du royaume. Dès cet instant, ma vie change de façon irrémédiable. Je souris de droite et de gauche, accepte les compliments murmurés sur mon passage, mais ne peux m'empêcher de resserrer ma prise sur le bras de Warwick. Celui-ci baisse vers moi un regard condescendant et me sourit, comme s'il était heureux de sentir ma peur.

— Il est tout naturel que vous vous sentiez bouleversée, Majesté, sourit-il.

C'est en effet naturel pour une fille du peuple, mais cela n'aurait jamais affecté une princesse. Je lui rends son sourire sans émettre une parole, incapable de me défendre.

Cette nuit-là, après nos ébats, je confie à Édouard :

— Je n'apprécie point le comte de Warwick.

— Je lui dois d'être ce que je suis aujourd'hui, répond mon époux avec simplicité. Aimez-le pour l'amour de moi.

— Et votre frère Georges ? Et William Hastings ?

Il roule sur le côté.

— Ils sont mes compagnons, mes frères d'armes, me corrige-t-il. Vous prenez pour époux une armée en guerre. On ne choisit pas ses alliés ni ses amis, on apprécie leur présence, voilà tout. Aimez-les pour moi, ma mie.

Je feins de me soumettre.

Mai 1465

Le roi a décidé de m'offrir le plus somptueux couronnement auquel l'Angleterre ait jamais assisté. Toutefois, il n'agit point par pure passion.

— Votre position de reine deviendra ainsi incontestable, chaque lord du pays se verra dans l'obligation de ployer le genou devant vous. Ma mère… (Il s'interrompt avec une grimace.) Ma mère vous rendra hommage lors de la célébration. Cela imposera le silence à ces mauvaises langues qui affirment que notre union n'est point légitime.

— Qui ose le prétendre ?

— Si je vous le disais, vous les transformeriez en crapauds ! Peu importe leur identité tant qu'ils ne font que chuchoter dans les coins. Par ailleurs, une cérémonie grandiose renforcera également ma propre position de roi, face à celle de ce pauvre Henri, réduit à mendier en Cumbria tandis que sa femme vit aux crochets de son père en Anjou.

— Vraiment grandiose ?

Cette pensée ne m'enthousiasme guère.

— Vous fléchirez sous le poids des bijoux, me promet-il.

En réalité, l'événement dépasse ses prédictions et mes rêves les plus fous. J'entre dans Londres par le London Bridge, mais sur la vieille voie vétuste ont été dispersées des charretées de sable fin. Des baladins m'accueillent, costumés comme des anges, vêtus de plumes de paon qui lancent des éclairs bleus, turquoise et indigo. Des acteurs composent un tableau vivant qui représente la Vierge Marie et des saints ; on m'exhorte à la vertu et à la fertilité. Le peuple découvre que Dieu lui-même m'a choisie pour devenir reine d'Angleterre. Des chœurs chantent sur mon passage tandis qu'une pluie de pétales de rose me caresse les épaules. Je joue mon propre rôle : celui de l'Anglaise de la maison de Lancastre devenue souveraine d'York, véritable manifestation de paix et d'unité.

Je passe la nuit qui précède mon couronnement dans les appartements royaux de la Tour, décorés de neuf en mon honneur. Je n'aime guère cet endroit et frissonne tandis que, portée à hauteur d'épaules sur une litière, j'en franchis la herse. Chevauchant à côté de moi, Anthony me lance un regard curieux :

— Qu'y a-t-il ?

— Je déteste la Tour ; ce château empeste le moisi.

— Vous voilà devenue bien difficile, à présent que Sa Majesté vous a fait cadeau des belles résidences de Greenwich et de Sheen.

— Ce n'est point cela, réponds-je, cherchant le moyen d'exprimer mon sentiment de malaise. Je ressens comme une présence spectrale. Les garçons dorment-ils ici cette nuit ?

— Oui, toute la famille occupe les appartements royaux.

Je grimace.

— Leur présence ici me déplaît, ce lieu respire l'infortune.

Anthony se signe, saute de son cheval, me prend dans ses bras pour me faire descendre et m'intime :

— Souriez.

Le gouverneur de la Tour m'attend pour me confier les clés du château – l'heure n'est plus aux prémonitions ni aux fantômes d'enfants disparus il y a longtemps.

— Votre très gracieuse Majesté, je vous souhaite la bienvenue, déclame l'officier, tandis que je me présente appuyée au bras de mon frère.

Sur mon passage, j'entends les murmures de l'assistance admirant ma beauté.

— Bah, rien d'exceptionnel en comparaison de notre mère, murmure Anthony à mon oreille d'un ton badin.

Mon couronnement a lieu à l'abbaye de Westminster le jour suivant. Le héraut de la Cour, en criant les noms des ducs, duchesses et comtes, introduit les plus nobles familles d'Angleterre. Ma mère triomphe. Elle porte ma traîne avec les sœurs du roi, Élisabeth et Margaret. Anthony, si proche du monde et en même temps si détaché, se voit sans doute embarqué dans une nef de fous dont il aspire à s'éloigner. Quant à Édouard, il déploie sa richesse et sa puissance de façon à rassurer son peuple. En ce qui me concerne, la cérémonie se déroule dans une brume d'angoisse ; je m'inquiète d'avancer à la bonne vitesse, d'ôter mes souliers pour fouler pieds nus le tapis de brocart, d'accepter les deux sceptres dans chaque main, de dénuder ma poitrine afin d'être ointe de la sainte huile, de garder la tête droite sous le poids de la couronne.

Trois archevêques sont nécessaires pour me sacrer reine, dont Thomas Bourchier[1], auxquels s'ajoutent un abbé, une centaine de membres du clergé, et au moins un millier de choristes louant mes vertus puis appelant sur moi la bénédiction divine. Les femmes de ma famille forment mon escorte – je compte à ma grande surprise

1. Archevêque de Cantorbéry et lord chancelier à cette date.

des centaines de cousines. Les proches du roi ont préséance, suivis de mes sœurs, de ma belle-sœur Élisabeth Scales, de mes cousines anglaises, de celles qui me viennent de Bourgogne, de parentes dont seule ma mère saurait retrouver les liens de sang, de bon nombre de ladies, enfin, briguant une introduction. Toutes les femmes du royaume désirent occuper une place à mon couronnement d'abord, à ma Cour ensuite.

Obéissant à la tradition, Édouard observe la cérémonie de loin, en compagnie de mes fils, m'ôtant la possibilité de tirer quelque réconfort de sa présence. Il me faut tout accomplir seule, scrutée par des milliers d'étrangers. Rien ne doit porter atteinte à ma fulgurante ascension. Femme de petite noblesse, simple mortelle, devenue ointe, je me métamorphose en un être neuf ; presque l'égale d'un ange, l'élue des cieux. J'attends le grand frisson – en vain. Seuls s'imposent le soulagement que la cérémonie s'achève enfin, et l'appréhension du formidable banquet qui s'annonce.

Trois mille nobles et leurs épouses partagent avec moi un repas dont chaque service est constitué d'au moins vingt plats. J'ôte ma couronne pour goûter les mets, la ceins de nouveau à chaque changement de service. C'est une chorégraphie dont il faut connaître tous les pas et exécuter les figures pendant des heures. Les comtesses de Shrewsbury et de Kent tendent un voile devant moi de façon à me préserver des regards indélicats lorsque j'absorbe une bouchée. La politesse me pousse à goûter chaque plat mais, en réalité, je n'avale presque rien. La couronne pèse comme une malédiction sur ma tête et mes tempes résonnent d'élancements douloureux. Bien que je vienne d'accéder à la plus haute position du royaume, je n'aspire qu'à retrouver mon époux et mon lit.

Au dixième service, j'en viens même à songer que j'ai commis une terrible erreur et que j'aurais été plus heureuse en demeurant à Grafton, sans mariage ambitieux ni ascension au rang de reine. Le temps n'est plus aux regrets toutefois ; malgré mon épuisement, qui ôte toute saveur à ces mets exquis, je continue de sourire, de supporter le poids de ma couronne, d'envoyer les meilleurs morceaux aux favoris du roi.

Ils vont en premier lieu aux frères du monarque : Georges, le beau jeune homme blond, ainsi que Richard, le duc de Gloucester âgé de douze ans, qui me sourit timidement et baisse la tête lorsque je lui fais parvenir du paon braisé. Il ne ressemble pas aux autres fils de Cecily Neville – petit brun timide et mince, effacé face à ses frères, géants blonds pétris de vanité. J'apprécie Richard au premier regard ; il fera un bon compagnon pour mes garçons, plus jeunes de quelques années seulement.

Lorsque le dîner prend fin, une dizaine de gentilshommes et une centaine de religieux m'escortent jusqu'à ma chambre. Je feins de ne ressentir ni lassitude ni confusion et me répète une fois de plus que ce jour a fait de moi une sorte de déesse, une divinité semblable à mon ancêtre Mélusine. Elle est née parmi les dieux et s'est transformée en femme, négociant âprement pour passer d'un univers à l'autre. Elle a abandonné la liberté dont elle jouissait dans l'eau pour une paire de jambes, afin de fouler la terre au côté de son époux. Et moi ? Que devrai-je abandonner pour être reine ?

Ils m'installent dans le lit de Marguerite d'Anjou et j'attends la venue d'Édouard, la courtepointe brodée d'or remontée jusqu'au menton. Mon époux survient enfin, flanqué d'une demi-douzaine de compagnons et de serviteurs qui le dévêtent et se retirent lorsqu'il apparaît en chemise. Apercevant mon regard fixe, il éclate de rire.

— Nous incarnons la royauté. Ces cérémonies constituent notre lot, Élisabeth.

Je tends le bras vers lui.

— Tant que vous restez vous-même sous votre couronne.

Il se débarrasse de sa chemise et grimpe dans le lit, nu comme au premier jour, les muscles de son corps roulant sous sa peau douce.

— Je reste vôtre, chuchote-t-il.

Alors qu'il se glisse à mon côté dans le lit glacé, notre nouvelle identité de roi et de reine s'efface pour laisser place au désir.

Un grand tournoi se déroule le lendemain. Les gentilshommes entrent en lice, vêtus de leurs costumes chamarrés après que leurs écuyers ont vanté leurs mérites par des poèmes. Mes garçons m'accompagnent dans la loge royale, les yeux écarquillés devant les chevaliers, les étendards, le bruit de la foule – l'immense faste de ces premières joutes auxquelles ils assistent. Mes sœurs et Élisabeth, l'épouse d'Anthony, ont pris place à mes côtés. Nous formons une assemblée de très jolies femmes et l'on parle déjà d'une forme d'élégance encore inconnue à la Cour d'Angleterre.

Les cousins de Bourgogne se présentent en force, avec leurs armures plus rutilantes et leurs éloges rimés mieux rythmés. Anthony, superbe, monte un destrier avec une élégance raffinée, porte mes couleurs et rompt les lances d'une douzaine d'hommes. Rien n'égale la qualité de sa poésie, composée dans le style « romantique » des contrées du Sud. Il évoque la joie nuancée d'une certaine tristesse, le preux qui oppose son panache à la tragédie. Il écrit sur l'amour inassouvi, sur l'espoir qui conduit un homme à traverser un désert et une femme un océan. Sans surprise, toutes les demoiselles de la Cour s'éprennent de lui. Il sourit, ramasse les fleurs qu'elles lancent dans l'arène, et s'incline, main sur le cœur.

—Je me souviens de lui lorsqu'il n'était que mon oncle, remarque Thomas.

—Il est le grand favori du jour, dis-je à mon père qui se présente dans la loge royale pour me baiser la main.

—À quoi diable joue-t-il ? s'étonne celui-ci. De mon temps, on tuait son adversaire ; il leur dédie des bouts-rimés.

—Ainsi en va-t-il en Bourgogne, rétorque Élisabeth, enjouée.

J'ajoute, égayée par le regard stupéfait de mon père :

—Nous vivons une époque chevaleresque.

Lord Thomas Stanley remporte le tournoi. Fort bel homme, il soulève sa visière et se présente pour recevoir son prix, heureux de sa victoire. Sur sa bannière, il exhibe fièrement sa devise familiale : *Sans changer**.

—Ne changez-vous jamais, milord ? m'enquiers-je.

Lord Stanley me lance un long regard – à moi, la veuve devenue reine, la fille d'une famille qui a juré allégeance à un monarque puis à un autre. Il s'incline et prononce :

—Je ne change jamais. Je soutiens Dieu, le roi et mon droit, dans cet ordre.

Je souris, sans lui demander par quel moyen il pénètre les intentions du Seigneur, décide quel souverain est légitime, s'assure que son droit est juste. Il est loisible de débattre de ces questions en temps de paix, mais notre pays connaît la guerre depuis trop d'années. Changeant de sujet, je remarque :

---

* Tous les mots en italique suivis d'un astérisque sont en français dans le texte original.

— Vous possédez de grandes qualités dans l'arène.

— J'ai eu la bonne fortune de ne point entrer en lice contre votre frère, sourit-il. Toutefois, je tire une immense fierté d'avoir jouté sous vos yeux, Majesté.

Je me penche et lui tends son trophée, une bague ornée d'un rubis qui se révèle trop petite pour sa large main. Je lui lance en guise de plaisanterie :

— Il vous faut épouser une jolie femme, une jouvencelle vertueuse et dont le prix la placera au-delà des rubis.

— La plus belle du royaume est déjà unie et couronnée, prononce-t-il en s'inclinant. Comment pourrions-nous, pauvres exclus que nous sommes, survivre à cette male fortune ?

Ce langage, celui de l'amour courtois pratiqué tel un art par mes cousins de Bourgogne, m'amuse au plus haut point, aussi renchéris-je :

— Je vous conjure de vous y essayer. Un si formidable chevalier se doit de fonder une puissante maison.

— Telle est mon intention et vous assisterez à ma prochaine victoire, me répond-il.

Ses paroles provoquent en moi un frisson d'angoisse. Cet homme n'excelle pas seulement dans l'arène, nul doute qu'il ne s'impose sur un champ de bataille, où il défendra ses intérêts sans un regard en arrière. Un formidable chevalier, en effet. Espérons qu'il demeurera fidèle à sa devise et ne reniera pas sa loyauté à notre maison d'York.

Lorsque la déesse Mélusine s'éprit du chevalier, il lui fit la promesse qu'en l'épousant, elle resterait libre de recouvrer sa forme passée. Ils convinrent qu'elle prendrait place à son côté comme épouse mais que, une fois par mois, il la laisserait s'enfermer dans sa chambre où elle remplirait un gigantesque baquet d'eau pour, l'espace d'une nuit, retrouver son identité ondine. Ils furent heureux pendant de longues années. Il comprenait qu'une femme ne voulût toujours vivre comme un homme, qu'une déesse ne pût penser, marcher, et respirer à l'égal d'un humain. Elle se montrerait à jamais différente, familière d'un élément mystérieux, capable de percevoir un chant inconnu, inaudible.

Il comprenait son besoin de solitude. Il admettait son désir de fermer les yeux, de couler sous la surface chatoyante de l'eau pour remuer sa queue d'écailles et respirer par ses branchies, d'oublier les joies et les efforts que lui valait sa qualité d'épouse – quelques instants, une fois par mois. Ensemble, ils engendrèrent de magnifiques enfants qui crûrent en grâce et en beauté dans le même temps que le chevalier prospérait. Leur château devint un modèle de richesse et d'élégance, célèbre pour la beauté et la douceur de sa maîtresse. De nombreux visiteurs vinrent de lointains pays afin d'admirer la forteresse, son seigneur, et sa mystérieuse épouse.

À peine couronnée, j'entreprends d'installer ma famille. Sous la direction de ma mère, je me transforme en marieuse.

— Ma mère a dressé une longue liste de lords auxquels unir mes sœurs. Cela ne me causera-t-il pas davantage d'inimitié ? m'enquiers-je auprès d'Édouard.

— Foin d'hésitations, me rassure-t-il. Ils vous accusent d'être une veuve désargentée de piètre origine ; contracter des unions parmi l'aristocratie donnera ses lettres de noblesse à votre famille.

— Mais nous sommes si nombreux, et j'ai tellement de sœurs. Je crains qu'elles ne raflent tout ce que le pays compte de célibataires et vous jettent dans une grande disette de lords.

— Ce pays se trouve divisé entre York et Lancastre depuis trop longtemps. Fondez-moi donc une nouvelle grande famille qui me soutiendra si d'aventure York vacillait, ou si Lancastre me menaçait d'un grave péril. Il importe que vous et moi nous attachions la noblesse, Élisabeth. Lâchez la bride à votre mère, nous devons compter des alliances dans chaque comté du royaume. J'anoblirai vos frères ainsi que les fils que vous avez eus de Grey. Nous allons vous entourer d'une puissante famille ; celle-ci non seulement affermira mais aussi défendra votre position.

Je le prends au mot. Découvrant ma mère assise devant une table jonchée de documents exhibant quartiers de noblesse, copies de contrats et cartes géographiques à l'égal d'un général rassemblant ses troupes, j'observe :

— Je vois que vous personnifiez la déesse de l'amour.

Elle lève les yeux vers moi, le front plissé par la concentration.

— L'amour n'a rien à voir ici, il s'agit d'affaires, me rabroue-t-elle. Le devoir vous commande de prendre soin de votre famille, Élisabeth, de l'unir à des époux et à des épouses fortunés de façon à établir une solide lignée. La tâche d'une reine consiste à surveiller et ordonner l'aristocratie de son pays : aucun homme ne peut s'élever trop haut, aucune lady tomber trop bas. Je le sais de bonne source : mes propres épousailles avec votre père ont été sanctionnées. Nous avons eu à obtenir le pardon du roi, puis à payer une amende.

— J'eusse cru que cette expérience vous eût placée du côté de la liberté, de l'amour ?

— Oui, quand ma liberté et mes sentiments étaient en jeu, mais point lorsqu'il s'agit d'établir ma famille à la Cour.

— Regrettez-vous l'union d'Anthony à présent qu'il pourrait prétendre à un meilleur parti ?

Elle fronce les sourcils.

— Je déplore la stérilité d'Élisabeth ainsi que sa santé délicate, rétorque-t-elle brutalement. Venant de l'une des meilleures familles, elle officiera en dame d'honneur convenable. Toutefois, je doute qu'elle nous fournisse en héritiers.

— Vous les compterez bientôt par dizaines, prédis-je, balayant du regard la longue liste de noms de nobles anglais qu'elle a reliés à l'aide de flèches d'encre brune aux prénoms de mes sœurs.

— Je l'escompte, en effet, acquiesce-t-elle d'un air satisfait. Et aucun inférieur à un lord, de surcroît.

S'ensuit un mois de noces. Toutes mes sœurs épousent un lord, hormis Catherine pour qui je me surpasse en la donnant à un duc : le petit Henri Stafford, duc de Buckingham, un enfant boudeur qui n'a pas dix ans. Warwick prévoyait de l'unir à sa fille Isabel, mais comme le garçon, depuis la mort de son père, est placé sous tutelle royale, je puis disposer de lui à ma guise. Cet insupportable marmot se montre d'une grossière arrogance, pétri de vanité en raison de ses nobles origines. De fait, je tire un malin plaisir à forcer ce prétendant au trône à épouser Catherine. Il s'estime avili par cette union à notre famille, et se vante auprès de ses amis qu'un jour il se vengera de cet affront. Je ris de ses hâbleries tandis que Catherine se réjouit de devenir duchesse, dût-elle son état à un jouvenceau renfrogné.

Mon frère John, qui, à vingt ans, se trouve fort heureusement célibataire, s'unira sous peu à lady Catherine Neville, la tante de lord Warwick, duchesse douairière depuis qu'elle a enterré son premier époux, feu le duc de Norfolk. Cette gifle adressée à Warwick me procure une joie maligne, d'autant que, ladite tante ayant presque cent ans, ce mariage constitue une plaisanterie des plus cruelles. De surcroît, puisqu'elle ne peut manquer de s'éteindre bientôt, sa disparition libérera mon frère et l'enrichira au-delà de toute imagination.

Pour mon fils chéri, Thomas Grey, devenu marquis de Dorset par la grâce du roi, j'achète la petite Anne Holland, fille de la duchesse d'Exeter, qui est la sœur de mon époux. Celle-ci exige quatre mille marcs pour ce privilège et je prends note du prix de sa dignité, que je lui accorde sans hésiter car cette union place mon enfant parmi les premiers princes de la chrétienté. Ce faisant, je dame une fois de plus le pion à Warwick qui voulait la petite Anne Holland pour son neveu – le contrat était quasiment signé. Je surpasse son offre de mille marcs : une fortune royale dont je dispose et que lui ne possède pas. Quant à Richard Grey, mon autre fils, je le marierai aussitôt que je lui aurai trouvé une riche héritière ; dans l'intervalle, il sera adoubé.

Mon père reçoit le titre de comte. Anthony ne se voit point octroyer ce duché sur lequel il ironisait, mais gagne le gouvernorat de l'île de Wight, tandis que mes autres frères recueillent divers offices au service du roi ou de l'Église – Lionel devient évêque, conformément à ses désirs. J'use de ma position pour placer ma famille en des postes de pouvoir, ainsi qu'agirait toute femme de rien parvenue au plus haut. Et plus le nombre de nos ennemis s'accumule, plus l'obligation de contracter alliance et soutien s'impose.

Lorsque s'achève cet implacable processus d'anoblissements et de mariages, nul ne peut vivre en Angleterre sans rencontrer l'un des membres de ma famille. Que l'on s'adonne au négoce ou au labour d'un champ ou que l'on arrête un jugement, chacun trouve un Rivers sur son chemin. Nous sommes partout. Décidât-on de s'élever contre le souverain, on découvrirait notre imposante famille autour de celui-ci, formant un puissant rempart. Édouard perdît-il tous ses alliés que nous resterions ses amis, nous qui occupons tous les postes de pouvoir.

Notre dévouement nous l'attache, nous lui devenons indispensables. Je lui répète mes serments d'amour et de loyauté, il sait que nulle femme au monde ne l'aime autant. Mes frères, père, cousins et cousines de sang ou d'alliance lui réitèrent leur promesse d'absolue fidélité. Nous formons une nouvelle famille, ni Lancastre ni York mais Woodville, anoblie en Rivers, dressée telle une muraille derrière le souverain. Peu nous chaut que la moitié du royaume nous haïsse : nous ne craignons plus personne.

Édouard s'exerce à gouverner un pays accoutumé à vivre sans roi à sa tête. Il nomme des baillis et des prévôts pour remplacer ceux qui ont péri au combat, et leur ordonne de rétablir la loi et l'ordre dans leurs comtés. Les hommes qui ont profité des conflits pour attaquer leurs voisins sont sommés de revenir dans leurs frontières originelles, les soldats qui ont combattu pour l'une ou l'autre des factions doivent reprendre le chemin de leur foyer. Les bandes armées qui ont tiré parti du désordre pour terroriser le peuple sont pourchassées et les routes à nouveau sécurisées. Édouard entreprend le difficile labeur de transformer l'Angleterre en un royaume paisible.

Enfin, l'état de guerre trouve un terme lorsque nous capturons l'ancien roi Henri dans les collines du Northumberland, à demi perdu. Édouard ordonne qu'il soit enfermé à la Tour, pour sa propre sécurité autant que pour la nôtre. Il ne jouit pas de tous ses sens, que Dieu le préserve. Il semble reconnaître les appartements et même tirer plaisir d'y loger après son errance. Il mène une existence tranquille, priant et communiant avec le Seigneur, un prêtre jour et nuit à ses côtés. Nul ne sait s'il se souvient de son épouse ou de ce fils qu'elle prétend être de lui – il ne les mentionne jamais et ne se préoccupe point de leur sort. Se souvient-il seulement qu'il régnait, jadis ? Pauvre Henri. Le monde n'exerce aucun attrait sur cet être incapable de distinguer tout ce que nous lui avons pris.

Été 1468

Édouard confie une ambassade en France à Warwick, qui saisit cette opportunité pour s'éloigner de l'Angleterre et de la Cour. Il ne souffre plus le lent déclin de ses aspirations. Il prévoit de signer un traité avec le roi de France. Il affirme à ce dernier qu'il tient entre ses mains le gouvernement de l'Angleterre, ajoutant qu'il lui incombe de choisir l'époux de la sœur du roi, Margaret. Il ment, chacun sait que ses jours de pouvoir sont comptés. Édouard prête dorénavant l'oreille aux avis de ma mère, aux miens, à ceux de ses conseillers qui lui démontrent que le duché de Bourgogne constitue depuis longtemps un ami fidèle, au contraire de la France qui s'est érigée en ennemie constante. Selon nous, une alliance bourguignonne bénéficierait au négoce anglais – et quoi de mieux pour l'affermir que d'offrir l'hymen de Margaret au duc Charles, à qui vient d'échoir ce riche duché [1] ?

Charles le Téméraire représente un allié clé pour l'Angleterre.

---

1. À la mort de son père, Philippe le Bon, qui s'est éteint le 15 juin 1467. (*NdT*)

Outre la puissante Bourgogne, il règne sur les Flandres [1], aussi commande-t-il à toutes les plaines situées entre l'Allemagne et la France. Ces territoires importent du drap anglais à profusion et seront d'importants partenaires commerciaux. Leurs ports font face aux nôtres, de l'autre côté de la Manche, et ils cherchent notre soutien contre leur ennemi traditionnel : la France. Non seulement ils représentent des alliés naturels mais, par ma personne, les voici devenus des parents du roi d'Angleterre.

Bien entendu, tout se négocie sans que personne consulte la première intéressée : Margaret. La jeune femme se présente à moi dans les jardins du palais de Westminster et me demande d'une voix troublée s'il est vrai que ses fiançailles avec dom Pedro du Portugal sont rompues et qu'elle doit maintenant être vendue au plus offrant, Louis de France ou Charles de Bourgogne.

— Tout se passera bien, lui réponds-je d'un ton rassurant, passant son bras sous le mien.

Nous marchons d'un même pas. Âgée de vingt-deux ans, elle n'a pas été élevée comme la sœur d'un monarque. Sa mère, tiraillée par des loyautés conflictuelles entre ses fils, a failli à éduquer ses filles. De fait, Margaret ne montre aucune disposition à considérer son union en fonction des exigences du moment.

Petite, Margaret s'imaginait mariée à un lord anglais, menant une existence heureuse dans quelque château en compagnie de ses enfants. Elle a même rêvé de se retirer dans un couvent – elle partage l'engouement maternel pour l'Église. Il ne lui est jamais venu à l'idée, lorsque son père a réclamé la couronne et que son frère l'a emportée, qu'il faudrait en payer le prix – ce prix du pouvoir dont il nous faut tous nous acquitter. Elle n'entend point

1. Ce terme de « Flandres » désigne à l'époque un territoire qui s'étend sur la France, la Belgique et les Pays-Bas actuels. (*NdT*)

encore que, quoique les hommes guerroient et s'affrontent sur les champs de bataille, ce sont les femmes qui souffrent le plus.

— Je ne veux point d'un Français – je les abhorre ! me confie-t-elle rageusement. Mon père n'a cessé de les combattre, jamais il n'eût désiré me voir en épouser un. Que mon frère renonce à cette idée. Quant à ma mère, je n'entends guère ce qui la pousse. Elle a accompagné l'armée anglaise en France, elle connaît ce peuple. J'appartiens à la maison d'York, je refuse de devenir une Française !

Je m'empresse de la rassurer :

— Cela n'arrivera pas. Le comte de Warwick nourrit seul ce dessein. Il a accepté des pots-de-vin de Louis de France et place ce royaume au-dessus de tout autre. Mais il a perdu l'oreille du roi, à qui je recommande une union avec la Bourgogne, un bien meilleur parti pour vous. Songez à cela : vous deviendrez ma parente, puisque cet ami de la maison d'York est mon cousin par ma mère ! Vous vivrez dans le magnifique palais de Lille, d'où vous serez en mesure de nous rendre visite puis, un jour, d'enseigner l'élégance bourguignonne à mes propres filles – la Cour de Bourgogne étant la plus raffinée d'Europe. Vous deviendrez, enfin, la marraine de mes fils. Que pensez-vous de cela ?

Mes paroles ne la rassérènent qu'à demi.

— Mais j'appartiens à la maison d'York, répète-t-elle. Je désire demeurer en Angleterre, à tout le moins jusqu'à ce que nous ayons défait l'ultime résistance lancastrienne. Je veux assister au baptême de votre fils, le premier prince yorkiste, puis à la cérémonie qui le consacrera prince de Galles…

— Vous serez présente à son baptême, lui promets-je, et il aura en vous une tante fidèle. Toutefois, vous servirez davantage la cause d'York depuis la Bourgogne, garantissant son amitié durable avec l'Angleterre. Édouard rencontrât-il un grave péril, il s'appuierait sur la puissance armée de votre duché ; fût-il mis à mal par un prétendu ami, il trouverait de l'aide auprès de vous. Non contente de représenter notre alliée outre-mer, vous deviendrez notre refuge.

Elle appuie sa tête délicate contre mon épaule.

— Votre Majesté ma sœur, soupire-t-elle, il m'est si difficile de m'éloigner. J'ai perdu un père et je ne suis point assurée que mon frère se trouve hors de danger ; je redoute quelque action violente de lord Warwick. Je désire rester à votre côté. J'aime mon frère Georges, je ne puis le laisser en cette heure délicate – ni ma mère, ni mon pays.

— Je comprends, lui dis-je avec douceur, mais vous servez Édouard autant que Georges en devenant duchesse d'une Bourgogne acquise aux sympathies yorkistes, en engendrant d'autres fils pour la maison d'York.

— Vous pensez que la maison d'York pourrait s'accroître outre-Manche de mes enfants ?

— Vous établirez une nouvelle lignée. Votre présence là-bas nous réjouira autant qu'elle nous rassurera.

Elle est convaincue et fait contre mauvaise fortune bon cœur, à l'inverse de Warwick qui cache mal son dépit en l'escortant jusqu'au port de Margate. Alors que nous saluons notre petite duchesse qui s'éloigne, j'ai conscience que nous nous séparons de la plus aimante, loyale et fidèle des Yorkistes.

Aux yeux de Warwick, cette union représente une défaite supplémentaire. Il avait promis Margaret – à présent Marguerite de Bourgogne – à un prince de France, affirmant détenir les rênes du pouvoir en Angleterre, mais cette union avec la famille de ma mère prouve sans l'ombre d'un doute que les Rivers gouvernent le royaume d'Angleterre. Le roi n'écoute que nous. Je ris sous cape devant le visage du comte, long comme un jour sans pain. Je ne redoute plus ni son ambition ni sa malignité.

Été 1469

J'ai eu tort, terriblement tort. Notre puissance se révèle insuffisante contre ce que j'ai négligé de considérer à sa juste valeur, moi qui craignais Warwick avant même de le rencontrer : sa cupidité et son inimitié. J'ai failli à prévoir le complot ourdi avec la mère d'Édouard : installer un autre York sur le trône. Le faiseur de rois a décidé de mettre en place un nouveau souverain.

J'eusse dû observer Warwick avec plus d'attention, à mesure que ma famille lui ôtait ces terres qu'il convoitait pour lui-même. Que n'ai-je non plus compris l'intérêt évident que représentait Georges, le jeune duc de Clarence, fils d'York à l'égal d'Édouard mais plus malléable, très sensible à la tentation et, par-dessus tout, célibataire ? Après avoir examiné la position d'Édouard, entouré de Rivers aussi riches que puissants, Warwick s'est piqué de façonner un nouveau roi, soumis à ses volontés.

J'ai donné trois filles à Édouard. La dernière vient à peine de voir le jour et nous attendons toujours un fils quand la nouvelle nous parvient d'une rébellion menée dans le Yorkshire par un certain Robin de Redesdale. Ce coquin qui se cache derrière un nom fantaisiste lève des troupes, calomnie ma famille et demande justice – bref, profère des absurdités qui poussent les honnêtes gens à déserter le champ qu'ils labourent pour aller à la mort. De prime abord, ni Édouard ni moi ne prêtons attention à la situation. Le roi, accompagné de son frère le jeune duc de Gloucester et de mes fils, Thomas et Richard Grey, parcourt le royaume pour se montrer au peuple. Quant à moi, je suis en route avec les filles pour le rejoindre. Mon époux accorde si peu d'importance à ce soulèvement qu'il n'en fait pas mention dans les missives que nous échangeons chaque jour.

J'écarte même la remarque de mon père se demandant qui paie pour l'excellent équipement de ces soldats chaussés de bottes et marchant en bon ordre. Ces hommes, paysans ou métayers, appartiennent à un seigneur à qui ils ont juré obéissance, ajoute-t-il sans que je l'écoute. Pas plus que je ne lui accorde d'attention lorsqu'il me précise que nul homme n'a le droit de prendre sa faux pour aller combattre sans en avoir reçu l'ordre de son maître. Quand mon frère John constate que le soulèvement a lieu dans un comté appartenant à Warwick, je continue de faire la sourde oreille. Je viens d'enfanter, mon univers se résume au berceau décoré de lettres d'or. Notre voyage nous mène dans le sud de l'Angleterre où le peuple nous aime, où brille un chaud soleil. Quand je songe à cette rébellion, je me persuade que les insurgés retourneront aux champs quand viendra l'heure des moissons.

L'inquiétude ne me vient qu'en entendant un jour mon frère John avancer que des centaines, voire un millier d'hommes ont été armés. Selon lui, il ne peut s'agir que du comte de Warwick. Notre ennemi « fait un nouveau roi ». Après avoir substitué Édouard à Henri, le voici qui cherche à remplacer mon époux par Georges, le duc de Clarence, le puîné sans importance – et, de fait, à nous relever de nos positions, moi et ma famille.

Comme prévu, Édouard et moi joignons nos escortes à Fotheringhay. Nous avions décidé de jouir de la campagne en cette belle période de l'année, avant de poursuivre ensemble notre voyage vers Norwich, pour une prestigieuse cérémonie d'entrée dans l'une des villes les plus prospères du royaume. Nous avions prévu de participer aux divers pèlerinages et célébrations se déroulant dans les bourgades de cette contrée, de distribuer les aumônes, de rendre la justice. Bref, d'apparaître au peuple comme de bienveillants souverains.

— Sang du diable, il me faut m'occuper de cela ! fulmine Édouard. Les soulèvements se succèdent. Je pensais n'avoir affaire qu'à un hobereau isolé mais il semble que tout le Nord ait de nouveau pris les armes. Warwick se trouve derrière, c'est certain, quoiqu'il se soit gardé de m'en toucher un mot. J'ai requis sa présence sans qu'il m'obéisse. Je viens d'apprendre que Georges et lui se sont embarqués sur un navire en partance pour Calais. Qu'ils pourrissent en enfer, Élisabeth, je me suis montré par trop confiant ! Warwick et Georges, ensemble, inséparables, ont trouvé refuge derrière les murs de la plus puissante garnison anglaise tandis que ces hommes combattant soi-disant pour Robin de Redesdale sont en réalité à leur solde !

La stupeur me paralyse. Ce royaume calme et que nous tenions bien en main se désagrège.

— Warwick me joue les tours dont nous avons usé contre Henri, réfléchit Édouard. Il soutient les prétentions de Georges de la manière dont il a jadis appuyé les miennes. S'il prépare de Calais une offensive en terre anglaise, il mettra en branle une guerre fratricide à l'image de celle à laquelle nous nous sommes livrés. C'est d'une malfaisance diabolique, Élisabeth. Seigneur, dire qu'il m'a guidé jusqu'au trône et représentait mon plus fidèle allié, mon meilleur ami !

Mon cœur se serre d'angoisse à la pensée de ce formidable meneur d'hommes déterminé à nous affronter. Sans céder à la panique, je demande :

— Le tenez-vous pour certain ? Georges et lui, ensemble, à Calais ? Il destine le trône à votre frère ?

— Je ne sais rien avec certitude ! crie-t-il, exaspéré. Comment me résoudrais-je à accepter que mon plus loyal ami et mon propre frère s'apprêtent à m'affronter ? Nous avons combattu côte à côte, unis par les armes et le sang. À Mortimer's Cross, lorsque trois soleils sont apparus dans le ciel, on a affirmé qu'il s'agissait d'un signe adressé par Dieu aux trois fils d'York – Georges, Richard et moi. Comment l'un pourrait-il abandonner les autres ? Après cela, qui d'autre me trahira ? Si je ne puis me fier à mon propre frère, comment savoir qui restera à mes côtés ? Ma mère sait sûrement déjà de quoi il retourne ; elle aime Georges au-delà de tout. Il lui aura avoué qu'il complotait contre moi et elle aura gardé son secret.

— Pourquoi soutiendrait-elle Georges à votre détriment ?

— Encore cette vieille histoire, je présume, répond-il avec amertume. Est-ce le sang d'York qui coule dans mes veines ? Georges défend l'inverse, me prétend bâtard, s'estime le seul véritable héritier du nom. Dieu seul sait pourquoi elle accrédite cette fable. Elle doit me haïr de vous avoir épousée, de mon inclination à toujours prendre votre parti envers et contre tous.

— Comment ose-t-elle !

— Je ne puis m'en remettre à quiconque hormis à vous et aux vôtres, s'exclame Édouard. Tous les autres sont susceptibles de me trahir. Ce Robin du Yorkshire a dressé une liste d'exigences qu'il souhaite me voir lui accorder, et Warwick a déjà proclamé qu'il les trouvait raisonnables – raisonnables ! Il a promis que Georges et lui débarqueraient à la tête d'une armée pour m'adresser leurs remontrances. Par le Christ, des remontrances ! Je sais fort bien ce qu'il entend par là car ma mémoire ne me fait point défaut ; ainsi avons-nous agi avec le roi Henri. Je sais comment l'on brise un roi. Me croit-il donc stupide ?

— Et Richard ? interviens-je anxieusement, mentionnant le garçon timide devenu un jeune homme calme et réfléchi. À qui accorde-t-il sa loyauté ? Adoptera-t-il le parti de sa mère ?

— Mon Richard me reste fidèle, Dieu le bénisse. Vous le considérez comme un gamin étrange, boudeur, et vos sœurs le brocardent sans pitié, mais c'est un garçon honnête, sincère, probe. Il s'oppose en cela à Georges, que le moindre pot-de-vin subornera comme la plus vile des chambrières. Qui sait ce que Warwick a promis à cet enfant gâté.

— Oh, je puis vous répondre, lancé-je farouchement. Votre trône et l'héritage qui revient à mes filles.

— Je les préserverai, m'assure-t-il en me baisant les deux mains. Je vous en fais serment. Allez à Norwich, comme prévu, jouez votre rôle de reine sans rien trahir de ce qu'il nous advient. Montrez-leur un visage confiant. J'irai étouffer cette rébellion dans l'œuf, avant que le serpent n'en sorte.

— Admettent-ils ouvertement leur intention de vous destituer ou bien ne mentionnent-ils que ces remontrances ?

Il grimace.

— En réalité, c'est vous qu'ils désirent abattre, ma bien-aimée. Ils veulent vous bannir de ma Cour, en même temps que votre famille et les ministres dévoués à votre cause. Leurs plus vives doléances concernent ces mauvaises décisions que vous me pousseriez à prendre ; ils prétendent que votre famille me conduit à la ruine.

— Ils me calomnient ?

— Il s'agit d'une mascarade. Ne prêtez point attention à cette rengaine des plus ordinaires, où l'on nie se rebeller contre le roi mais où l'on prétend s'attaquer à ses mauvais conseillers. Je l'ai chantée jadis contre Henri, à l'égal de mon père et de Warwick avant moi. Nous reportions alors toutes les fautes sur Marguerite et sur le duc de Somerset. Aujourd'hui, on vous blâme et l'on vous reproche les erreurs commises. Réprimander une reine est plus aisé que se déclarer ouvertement contre le souverain. Bien sûr, ils veulent vous détruire. Ensuite, lorsque je me retrouverai seul et sans appui, ils m'abattront à mon tour, m'obligeant à déclarer notre union invalide, nos filles des bâtardes. Ils désigneront Georges comme mon héritier, à moins qu'ils n'exigent que j'abdique en sa faveur. Je dois les obliger à lutter à découvert. Fiez-vous à moi, j'assurerai votre sécurité.

J'appuie mon front contre son épaule, ferme les yeux, prononce à voix très basse :

— J'eusse tant aimé vous donner un fils, un petit prince. Il n'existerait alors qu'un seul héritier possible.

— Cela viendra en son temps, affirme-t-il. Quoi qu'il en soit, j'aime nos petites filles d'un profond amour. Un fils nous naîtra un jour, je n'éprouve pas le moindre doute à ce sujet, mon aimée. Faites-moi confiance, je protégerai son trône.

Nous nous séparons. Sa bannière ondoyant furieusement au-dessus de lui, il prend la tête d'une troupe armée et se rend à la forteresse de Nottingham où il attend que l'ennemi se montre. J'emmène mes filles à Norwich où, par mon attitude, j'affirme que l'Angleterre m'appartient en propre et où je joue mon rôle de rose d'York que nul danger ne menace. Mes fils m'accompagnent.

Édouard a proposé de les prendre à ses côtés de façon à les initier au combat mais, terrifiée à l'idée qu'un malheur puisse leur échoir, j'ai refusé. De fait, je traîne à ma suite deux jeunes gens de treize et quinze ans des plus maussades à la perspective de rater leur première grande bataille.

Mon entrée solennelle s'accompagne de chœurs, de fleurs, de tableaux vivants qui exaltent mes vertus et souhaitent la bienvenue à mes filles. Édouard de son côté convoque le ban et l'arrière-ban de sa noblesse, attend que débarque son ennemi.

Des nouvelles nous parviennent. Dans la ville de Calais, grâce à une dispense du pape – lequel a dû être approché secrètement par nos propres archevêques –, Georges a épousé Isabel Neville, la fille de Warwick. Le frère d'Édouard devient ainsi le gendre du comte. Que celui-ci parvienne à placer Georges sur le trône et Isabel coiffera ma couronne.

Je crache comme une chatte furibonde à la pensée de nos archevêques félons, de Georges devant l'autel avec sa pâle fiancée, de l'ambition démesurée de ce Warwick. Le comte n'a engendré que deux filles et ne semble pas pouvoir avoir d'autres enfants, et je jure que, moi vivante, celle-ci ne ceindra jamais ce gage de ma royauté ! Je pense à Georges, qui a retourné sa veste comme l'enfant gâté qu'il est et a suivi les plans de Warwick comme l'enfant stupide qu'il est, et je fais le serment de me venger. Ma certitude d'une bataille prochaine entre Édouard et son ancien mentor est telle que le débarquement surprise de Warwick, suivi du massacre des troupes royales à Edgecote Moor, près de Banbury, avant même qu'Édouard n'ait eu le temps de quitter Nottingham Castle, me plonge dans la stupeur.

C'est un désastre. Sir William Herbert, comte de Pembroke, gît sur le champ de bataille parmi un millier de Gallois. Sa mort prive son pupille, l'enfant Lancastre Henri Tudor, de tuteur. Édouard se précipite sur la route de Londres pour fortifier la capitale en prévision d'un siège, mais une troupe armée surgie de nulle part lui barre le chemin.

L'archevêque Neville, le frère de Warwick, s'avance d'un pas et déclare à Édouard qu'il est son prisonnier, l'informant que Warwick et Georges ont mis l'armée royale en déroute. Tout est fini. Édouard est battu avant même d'avoir pris position sur le champ de bataille, juché sur son destrier caparaçonné. Ces guerres incessantes auxquelles nous avions cru mettre un terme se terminent en réalité par notre défaite, sans qu'Édouard ait tiré l'épée. La maison d'York aura à sa tête la triste marionnette nommée Georges.

À Norwich où je m'occupe de feindre une confiance aussi royale que gracieuse, l'on m'apporte un courrier souillé en provenance de mon époux.

Très chère femme,

Préparez-vous à apprendre de funestes nouvelles.

Warwick détient votre père et votre frère, capturés près d'Edgecote. Je suis moi aussi prisonnier, dans le château de Warwick, à Middleham. Ils se sont emparés de ma personne alors que je me dirigeais vers vous. Aucun mal ne nous a été fait.

Warwick qualifie votre mère de sorcière et prétend que notre union est invalide en raison d'un acte de sorcellerie que vous auriez pratiqué de concert. Prenez garde, un grave danger vous guette toutes deux ! Qu'elle quitte le pays sur l'heure, ou ils l'étrangleront sans autre forme de procès. Préparez-vous également à l'exil, ma mie.

Allez à Londres avec nos filles, armez la Tour et la ville pour soutenir un siège. Cela fait, quittez le royaume et trouvez refuge en Flandres. L'accusation de sorcellerie se révèle des plus graves, mon aimée. Veillez à votre sécurité avant toute autre chose.

Si vous l'estimez nécessaire, placez les filles en sûreté, dans le plus grand secret et parmi des gens d'humble condition. Pas de fierté déplacée, Élisabeth, choisissez un lieu que nul ne songera à fouiller. Il nous faut d'abord survivre à cette épreuve si vous voulons récupérer un jour notre bien.

Rien ne m'attriste comme l'idée de vous avoir causé ce péril. J'ai écrit à Warwick, exigeant de connaître le montant de la rançon qu'il requiert pour libérer votre père et votre frère John. Je ne doute point qu'il ne vous les rende sains et saufs, payez ce qu'il demande en puisant dans le Trésor.

Votre époux,
Seul roi légitime d'Angleterre,
Édouard

Un coup frappé à l'huis de ma salle d'audience me fait lever la tête. La porte s'ouvre aussitôt. Je m'attends à voir surgir le comte de Warwick, les bras chargés des fagots destinés à brûler ma mère, mais c'est le maire de Norwich qui apparaît sur le seuil.

— Votre Majesté, je suis porteur d'une terrible nouvelle.

— Parlez.

— Il s'agit de votre père et de votre frère.

Je devine ce qu'il hésite à m'apprendre. Je le pressens en observant les hommes qui se serrent gauchement derrière lui. Je l'entends, enfin, dans le soupir endeuillé que poussent mes dames d'atour avant de se rassembler autour de moi.

Mais je ne puis y croire.

— Non, dis-je. Non. Ils sont prisonniers, détenus par des Anglais, des hommes d'honneur qui exigeront une rançon.

— Souhaitez-vous rester seule ? demande le bourgmestre, indécis sur la conduite à tenir face à cette souveraine entrée glorieuse dans sa ville et qui partira sous peu, menacée d'un mortel péril. Désirez-vous que je me retire et que je revienne plus tard, Votre Majesté ?

— Non, racontez-moi sans rien omettre ni me dérober. Je le veux.

Son regard se pose sur moi.

— Je suis peiné au-delà de toute expression, Majesté ; votre père le comte Rivers et votre frère, sir John Woodville, ont été capturés sur le champ de bataille, à l'aube d'une guerre nouvelle entre des ennemis inattendus : le roi contre son propre frère, Georges, duc de Clarence. Il semble que le duc se soit allié au comte de Warwick contre vos gracieuses Majestés – peut-être en étiez-vous informée ? Le comte Rivers et sir John Woodville luttaient en votre nom. Ils ont été exécutés. On leur a tranché la tête.

Il me lance un regard rapide, puis avance :

— Ils n'ont pas souffert. Je suis certain que tout s'est déroulé très vite.

La voix rauque, avec l'impression que l'on vient de m'assommer d'un coup de poing, je réclame :

— L'acte d'accusation ? Ils combattaient pour un roi oint contre des rebelles. Qu'aurait-on pu leur reprocher ?

— Ils ont été décapités sur ordre de lord Warwick, laisse tomber le maire. La parole du comte fait loi, semble-t-il. Il les a fait exécuter sans acte d'accusation, sans procès, sans jugement.

Voulez-vous que je donne l'ordre de vous escorter à Londres ? Je puis équiper un navire, si vous préférez quitter l'Angleterre.

— J'irai à Londres, ma capitale, dans mon royaume. Je ne suis point une reine étrangère empressée de fuir vers la France. Je suis anglaise. Je vivrai et mourrai sur cette terre. Non, je vivrai et me battrai sur cette terre ! me corrigé-je.

— Me permettez-vous de vous offrir mes plus sincères condoléances, à vous-même ainsi qu'au roi ?

— Avez-vous de ses nouvelles ?

— Nous espérions que Votre Grâce pourrait nous rassurer…

— Je ne détiens aucune information, mens-je. (Ils n'apprendront point de ma bouche que le souverain est emprisonné au château de Middleham, que notre défaite est consommée.) Je partirai cet après-midi. Informez-en la garde, qu'elle se tienne prête dans deux heures. De Londres, nous entreprendrons la reconquête de l'Angleterre. Mon époux n'a jamais perdu une bataille. Il triomphera de ses ennemis, puis les fera comparaître devant la justice du roi.

Je reprends ma place sur mon trône surmonté d'un dais brodé d'or. Ils s'inclinent et sortent à reculons. Aussitôt que la porte s'est refermée, je m'adresse à mes suivantes :

— Laissez-moi. Préparez-vous pour notre voyage.

Elles hésitent, indécises. Elles aimeraient rester à mes côtés pour m'apporter quelque consolation. Toutefois, devant mon air rembruni, elles disparaissent. Restée seule dans la vaste pièce baignée de soleil, je caresse distraitement les accoudoirs de mon fauteuil. Le bois est raboteux. Levant les yeux, je découvre la poussière qui macule le baldaquin. J'ai perdu le plus aimant des pères, le meilleur des frères. Ils m'ont été enlevés pour un trône écaillé et un tissu poussiéreux. Ma passion pour d'Édouard jointe à mon ambition de ceindre la couronne nous a placés, tous autant que nous sommes, au premier rang des combats. Elles me valent ce sang versé et me coûtent deux proches que j'aimais.

Je me souviens de mon père me faisant monter sur mon premier poney avec pour stricte instruction de lever le menton et de tenir les rênes ajustées, de façon à montrer à l'animal qui était le maître. Je le revois caressant la joue de ma mère en lui disant qu'elle est la femme la plus intelligente d'Angleterre, lui promettant de se laisser guider… pour ensuite n'en faire qu'à sa tête. Je l'imagine tombant amoureux d'elle alors qu'il officiait comme écuyer au service de son premier époux. Jamais une lady de sa condition n'eût dû baisser les yeux vers un homme comme lui. Pourtant, au mépris de toutes les convenances, il l'a épousée dès l'instant où elle est devenue veuve. On les a qualifiés de plus beau couple de l'Angleterre ; ils s'étaient unis par amour, ce que nul autre n'eût osé faire. Je l'évoque à Reading, comme Anthony me l'a décrit : prétendant être informé de tout, ses yeux roulant comme des billes. Je me remémore les paroles qu'il a chuchotées à mon oreille, quand je suis devenue reine : il me fallait dorénavant souffrir qu'il ne m'appelât Élisabeth que dans l'intimité. Je me rappelle cette manière qu'il a eue de gonfler le torse en apprenant de ma bouche que je mariais son fils à une duchesse, et qu'il devenait comte.

Puis mes pensées vont à ma mère. Il m'incombe de lui apprendre que son époux a subi la mort des traîtres pour avoir embrassé ma cause, après avoir combattu sa vie durant dans les rangs rivaux. Dieu, que je suis lasse ! Plus accablée qu'au retour de mon père de la bataille de Towton, lorsqu'il nous a informés de la défaite de notre parti, plus désespérée qu'au lendemain de St Albans, où mon premier époux a laissé la vie dans une charge héroïque menée contre les Yorkistes.

Il est plus aisé d'amener un pays à la guerre que de le garder en paix. Et un pays en guerre est un endroit où il est périlleux de vivre, d'enfanter des filles, d'espérer un fils !

Londres m'accueille comme une héroïne. La ville en tient pour Édouard, ce qui n'aura guère d'importance si ce boucher de Warwick décide de le tuer. Je m'installe pour lors dans la Tour fortifiée avec mes filles et mes deux aînés, effrayés à présent qu'ils ont découvert la précarité de la vie. La mort de leur oncle John les a bouleversés et pas un jour ne s'écoule sans qu'ils réclament des nouvelles du roi. Nous sommes tous en deuil. Je fais porter une missive à mon parent, le duc de Bourgogne ; je lui demande d'arranger un endroit sûr et secret où me recevoir avec mes enfants – une petite ville des Flandres, une humble famille qui pourrait prétendre accueillir quelques cousins d'Angleterre.

Il fera davantage, m'assure-t-il dans sa réponse. Il aidera Londres si la ville se déclare pour York. Il me promet des hommes, une armée, puis s'inquiète du roi. Celui-ci se trouve-t-il en sécurité ?

Je ne puis le rassurer. Mon mari est retenu en captivité, comme ce pauvre roi Henri – comment croire à cette aberration ? Warwick l'a enfermé sous bonne garde à Middleham et cherche à convaincre les lords et le Parlement de nier qu'Édouard fût jamais roi. La rumeur prétend que mon époux se verra offrir le choix entre abdiquer en faveur de son frère ou grimper sur l'échafaud. Warwick veut sa couronne ou sa tête. Il me faut me contenter de ces racontars en lieu et place de nouvelles. Deviendrai-je veuve à peine m'a-t-on privée de mon père et de mon frère ? Cette pensée tourne dans ma tête, suivie d'une autre : comment supporterais-je la disparition de mon bien-aimé ?

Ma mère se présente à moi en ma seconde semaine de veille. Elle arrive de notre manoir de Grafton, les yeux secs, mais courbée, comme si elle avait pris un coup au ventre qui l'aurait fait se plier de douleur. Je n'ai pas à lui apprendre qu'elle est veuve. Elle sait déjà qu'elle a perdu le grand amour de sa vie. Tout le temps que dure notre entretien, elle garde les poings serrés sur le nœud de sa large ceinture, comme pour comprimer une plaie mortelle. En revanche, nul ne lui a dit comment est mort son époux. Je l'emmène dans ma chambre, referme la porte sur nous, cherche mes mots.

— Oh, ma mère, je suis tellement désolée.

Je m'agenouille devant elle, serre ses mains entre les miennes, ajoute :

— J'aurai la tête de Warwick ainsi que celle de Georges, je vous en fais le serment.

Ses traits ont perdu l'éclat qui irradie des femmes heureuses.

— Non, refuse-t-elle en me caressant les cheveux. Pas un mot de cela. Votre père ne vous aurait point voulue endeuillée. Il avait mesuré les risques – et Dieu sait qu'il ne s'agissait pas de sa première bataille. (Elle fouille la poche de sa robe, en tire un billet.) Voici sa dernière lettre. Il m'assure de son amour et me charge de vous transmettre sa bénédiction. Il l'a rédigée alors que ses geôliers lui avaient promis de le relâcher. Je crois toutefois qu'il avait percé à jour leurs véritables intentions.

Le mot de mon père ressemble à son parler : franc, plein d'audace. Dieu tout-puissant, dire que je ne le lirai ni ne l'entendrai jamais plus !

— Quant à John…

Elle s'interrompt, inspire profondément, puis poursuit d'une voix calme :

— John représente une perte immense, pour moi comme pour sa génération. Votre frère avait la vie devant lui… Lorsque l'enfant qu'on a élevé devient un homme, explique-t-elle après un instant de silence, on l'imagine enfin en sécurité. Quand il survit aux maladies qui emportent tant de petits, à la peste qui décime les voisins, on se prend à croire que rien ne pourra l'atteindre, et cette certitude croît à mesure que se succèdent les années. Lorsque nous l'avons uni à cette vieille femme pour son titre et sa fortune, j'ai ri en songeant qu'il allait lui survivre. Mais elle va l'enterrer à présent, et garder sa fortune. Comment est-ce possible ? (Elle pousse un profond soupir.) Pourtant, j'aurais dû pénétrer l'avenir – n'ai-je pas le don de prescience ? Mais il arrive que les événements se dérobent. Nous vivons une époque difficile, l'Angleterre est devenue une terre de chagrins. Aucune mère ne peut échapper au risque de devoir ensevelir son fils. Dans un pays en guerre, frère contre frère, cousin contre cousin, aucun garçon n'est en sécurité.

— La duchesse Cecily connaîtra cette douleur, dis-je dans un sifflement venimeux. Georges subira la mort des traîtres et des félons. Vous avez perdu un fils, elle perdra le sien !

— Mais vous aussi, si vous vous engagez dans cette voie, m'avertit ma mère. La mort appelle la mort et la querelle engendre la querelle, amenant plus d'enfants sans parents, plus d'épouses sans mari. Désirez-vous pleurer la disparition de votre progéniture à venir ?

Secouant la tête, je m'entête :

— Qu'une réconciliation prenne place après la disparition de Georges, mais Warwick et lui subiront leur châtiment. Ce sont des hommes morts, à compter de ce jour.

Je me relève et m'avance vers la table.

— Je le jure sur cette lettre, l'ultime missive de mon père, où j'inscrirai leur mort de mon propre sang.

— Vous avez tort, objecte ma mère, qui me laisse toutefois déchirer un coin du parchemin avant de le lui rendre.

Un coup résonne à la porte. Je sèche mes larmes, laisse ma mère crier « entrez ! » mais l'huis s'ouvre sans cérémonie et Édouard pénètre dans la pièce comme s'il revenait plus tôt que prévu d'une journée de chasse.

— Édouard ! C'est vraiment vous ?

— En personne, confirme-t-il. Le bonjour à vous aussi, belle-maman.

Je me jette dans ses bras qui se referment autour de moi et, enivrée par son odeur familière, pressée contre son torse puissant, je me mets à sangloter :

— Je vous croyais en prison. J'ai craint qu'il ne vous abatte.

— Oh, il a manqué de nerfs, répond Édouard, laconique, ses mains me caressant le dos. Sir Humphrey Neville a soulevé le Yorkshire au nom d'Henri et, lorsque Warwick a voulu l'affronter, personne ne l'a suivi ; mon soutien lui est devenu dès lors nécessaire. Il a compris que personne n'accepterait Georges sur le trône et que rien ne me pousserait à abdiquer. Surpris de cette double déconvenue, il n'a pas osé me faire exécuter. À vrai dire, je ne crois pas qu'il eût pu mettre la main sur un bourreau disposé à me trancher le col – je reste un roi oint, mon corps est sacré, on ne peut m'élaguer comme un arbuste.

» Un soir, il s'est présenté devant moi avec un parchemin proclamant mon abdication. Je lui ai opposé mon refus de le signer, mais j'ai accepté avec amabilité de demeurer son hôte – le cuisinier est excellent et la cave meilleure encore. J'ai même suggéré d'installer ma Cour à Middleham s'il désirait que je reste son invité ma vie entière. Rien ne s'opposait à ce que j'exerce mon gouvernement depuis son château, à ses frais. Toutefois, ai-je conclu, jamais je ne renierais mon identité souveraine.

Il éclate de rire – ce rire si franc, si massif, si plein de confiance en lui.

— Oh, vous eussiez dû le voir ! Lui qui avait cru la couronne à portée de main, il en est resté tout déconfit. C'était aussi réjouissant qu'un spectacle burlesque, de le voir s'interroger sur ce qu'il fallait faire ! Vous sachant en sécurité à la Tour, rien ne m'effrayait plus. Il avait pensé me briser en m'emprisonnant, s'était imaginé avoir encore affaire à un enfant en adoration devant lui, sans se rendre compte que j'avais grandi. Je me suis comporté en invité exquis, dînant de bon appétit. Si d'aventure mes amis me rendaient visite, je demandais qu'ils fussent divertis royalement. J'ai requis l'autorisation de me promener dans les jardins, puis dans la forêt. Il me l'a accordée. Mon Conseil s'est présenté au château et a exigé de s'entretenir avec moi, il n'a pu refuser. J'ai fait établir une loi ou deux, de façon à rappeler que je tenais les rênes. J'éprouvais quelque difficulté à ne point me gausser : lui qui avait cru me dominer se retrouvait à subvenir aux frais d'une maison royale. J'ai exigé un chœur pour agrémenter mes dîners, il ne lui est pas venu à l'esprit de me le refuser ! J'ai fait venir des danseurs, des musiciens. Ah, Élisabeth, tenir un roi ne suffit point. Il faut l'abattre, le renverser. Warwick a vite compris que j'eusse préféré mourir plutôt que de lui céder.

» Et puis, par un beau matin – il y a quatre jours –, son palefrenier a commis l'erreur de me laisser monter mon propre étalon de combat, Fury. Aucune bête dans son écurie ne peut prétendre le rattraper. L'idée m'est venue de pousser ma petite promenade jusqu'à vous… et me voilà.

—C'est tout ? m'enquiers-je, incrédule.

Une fierté enfantine illumine ses traits.

—Le cheval qui rattrapera Fury n'est pas encore né, surtout après deux semaines sans exercice et nourri d'avoine. Nous avions atteint Ripon avant que j'aie eu le temps de l'éperonner !

—Édouard, jamais vous ne soupçonnerez dans quelle frayeur j'ai vécu ! J'ai craint de ne plus vous revoir, mon bien-aimé !

—Ne vous ai-je point promis, lors de nos épousailles, de ne point vous quitter, de m'éteindre paisiblement dans mon lit, à votre côté ? Aucune muraille ne me séparerait de vous.

Je presse ma joue contre son torse, comme pour m'enfouir dans son corps, ne faire qu'un avec lui.

—Mon aimé, mon aimé, m'entends-je répéter. Repartez-vous à la tête d'une troupe armée pour arrêter Warwick ?

—Hélas. Il demeure trop puissant, respecté et obéi de la plus grande partie du Nord. J'espère parvenir à un accord. Sa tentative de soulèvement se solde par un échec, il ne l'ignore pas. Il importe que Georges, lui et moi trouvions un moyen de nous réconcilier. Ils me demanderont mon pardon, je le leur accorderai. Warwick a toutefois retenu une leçon : je suis le roi, rien ne changera cela. Il me doit obéissance. Par ailleurs, le royaume n'aspire nullement à subir une autre guerre de souverains. J'y répugne moi-même, ayant juré de garder le pays dans la paix et la justice.

Il frotte sa joue contre moi.

—Vous m'avez manqué, murmure-t-il. Les filles aussi. J'avoue avoir passé quelques moments délicats quand ils m'ont emmené au château, dans ma cellule sans fenêtre. Et… je déplore ce terrible sort échu à votre père ainsi qu'à votre frère. (Il lève la tête et plonge son regard dans celui de ma mère.) Je le regrette plus que je ne saurais l'exprimer, Jacquetta, déclare-t-il franchement. Ce sont les aléas de la guerre, nous en connaissons les risques. Toutefois, ils ont ôté au monde deux hommes braves et bons.

— Sous quels termes escomptez-vous vous réconcilier avec l'homme qui a ordonné leur mort ? Je suppose que vous lui pardonnerez également cet acte ?

La dureté de sa voix arrache une grimace à Édouard.

— Vous n'apprécierez guère ce qui suit, nous avertit-il. Je compte nommer le neveu de Warwick – son héritier –, duc de Bedford. Je dois nous attacher le comte, le lier à la famille royale.

— Vous lui octroyez mon ancien titre ? répète ma mère avec incrédulité. Celui de feu mon premier époux ? À ce traître ?

Je m'empresse d'intervenir.

— Je me fiche que ce gamin[1] obtienne un duché. Warwick porte la responsabilité de la mort de père et de John, pas son neveu.

Édouard poursuit, mal à l'aise :

— Ce n'est pas tout. J'ai l'intention de donner notre fille Élisabeth en mariage au jeune Bedford, pour sceller notre alliance.

— Élisabeth ? Mon Élisabeth ?

— Notre Élisabeth, me corrige-t-il.

— Vous promettez d'unir une enfant de quatre ans à peine à la famille de celui qui a assassiné son grand-père ?

— En effet. Cette guerre des cousins doit devenir une réconciliation de cousins et personne, pas même vous, ma mie, ne m'arrêtera. Mon devoir me dicte de faire la paix avec Warwick ; pour ce faire, j'offre une chance à ses descendants d'hériter du trône.

---

1. Georges Neville a huit ans. (*NdT*)

— Vous envisagez sérieusement d'unir ma fille à ce félon ?

— Oui, me répond-il d'une voix ferme.

Je lève le menton et rétorque farouchement :

— Cela n'arrivera pas, j'en fais le serment. Mieux, j'en nourris le pressentiment !

Il sourit.

— Je m'incline devant votre prescience, prononce-t-il avant de nous adresser, à ma mère et à moi, un profond salut. Le temps seul nous dira si vous avez vu juste. Mais avant que ce jour ne se lève, tant que je régnerai en Angleterre et jouirai du pouvoir de donner ma fille à qui je décide, j'agirai toujours de façon à contrecarrer le désir qu'éprouvent vos ennemis, mesdames, de vous désigner comme un couple de sorcières bonnes à étrangler au premier carrefour venu ! En outre, entendez-moi bien : le seul et unique moyen de vous placer en parfaite sécurité est de mettre un terme définitif à cet état de guerre.

Automne 1469

Warwick revient à la Cour dans la peau de l'ami fidèle et du mentor loyal. Nous devons donner l'image d'une famille que les désaccords poussent parfois à se quereller mais dont l'affection ne se dément jamais. Édouard joue son rôle avec succès. Pour ma part, j'accueille le comte avec froideur. Il m'est imposé de recevoir avec aménité cet homme qui a assassiné mon père ainsi que mon frère et a emprisonné mon époux. Fort bien, je ne laisserai échapper aucune récrimination. Toutefois, Warwick n'ignore nullement qu'il s'est attiré une dangereuse ennemie pour le restant de ses jours.

— Votre Majesté, me salue-t-il d'un ton suave à son arrivée, sûr de son impunité.

Je suis prise d'un sentiment familier d'infériorité en sa présence. Ce grand homme avait pris en main l'avenir du royaume quand je devais encore obéissance à mon premier époux et respect à la mère de celui-ci. À ses yeux, ma place est à Grafton, à nourrir les poules.

J'aspire à me montrer froide mais je crains d'apparaître boudeuse en prononçant contre mon gré :

— Je vous souhaite la bienvenue à la Cour.

— Votre Altesse est trop bonne, sourit-il. Une souveraine-née.

Mon fils, Thomas Grey, laisse échapper une exclamation de colère et quitte la pièce. Le sourire de Warwick s'élargit.

— Ah, la jeunesse, s'exclame-t-il. C'est un jeune homme plein de promesses.

— Je me réjouis seulement qu'il ne se soit point trouvé en compagnie de son oncle et de son grand-père à Edgecote Moor, réponds-je, le cœur débordant de fiel.

— Oh, moi de même !

Peut-être fait-il naître en moi ce sentiment d'être stupide et impuissante, mais je dispose d'autres forces. Au fond de mon coffret à bijoux gît un médaillon d'argent noirci. Dans celui-ci se trouvent son nom, Richard Neville, et celui de Georges, duc de Clarence, que j'ai écrits de mon sang sur un fragment déchiré de l'ultime lettre de mon père. Ma malédiction pèse sur mes ennemis. Ils n'échapperont pas à la mort.

Hiver 1469-1470

Au plus noir de la nuit la plus longue, au solstice d'hiver, ma mère et moi descendons vers la Tamise. Le chemin qui quitte les jardins du palais de Westminster longe la rive. Le fleuve est haut, ce soir, mais noirâtre sous le ciel enténébré. Il est presque impossible de distinguer l'eau, que l'on entend se jeter contre les quais, tel un animal souple, ondoyant, puissant. Notre élément. J'inspire son odeur et m'en imprègne, comme un exilé de retour dans son pays après une longue absence.

— Il me faut un fils, dis-je à ma mère.

Elle sourit et répond :

— Je sais.

De sa poche, elle sort trois amulettes attachées à trois fins cordons. Elle les lance avec soin dans la rivière, comme un pêcheur jetterait ses appâts, en me confiant l'extrémité des cordelettes. Un petit « plouf » se fait entendre à chaque jet ; je me souviens de l'anneau sorti de l'eau cinq ans plus tôt.

— Choisissez, m'enjoint-elle en séparant avec soin les trois fils étalés sur ma paume gauche. Lequel allez-vous tirer ?

La lune apparaît soudain de derrière un nuage ; grosse, argentée, elle illumine l'onde impénétrable. Je pose les doigts de ma main droite sur l'un des fils.

— Celui-ci.

Elle sort une petite paire de ciseaux d'argent et tranche les deux autres cordelettes, libérant les amulettes qui sont emportées par les eaux du fleuve.

— De quoi s'agissait-il ?

— D'événements qui n'auront point lieu, d'avenir qui restera inconnu – enfants qui ne naîtront pas, opportunités qui ne se présenteront jamais. Oubliez-les. Concentrez-vous sur celui que vous avez choisi.

Appuyée contre les murs d'enceinte du palais, je tire le fil, jusqu'à ce qu'émerge des eaux une magnifique petite cuillère d'argent destinée à nourrir un enfant. Gravé à l'intérieur, scintillant dans le clair de lune, je découvre le nom d'Édouard surmonté d'une couronne.

Nous célébrons la Nativité à Londres en signe de réconciliation, comme si ces banquets pouvaient transformer l'adversaire en ami. Je me souviens de ces innombrables tentatives du pauvre roi Henri pour rapprocher ses ennemis et j'aperçois bon nombre de courtisans qui, découvrant Warwick et Georges traités en invités d'honneur, rient sous cape.

Édouard ordonne une fête somptueuse. Deux mille nobles du royaume sont invités à dîner en notre compagnie le soir de l'Épiphanie[1], Warwick à leur tête. Le roi et moi avons ceint nos couronnes et sommes vêtus à la dernière mode, de vêtements taillés dans les plus riches étoffes. Resplendissante dans une robe de saison d'un blanc immaculé brodé d'argent et d'or, j'incarne sans conteste la rose blanche d'York.

Édouard et moi offrons des présents à mille de nos hôtes et distribuons des faveurs à tous. Warwick est reçu avec une exquise courtoisie. Obéissant au commandement que me fait mon époux, je vais jusqu'à danser avec mon beau-frère, Georges, à qui je tends la main. Bien qu'il soit plus menu que mon blond et charmant mari, sa ressemblance avec Édouard ne cesse de me surprendre. De même, je m'étonne de l'affection qu'il fait naître au premier regard. Il possède cette grâce nonchalante des York, c'est indéniable, mais il reste dépourvu d'honneur. Je n'oublie ni ne pardonne rien.

J'accueille avec bonté sa nouvelle épouse, Isabel Neville, lui souhaitant la bienvenue à ma Cour. Cette jeune personne, pâle et mince, semble effarouchée devant ce rôle qu'il lui faut tenir pour satisfaire aux ambitions de son père. Membre de la famille la plus périlleusement félonne du royaume, la voici qui évolue à la Cour du monarque qu'a trahi son nouvel époux. Elle a grand besoin de gentillesse et je l'entoure d'aimables attentions. Un visiteur étranger pourrait croire que je nourris à son endroit l'amour que l'on voue à une sœur. Il ne soupçonnerait point que j'ai perdu un père et un frère. Il me penserait dépourvue de mémoire.

Je n'oublie rien, cependant. Dans mon coffret à bijoux, un médaillon renferme le nom de mes ennemis. Je n'oublie rien, et un jour ils l'apprendront.

---

1. Au Moyen Âge, en Angleterre, la célébration de Noël durait douze jours et culminait avec la fête des rois. (*NdT*)

Warwick demeure énigmatique. Étant le plus puissant personnage après le roi, il reçoit honneurs et faveurs avec une dignité glacée, en homme à qui tout est dû. Georges a l'air d'un jeune chiot agité et servile. Isabel, la nouvelle duchesse de Clarence, a pris place parmi mes dames d'atour, entre mes sœurs et ma belle-sœur, Élisabeth. Je ne peux m'empêcher de sourire quand je la vois détourner la tête à la vue de son mari évoluant sur la piste de danse, ou sursauter quand il lève bruyamment son verre à la santé du roi. Georges, si beau, si blond, agit non seulement en garçon pardonné par son frère aîné mais encore en homme assuré d'obtenir le pardon de toutes ses fautes à venir. Cet enfant gâté s'imagine n'avoir jamais tort.

Richard, duc de Gloucester, le plus jeune des trois frères avec ses dix-sept ans, est à présent un beau jeune homme élancé. Il est peut-être le benjamin de la famille, mais il n'a jamais été le favori. Bien que lui seul ressemble à son père, il diffère par sa stature trapue et ses cheveux noirs. C'est un garçon pieux, réfléchi, qui n'aime rien tant que mener une existence paisible dans son château, dans le Nord, au service de son peuple. Notre Cour exubérante et chatoyante le plonge dans l'embarras ; il nous considère comme des païens. Je lui apparais comme un dragon qui couve avidement un trésor et non comme une sirène qui évolue gracieusement dans l'onde. Cet enfant craint en moi la femme qu'il ne comprendra jamais. À côté de lui, mes fils se montrent allègres et avertis. Ils ne cessent de l'inviter à chasser, à boire dans quelque taverne, à festoyer, mais il leur oppose chaque fois un refus nerveux.

L'écho de notre célébration de la Nativité se propage dans toute la chrétienté. On évoque une Cour anglaise devenue symbole d'élégance, de raffinement, de magnificence et de grâce. Édouard a décidé de surpasser la Cour bourguignonne, où se mêlent les modes, les beautés, la culture. Le roi aimant la musique, chaque repas est accompagné par des ménestrels et des chanteurs, tandis que mes dames et moi-même, non contentes d'apprendre les danses en vogue à la Cour, en élaborons de nouvelles. Mon frère Anthony se révèle un conseiller précieux. Il a voyagé en Italie, aussi s'exprime-t-il en homme averti de cette forme d'art inconnue jusqu'alors. Il dépeint les beautés passées de la Grèce ou de la Rome antiques, leur savoir et leur art séculaire. Il suggère à Édouard de faire venir à la Cour des peintres, des poètes et des musiciens italiens, d'user du Trésor pour fonder des écoles et des universités. Il évoque des sciences nouvelles telles que l'astronomie ou l'arithmétique. Il parle d'une formule qui permet de calculer des distances impossibles à mesurer. Élisabeth, son épouse, l'écoute en silence, puis le qualifie de mage. Notre Cour devient l'élégance et la connaissance incarnées.

Le coût d'une Cour et de toute cette beauté, toutefois, me stupéfie, de même que celui de la nourriture. À cela se joignent les requêtes incessantes des courtisans à la recherche d'une audience, d'un poste, d'un morceau de terre, d'une faveur.

— Voilà en quoi cela consiste, d'être roi, m'explique Édouard alors qu'il signe la dernière pétition du jour. Monarque d'Angleterre, je possède tout. Les ducs, comtes et barons ne détiennent leurs terres que par faveur royale ; au-dessous d'eux, les chevaliers et écuyers recueillent les miettes de ce festin. Fermiers, métayers, paysans, tous dépendent de ma générosité. Il me faut distribuer les richesses et le pouvoir de façon à alimenter le moulin en eau. Au moindre signe de défaillance, il y en aura pour regretter Henri, ou pour suggérer que son fils, Édouard, ou encore Georges, se montrerait plus généreux. À moins que l'on ne découvre un autre prétendant à la couronne – pourquoi pas le jeune Henri Tudor, le fils de Margaret Beaufort ? Si je veux conserver mon pouvoir, il me faut le distribuer, quoiqu'en quantités bien mesurées. Je dois satisfaire tout le monde.

Irritée, je m'exclame :

— Quel ramassis de rustres cupides ! Ils lient leur loyauté à leurs profits et ne songent qu'à leur intérêt. Ils se montrent pires que des serfs !

Édouard me sourit.

— Ils le sont, en effet – du premier au dernier. Chacun brigue sa petite demeure sur son petit État, autant que je m'attache à mon trône ou que vous convoitez le manoir de Sheen et ces domaines destinés à votre parentèle. Nous aspirons tous à posséder des terres, à jouir de richesses. Mais c'est moi qui les tiens entre mes mains, et il me revient de les distribuer avec soin.

Printemps 1470

Alors que la chaleur aiguillonne les gelées hivernales, les informateurs d'Édouard signalent un autre soulèvement dans le Lincolnshire en faveur du roi Henri – comme si tout le monde n'avait pas oublié ce pauvre vieil homme, plus anachorète que prisonnier, vivant en paix dans la Tour !

—Il me faut y répondre en personne, m'annonce Édouard, la missive à la main. Si ce rebelle représente l'avant-garde de Marguerite d'Anjou, il doit être défait avant qu'elle ne débarque à la tête d'une armée. Elle semble l'utiliser pour éprouver le soutien à sa cause ; il s'expose en levant des troupes en Angleterre et, lorsqu'elle se montrera satisfaite de l'avancée des insurgés, elle arrivera en soutien avec ses soldats français – et j'aurai alors deux armées à affronter.

—Votre sécurité sera-t-elle assurée ? m'enquiers-je. Alors que vous combattrez un couard qui n'ose dire son nom ?

—Je ne risque rien. Je dois y aller, toutefois ; j'ai résolu de ne plus jamais laisser partir mes hommes au combat sans moi.

—Où se trouve donc votre dévoué ami Warwick ? Et votre bien-aimé frère Georges ? Lèvent-ils des troupes en votre nom ? Se précipitent-ils à votre côté ?

Il sourit à l'acidité de ma voix.

— Ah, vous errez, ma petite reine de défiance. Warwick se propose de lever des troupes afin de m'accompagner, et Georges promet de se joindre à moi.

— Assurez-vous toutefois de ne point les quitter de l'œil, réponds-je, peu convaincue. Ils ne seraient pas les premiers à amener des hommes sur le champ de bataille pour grossir les rangs de l'adversaire. Quand vous lui ferez face, surveillez ces amis qui couvrent vos arrières.

— Ils m'ont prêté serment de loyauté, me rassure-t-il. Fiez-vous à moi, mon aimé. Je l'emporterai.

— Je le sais, je souffre seulement de vous voir partir. Quand cesseront-ils de s'insurger pour soutenir une cause perdue ?

— Bientôt. Ils découvriront sous peu notre unité, notre force. Warwick nous amène le Nord, Georges agit en frère, Richard m'apporte son soutien indéfectible, comme toujours. Je vous promets de danser à votre bras le premier jour de mai.

— Édouard, je vous conjure de rester. Pour cette fois. Hastings et Richard ne pourraient-ils prendre la tête de votre armée ? Je vous en prie.

Il s'empare de mes mains, les presse contre ses lèvres. Mon anxiété, loin de l'affecter, l'amuse.

— Pourquoi « cette fois » ? Désirez-vous m'informer de quelque chose ?

Incapable de lui résister, je lui rends son sourire.

— J'ai en effet une nouvelle. Je voulais être certaine de mon fait avant de vous la dire.

— Je sais, je sais. Me croyez-vous ignorant ? Allons, contez-moi ce mystère que je suis censé ne point soupçonner.

— Il a pour vocation de vous ramener à moi sain et sauf, pas de vous envoyer à l'aventure.

Il attend, bienheureux. Il se délecte par avance, autant que j'ai pris plaisir à différer l'annonce.

— Je suis à nouveau enceinte, dis-je. Et cette fois, je sais que c'est un garçon.

Il me serre dans ses bras avec douceur.

— Je l'avais deviné. Mais comment savez-vous qu'il s'agit d'un mâle, ma petite sorcière ?

Je hausse gracieusement les épaules.

— Cela, je ne vous le dévoilerai point. Cependant, je vous le promets, et vous devez le croire : nous aurons un fils.

— Mon fils, le prince Édouard, murmure-t-il.

Je songe à la petite cuillère d'argent sortie de la Tamise, au solstice d'hiver.

— Tenez-vous pour certain qu'il s'appellera Édouard ?

— Assurément. Je suis résolu depuis des années à nommer ainsi mon fils aîné.

— Votre fils, le prince Édouard, répété-je. Faites en sorte de me revenir à temps pour sa naissance.

— Quand viendra-t-il au monde ?

— À l'automne.

— Je vous rapporterai des pêches et de la morue salée – de quoi d'autre aviez-vous tant envie lorsque vous étiez grosse ?

— De criste-marine, réponds-je, aux anges. Je n'en avalais jamais assez. Revenez-moi les bras chargés de cette plante. Que notre petit prince ait ce qu'il y a de meilleur. Il naîtra avec une cuillère d'argent dans la bouche.

— N'ayez crainte, je vous reviendrai. Je ne veux nullement qu'il voie le jour le front barré d'une ride de souci.

— Prenez garde à Warwick et à votre frère. Je me méfie d'eux.

— Promettez-moi de prendre le temps de vous reposer, de vous distraire, de faire en sorte que notre enfant croisse en vigueur.

—Jurez à votre tour de vous prémunir de tout danger, et d'affermir son héritage.

—Je vous le promets.

Édouard avait tort. Par notre Seigneur tout-puissant, il avait terriblement tort ! Non point quant à l'issue de la bataille, Dieu merci. On l'a appelée la bataille de Losecoat[1] Field, car les pauvres hères, pieds nus, combattant pour un roi pris d'une douce démence, ont fui avec tant de hâte qu'ils ont abandonné armes et armures devant la charge menée par Édouard.

Non, il se trompait lorsqu'il pensait pouvoir s'appuyer sur la loyauté de Warwick et de Georges. Ce dernier a financé ce soulèvement qui visait à le détrôner. Par le sang du Christ, ils avaient résolu de tuer mon Édouard puis de le remplacer par Clarence ! Le frère et l'ami d'enfance avaient décidé de lui porter un coup fatal dans le dos, sur le champ de bataille, et ils y fussent parvenus sans la célérité dont il a fait preuve dans la charge.

Avant même que ne débutât le combat, sir Richard Welles, le maraud à la tête du soulèvement, a imploré à genoux le pardon de son souverain. Il a exhibé les ordres écrits par Warwick, présenté l'argent versé par Georges, confessé le plan ourdi par les rebelles : fomenter une révolte au nom du roi Henri de façon à attirer Édouard sur le champ de bataille et l'y occire. Vertudieu, Warwick a bien appris sa leçon ! Quant à Georges, avec quelle aisance il a surmonté sa fraternelle affection ! Il était prêt à trancher la gorge de son frère puis à se frayer un chemin dans son

1. « Lose » signifie abandonner et « coat » signifie ici cotte de mailles. (*NdT*)

sang, jusqu'au trône. Mais ces faquins se sont aperçus une fois de plus que mon mari constitue un trop gros morceau à mâcher pour eux. Confronté aux preuves qui les accablaient, Édouard leur a demandé de se présenter devant lui. Lorsqu'ils ont refusé de se rendre à son invitation, il leur a mandé par ordonnance royale de se soumettre à sa justice. Hélas, ces pleutres avaient quitté le royaume depuis longtemps.

— Qu'ils périssent dans les flammes de l'enfer ! les maudis-je.

Ma mère et moi avons pris place dans mes appartements privés, à Westminster, devant une fenêtre grande ouverte. Nous filons une laine vierge mêlée d'or fin, fil précieux destiné à confectionner un habit de prix pour mon bébé à venir, le plus important prince de la chrétienté.

D'un regard, elle indique le fuseau qu'elle tient en main et la laine que je carde :

— Ne ternissez point ce futur vêtement de votre enfant avec vos malédictions, m'avertit-elle.

Je cesse d'actionner la roue et lève les mains.

— Là, réponds-je. Le travail peut attendre, pas la malédiction.

— Édouard avait promis la vie à lord Richard Welles s'il confessait sa trahison et dévoilait le complot. Mais il a rompu sa promesse et l'a exécuté malgré des aveux pleins et entiers.

Ma mère poursuit.

— Les Beaufort pleurent l'un des leurs [1]. Avec cette mort, Édouard fournit un renouveau à leur cause. Par ailleurs, il a renié sa parole. Aucun ennemi n'osera plus se rendre à lui. Il a fait montre d'aussi peu d'honneur que Warwick.

---

1. Lionel Welles, le père de Richard, a épousé en secondes noces Marguerite Beauchamp, veuve de Jean Beaufort, duc de Somerset, avec qui elle avait engendré Margaret Beaufort, la mère d'Henri Tudor. (*NdT*)

— Ce sont les aléas de la guerre. Margaret Beaufort en connaît les risques autant que moi. Elle est l'héritière de la maison de Lancastre mais son époux, Henri Stafford, a été sommé par Édouard de lutter à nos côtés… Pauvre homme, conclus-je, moqueuse, pris entre cette virago et notre royal commandement.

Ma mère n'est pas en reste.

— Elle a dû passer bon nombre d'heures à genoux. Pour une femme qui se vante d'avoir accès à l'oreille de Dieu, elle n'a guère de preuve à exhiber de l'attention divine.

— En tout état de cause, Welles importe peu, à l'inverse de Warwick et de Georges : en route vers la Cour de France, ils déversent leur fiel et cherchent une armée. Nous comptons un nouvel ennemi, au sein de notre famille – quelle vile engeance que ces York !

— Où se trouvent-ils présentement ?

— En mer, si j'en crois Anthony, en route vers Calais. Isabel, sur le point d'accoucher, les accompagne, sans autre aide que sa mère, la comtesse de Warwick. S'ils s'installent à Calais, qui en tient pour Neville, c'en est fait de notre sécurité. Ils représenteront une menace pour nos navires, à une demi-journée de nos côtes. Édouard a envoyé notre flotte à leur poursuite pour les empêcher d'atteindre la cité fortifiée, mais je doute qu'elle les rattrape à temps.

Je me lève, m'avance vers la fenêtre où le soleil entre à flots. Quelle magnifique journée ! La Tamise scintille comme une fontaine, tout est calme. Je porte mon regard vers le sud-ouest. Une ligne obscure s'étire à l'horizon, signe de mauvais temps sur la mer. Je serre les lèvres, laisse échapper un léger sifflement.

Derrière moi, ma mère pose son fuseau à son tour, joint son sifflement au mien. Je garde les yeux fixés sur les nuages lointains tandis que mon souffle, telle une bourrasque, s'envole dans leur direction. Ma mère vient m'enserrer la taille de ses bras et, ensemble, dans la douce chaleur du printemps, nous déchaînons une tempête.

Les nuages noirs s'amoncellent jusqu'à former une imposante masse nébuleuse, loin au sud, au-dessus des eaux. L'air se rafraîchit. Un frisson me parcourt le corps alors que tombent les premières gouttes de pluie. D'un ton neutre, je remarque :

— Il semble qu'un orage ait éclaté en mer.

Une semaine plus tard, ma mère vient à moi, une lettre à la main.

— J'ai reçu cette missive de ma cousine de Bourgogne. Le vent a repoussé Georges et Warwick des côtes de France. Ballottés dans les eaux en furie, ils ont manqué de sombrer au large de Calais. Ils ont imploré la forteresse de leur ouvrir les chaînes du port, par égard pour Isabel, mais cela leur a été refusé. Un grain venu de nulle part a failli les précipiter contre les remparts. La pauvre Isabel est entrée en couches en pleine tempête, dans leur navire secoué en tous sens pendant des heures. Son enfant n'a pas survécu.

Je me signe et murmure :

— Que Dieu le bénisse, pauvre petit. Personne ne leur souhaitait pareil drame.

— Personne, répète ma mère. Toutefois, ajoute-t-elle d'un ton implacable, Isabel n'eût-elle embarqué sur ce bâtiment de traîtres, elle eût enfanté en Angleterre, entourée de sages-femmes et d'amies.

— Je la plains cependant, dis-je, une main sur mon propre ventre proéminent. Son union grandiose ne lui aura guère procuré de joie. Vous souvenez-vous d'elle à la Cour, à Noël ?

— Il y a pire, continue ma mère. Georges et Warwick se sont réfugiés auprès du grand ami de ce dernier, Louis de France. Ils ont rencontré Marguerite d'Anjou à Angers.

— Warwick poursuivrait-il ses attaques contre nous ?

— Il fait en effet montre d'un caractère fort résolu ; il voit naître et mourir son premier petit-fils, échappe d'un cheveu au naufrage puis court rompre son serment de loyauté. Rien ne le met en déroute, pas même une tempête surgie de nulle part. Il courtise Marguerite d'Anjou à présent, sa plus grande ennemie d'hier ! Elle l'a obligé à passer une demi-heure agenouillé pour implorer son pardon ! Dieu la bénisse, elle nourrit toujours un fort haut sentiment de sa personne.

— Qu'a-t-il en tête, selon vous ?

— C'est le roi de France qui mène la danse, désormais. Bien que Warwick s'imagine encore faiseur de rois, il est devenu un pantin. Louis est surnommé l'Araignée et, je l'avoue, il tisse une toile plus élaborée que la nôtre. Il a pour dessein de détruire votre époux et d'affaiblir l'Angleterre. Il se sert pour cela de deux instruments : Warwick et Marguerite d'Anjou. Le fils de celle-ci, le prince Édouard de Lancastre, prétendu prince de Galles, épousera Anne, la benjamine de Warwick. Leur union scellera le pacte qu'ont conclu leurs perfides parents. Ensuite, j'imagine qu'ils débarqueront en Angleterre pour libérer le roi Henri.

— Anne Neville ? reprends-je, déconcertée. Ils la donneraient, une enfant encore, à ce monstre d'Édouard ?

— En effet, acquiesce ma mère. Cette jouvencelle de quatorze ans se retrouve liée à un garçon féroce qui, à l'âge de onze ans, choisissait déjà le mode d'exécution de ses ennemis. Anne doit se demander si elle s'élève pour devenir reine ou bien si elle chute parmi les damnés.

— Cela change tout pour Georges, réfléchis-je à haute voix. Lorsqu'il luttait contre nous, il espérait coiffer la couronne, mais maintenant ? Que gagne-t-il à combattre Édouard ? Pourquoi se joindrait-il à une intrigue visant à détrôner son frère pour le remplacer par un roi lancastrien ?

— Je suppose qu'il ne pensait pas qu'une telle chose arriverait lorsqu'il a pris la mer avec son épouse sur le point d'enfanter et un beau-père déterminé à gagner la couronne. Depuis, toutefois, il a perdu son héritier tandis que son beau-père, lui, possède une seconde fille qu'il peut placer sur le trône. De bien tristes perspectives s'ouvrent à Georges, conclut ma mère. Croyez-vous qu'il ait assez de bon sens pour le comprendre ?

— Quelqu'un devrait peut-être les lui exposer.

Nos regards se croisent. Les mots ne sont jamais nécessaires entre nous ; nous nous entendons parfaitement.

— Avez-vous l'intention de rendre visite à la mère du roi avant le dîner ?

J'ôte mon pied de la pédale du rouet.

— Pourquoi pas maintenant ?

Nous la découvrons occupée à broder une nappe d'autel en compagnie de ses dames. L'une d'elles lit la Bible à haute voix. Nul n'ignore la grande piété de la duchesse. Le soupçon que nous soyons moins dévotes – ou, pis encore, païennes ou sorcières – entretient son mépris à notre endroit. Celui-ci n'a point diminué avec les années bien que j'aie prouvé ma fertilité et ma fidélité à mon époux. En réalité, elle s'est montrée si discourtoise qu'Édouard lui a donné la résidence de Fotheringhay de façon à l'éloigner de la Cour. Sa sainte perfection ne m'impressionne pas, cependant. Fût-elle si bonne et vertueuse, elle eût mieux éduqué Georges. Si elle avait l'oreille de Dieu comme elle le prétend, elle n'eût point perdu son fils Edmond, ni son mari. Sur le seuil, je plonge dans une révérence ; elle se lève et me rend mon salut, avant d'indiquer d'un signe à ses dames de poursuivre leur travail.

— La visite de Votre Majesté m'honore, prononce-t-elle, impassible.

— Madame ma mère, le plaisir est mien.

Nous prenons place sur nos sièges dans un même mouvement, de façon à éviter les pièges de la préséance. Ma mère s'installe à son tour, puis la duchesse attend que je prenne la parole.

— Je m'inquiète pour vous, commencé-je d'un ton suave. Nul doute que vous ne vous tourmentiez au sujet de Georges, loin de son foyer, proclamé traître, pris au filet de ce félon de Warwick et brouillé avec sa famille, ayant de surcroît perdu son enfant tandis que sa propre vie se trouve en péril.

Elle cille, surprise par ma sollicitude envers son favori.

— Bien entendu, je ne souhaite rien tant que sa réconciliation avec nous. Les querelles fraternelles me désolent, dit-elle.

— En outre, ajouté-je, il apparaît que Georges a renié sa propre famille et retourné sa veste non point seulement à l'encontre de son frère, mais aussi de votre maison.

Cecily lance un regard à ma mère pour obtenir une explication.

— Il a rejoint Marguerite d'Anjou, explique celle-ci sans ménagement. Votre fils, un Yorkiste, s'apprête à combattre pour la cause de Lancastre. C'est une infamie.

— Une défaite certaine l'attend, Édouard n'a jamais perdu une bataille, renchéris-je. Il sera exécuté – pour quelle raison, même fraternelle, le roi l'épargnerait-il si Georges l'affrontait sous les couleurs de Lancastre ? Imaginez-le tombant à terre, expirant, une rose rouge à la poitrine... Quelle ignominie pour vous, pour la mémoire de feu le duc d'York !

Sa stupéfaction est sincère :

— Jamais il ne s'acoquinerait à l'ennemie jurée de son père.

— Marguerite d'Anjou a planté la tête de votre défunt époux sur une pique, au sommet des murs de York, rappelé-je d'un ton pensif. Et maintenant, il est à son service. Comment l'un d'entre nous pourrait-il jamais le lui pardonner ?

— Cela ne se peut, décrète Cecily. Certes, il pourrait être tenté de suivre Warwick. C'est dur pour lui de toujours passer après Édouard et...

Elle s'interrompt, mais il est inutile qu'elle poursuive. Georges jalouse le monde entier : ses frères, Hastings, moi, ma famille. Cette femme lui a mis en tête qu'Édouard étant illégitime, il incarnait le seul véritable héritier de la maison d'York.

— Du reste, quel bien en retirerait-il ? finis-je doucement. Je connais votre opinion à son endroit et, en effet, il ne songe jamais qu'à son propre intérêt sans prendre en compte sa loyauté, sa parole, ou son honneur. Il est plus Georges que York.

Elle rougit mais ne peut nier. Sans détour, je poursuis :

— Il s'est attaché à Warwick parce que celui-ci promettait de le couronner. Ils ont toutefois vite compris que nul ne voulait de Georges en lieu et place d'Édouard – il n'existe que deux personnes dans tout le royaume qui préfèrent le puîné à l'aîné.

Elle attend.

— Georges et vous-même, précisé-je. Il a fui dans le sillage de Warwick parce qu'il n'osait affronter Édouard après l'avoir trahi une énième fois. Hélas pour lui, les plans du comte ont évolué. Celui-ci ne placera point Georges sur le trône, mais il unira sa benjamine à Édouard de Lancastre – une autre façon de devenir le beau-père du futur souverain. Isabel et Georges ne constituent plus son choix de prédilection, Anne et Édouard les ont remplacés. Georges se contentera de la position de beau-frère d'un usurpateur lancastrien.

» Un bien maigre profit, souligné-je de nouveau, pour un cheminement qui ne se montre de surcroît point exempt de danger.

Je marque une pause, laisse l'idée faire son chemin. Puis je lance :

— Toutefois, s'il décidait de retourner sa veste une fois encore, de revenir à son frère en pénitent jurant sa loyauté, Édouard l'accueillerait parmi les siens.

— Vraiment ?

— J'en fais la promesse.

J'omets d'ajouter qu'en ce qui me concerne, il n'obtiendra aucun pardon. Georges et Warwick ont signé leur arrêt de mort dès l'instant qu'ils ont exécuté mon père et mon frère à Edgecote Moor. Leurs noms, enfermés dans le noir, n'en sortiront que lorsqu'ils auront eux-mêmes rejoint les ténèbres.

— Il serait judicieux que Georges, un jeune homme poussé aux errements par de mauvais conseillers, puisse apprendre de la bouche d'un proche que son retour serait accueilli avec bienveillance, observe ma mère d'un ton détaché. Il arrive qu'un jeune garçon se trouve en grand besoin de sages avis. Un jouvenceau comme Georges ne devrait nullement périr aux côtés de Lancastre, une rose rouge sur son sein ; il devrait vivre auprès de son frère, qui l'aime.

Elle se tait à son tour pour accorder à la duchesse un moment de réflexion. En vérité, quel couple talentueux nous formons !

— Si quelqu'un le persuadait de revenir en Angleterre, vous retrouveriez votre fils, les frères seraient réunis, York combattrait pour York et Georges ne perdrait ni sa position de frère du roi ni son titre de duc de Clarence. À l'inverse, s'il s'obstinait dans cette voie, il se révélerait être…

Elle s'interrompt, cherchant de quel nom affubler le favori de la duchesse d'York, puis elle trouve :

— Un parfait crétin.

La mère du roi se lève, imitée par ma mère. Je reste assise.

— J'éprouve toujours un plaisir infini à m'entretenir avec vous, déclare la duchesse, la voix tremblante de colère.

Je me dresse lentement, solennelle, une main sur mon ventre proéminent, attendant qu'elle m'offre sa révérence.

— Moi de même, madame ma mère, lui réponds-je d'un ton suave.

Voilà, c'est fait – et sans trop d'effort. À l'insu de tous, même d'Édouard, une dame de la duchesse décide de rendre visite à sa bonne amie Isabel Neville. Cachée derrière un voile, la voyageuse s'embarque, se rend à Angers, y trouve Isabel, prend Georges à part pour lui répéter l'amour que sa mère nourrit pour lui et son souci de son avenir. En retour, Georges lui confie les réserves grandissantes qu'il éprouve à l'endroit de ses alliés, auxquels il est lié par mariage. Le renégat propose de se joindre à l'armée de Lancastre et de nous informer de sa situation et de sa force aussitôt qu'elle aura débarqué en Angleterre. Il se tiendra aux côtés de son beau-frère jusqu'à ce que les deux armées se retrouvent en position de combattre, puis il attaquera les arrières de Lancastre. Il aspire à reprendre sa place parmi les trois fils d'York. Fions-nous à lui, plaide-t-il. Son âme appartient à York. Au plus profond de son cœur, il n'a jamais trahi les siens.

Sans tarder, mon époux me transmet ces nouvelles encourageantes, sans se douter qu'elles résultent de la toile que nous avons tissée.

— N'est-ce point miraculeux ? s'exclame-t-il, transporté. Georges nous revient !

— Je sais que vous aimez votre frère, réponds-je. Admettez cependant sa nature de perfide serpent.

— Georges est Georges, réplique avec bonté mon mari. Ne vous montrez point trop sévère à son endroit.

— Je ne lui tiens point rigueur, lui assuré-je. Son retour à vos côtés me réjouit.

Mais c'est un homme mort, ajouté-je en mon for intérieur.

Été 1470

La main sur mon ventre arrondi, je me hâte derrière mon mari dans les longs couloirs de Westminster. Les domestiques courent derrière nous, les bras chargés.

— Ne partez pas. Vous avez juré d'assister à la naissance de votre fils !

Il tourne vers moi un visage grave.

— Ma douce, notre fils ne possédera point de royaume si je demeure ici. Le beau-frère de Warwick, Henri Fitzhugh, a soulevé le Northumberland. Le comte frappera au nord tandis que Marguerite débarquera au sud, cela ne fait pas l'ombre d'un doute. Elle se précipitera à Londres pour y délivrer son époux, prisonnier à la Tour. Je dois partir – et vite. Il me faut écraser le premier puis aussitôt diriger mes forces vers le sud, de façon à affronter la seconde. Je n'ose pas même m'attarder pour en discuter avec vous !

— Que devenons-nous, les filles et moi ?

Il marmonne des instructions à un secrétaire qui lui emboîte le pas et le suit jusqu'aux écuries, puis crie un ordre à ses écuyers. Les soldats se précipitent à l'armurerie pour s'équiper tandis que les sergents hurlent. Une fois de plus, les chariots sont chargés de tentes, d'armes, de nourriture, d'équipement : la puissante armée d'York se rassemble.

— Enfermez-vous à la Tour, m'ordonne-t-il en faisant volte-face. Je vous veux en sécurité – tous, votre mère aussi. Installez-vous dans les appartements royaux du donjon. Préparez-y la délivrance de l'enfant. Je vous rejoindrai aussitôt que possible.

— Alors que l'ennemi se trouve dans le Northumberland ? Pourquoi me réfugierais-je à la Tour quand vous partez combattre à des centaines de lieues ?

— Parce que seul le diable sait où Marguerite et Warwick accosteront, réplique-t-il sèchement. Je suppose qu'ils formeront deux armées, l'une apportant son soutien au Nord, l'autre débarquant dans le Kent. Toutefois, je ne sais rien avec certitude. Imaginez qu'ils remontent la Tamise pendant que j'affronte Fitzhugh dans le Northumberland ? Soyez une reine lucide : enfermez-vous à la Tour avec les filles et veillez à votre sûreté. Je me battrai, je vaincrai, puis je reviendrai.

Je chuchote :

— Et mes garçons ?

— Ils m'accompagnent. Je m'assurerai au mieux de leur sécurité. Il est temps qu'ils jouent leur rôle dans notre combat, Élisabeth.

Je sens mon enfant qui se retourne dans mon ventre, inquiet lui aussi, et son mouvement réduit mes protestations au silence.

— Édouard, quand nous laissera-t-on enfin en paix ?

— Quand j'aurai remporté la victoire, affirme-t-il d'un ton ferme. À présent, laissez-moi partir et tailler mes ennemis en pièces, ma bien-aimée.

Nulle puissance au monde ne le retiendrait. J'informe mes filles que nous quittons Westminster pour nous rendre à

Londres [1] ; nous logerons à la Tour, l'un de leurs palais favoris, pendant que leur père ainsi que leurs demi-frères combattront ceux qui aspirent au retour du roi Henri, lui-même prisonnier à la Tour et occupant dans le silence un étage inférieur. Je leur affirme que leur père nous reviendra sain et sauf. Édouard n'échoue jamais. Il reviendra.

Je me trompe.

Ses frères d'armes, mon frère Anthony, son cadet Richard, son immuable ami Sir William Hastings, ses partisans et lui-même sont tirés du sommeil aux petites heures du matin à Doncaster par deux ménestrels ivres qui, de retour d'un bordel, observant par hasard la campagne environnante par-dessus les murailles, découvrent une multitude de torches illuminant la route. L'avant-garde ennemie, marchant de nuit, Warwick à sa tête, à moins d'une heure du château. Le faiseur de rois a décidé de s'emparer du souverain par surprise. Tout le Nord s'est soulevé contre Édouard. L'influence de Warwick est profondément enracinée dans cette contrée. Le frère et le beau-frère du comte ont pris les armes ; ils approchent eux aussi du château de Doncaster. Warwick ne fera pas de prisonnier.

Édouard m'envoie aussitôt mes garçons sous escorte puis, avec Richard, Anthony et Hastings, saute en selle et s'élance dans la nuit, anxieux d'échapper à l'exécution sommaire qui les attend si Warwick les rattrape. Jamais plus il ne commettra l'erreur de capturer son ennemi puis d'attendre que ce dernier concède sa défaite. Cette fois, il le tuera.

Édouard galope dans les ténèbres en compagnie de ses amis, sans un instant pour m'écrire et m'informer de sa destination – mais

1. Le palais royal de Westminster, construit au XIe siècle par Édouard le Confesseur, se dressait, au XVe siècle, en dehors des murs de la capitale. (*NdT*)

la connaît-il seulement ? Il ne se préoccupe que d'échapper à une mort certaine. La pensée de son retour, et des conditions dans lesquelles celui-ci s'effectuera, lui viendra plus tard. Ce soir, le roi fuit pour garder la vie sauve.

Automne 1470

Les nouvelles parviennent à Londres sous forme de rumeurs. Warwick débarque ainsi que l'a prédit Édouard. Un grand nombre de nobles se rallient au félon et apportent leur soutien à la cause d'Henri de Lancastre, un homme qu'ils ont laissé moisir cinq ans à la Tour. Parmi ces traîtres se trouvent le comte de Shrewsbury, Jasper Tudor, en mesure de soulever la moitié du pays de Galles, et lord Thomas Stanley, qui a accepté ma bague ornée d'un rubis à mon couronnement et s'enorgueillit de sa devise, *Sans changer**. Toutes les anciennes familles lancastriennes exhument leurs vieilles armes et les polissent. Mon époux disait vrai, il a échoué à distribuer ses richesses avec assez de célérité et d'équité. Nous avons failli à enraciner l'influence de ma famille. Ils s'imaginent qu'ils obtiendront de Warwick et du roi fou davantage qu'ils n'ont amassé sous Édouard et les Rivers. Ils eussent tué leur souverain s'ils l'avaient rattrapé. Cependant, nul ne sait où il se trouve. Chaque jour, une bonne âme me rend visite et m'affirme l'avoir vu en personne mourir de ses blessures, fuir vers la France, ou gisant au fond d'une bière.

Mes fils arrivent à la Tour, crottés et furieux de ne pas s'être joints au roi dans sa fuite. Les jours suivants, je me retiens de les harceler de mes étreintes et m'efforce de ne les embrasser qu'au lever et au coucher, tant leur présence me semble tenir du miracle. Je fais chercher ma mère à Grafton pour qu'elle partage notre séjour à la Tour ; j'ai grand besoin de ses sages conseils autant que de son agréable compagnie, en particulier si notre cause se révèle perdue et s'il nous faut trouver refuge sur le continent. Toutefois, le messager revient seul.

— Madame votre mère ne se trouvait point en son logis, Majesté.

— Où est-elle ?

Son regard m'évite.

— Parle ! exigé-je, la voix tremblante d'une peur soudaine.

— Warwick a ordonné son arrestation. Les hommes du comte se sont présentés à Grafton et l'ont emmenée sous bonne garde.

— Warwick détient ma mère ? (Je peux entendre mon cœur battre dans mes oreilles.) Ma mère est sa prisonnière ?

— Oui, Majesté.

J'entends un cliquetis, et je constate que mes mains tremblent tellement que mes bagues claquent contre les accoudoirs de ma chaise. J'inspire profondément pour imposer le calme à mon corps et m'agrippe fermement pour dominer ces convulsions. Mon fils Thomas avance d'un pas pour se placer à ma droite. Richard se flanque à ma gauche.

— De quoi l'accuse-t-on ?

Ce ne peut être de trahison, réfléchis-je ; ma mère n'a rien fait de plus que me prodiguer ses conseils. Warwick ne saurait s'abaisser au point d'exécuter une femme pour avoir aimé son enfant. Quoique… cet homme a assassiné mon père et mon frère sans raison. Il n'aspire qu'à me briser le cœur et à ôter à Édouard le soutien que lui apporte ma famille. Il me tuera s'il met la main sur moi.

— Votre Majesté, je regrette profondément…

— De quoi l'accuse-t-on ? répété-je.

Ma voix est rauque, je peine à déglutir.

— De sorcellerie.

Aucun procès n'est nécessaire pour condamner une sorcière à mort. Trouver de braves gens disposés à jurer que leur vache a péri ou que leur cheval les a envoyés à terre parce qu'une magicienne leur a jeté un sort reste des plus aisés. Il suffit qu'un prêtre atteste de l'identité maléfique de la femme, ou qu'un lord comme Warwick la déclare coupable. On peut alors l'étrangler puis l'enterrer à la croisée des chemins, en dehors du village. On requiert généralement les services du forgeron pour accomplir cette besogne, son négoce exigeant force et larges mains. Mais ma mère, cette beauté célèbre, possède un long cou gracile. N'importe quel homme pourrait l'étrangler en quelques minutes. N'importe quel garde de Warwick pourrait facilement le faire.

Je parviens à demander :

— Où l'a-t-on emmenée ?

— Nul n'a pu me renseigner à Grafton, réplique l'homme. J'ai pourtant interrogé tout le monde. Une troupe armée s'est présentée ; les soldats ont fait monter votre mère en croupe derrière l'officier principal puis ils se sont éloignés en direction du nord, notifiant seulement l'accusation de sorcellerie.

— Je dois écrire à Warwick, dis-je en hâte. Restaure-toi puis demande un cheval frais. J'ai besoin que tu sois en état de voyager le plus rapidement possible. Peux-tu reprendre la route ?

— À l'instant, répond-il.

Il s'incline, sort. Je rédige une courte note à Warwick exigeant la libération de ma mère. Je copie cette demande pour la faire parvenir à chaque archevêque qui nous doit une faveur, à toute personne en mesure de parler en notre nom. Je l'adresse aux vieux amis et parents de ma mère encore attachés à la maison de Lancastre. J'en appelle même à Margaret Beaufort, l'héritière de cette lignée, gageant qu'elle doit posséder quelque influence. Puis je me rends à la chapelle royale et tombe à genoux. Toute la nuit, je prie Dieu d'empêcher ce démon de Warwick d'assassiner une femme de bien, coupable seulement de posséder le don de prescience, de connaître quelques artifices païens, et de manquer de déférence. À l'aube, j'écris le nom de ma mère sur une plume de colombe, confie mon délicat message à la rivière. Le courant l'emporte vers Mélusine et avertit la déesse que sa fille court un grave danger.

Une semaine entière s'écoule sans la moindre nouvelle, me laissant craindre le pire. Chaque jour, on m'annonce la mort de mon époux, et je redoute à présent d'apprendre celle de ma mère. J'implore le Seigneur, je chuchote une prière à la rivière : que quelqu'un sauve ma mère ! Enfin, j'apprends qu'elle est libérée et, deux jours plus tard, elle me rejoint à la Tour.

Je la serre contre mon cœur et sanglote comme une enfant. Elle me rend mon étreinte et me berce. Lorsque je lève les yeux, je découvre les larmes qui strient ses joues.

— Je vais bien, m'affirme-t-elle. Il ne m'a point fait de mal – nul ne m'a appliqué la question. J'ai seulement été retenue quelques jours.

— Par quel miracle vous a-t-il laissée partir ? Je lui ai écrit, j'ai écrit à tout le monde, j'ai prié et fait des vœux, mais je ne pensais pas qu'il ferait preuve de clémence.

— Marguerite d'Anjou, dévoile ma mère, sarcastique. Elle a exigé ma libération aussitôt qu'elle a appris mon emprisonnement. Elle n'oublie point que, jadis amies, nous demeurons parentes. Je gage qu'elle s'est souvenue de mes services à sa Cour. Elle a ordonné à Warwick de me libérer sous peine « d'encourir son extrême déplaisir ».

Je ponctue sa déclaration d'un rire incrédule.

— Et il a obéi ?

— Elle est sa reine à présent, et la belle-mère d'Anne, me rappelle ma mère. Warwick compte sur cette alliée et son armée pour reconquérir le royaume. En outre, je l'ai servie en amie fidèle dès les premiers temps : d'abord lorsqu'elle est arrivée, jeune épousée, en Angleterre, puis au cours des années de son règne. J'appartenais alors à la maison de Lancastre – comme nous tous avant que vous n'épousiez Édouard.

— Elle a agi noblement en vous sauvant, concédé-je.

— C'est bien une guerre des cousins qui déchire notre pays, remarque ma mère. Nous comptons tous un parent ou un être aimé dans le camp adverse. Chacun doit affronter la terrible possibilité d'avoir à tuer un membre de sa propre famille. Parfois, faire preuve de clémence se révèle nécessaire.

Je ne trouve pas le sommeil. Allongée sur le dos, engourdie par mon bébé à naître, la douleur me tiraillant le flanc, j'ai soudain la vision de mon époux penché sur sa monture, hâve et marqué par la fatigue, chevauchant comme un fou dans la nuit entouré d'à peine une demi-douzaine de ses hommes.

À demi assoupie, je perçois en songe un petit port de pêche ; Édouard, Anthony, William et Richard cognent à une porte, discutent avec un homme dont ils veulent louer la barque, regardent par-dessus leurs épaules, pris de crainte à l'idée de voir surgir l'ennemi. Je les entends promettre au capitaine du bateau tout ce qu'il voudra, « Tout ! », s'il accepte d'appareiller à l'instant même, de les mener en Flandres. Je distingue Édouard qui ôte son grand manteau de fourrure et l'offre en paiement : « Prends, il vaut deux fois le prix de ton bateau. Prends-le, et je considérerai cela comme un service », prononce-t-il.

— Non ! gémis-je.

Édouard me quitte, abandonne l'Angleterre, rompt sa promesse d'assister à la naissance de notre enfant.

La mer est houleuse à la sortie du port, les vagues noires couronnées d'écume blanchâtre. L'embarcation roule dans les ténèbres tandis que les lames déchirées par la proue s'abattent sur le pont. L'esquif escalade de véritables murailles d'eau avant d'en descendre les creux à une vitesse vertigineuse. Édouard, à la poupe, agrippe le plat-bord pour garder l'équilibre. Dans le bateau ballotté par les eaux, il fixe des yeux ce royaume qu'il abandonne derrière lui, guettant l'éclat des torches de ses poursuivants. Il a perdu l'Angleterre – nous l'avons perdue. Il a revendiqué le trône, a été couronné roi, m'a sacrée reine : je croyais que nous étions fermement établis. Jamais il n'a perdu une bataille, mais Warwick s'est montré trop rapide, trop sournois. L'exil attend Édouard, comme Warwick avant lui. Il va à la rencontre d'une terrible tempête, comme Warwick avant lui. Ce dernier, toutefois, se dirigeait vers le roi de France, auprès de qui il était assuré de trouver un allié et une armée lui permettant de revenir. Je ne sais comment Édouard pourrait rentrer au pays.

Warwick a repris le pouvoir et réduit mon époux, mon frère et mon beau-frère à l'état de fugitifs. Quant à moi, à mes filles, à l'enfant que je porte, nous sommes ses otages. Certes, j'occupe encore les appartements royaux, mais nul doute que, bientôt, je ne m'installe à l'étage inférieur tandis que le roi Henri reprendra sa place dans ce lit. Avant peu, ce sera ma libération qu'exigera le bon peuple, guidé par la charité chrétienne et considérant que je ne mérite point de m'éteindre dans une cellule aux murs aveugles.

Je ne puis croire qu'il me quitte ainsi et avoue sa défaite. Mon père a donné sa vie pour me permettre de rester reine, mon frère a péri à son côté. Mes filles grandiront-elles telles les enfants d'un traître dépouillé de ses biens, condamnées à épouser quelque chevalier de campagne et à vivre dans l'indignité ? Ma mère accueillera-t-elle Marguerite d'Anjou à genoux avec l'espoir de gagner une fois de plus les faveurs de celle-ci ? Me verrai-je offrir la funeste alternative d'une existence en exil ou en geôle ? Et qu'adviendra-t-il de mon fils encore à naître – Warwick le laissera-t-il vivre après que lui-même a perdu son petit-fils dans la mer en furie, aux portes de Calais ?

Un hurlement m'échappe :

— Édouard ! Ne m'abandonnez pas !

La terreur contenue dans ma voix m'éveille. Dans la pièce adjacente, ma mère allume une bougie, ouvre la porte de séparation et s'écrie :

— Le bébé ? Vient-il déjà ?

— Non. J'ai fait un mauvais rêve, ma mère. Un terrible cauchemar.

— C'est terminé, s'empresse-t-elle de me rassurer. Tout va bien, Élisabeth. Nous sommes en sécurité.

— Non, le danger nous guette, réponds-je avec fermeté.

— Pourquoi ? Quel était ce rêve ?

—Édouard a pris place dans un bateau, de nuit, dans une mer démontée. Un vent mauvais, ma mère, notre vent, celui que nous avons invoqué pour repousser Georges et Warwick. Il ne s'est point atténué. Édouard subit notre tempête, vêtu comme un valet, sans rien hormis ce qu'il a sur le dos. Il a donné son manteau, Anthony n'est pas même couvert d'une cape. William Hastings se trouve avec eux, ainsi que Richard de Gloucester. Les seuls qui ont survécu… (Je m'interromps, ferme les yeux, cherche à me souvenir.) Ils nous abandonnent ! Il a quitté l'Angleterre, il a perdu, nous avons perdu ! Je le sais, je l'ai vu.

Elle s'empare de mes mains glacées et les frictionne.

—Peut-être s'agissait-il d'un simple mauvais rêve, avance-t-elle. Une femme, lorsqu'elle approche de son terme, éprouve d'étranges impressions. Son imagination s'exacerbe…

—Non, il s'agissait d'une vision. Édouard a pris la fuite.

—Vogue-t-il vers les Flandres, selon vous, pour trouver refuge auprès de sa sœur, la duchesse Margaret, et de Charles, son époux ?

—Je gage que oui. Une fois arrivé, je suis assurée qu'il me fera mander car il nous aime, les filles et moi, et a juré de ne jamais nous abandonner. Pourtant, il est parti… Nul doute que Marguerite d'Anjou n'ait débarqué ; avant peu, elle marchera sur Londres pour délivrer son époux. Je dois nous mettre à l'abri.

Ma mère jette un châle sur mes épaules.

—Vraiment ? Êtes-vous assurée de pouvoir naviguer ? Dois-je donner l'ordre à un bateau de se tenir prêt à appareiller ?

J'hésite. Voyager m'effraie, si près de mon terme. Je pense à Isabel, hurlant de douleur dans un navire secoué par les vagues sans personne pour l'aider à accoucher, à son enfant mort à peine délivré, sans même un prêtre pour le baptiser. La peur de vivre semblable expérience me pétrifie. Cette tempête maligne que la mort d'un bébé n'a point satisfaite erre encore sur les mers. Si elle nous découvre, mes filles et moi, nous sombrerons.

—Cet ouragan m'épouvante. Nous demanderons asile à l'abbaye de Westminster. Les Londoniens nous aiment, Marguerite n'osera profaner un sanctuaire. Le roi Henri croit en la toute-puissance de Dieu, il respectera le saint droit d'asile et commandera à Warwick de nous laisser en paix. Nous y trouverons refuge jusqu'à la naissance de mon fils.

Novembre 1470

J'avais entendu parler de ces hommes désespérés qui criaient « asile ! » pour se faire ouvrir la porte d'une église, fuyant les voleurs à leurs trousses, se précipitaient dans la nef et entouraient le maître-autel de leurs bras. Je les avais toujours imaginés vivant du vin de la sainte messe et du pain consacré de l'hostie, dormant sur les coussins où l'on s'agenouille d'ordinaire.

En réalité, notre lot se révèle moins misérable. Nous séjournons dans un logis situé sous l'église Sainte-Marguerite, sur les terres de l'abbaye. Il donne d'un côté sur la rivière, que nous apercevons sous nos fenêtres ; de l'autre, il nous est loisible d'entrevoir une partie de la route par une grille pratiquée dans la porte d'entrée. Nous menons l'existence d'une famille pauvre, aidée par les partisans d'Édouard et les citoyens de Londres restés fidèles aux York alors même que, le monde ayant une fois de plus basculé, le roi Henri a repris sa place de souverain.

Warwick effectue une entrée triomphale dans la ville, flanqué de Georges, son malheureux gendre. Espion dans leurs rangs, secrètement dévoué à notre cause, qui sait ? À moins qu'il n'ait encore retourné sa veste et espère grappiller quelques miettes à la royale table des Lancastre. Quoi qu'il en soit, il ne me fait parvenir aucun message et n'agit aucunement de façon à garantir ma sécurité. Il se contente d'attacher ses pas au faiseur de rois. Se peut-il qu'il espère encore coiffer la couronne ?

Warwick jubile. Il libère son vieil ennemi le roi Henri, le proclame sain de corps et d'esprit, et le restaure dans tous ses droits. Le comte devient de fait le libérateur de son souverain, le sauveur de la maison de Lancastre, celui qui apporte la joie dans le pays. Le roi Henri se montre troublé de ce nouveau cours des événements, aussi doivent-ils lui répéter lentement, distinctement, une fois par jour, qu'il a retrouvé son trône et que son cousin Édouard d'York a pris la fuite. Peut-être même lui apprennent-ils que nous avons trouvé refuge en l'abbaye de Westminster car il proclame – ou ils annoncent en son nom – que le droit d'asile y sera respecté.

Chaque jour, les bouchers nous font parvenir de la viande, les boulangers du pain, les laitières des fermes avoisinantes des seaux de lait frais, tandis que les pourvoyeurs de fruits en laissent devant notre porte. Ils déclarent aux sacristains que leurs paniers sont destinés « à la pauvre reine ». Puis, se rappelant qu'une nouvelle reine, Marguerite d'Anjou, attend un vent favorable pour traverser la Manche et reprendre sa place sur le trône :

— Enfin, vous entendez de qui je parle. Assurez-vous qu'elle les reçoit, car les fruits du Kent fortifient une femme proche de son terme et garantissent une délivrance paisible. Informez-la que nous lui souhaitons une bonne santé, que nous reviendrons.

Mes filles souffrent de ne point recevoir de nouvelles de leur père. Accoutumées à vivre dans les plus beaux palais, il leur est difficile de se contenter de quelques pièces exiguës. Debout sur un banc, elles observent la rivière où, jadis, elles étaient transportées par barge royale d'un château à l'autre. Ou elles se postent sur une chaise à tour de rôle pour regarder par la grille les rues de Londres qu'elles avaient l'habitude de parcourir tandis que les habitants célébraient leurs noms et leur beauté. Élisabeth, l'aînée qui n'a que quatre ans, perçoit la difficulté de notre situation. Jamais elle ne demande à voir ses oiseaux ou son petit chien, à jouer avec sa toupie d'or ou ses jouets précieux ; jamais elle ne réclame les servantes qui s'employaient à la distraire. Elle semble née dans cet espace confiné et égaie ses petites sœurs. Elle ne pose qu'une seule question, d'une voix douce : « Mon père le roi est-il déjà revenu, ma mère ? »

Mes garçons, tels des lionceaux en cage, tournent, grognent et se disputent. Ma mère finit par leur imposer quelques exercices : passes d'épée avec les manches de balai, calculs et problèmes à résoudre, jeux d'adresse. Ils comptent les points en espérant que cela les rendra plus forts, et attendent avec une impatience non dissimulée de participer aux futures batailles qui restaureront Édouard sur son trône.

Alors que les nuits s'allongent et que les jours diminuent, j'arrive à mon terme. L'idée de mourir en couches et de laisser ma mère seule avec mes enfants m'épouvante. Je lui pose la question sans détour :

— Avez-vous pénétré l'avenir ? Savez-vous ce qu'il adviendra de moi, de mes filles ?

— Vous ne mourrez pas, répond-elle aussitôt. Le Conseil privé du roi envoie lady Scrope pour vous assister ainsi que deux sages-femmes. Vous êtes robuste et saine, cette délivrance se déroulera sans aucun doute aussi bien que les précédentes. Vous survivrez à cette épreuve, puis enfanterez de nouveau.

— Le bébé ?

— Il est fort, me rassure-t-elle. Quiconque l'a senti remuer devine sa vigueur.

— Mais vous percevez cependant quelque chose… Cela concerne-t-il mon enfant ?

Elle marque un silence, puis se décide.

— Je ne le vois point devenir roi. J'ai lu les cartes et observé le reflet de la lune sur les eaux, j'ai même cherché une réponse dans le cristal et la fumée. J'ai essayé tout ce qui, obéissant à la loi de Dieu, se pouvait explorer dans ce lieu saint. Je suis navrée, Élisabeth, mais je vous le répète : je ne le vois point devenir roi.

— Est-ce tout ? Dieu du ciel, ma mère, je ne gagerais pas même que son père reprenne sa place sur le trône ! Je ne m'imagine plus en souveraine. Je n'aspire qu'à accoucher d'un fils vigoureux, pas d'un prince de Galles. Qu'il naisse sans heurts, croisse en force, et qu'ensemble, nous traversions cette épreuve, voilà tout ce que je désire.

— Vous triompherez de tout cela, déclare-t-elle en balayant de la main les pauvres pièces exiguës, les humbles lits des filles, les paillasses des servantes, l'humidité des murs, l'âtre fumant. Cela n'est rien. Nous nous élèverons de nouveau.

— Comment ?

Sans prêter attention à l'incrédulité contenue dans ma voix, elle se penche vers moi et me murmure à l'oreille :

— Parce que votre époux ne s'occupe en Flandres ni à cultiver la vigne pour en faire du vin ni à carder la laine pour tisser quelque étoffe. Il monte une expédition, rassemble de l'argent, s'attache des alliés, s'emploie à envahir l'Angleterre. Les marchands de Londres ne sont pas les seuls dans le pays à préférer York à Lancastre. De surcroît, Édouard n'a jamais perdu une bataille, vous le savez.

Je ne suis pas convaincue, malgré ma confiance en mon époux et en son invincibilité sur le champ de bataille.

Il ne s'agit pas d'un confinement approprié, comme il sied à une reine, avec une retraite cérémoniale six semaines avant la date de la naissance dans une pièce aux volets clos.

— Foin de ces billevesées ! s'exclame ma mère d'un ton enjoué. Ne vivez-vous pas suffisamment loin de la lumière du jour ? Que l'on ne me parle point de confinement !

Mes couches ne se déroulent pas non plus comme pour une naissance royale, avec trois sages-femmes et deux nourrices, de nobles marraines et gouvernantes de pouponnière, et des ambassadeurs étrangers patientant dans l'antichambre avec de riches présents. Quoique lady Scrope me soit mandée par la Cour de Lancastre pour s'assurer que je ne manque de rien – un geste gracieux de lord Warwick –, il me faut néanmoins mettre mon enfant au monde sans mon époux derrière la porte, sans personne ou presque pour m'assister. Il aura pour parrains l'abbé ainsi que le prieur de Westminster, et pour marraine lady Scrope, de braves gens mais qui ne sauraient égaler en prestance ces grands seigneurs anglais ou étrangers que requiert la coutume pour une naissance royale.

Je le prénomme Édouard, en réponse au vœu de son père ainsi qu'à la prédiction formée par la petite cuillère d'argent sortie de la Tamise. Marguerite d'Anjou, qu'une tempête retient encore au port avec sa flotte, me fait mander par messager de l'appeler John, n'inclinant guère à compter deux princes rivaux aux prénoms identiques. Que m'importent ses préférences ? Mon époux et les eaux de la rivière se sont exprimés : il sera Édouard, prince de Galles, même si ma mère ne pressent point qu'il coiffera un jour la couronne.

Alors que je m'abandonne au sommeil après la délivrance, réchauffée par son petit corps dans mes bras et à demi ivre après la traditionnelle coupe de vin épicé qu'on m'a donnée, je songe que cet enfant ne régnera peut-être pas. Il n'y a pas eu de canons tirés pour lui, pas de feux de joie ni de fontaines de vin, pas de liesse populaire, et aucun messager n'est parti à bride abattue pour porter la nouvelle aux plus grandes cours d'Europe. J'ai enfanté un bébé ordinaire, que nous décidons de surnommer Bébé. Peut-être vivrai-je l'existence d'une femme simple. Peut-être le bonheur nous attend-il, plutôt que la grandeur.

Hiver 1470-1471

Nous célébrons la Nativité dans notre sanctuaire, dînant d'une oie grasse que nous ont fait parvenir les bouchers de Londres. Mes garçons, la petite Élisabeth et moi jouons aux cartes. Je fais en sorte de perdre une piécette de six pence en argent que ma fille aînée remporte avant d'aller se coucher, fière de son habileté. Le soir de l'Épiphanie, ma mère et moi composons un petit spectacle théâtral destiné aux enfants, avec masques et costumes, qui raconte l'histoire de Mélusine, la magnifique déesse mi-femme mi-poisson qui vivait dans un bassin au fond de la forêt et a épousé un mortel par amour. Enveloppée d'un drap que j'attache de façon à former une élégante queue de poisson, ma chevelure cascadant sur mes épaules, je fais mine de jaillir du sol ; les filles poussent des cris tandis que les garçons applaudissent. Ma mère fait son entrée, vêtue d'un pourpoint et coiffée d'une couronne, chevauchant un balai transformé pour l'occasion en cheval à tête de papier. Les petites ne la reconnaissent pas. Muettes d'admiration, elles écoutent le récit de la magnifique jeune femme quittant sa source pour tenter sa chance dans le monde des humains. Nous prenons soin de ne narrer qu'une partie de l'histoire : celle-ci se termine par un mariage heureux, rempli d'enfants.

À l'évidence, je n'éprouve aucune envie de songer à un mariage d'amour qui débouche sur une séparation, à une femme qui ne parvient pas à vivre dans le monde des hommes. Je me refuse à évoquer Mélusine émergeant des abysses pour se confiner dans un château alors qu'en cet instant, mes filles et moi, héritières de la déesse, recluses, nous devons dompter notre caractère profond.

Quoique l'époux mortel de Mélusine aimât celle-ci de tendre amour, elle continuait de le déconcerter. Il n'entendait point sa véritable nature et n'inclinait guère à partager l'existence d'une femme qui demeurait un mystère à ses yeux. Il se laissa persuader de l'espionner. Caché derrière un rideau, il l'observa qui évoluait dans l'onde de son bain et découvrit, horrifié, l'éclat glacé des écailles. Il avait pénétré son secret : bien qu'elle fût éprise de lui, elle restait mi-femme, mi-poisson. Il ne pouvait supporter ce qu'elle était, et elle ne pouvait s'empêcher d'être ce qu'elle était, aussi décida-t-il de renvoyer celle dont il redoutait l'identité divisée, sans se rendre compte que toutes les femmes sont des créatures complexes. Il n'acceptait pas cette essence secrète, cette existence qu'elle menait en dehors de lui, ne tolérait point, en réalité, qu'elle connût des profondeurs insoupçonnées et s'y mût à son aise.

Pauvre Mélusine ! Elle qui avait ardemment travaillé à se montrer bonne épouse dut quitter l'homme qui l'aimait et retourner dans les eaux profondes. À l'instar de tant de femmes, elle avait failli à incarner l'idéal de son époux. Ses jambes la faisaient souffrir, l'empêchaient de suivre son mari. Elle voulait danser pour le divertir mais la douleur accompagnait chacun de ses mouvements. Elle demeure la fondatrice de la maison de Bourgogne et nous, ses descendantes, ne cesserons de nous appliquer à suivre le chemin des hommes. Mais, parfois, celui-ci se révélera terriblement ardu.

Les rumeurs me parviennent des festivités de Noël qui se déroulent à la Cour. Le roi Henri a recouvré ses esprits, la maison de Lancastre triomphe. Par les fenêtres de notre sanctuaire, nous observons les barges qui emmènent les nobles courtisans à Westminster. Parmi elles, celle des Stanley.

L'embarcation des Beaufort glisse également sur l'onde, son étendard du dragon gallois écarlate hissé à la poupe. Jasper Tudor, l'homme le plus puissant du pays de Galles, présente son neveu, le jeune Henri Tudor, à la Cour de son parent, le roi Henri [1]. Mi-hors-la-loi, mi-prince, Jasper s'apprête à retourner dans ses châteaux, offrant l'occasion à lady Margaret Beaufort de verser des larmes de joie sur son fils de quatorze ans. Elle ne l'a pas vu depuis que nous avons placé l'enfant sous la tutelle yorkiste des Herbert, dont il était convenu qu'il épouserait la fille. Mais lord Herbert a péri à notre service, aussi Margaret récupère-t-elle son rejeton. Nul doute qu'elle ne l'impose à la Cour, où elle cherchera à lui attirer positions et faveurs. Elle veillera à ce que lui soient rendus ses titres et ses possessions usurpés par Georges, duc de Clarence. Femme ambitieuse autant que mère déterminée, je gage qu'elle dépouillera Georges du comté de Richmond avant que l'année

1. Henri VI est l'oncle d'Henri Tudor, étant le demi-frère de Jasper et de feu le père du jeune homme, Edmond Tudor. (*NdT*)

ne s'écoule. Je ne doute point non plus qu'elle ne s'emploie avec la dernière énergie à faire désigner son fils comme l'héritier du trône après le prince.

Le bateau de Warwick dépasse les autres en magnificence. Les rameurs suivent le tambour avec un parfait ensemble, propulsant le navire à contre-courant comme si rien ne pouvait l'entraver. Je distingue la silhouette du comte à la proue, tel le maître des eaux, chapeau à la main pour mieux sentir l'air frais. Sur le point d'invoquer les forces du vent, je renonce. À quoi bon ?

Il se peut qu'Isabel, la main dans celle de son époux, ait pris place à l'arrière tandis qu'ils défilent devant mes fenêtres. Se souvient-elle de sa venue à la Cour, un soir de Noël, et de la bonté que je lui ai témoignée alors ? Georges n'ignore point la présence en ce lieu de sa belle-sœur, de la femme qui est demeurée loyale quand lui-même s'est montré félon, de celle qui, vouée à la pauvreté, y mène une existence recluse. Peut-être même sent-il le poids de mon regard fixé sur lui – Georges de Clarence de la maison d'York, devenu favori à la Cour de Lancastre.

Ma mère pose une main sur mon bras.

— Ne commettez point l'erreur de les maudire, m'avertit-elle. Votre imprécation reviendrait vous hanter. Mieux vaut attendre. Édouard est en route. J'en suis assurée. Ce moment passera comme un mauvais rêve, ou « une ombre sur un mur », comme Anthony a coutume de dire. Seul importe le fait qu'Édouard lève une armée capable de défaire Warwick.

Mon regard s'attarde sur la cité londonienne qui a embrassé la cause de Lancastre et je demande dans un murmure, en proie au doute :

— Comment y parviendrait-il ?

— Il a gardé contact avec vos frères, nos parents, nos partisans. Il rassemble ses forces – et il n'a jamais perdu une bataille.

— Il n'a jamais combattu Warwick, or c'est ce dernier qui lui a enseigné l'art de la guerre, objecté-je.

— Il reste le roi ; que certains le nient ne change rien à cela. Il a été couronné, sacré, oint du saint chrême. Personne au monde ne peut lui ôter son essence souveraine, pas même un autre monarque sacré et couronné prenant place sur le trône. En outre, la fortune favorise Édouard, pas Henri. Tout découle peut-être de cela, en définitive : la chance. Or celle-ci s'attache à la maison d'York.

Elle marque une pause, puis ajoute dans un sourire :

— De surcroît, il nous compte à ses côtés. Un petit sort pour favoriser sa réussite ne fera jamais de mal. Et si cela n'améliore point ses chances, alors rien n'y parviendra.

Printemps 1471

Ma mère concocte des tisanes qu'elle verse ensuite dans la rivière par la fenêtre, accompagnant son geste de paroles inaudibles. Elle jette dans l'âtre des poudres qui colorent les flammes d'un vert brillant et dégagent une âcre fumée. Elle ne remue jamais le porridge des enfants sans murmurer une prière, tourne deux fois son coussin avant de se glisser dans sa couche, claque ses souliers l'un contre l'autre avant de s'en chausser.

— Cela a-t-il un sens ? me demande mon fils Richard, les yeux fixés sur sa grand-mère qui tresse des rubans en murmurant ses incantations.

— Parfois.

— S'agit-il de sorcellerie ? poursuit-il nerveusement.

— Parfois aussi.

En mars, ma mère m'annonce :

— Édouard arrive, le fait est avéré.

— L'avez-vous pressenti ?

— Non, le boucher me l'a appris, rit-elle.

— Londres bourdonne de rumeurs.

— L'homme a reçu un message d'un comparse de Smithfield qui livre les navires en partance pour les Flandres. Ce quidam a aperçu une flottille qui voguait vers le nord dans une mer déchaînée ; l'un des navires arborait le pavillon des York, un soleil en gloire.

— Édouard est occupé à envahir le royaume ?

— Peut-être en cet instant.

En avril, des vivats m'éveillent au petit matin. La servante de l'abbaye cogne à la porte à coups redoublés, puis fait irruption dans la pièce.

— Votre Majesté ! C'est lui. C'est le roi, le roi Édouard !

Je resserre ma robe de nuit, passe une main sur ma chevelure nattée.

— Ces acclamations lui sont-elles destinées ?

— Assurément ! crie-t-elle. Chacun a allumé une torche pour guider ses pas. On jette des pièces d'or au-devant de lui et des soldats qui l'accompagnent ; il vient ici, cela ne fait aucun doute !

— Ma mère ! Élisabeth ! Richard ! Thomas ! Les filles ! Levez-vous, hâtez-vous de vous habiller ! Votre père arrive !

Je serre le bras de la servante et ordonne :

— Apporte-moi de l'eau, puis va sortir ma plus belle robe du coffre.

Je la pousse hors de la pièce, puis entreprends de défaire mes tresses. Élisabeth surgit dans ma chambre, les yeux écarquillés.

— Ma mère ? La méchante reine nous fait-elle chercher ?

— Non, ma chérie. Nous sommes sauvées. Votre père en personne nous rend visite. N'entendez-vous point les ovations ?

Je l'aide à grimper sur une chaise pour qu'elle puisse observer la rue par le fenestron grillagé de la porte. Je m'asperge d'eau glacée, puis attache mes cheveux sous ma coiffe. La servante reparaît avec ma robe, qu'elle lace d'une main tremblante. Un coup résonne à l'huis. Élisabeth pousse un cri, bondit pour ouvrir la porte et tombe en arrêt quand le battant est repoussé avec vigueur. L'homme qui paraît sur le seuil est plus grand, plus imposant, plus grave que dans son souvenir. Pieds nus, je m'élance à mon tour et, dans un tourbillon d'émotions, je trouve enfin refuge dans ses bras.

— Mon fils, demande-t-il après m'avoir couverte de baisers. Comment se porte-t-il ?

— Il déborde de vie et de santé, il a bientôt cinq mois, répond ma mère qui entre avec l'enfant, serré dans ses langes. Je vous souhaite la bienvenue, mon fils, Votre Majesté, conclut-elle avec une révérence.

Avec douceur, il me repousse et s'avance vers elle. Il se meut avec grâce, comme un danseur. Il murmure un « merci », mais garde les yeux fixés sur le petit être qu'il prend dans ses bras. À la lueur du jour, il découvre les yeux bleu foncé de Bébé, qui émet un bâillement puis rend à son père son regard intense.

— Mon fils, répète Édouard. Je suis navré, Élisabeth, que vous l'ayez enfanté en ces lieux.

Je garde le silence.

— L'a-t-on baptisé Édouard, selon mon souhait ?

— Oui.

— Croît-il en force, en vigueur ?

— Il absorbe depuis peu des aliments solides, énonce fièrement ma mère. Il dort d'un sommeil profond et fait montre d'un esprit vif. Élisabeth l'a nourri en personne, nul n'eût rêvé meilleure nourrice. Nous vous avons façonné un petit prince.

— Je vous sais gré du soin dont vous avez entouré mon fils ainsi que de votre fidèle présence auprès de mon Élisabeth, la remercie Édouard.

Il baisse le regard et découvre ses filles – Élisabeth, Marie, Cecily –, assemblées à ses pieds, les yeux fixés sur lui comme devant un animal fabuleux.

Lentement, il met un genou à terre, Bébé dans ses bras.

— Voici mes princesses, énonce-t-il à voix basse. Vous souvenez-vous de moi ? Depuis plus de six mois, pas un jour ne s'est écoulé que je n'aie songé à vous et à votre maman, déterminé à vous rendre la place qui vous revient.

C'est Élisabeth qui prend la parole.

— Je me souviens de vous, déclare-t-elle en posant une main sur l'épaule de son père, sans la moindre appréhension. Les autres sont trop petites pour vous reconnaître. Vous rappelez-vous de moi, votre princesse Élisabeth ? Un jour, je serai reine d'Angleterre, comme ma mère.

Nous éclatons de rire et il se relève, tend Bébé à ma mère. Mes fils s'avancent et s'agenouillent pour qu'il les bénisse.

— Mes garçons, les accueille-t-il. Que le temps a dû vous sembler long, enfermés entre ces murs !

— J'eusse aimé vous accompagner, Sire, acquiesce Richard.

— La prochaine fois, promet Édouard.

— Quand avez-vous débarqué en Angleterre ? m'enquiers-je contre son épaule, la voix étouffée, alors qu'il défait les épingles qui retiennent mes cheveux. Avez-vous une armée ?

— Mes bons et loyaux amis m'ont accompagné : Richard, Anthony, Hastings, bien entendu, qui ont partagé mon exil, puis d'autres qui ont rejoint mes rangs. Georges a combattu à mes côtés contre Warwick. Les trois fils d'York ont une fois de plus affiché leur unité, sous les yeux du comte, devant les murs de Coventry. Mon puîné a entraîné lord Shrewsbury à sa suite. William Stanley s'est également déclaré pour York. D'autres suivront.

Je songe à la puissance de Warwick, aux affinités dont jouissent les Lancastriens, aux mercenaires français de Marguerite d'Anjou. Ce n'est pas assez.

—Je reste à vos côtés ce soir, déclare Édouard. Demain, je pars en guerre.

—Vous me quittez demain ? lui lancé-je, incrédule.

—Ma douce, j'ai pris un risque énorme en venant à vous. Warwick se calfeutre à Coventry, n'inclinant ni à se rendre ni à se battre car il attend Marguerite d'Anjou et le soutien de son armée. Ensemble, ils constitueront une force redoutable. Malgré Georges et Shrewsbury, je manque d'hommes. Il me faut emmener Henri en guise d'otage et rattraper Marguerite. Alors qu'ils me croiront acculé à Londres, j'irai à leurs devants. Si la fortune m'accompagne, je déferai Warwick avant d'affronter et de vaincre Marguerite.

La bouche sèche, je songe au péril qui le guette face à un si grand général, puis à la puissante armée de la reine.

—Marguerite se trouve-t-elle donc en Angleterre à la tête de l'armée française ?

—Par miracle, elle n'a point encore débarqué. Nous étions prêts à appareiller en même temps, déterminés à rivaliser de vitesse pour la traversée, cloués au port par un même grain depuis février. À Honfleur où attendait sa flotte, le mauvais temps a repoussé toutes ses tentatives d'appareillage pendant un mois. Une journée d'accalmie s'est présentée pour moi ; j'en ai aussitôt profité et nous avons joui d'une brise qui nous a poussés sans discontinuer vers le Yorkshire, comme par magie. À tout le moins, cela m'offre l'opportunité de les affronter l'un après l'autre.

Je glisse une œillade en direction de ma mère qui sourit innocemment, puis reporte mon attention sur Édouard.

— Êtes-vous vraiment décidé à partir demain ?

— Mon aimée, vous m'aurez ce jour pour vous seule. Gâterons-nous ces précieux instants en vaines paroles ?

Quelques minutes plus tard, nous avons pénétré dans ma chambre. Il referme la porte du pied, me prend dans ses bras et murmure :

— Au lit, femme.

Il m'aime comme à son habitude, avec passion, tel un homme qui étanche une soif inextinguible. Pourtant, il me paraît différent, ce soir. Certes, je reconnais l'odeur de sa peau et de ses cheveux, cette fragrance qui envoie des vagues de désir par tout mon corps, mais lorsque les battements de nos cœurs se calment enfin, il m'étreint avec force, comme si ce plaisir ne lui suffisait pas. Il cherche plus.

— Édouard ? Qu'avez-vous ? murmuré-je.

Il ne répond pas, enfouit sa tête au creux de mon cou.

— J'ai eu si peur, mon aimée, prononce-t-il enfin, à voix si basse que je peine à l'entendre.

— De quoi ?

Question stupide s'il en est, posée à un homme en danger de mort qui a dû fuir, puis s'exiler, avant de lever des troupes de façon à affronter la plus puissante armée de la chrétienté.

Il roule sur le dos mais me garde pressée contre lui ; nos corps se touchent jusqu'à la pointe de mes orteils.

— Lorsque, à Doncaster, on m'a annoncé que Warwick accompagné de Georges se dirigeait vers moi, j'ai compris aussitôt que, cette fois, il ne s'embarrasserait pas de m'emprisonner. Ma capture signifiait ma mort.

— Mais vous lui avez échappé.

— J'ai pris mes jambes à mon cou, précise-t-il. Il ne s'agissait point d'une retraite, ma douce, ni d'une manœuvre, mais d'une déroute. J'ai couru pour garder la vie sauve, désespéré de ma couardise. Je me suis enfui et vous ai abandonnée.

— Échapper à l'ennemi n'est point lâcheté, le reprends-je.

— Je vous ai obligées, vous et les filles, à affronter seules le danger. Jamais je ne me le pardonnerai. Loin de courir à Londres et de lutter pied à pied, j'ai gagné le premier port et me suis embarqué.

— Tout le monde dans votre position eût agi ainsi. Il ne m'est jamais venu à l'esprit de vous accabler du moindre reproche. (Je plonge mon regard dans le sien.) Vous avez échappé à vos adversaires dans le dessein de lever une armée destinée à nous sauver. Personne n'a jamais mis en doute vos intentions. Mon frère et le vôtre se sont joints à vous. Eux aussi ont jugé digne d'agir de la sorte.

— Je ne sais ce qui leur a traversé l'esprit tandis qu'ils fuyaient tel le cerf devant d'une meute, mais je me souviens de mes pensées : la terreur me serrait le ventre.

Je reste silencieuse. Je ne sais comment le réconforter. Il pousse un soupir.

— Je me suis battu ma vie entière sans jamais m'imaginer captif, vaincu, ou mort. Est-ce cela que l'on nomme l'inconscience ? Même lorsque mon père et mon frère ont succombé, que leurs têtes plantées sur des piques ont couronné les murailles, j'ai refusé d'envisager que semblable sort pût m'échoir. Je me croyais invulnérable, invincible.

J'attends.

—Aujourd'hui, cette certitude a disparu, poursuit-il. Je ne m'en suis confié à personne et nul autre que vous ne l'entendra de ma bouche. Je ne suis plus celui que vous avez épousé, Élisabeth, ce garçon qui ignorait la crainte et prenait cette insouciance pour de la bravoure. Il ne s'agissait point de courage mais de chance. Elle ne m'avait jamais quitté, jusqu'alors. Je suis devenu un homme qui a connu la peur, et j'ai fui devant elle.

Sur le point de proférer un pieux mensonge destiné à le rassurer, je décide de lui dire la vérité :

—Seul l'imbécile ou le fou ne connaît point ce sentiment. Le brave l'éprouve, à l'inverse, puis il l'affronte. Vous avez fui, en effet, mais vous êtes revenu. Refuserez-vous de combattre demain ?

—Certainement pas, par Dieu !

Je souris.

—Alors, vous restez l'homme que j'ai épousé – brave déjà, brave encore. Mon jeune fiancé n'avait jamais connu la peur, mais il n'avait point non plus engendré de fils ni éprouvé l'amour. Les circonstances, certes, modifient nos perceptions, toutefois elles ne peuvent altérer notre nature profonde.

—Le croyez-vous ?

—Assurément. Je me suis retrouvée moi-même en proie à une grande crainte, mon aimé. Mais votre présence suffit à m'apaiser.

Il m'attire plus près de lui.

—Je vais dormir, je pense, déclare-t-il, réconforté comme un enfant.

Je lui rends son étreinte avec une tendresse maternelle.

Au matin, je m'émerveille de cette sensation de plénitude, de douceur sur ma peau, de chaleur dans mon ventre, de retour à la vie. Il remue à mon côté. Je suis en sécurité, nous nous sommes retrouvés. Hélas ! Il lui faut partir, me souviens-je alors. Un autre choc m'attend : Édouard, si confiant d'ordinaire, affiche ce matin un air las.

— Ne me retenez pas, m'ordonne-t-il en sautant hors du lit pour passer ses habits en hâte. Vous quitter m'arrache le cœur. Si vous entravez mon départ d'une parole, je faillirai à ma tâche. Souriez, souhaitez-moi bonne chance, ma douce ; j'ai grand besoin de votre bénédiction, de votre courage.

Je ravale mes craintes.

— Que la fortune vous accompagne, dis-je. Vous avez ma bénédiction, toujours... Partez-vous sans délai ?

Malgré mes efforts pour paraître enjouée, ma voix tremble.

— Je m'en vais chercher cet Henri qu'ils appellent le roi. Je lui ai rendu visite hier, à la Tour, peu avant de venir vous retrouver. Il m'a reconnu et a déclaré qu'il se savait en sécurité entre les mains de son cousin. On eût dit un enfant, pauvre homme. Selon moi, il ne comprend point qu'il est à nouveau roi.

— Il n'y a qu'un seul roi d'Angleterre, le reprends-je d'un ton ferme.

— Je reviendrai dans quelques jours, déclare-t-il, pressé. Je pars sans prendre mon congé de votre mère ou des filles, cela vaut mieux.

— Ne prendrez-vous pas même une collation ?

— J'avalerai un morceau de pain avec les hommes.

— Parfait, réponds-je avec un entrain forcé. Et mes garçons ?

— Ils m'accompagnent. Ils serviront de messagers. Je m'occuperai de leur sûreté.

Un poids terrible m'oppresse soudain le cœur, mais je parviens à sauvegarder les apparences.

— Bien. Vous serez de retour dans une semaine, n'est-ce pas ?

— Si Dieu le veut, tempère cet homme qui ne jurait jadis que par sa propre volonté. (Devant la porte, il marque une pause.) Si je suis occis, prononce-t-il, emmenez les enfants en Flandres. À Tournai se dresse l'humble maison d'un homme qui m'est redevable d'une faveur, un cousin illégitime du côté de votre mère. Il vous accueillera comme sa parente. Il a concocté son histoire. Nous sommes convenus de dispositions à prendre en cas de besoin, et il a reçu une somme d'argent. J'ai écrit son nom sur un parchemin que j'ai laissé sur la table. Apprenez-le, puis brûlez-le. Vous pourrez loger chez lui jusqu'à ce que la chasse s'essouffle et qu'il vous soit loisible de prendre une maison en propre. Demeurez-y à tout le moins une année ou deux. Lorsque mon fils en atteindra l'âge, qu'il revendique ce qui lui revient de droit – s'il se trouve en mesure de le faire.

— Pas un mot de plus ! l'avertis-je farouchement. Vous n'avez jamais perdu une bataille. Jamais. Pas une seule. Vous serez de retour dans une semaine, je le sais.

— En effet, concède-t-il, personne ne m'a vaincu au combat. Cependant, ajoute-t-il, j'affronte Warwick pour la première fois, sans le temps de lever une armée suffisante. Je m'en remets à Dieu ; avec son aide, nous sortirons vainqueurs.

Sur ces paroles, il disparaît.

Samedi de Pâques, au crépuscule, les clochers de Londres carillonnent les uns après les autres. La ville est calme, encore grave après les prières du vendredi saint, plongée dans l'appréhension. Une capitale désertée par ses deux rois depuis qu'Édouard a emmené Henri. S'ils périssent tous deux, qu'adviendra-t-il de l'Angleterre, de sa première cité, de ma personne et de ma famille ?

Tout le jour, ma mère et moi avons cousu, joué avec les enfants. Après nos prières, nous avons fait bouillir des œufs que nous avons peints ; nous les offrirons aux enfants demain. Nous avons suivi la sainte messe et communié. Quiconque rapporterait nos agissements à Warwick nous qualifierait de paisibles, confiantes. Alors que le ciel se teinte lentement d'un gris plus sombre, nous nous tenons devant la fenêtre ouverte sur la rivière qui coule à quelques pas de nous. Ma mère tend l'oreille, écoute le tranquille murmure de l'eau, cherche à y percevoir des nouvelles de l'armée d'Édouard. Le fils d'York renaîtra-t-il de ses cendres ?

Warwick a abandonné sa forteresse de Coventry pour une marche forcée en direction de Londres, certain d'y affronter et de battre Édouard. Les seigneurs lancastriens ont accouru se placer sous son étendard ; la moitié de la noblesse anglaise s'est jointe à lui tandis que l'autre attend le débarquement de Marguerite d'Anjou sur la côte sud. Le vent malin qui la retenait au port s'est éteint, nous laissant sans protection.

Édouard a battu le rappel des hommes de la cité et du pays alentour, puis il est parti vers le nord, à la rencontre de Warwick. Ses frères Georges et Richard l'accompagnent ; ils parcourent à cheval les lignes d'infanterie, rappelant aux hommes que York n'a jamais perdu une bataille avec son roi à sa tête. Les soldats vénèrent Richard et s'en remettent à lui avec une confiance aveugle malgré ses dix-huit ans. Georges a entraîné lord Shrewsbury et ses troupes ; d'autres suivront le duc au combat parce qu'il est leur seigneur, sans se préoccuper outre mesure de la cause qu'il défend. L'armée d'Édouard se monte à neuf mille hommes, pas davantage. William Hastings se tient à la droite de son souverain, aussi fidèle qu'un chien de garde, tandis que mon frère Anthony mène l'arrière-garde et surveille les arrières, cultivant son scepticisme habituel.

Le soir tombe. Les officiers envisagent d'établir le campement, lorsque Richard et Thomas Grey, envoyés par Édouard en éclaireurs sur la grande route du nord, reviennent à bride abattue.

— Il est là ! s'écrie Thomas. Votre Majesté, Warwick a ordonné ses troupes en formation de bataille juste au-dehors de Barnet, sur une corniche qui surplombe la vallée. Impossible de passer. Il aura eu vent de notre avancée, c'est certain. Il nous barre le chemin.

— Plus bas, petit ! lui enjoint Hastings. N'en informons pas l'armée entière. Combien d'hommes ?

— Je n'ai pas pu voir, il fait trop sombre. Mais ils sont plus nombreux que nous.

Hastings et Édouard échangent un regard appuyé.

— Beaucoup plus nombreux ? le presse Hastings.

— Deux fois, peut-être trois fois plus, décrit Richard.

Hastings se penche sur sa selle.

— Pas un mot de cela ! ordonne-t-il, avant de congédier les garçons.

Puis il questionne Édouard :

— Nous replierons-nous en attendant le matin ? Ou retournons-nous à Londres soutenir un siège depuis la Tour en espérant les renforts de Bourgogne ?

— Nous marchons sur eux, tranche Édouard.

— S'ils ont vu juste, avec Warwick sur les hauteurs, à la tête d'une armée deux fois plus nombreuse…

Inutile de poursuivre. L'unique chance d'Édouard contre une armée plus importante résiderait dans l'effet de surprise, une attaque prompte. Mais Warwick maîtrise cette technique – c'est lui qui lui a enseigné l'art de la guerre. L'élève s'apprête à affronter le maître, qui connaît toutes les ruses.

— Nous avançons, répète Édouard.

— Dans une demi-heure, il sera impossible de distinguer quoi que ce soit, objecte encore Hastings.

— Cela vaudra également pour eux. Je veux que nos hommes se déplacent dans un silence absolu. Qu'ils forment des lignes prêtes à charger, face à l'ennemi, avant l'aube. Nous attaquerons aux premières lueurs. Pas de feu, pas de torches : silence complet ! Apprenez-leur que j'en donne l'ordre en personne. Je passerai dans leurs rangs pour m'adresser à eux.

Georges, Richard, Hastings et Anthony acquiescent d'un signe de tête, puis s'élancent vers les hommes pour leur transmettre le commandement du roi. L'armée s'ébranle en silence, dans le jour déclinant. Les silhouettes se fondent dans le ciel obscurci. La lune n'est pas encore levée, le monde se dissout dans les ténèbres.

— Parfait, remarque Édouard à voix basse, autant pour lui-même que pour Anthony. Aucune chance qu'ils nous découvrent en contrebas. Si, par une heureuse fortune, un brouillard tapissait la vallée au lever du jour, il nous rendrait invisibles tandis que les soldats de Warwick se découperaient au sommet de la falaise tels des pigeons alignés sur le toit d'une grange.

— Pensez-vous qu'ils attendront jusqu'au matin ? demande Anthony. Qu'ils se rangeront de façon à se faire tirer comme ces pigeons auxquels vous faites allusion ?

— Je ne commettrais jamais pareille erreur, répond Édouard. Je gage que Warwick y aura également songé.

Comme pour lui donner raison, un grondement terrible éclate soudain ; les canons du comte crachent une langue de feu qui illumine brièvement l'armée massée au-dessus d'eux.

— Sang du Christ, ils sont au moins vingt mille ! jure Édouard. Que nos hommes gardent le silence, faites passer la consigne ! J'interdis toute riposte. Dites-leur que je les veux aussi discrets que des souris, des souris endormies !

Édouard et Anthony entendent le commandement chuchoté qui vole de bouche en bouche. Le canon tonne encore, puis Richard surgit sur son cheval noir, invisible dans les ténèbres.

— Mon frère, est-ce vous ? lance-t-il à voix basse. Je n'y vois goutte. Les tirs nous passent bien au-dessus, Dieu merci. Warwick ne soupçonne rien de notre position, il nous imagine quatre cents toises [1] en arrière.

— Imposez le silence à vos hommes, ainsi Neville restera dans l'ignorance jusqu'au matin. Qu'ils se fassent discrets, Richard. Ni feu ni torches, le calme absolu !

Son benjamin disparaît, avalé par l'obscurité. Édouard appelle Anthony d'un geste.

— Prenez Richard et Thomas Grey, puis éloignez-vous d'une demi-lieue. Allumez ensuite deux ou trois feux de camp, espacez-les

1. Une toise équivalait à 1,95 mètre. (*NdT*)

de façon à suggérer que nous établissons notre campement. Cela leur fournira une cible. Quittez aussitôt les lieux. Si les flammes s'éteignent, ne vous avisez point de les rallumer. Il importe seulement qu'ils les aperçoivent, même un court instant.

Anthony acquiesce puis s'éloigne. Édouard glisse à bas de Fury, son destrier. Un page s'approche aussitôt pour s'emparer des rênes.

— Veille à ce qu'il soit nourri, ôte-lui sa selle mais laisse-lui la bride, lui ordonne le roi. Garde la selle à proximité, je ne sais combien de temps durera cette nuit. Il me le faudra harnaché une bonne heure avant l'aube, voire plus tôt.

— Oui, Sire, répond le jeune garçon. Ils ont commencé la distribution d'eau et des rations destinées aux chevaux.

— Qu'ils le fassent en silence, répète Édouard. Informe-les que le roi a donné cet ordre en personne.

Le page s'incline, puis éloigne l'étalon à quelque distance de l'endroit où se tiennent les lords réunis autour de leur souverain.

— Établissez un tour de garde, ordonne Édouard à Hastings.

Un nouveau tir de canons éclate soudain, les faisant sursauter. Ils perçoivent le chuintement des boulets qui fendent l'air au-dessus d'eux puis le choc sourd lorsqu'ils s'écrasent au sol, loin derrière les lignes de l'armée tapie dans la vallée. Édouard sourit.

— Nous ne dormirons guère, mais eux ne fermeront pas l'œil de la nuit. Éveillez-moi deux heures après minuit.

Il détache sa longue cape et l'étale sur le sol, s'y allonge, couvre son visage de son chapeau. En quelques instants, malgré le feu nourri des pièces d'artillerie ennemies, il s'endort. Hastings décroche son manteau et l'étend sur le roi assoupi. Puis il se tourne vers Georges, Richard et Anthony.

— Deux heures de garde chacun ? propose-t-il. Je prends le premier tour, puis je vous éveillerai, Richard. Georges et vous passerez les hommes en revue et enverrez des éclaireurs. Votre tour viendra ensuite, Anthony.

Les trois hommes acquiescent en silence. Anthony s'enveloppe de son manteau et s'allonge à côté du souverain.

— Georges et Richard ensemble ? demande-t-il à Hastings.

— Je me fie à Georges autant qu'à un chien enragé, répond Hastings à voix basse, mais je remettrais ma vie entre les mains du jeune Richard. Il gardera son frère dans notre camp jusqu'à ce que notre armée rencontre celle de l'ennemi – et la défasse, avec l'aide de Dieu.

— Mauvaises conditions, remarque Anthony, laconique.

— Jamais je n'en ai connu de pire ! renchérit son interlocuteur d'un ton enjoué. Toutefois, le droit se trouve de notre côté, Édouard est un commandant à qui sourit la fortune, et les trois fils d'York sont de nouveau réunis. Nous survivrons, s'il plaît à Dieu.

— Amen, déclare Anthony, qui se signe puis s'endort.

— En tout état de cause, ajoute Hastings dans un murmure, quel autre choix avons-nous ?

À Westminster, j'entame une longue veillée en compagnie de ma mère. Au plus noir de la nuit, elle ouvre la fenêtre qui donne sur la rivière. J'expire longuement. Dans l'air froid, mon souffle forme un nuage. Ma mère se joint à moi et nos exhalaisons combinées s'élèvent en volutes qui grossissent jusqu'à former une imposante brume sur l'onde obscure. Le nuage s'épaissit, devient un brouillard qui engloutit la rive opposée puis déploie son manteau glacé sur le fleuve et se faufile dans les rues de

Londres. Lentement, il s'étend en direction du nord et de l'ouest. À l'heure glacée qui précède l'aurore, les hommes de Warwick ne distingueront dans la vallée qu'un océan gris, sans soupçonner l'armée silencieuse qui se love dans ce cocon nébuleux.

—Prends Fury, ordonne Édouard au page. Je combattrai à pied. Apporte-moi ma hache et mon épée.

Les autres lords – Anthony, Georges, Richard, Hastings – tiennent leurs armes en main, prêts à l'affrontement. Leurs montures, hors d'atteinte et harnachées, attendent, dans l'éventualité d'une retraite si la bataille tourne mal.

—Sommes-nous prêts ? demande Édouard à Hastings.

—Plus que jamais, répond celui-ci.

Le roi lève les yeux vers la crête et pousse un juron.

—Sang du Christ ! Nous avons fait erreur !

—Comment cela ?

Dans le brouillard qui se déchire un court instant, l'armée d'Édouard se révèle non pas exactement face à celle de Warwick mais à droite. L'aile droite du comte les enfoncera sans rencontrer de résistance. Le front yorkiste semble trop court d'un tiers. Il dépasse légèrement l'armée lancastrienne à l'est, ce qui prive l'aile droite d'Édouard d'ennemi à combattre. Alors qu'à l'autre extrémité, les soldats de l'aile gauche se montreront en nombre insuffisant.

—Il est trop tard pour rallier les hommes, décide-t-il. Que le Seigneur nous assiste. Sonnez les trompettes, l'heure est venue.

Les porte-drapeaux hissent les étendards qui jaillissent de la nappe brumeuse en une forêt de couleurs. Les trompettes résonnent soudain, assourdies dans l'air épais. L'aube n'est pas vraiment levée, et le brouillard teinte la scène d'un voile déroutant.

— Chargez ! ordonne le roi, alors que son armée distingue à peine les troupes ennemies.

Un étrange silence s'ensuit. Les hommes paraissent paralysés dans la brume lourde et dense, glacés jusqu'aux os, malades d'effroi.

— Chargez ! hurle-t-il cette fois, avant de s'élancer à l'assaut de la colline, suivi de ses soldats qui poussent une immense clameur.

L'armée de Warwick est réveillée en sursaut. Géants sortis de l'opacité, les combattants aux couleurs d'York surgissent, leur roi les dépassant d'une tête.

Au centre, le souverain repousse l'ennemi, qui recule. Mais à sa gauche, les Lancastriens avancent, poussent et percent les lignes yorkistes en sous-nombre, à cent contre un. Les soldats d'Édouard cèdent du terrain, amorcent un repli devant l'aile droite de Warwick qui déferle au bas de la colline et frappe, taille, larde de coups et décapite, forçant son chemin jusqu'au cœur des Yorkistes. L'un d'eux fait volte-face, s'enfuit en courant. Il n'a pas parcouru dix pas qu'une masse d'armes interrompt sa fuite, mais son exemple en a déjà entraîné d'autres. Un second soldat d'York fait demi-tour et se réfugie dans la sécurité qu'offre la nappe de brouillard, suivi par un autre qui s'élance derrière lui, puis d'un autre encore qui s'effondre, une épée plantée dans le dos. Son camarade risque un regard par-dessus son épaule. Jetant son arme à terre, il prend ses jambes à son cou. Sur toute la ligne, les hommes hésitent, pris de l'envie de rejoindre l'abri de l'épais brouillard, épouvantés par les hurlements que poussent les soldats ennemis à peine capables de distinguer leurs mains mais qui flairent la peur et le sang.

L'aile droite lancastrienne plonge au bas de la colline sans rencontrer de résistance. Les Yorkistes laissent tomber leurs armes et partent en courant, se dispersant avec terreur.

Les hommes du comte d'Oxford entreprennent aussitôt de les poursuivre, tels les chiens d'une meute se fiant à leur seul flair. Le comte leur crie ses encouragements, jusqu'à ce qu'ils aient laissé le champ de bataille loin derrière eux et cessent de percevoir le cliquetis des armes, étouffé par la distance et le brouillard. Les fuyards yorkistes semblent volatilisés. Oxford se rend compte alors que ses soldats courent de leur propre chef, en direction de Barnet et d'une taverne où fêter leur victoire. Il lance sa monture au galop, les intercepte. Il enjoint à ses capitaines de les fouetter, de les harceler, de les forcer coûte que coûte à rejoindre les combats. Penché sur l'encolure de son étalon, il lance celui-ci sur l'un de ses hommes qu'il piétine sans pitié, puis accable les autres d'imprécations. Enfin, ses soldats s'immobilisent.

— La bataille n'est point terminée, fils de catins, leur hurle-t-il. York vit encore ! Nous avons juré de ne déposer les armes qu'après avoir occis cette vile engeance ! Ralliez-vous, ralliez-vous ! Vous avez goûté le sang, vous avez été les témoins de leur lâche fuite ; achevez-les, mordieu ! Songez à l'inouï butin qui vous attend ! Avec moi, soldats ! Leur défaite est en vue, leur déroute avérée ! Retournons pourchasser ce couard gibier !

Les Lancastriens reforment les rangs. Oxford les presse de rejoindre le champ de bataille dans une marche effrénée, son étendard à l'étoile rayonnante brandi en avant. Aveuglé par le brouillard, il n'a qu'une hâte : rejoindre Warwick, qui a promis la fortune à tout homme luttant à ses côtés. Ce qu'ignore le comte alors qu'il pousse ses neuf cents hommes, c'est que la ligne de bataille a changé d'axe. L'aile gauche enfoncée d'York a reculé tandis que la droite a pivoté vers l'avant, déplaçant ainsi l'orientation des combats : ceux-ci ne se déroulent plus d'est en ouest mais le long de la route de Londres, du nord au sud.

Édouard se bat toujours au centre, mais il cède peu à peu devant les hommes de Warwick. L'éventualité d'une défaite s'impose lentement ; l'amertume engendrée par cette perspective se mêle d'un sentiment nouveau pour lui : la peur. Il ne distingue rien hormis les formes confuses des attaquants qui surgissent les uns après les autres du brouillard, qui tentent de l'atteindre à coups de masse d'armes, d'épée, parfois même de faux, et face auxquels il réagit avec l'instinct d'un aveugle luttant pour sa vie.

Dans sa tête tourbillonnent les pensées de sa femme, de son fils, de ces êtres qui attendent son retour et dont l'existence dépend de sa victoire. Autour de lui, ses soldats reculent, terrassés par le nombre apparemment infini de ceux qui combattent dans les rangs de Warwick. Édouard lui-même sent ses forces l'abandonner devant cette avancée inexorable de l'ennemi, épuisé par la régularité des gestes imposés à son corps : tourner, lever, frapper, tuer… ou être tué. Au milieu de l'enfer, l'éphémère vision de son plus jeune frère l'aveugle soudain, brillant d'un éclat surnaturel : Gloucester fait tournoyer son épée, la plonge sans répit dans les corps qui se précipitent sur lui, mais la fatigue le gagne également. Dans son esprit se forme une image de Richard sur le champ de bataille, seul, se préparant à charger, sans un ami, sans même lui, Édouard, à son côté, et cette image le plonge dans une rage telle qu'il hurle de toute sa voix :

— York ! Dieu et York !

Le comte d'Oxford ramène ses troupes au pas de course, donne l'ordre de charger ces lignes qu'il découvre devant lui – l'arrière-garde d'York selon ses calculs. Il fondra sur eux avec la puissance d'une troupe fraîche, causera un effet de surprise terrifiant semblable à celui généré par une embuscade. Il s'attend à les dévaster.

Dans l'air encore chargé de brumes, ses hommes se précipitent, arme au poing, et enfoncent l'arrière... non pas des Yorkistes, mais des Lancastriens, dont l'avancée à l'ouest et le recul à l'est ont déplacé l'axe de la bataille.

— Trahison ! Trahison ! s'écrie un homme mortellement touché qui aperçoit Oxford.

Un officier lancastrien coule un regard derrière lui et découvre avec épouvante la vision la plus redoutée sur un champ de bataille : l'arrivée de renforts surgissant à revers. La brume lui brouille la vue, il distingue vaguement l'étendard flottant au-dessus de ces soldats assoiffés de sang fondant sur eux, haches et masses d'armes levées, épées maculées de sang. Il commet la terrible erreur de prendre l'étoile d'Oxford pour le soleil d'York. Ses hommes luttent déjà contre des soldats yorkistes qui se battent avec l'énergie du désespoir, et voici que surgissent du néant des troupes fraîches qui les prennent en tenaille. Continuer à lutter se révèle au-dessus de leurs forces.

— Arrière ! Arrière ! hurle une voix paniquée.

— Regroupez-vous ! Repliez-vous ! renchérit une autre.

La peur pousse les soldats à se détourner des Yorkistes qui leur font face, pour affronter l'ennemi qui surgit dans leur dos. Ils s'imaginent encerclés, surpassés en nombre, promis à une mort certaine, et le cœur leur fait soudain défaut.

— De Vere ! hurle le comte d'Oxford, lorsqu'il voit ses hommes attaquer leurs alliés. De Vere pour Lancastre ! Tenez les lignes, au nom du ciel, tenez les lignes !

Trop tard. Ceux qui distinguent l'étendard d'Oxford et aperçoivent le comte juché sur son étalon s'imaginent qu'il a renié leur cause – un événement des plus communs sur les champs de bataille. À l'instar de chiens furieux, ses vieux amis se retournent contre lui, déterminés à frapper cet être plus méprisable encore que l'ennemi. Dans le désordre aggravé par la brume qui ne se dissipe toujours pas, la plupart des soldats lancastriens ne perçoivent que l'avancée d'un bataillon invisible qui se présente à revers. Qui sait ce qu'abritent ces maudites nuées ? D'autres soldats surgiront-ils de la rivière ? Comment deviner quelles horreurs Édouard, uni à cette sorcière, pourrait faire apparaître ? Les soldats lancastriens subissent de plein fouet les bruits de la bataille, les hurlements des blessés, mais ils ne parviennent à apercevoir ni leurs lords ni leurs commandants. Par centaines, ils déposent les armes et se mettent à courir. Ils n'ignorent pas qu'aucun quartier ne sera fait. Une mort certaine attend les vaincus.

Édouard taillade et transperce toujours, au cœur même des combats, William Hastings à sa gauche. L'épée et la dague ruisselantes de sang, il crie soudain :

— Victoire ! Victoire pour York !

Ses soldats ne mettent pas ses paroles en doute ; ceux de Lancastre non plus, qui essuient des assauts surgis des ténèbres devant, du brouillard derrière, et qui se retrouvent de surcroît soudain dépourvus de chef lorsque Warwick appelle son écuyer, saute sur son cheval et s'enfuit au galop.

Son départ achève de briser l'unité de la bataille, transforme l'indécision en déroute généralisée.

— Mon cheval ! s'époumone Édouard à l'adresse de son page. Mon cheval ! Amène-moi Fury !

Hastings met ses mains en coupe, il propulse son souverain en selle. Puis il s'empare des rênes de sa propre monture, se juche en hâte sur son dos et se précipite à la suite de son seigneur et maître, de son meilleur ami, les autres seigneurs yorkistes sur leurs talons, maudissant Warwick de s'être enfui.

Ma mère se relève avec un soupir, puis referme la fenêtre.

— Tout est terminé, déclare-t-elle avec certitude. Votre ennemi a péri. Warwick a cessé de « faire des rois ». Il s'apprête à rencontrer le roi des cieux, à qui il devra expliquer ses actes ici-bas.

— Mes garçons sont-ils en sécurité ?

— Je le crois.

Mes mains crispées comme des serres, je poursuis :

— Et Georges, duc de Clarence ? Que voyez-vous pour lui ? Dites-moi qu'il est mort sur le champ de bataille.

Ma mère sourit.

— Il est du côté des vainqueurs, comme à son habitude. Votre Édouard a remporté la victoire, et le loyal Georges est auprès de lui. Il se peut qu'il vous faille pardonner à Clarence la mort de votre père et de votre frère, placer votre vengeance entre les mains de Dieu. Georges reste le frère du roi. Voudriez-vous abattre un prince du sang, un héritier de la maison d'York ?

Je tire le petit médaillon noir de mon coffret à bijoux, en actionne l'ouverture. Les deux noms apparaissent, écrits sur un fragment de l'ultime lettre de mon père. Je déchire le morceau de parchemin en deux, froisse celui qui porte le nom de Richard Neville, comte de Warwick, puis le jette au sol où il disparaît entre les brassées de joncs. Qu'il redevienne poussière. Le nom de Georges, duc de Clarence, reprend sa place dans le médaillon et le coffret.

— Georges ne survivra pas, dis-je d'un ton sans réplique, dussé-je l'étouffer sous un coussin, fût-il le frère de mon époux bien-aimé. Il mourra.

Deux jours avec Édouard, voilà tout ce à quoi je puis prétendre à son retour ! Nous retrouvons les appartements royaux de la Tour, nettoyés en hâte et débarrassés des effets de ce pauvre Henri. Celui-ci regagne ses pièces à l'étage inférieur, aux fenêtres munies de barreaux, et s'abîme aussitôt en prières. Le premier jour, Édouard mange en homme affamé, s'abandonne avec un plaisir digne de Mélusine aux charmes d'un long bain, me prend sans affection ni tendresse, comme un soldat culbuterait une catin, puis dort d'un sommeil de plomb. À son réveil, il s'adresse aux citoyens de Londres pour démentir les rumeurs concernant la survie de Warwick : lui-même atteste avoir vu le corps du comte, occis alors qu'il fuyait le champ de bataille. Pour dissiper les derniers doutes, mon époux ordonne l'exposition du défunt à la cathédrale St Paul, mais interdit formellement tout acte déshonorant.

— L'ennemi a planté la tête de notre père sur un pieu, au sommet des murailles d'York, lui rappelle Georges. Agissons de même avec celle de Warwick, que nous piquerons sur le London Bridge ; découpons ensuite son corps pour en envoyer les morceaux aux quatre coins du royaume.

— Que de bonté à l'endroit de feu votre beau-père, le raillé-je. Ne craignez-vous point de heurter la sensibilité de votre épouse en démembrant son géniteur ? N'aviez-vous pas promis à celui-ci votre indéfectible loyauté ?

— Il sera enseveli avec les honneurs auprès des siens, à l'abbaye de Bisham, tranche Édouard. York ne fait point la guerre aux morts, à l'instar des sauvages.

Deux jours et deux nuits ! Tout ce temps, Édouard reste sur ses gardes et maintient ses troupes sur le pied de guerre. Il attend un messager. Celui-ci survient enfin, lui apporte la nouvelle : Marguerite d'Anjou a débarqué à Weymouth, trop tard pour prêter la main à son allié mais déterminée à lutter seule pour sa cause. Des rumeurs de soulèvements nous parviennent aussitôt de toute l'Angleterre. Des lords et des chevaliers qui n'eussent pas soutenu Warwick estiment de leur devoir de répondre à l'appel de la reine Marguerite. Cette bataille-là est jugée décisive. Warwick mort, aucun intermédiaire ne se dresse plus entre les deux factions. La maison de Lancastre affronte la maison d'York. Dans chaque ville et chaque village d'Angleterre, les hommes doivent faire leur choix.

Édouard bat le rappel des lords lui ayant juré allégeance ; qu'ils se présentent avec leurs hommes armés de pied en cap. Il exige que chaque ville lui fournisse des soldats.

— Je dois partir, m'annonce-t-il à l'aube. Protégez mon fils, quoi qu'il advienne.

— Protégez-vous, quoi qu'il advienne, réponds-je aussitôt.

Il s'empare de ma main, presse ma paume contre ses lèvres.

— Je vous aime, comme je vous ai aimée au premier regard, sous ce grand chêne. Le savez-vous ?

Je suis muette d'angoisse ; il semble me faire ses adieux.

— Bien, déclare-t-il d'un ton vif. Gardez à l'esprit qu'il vous faudra emmener les enfants en Flandres si les événements tournent mal. Vous souvenez-vous du nom de ce pêcheur de Tournai ?

— Oui, mais vous gagnerez, parviens-je à chuchoter.

— Si Dieu nous assiste, tempère-t-il.

Il disparaît une fois de plus, en route pour une autre bataille.

Les deux armées rivalisent de vitesse, celle de Marguerite se hâtant d'atteindre le pays de Galles pour y lever des renforts, celle du roi Édouard cherchant à lui couper le chemin. Le duc de Somerset, qui assure le commandement de l'armée lancastrienne, et le jeune prince Édouard, à la tête de son propre bataillon, se dirigent vers l'ouest à travers la campagne, en direction de Jasper Tudor, disposé à leur apporter le soutien des Gallois. Jasper et son neveu Henri Tudor leur fourniront un havre et des troupes fraîches. S'ils parviennent aux forteresses inexpugnables du pays de Galles, ils auront tout loisir de se regrouper avant d'attaquer en force.

Au côté de Marguerite voyage la petite Anne Neville. La benjamine de Warwick, épouse du prince, pleure la disparition de son père, la défection de son beau-frère, Georges de Clarence, et l'abandon de sa mère, qui s'est retirée dans un couvent pour pleurer la mort de son époux.

Sur leurs traces, parti de Londres, Édouard lève des troupes à mesure qu'il avance, avide de les rattraper avant qu'ils ne traversent la rivière Severn et ne disparaissent dans les montagnes galloises. Il semble impossible qu'il y parvienne. La distance est immense et la marche trop rapide pour ses troupes, exténuées après l'épuisante bataille de Barnet.

Toutefois, Marguerite bute sur un premier obstacle. Le gouverneur de Gloucester obéit à l'ordre formel d'Édouard de lui interdire le passage de la rivière. Je souris en mon for intérieur à l'idée que le profond et puissant fleuve anglais défie la reine française.

L'armée lancastrienne se dirige alors vers le nord, en amont, à la recherche d'un autre passage, traquée par les hommes d'Édouard qui la talonnent à huit lieues [1] seulement, grignotant du terrain, galvanisés par le roi yorkiste et son frère Richard. La nuit venue, les Lancastriens établissent leur campement dans un vieux château abandonné, près de Tewkesbury. À l'abri derrière les murs branlants, ils prévoient de traverser la Severn le lendemain et attendent, confiants. Édouard rattrapera peut-être ses ennemis, mais sa course folle aura sans doute eu raison des dernières forces de ses hommes, rongé leur endurance et brisé leur entrain à combattre.

1. Une lieue équivalait environ à 4 kilomètres. (*NdT*)

3 mai 1471

La reine Marguerite et son infortunée belle-fille, la jeune Anne Neville, logent dans un manoir nommé Payne's Place où elles attendent la bataille qui les fera reine d'Angleterre et princesse de Galles. Anne passe la nuit à genoux, priant pour le repos de l'âme de son père dont le corps est exposé devant l'autel de la cathédrale St Paul. Elle prie également pour que s'estompe la douleur de sa mère qui, à peine débarquée en Angleterre, a appris la défaite et la mort de son époux. La duchesse Anne de Warwick, veuve du défunt comte, a alors refusé de se joindre à l'armée de Lancastre et trouvé refuge à l'abbaye de Beaulieu, abandonnant ses deux filles à leurs époux antagonistes : le prince lancastrien et le duc yorkiste. La petite Anne supplie le Seigneur de protéger sa sœur Isabel, unie à ce traître de Georges qui luttera demain dans le camp adverse. Elle implore Dieu de rendre la raison au jeune Édouard de Lancastre, dont le vice et la perversité croissent chaque jour. Et elle prie pour elle-même, pour survivre à cette bataille et rentrer chez elle. Même si elle ne sait plus très bien où se trouve son foyer.

Aux commandes de l'armée d'Édouard se trouvent les hommes du roi yorkiste, ses frères d'armes. Ses frayeurs l'accompagnent également, il connaît le goût de la défaite et ne l'oubliera jamais. Toutefois, il n'ignore point qu'il lui faut chercher cette bataille, la poursuivre grâce à la marche forcée la plus acharnée à laquelle l'Angleterre ait jamais assisté. S'il veut s'imposer comme souverain, il lui faut se battre, mieux qu'il ne s'est jamais battu. Son frère, Richard, commande l'avant-garde avec son éternel courage, aussi farouche que loyal. Édouard prend la tête du centre tandis que Hastings défend ses arrières. Quant à Anthony Woodville, Édouard lui réserve une place bien particulière.

— Anthony, prenez une petite compagnie et, avec Georges, cachez-vous derrière ce bosquet d'arbres à notre gauche, ordonne Édouard à mi-voix. Votre tâche sera double : vous vous assurerez d'une part que Somerset n'envoie pas de renforts depuis les ruines de ce château pour nous surprendre sur notre flanc gauche ; et vous observerez le déroulement des combats de façon à lancer une charge si vous en estimez le moment venu.

— Vous fiez-vous tant à moi ? s'étonne Anthony, songeant aux jours où les deux jeunes gens s'affrontaient en ennemis.

— Assurément. Dites-moi, Anthony, vous êtes un érudit, un philosophe que la mort indiffère, non ?

— Je possède quelques connaissances, grimace Anthony, toutefois je demeure très attaché à l'existence, Sire, et n'en prône point encore le suprême détachement.

— Moi non plus ! s'exclame Édouard. Et je tiens plus encore à mon braquemart, mon frère ajoute-t-il crûment. Assurez-vous que votre sœur puisse déposer un autre prince dans le berceau. Protégez mes bourses pour elle, Anthony !

La réflexion du souverain arrache un rire gras à son interlocuteur, qui s'incline.

— Me ferez-vous un signe en cas de besoin ?

— Vous constaterez mon besoin assez clairement. Si je semble perdre, considérez cela comme un appel, répond-il froidement. Ne laissez point la situation en arriver là, c'est tout ce que je demande.

Anthony s'éloigne bientôt à la tête d'une compagnie de deux cents fantassins. Édouard attend qu'ils aient pris position, s'assure qu'ils demeurent invisibles aux yeux des Lancastriens postés derrière les murs du château, sur la colline, puis il hurle :

— Feu !

Le canon tonne tandis que, au même instant, les archers de Richard envoient une pluie de flèches. Le boulet frappe les murs branlants de l'édifice ; un pan entier s'écroule sur les soldats qu'il protégeait seulement quelques secondes plus tôt. Un cri de souffrance s'élève alors qu'une flèche vient se ficher dans la face d'un homme. Une dizaine d'autres soldats se mettent à hurler, atteints à leur tour par les tirs mortellement précis. Le castel en ruine cesse de représenter un abri fiable. Les arches s'effondrent et les moellons écrasent ceux qui se trouvent dessous. Les hommes s'éparpillent. Certains se précipitent au bas de la colline dans une charge que leurs commandants n'ont pas ordonnée. D'autres effectuent une retraite en direction de Tewkesbury. Somerset hurle l'ordre de reformer les rangs pour fondre en bon ordre sur l'armée yorkiste amassée en contrebas quand, déjà, ses hommes s'élancent en avant.

Avec un hurlement de rage, entraînées par la pente, les troupes lancastriennes dévalent la colline et visent le cœur des forces yorkistes et la personne du roi qui, coiffé de son casque d'or, semble les attendre. Édouard est animé de cette joie féroce et dépourvue de compassion qu'il a développée au cours d'une enfance passée à se battre. Aussitôt que les premiers soldats de Lancastre se précipitent sur lui, il les accueille de sa hache et de sa formidable épée. Ses mouvements s'enchaînent, fluides et meurtriers comme ceux d'un lion : une poussée, un rugissement, une rotation, un coup. Les attaques se succèdent sans qu'il marque une seule hésitation. Il plonge son arme dans des gorges vulnérables, sous le casque, il sectionne des bras, visant les aisselles dépourvues de gousset. Il frappe du genou l'entrejambe d'un soldat qui s'effondre, puis lui fracasse le crâne de sa hache.

Aussitôt que l'impact de la charge fait reculer le centre, l'aile commandée par Richard surgit sur son flanc et se met à frapper, tailler, poignarder, dans une impitoyable boucherie conduite par le jeune duc en personne. La poussée des forces menées par Richard interrompt l'avancée des Lancastriens qui hésitent, indécis. Comme à l'habitude dans les luttes au corps à corps, une accalmie se fait jour alors que les plus vigoureux reprennent leur souffle ; mais les Yorkistes, entraînés par leur roi et son jeune frère, pressent et harcèlent les soldats ennemis qu'ils repoussent en haut de la pente.

Une immense clameur, le cri terrifiant d'hommes déterminés, s'élève alors du bosquet à gauche des combats, où nul ne soupçonnait la présence de soldats. Deux cents fantassins, armés de lances, se ruent dans la bataille à la suite du plus grand chevalier du royaume, Anthony Woodville. Leurs piques et pertuisanes pointées en avant frappent d'effroi les soldats lancastriens qui, levant les yeux de la bataille qui les décime déjà, voient venir à eux une mort aussi rapide qu'inéluctable.

Il ne leur reste que la fuite. Ces épieux qui les assaillent ressemblent à une monstrueuse arme compacte hérissée de deux cents pointes. Ils perçoivent le chuintement qu'émettent celles-ci quand elles fendent l'air, puis les hurlements que poussent les soldats. Dans une bousculade désordonnée, ils cherchent à remonter au sommet de la colline, poursuivis par les hommes de Richard qui les taillent en pièces. Ceux d'Anthony ont déjà dégainé épées et coutelas de combat. Dans un sursaut, certains se ruent vers la rivière qu'ils essaient de traverser à gué ou à la nage. D'autres, entraînés par le poids de leur armure, s'enfoncent parmi les roseaux au milieu desquels ils avaient pensé s'abriter. Alors qu'ils tentent de rejoindre la forêt, derrière le bosquet, les hommes d'Anthony les encerclent puis les massacrent, tels ces lièvres que prennent au piège les faucheurs du dernier cercle, quand ils terminent de moissonner un champ de blé. Quant à ceux qui cherchent refuge dans la bourgade avoisinante, ils rencontrent l'avant-garde que mène Édouard d'York et subissent le sort réservé au cerf acculé par la meute. Parmi ces Lancastriens se trouve le fils de Marguerite, que ses partisans désignent sous le titre de prince de Galles.

— Grâce ! Grâce pour le prince Édouard de Lancastre ! hurle le jeune homme. Je suis né pour régner…

Le reste se perd dans un gargouillis sanglant lorsqu'un fantassin, un homme du peuple, plonge sa dague dans la gorge royale, mettant ainsi un terme aux espoirs de Marguerite d'Anjou, à la lignée de Lancastre, pour le simple profit d'une gracieuse ceinture et d'une épée ouvragée.

Le roi Édouard observe ses hommes qui égorgent, éventrent, pulvérisent des cerveaux et brisent des jambes, jusqu'à ce que l'armée lancastrienne implore sa pitié ou ait pris la fuite. Il a remporté la victoire. Enfin.

Les suites d'une bataille se montrent toujours sordides. Toutefois, Édouard ne prône ni l'assassinat ni la torture des prisonniers. Il ne prise pas les exécutions sommaires, telles que les pratiquent en masse les seigneurs de guerre. Cependant, les lords lancastriens ont trouvé refuge dans l'abbaye de Tewkesbury, et il ne saurait permettre qu'ils y établissent résidence ou obtiennent un sauf-conduit pour rentrer chez eux.

— Faites-les sortir, ordonne-t-il à Richard, découvrant dans le regard de son jeune frère le même désir d'en finir.

Il s'adresse ensuite à Thomas et Richard Grey.

— Trouvez les lords lancastriens, confisquez leurs armes et mettez-les en état d'arrestation.

— Ils ont demandé le saint droit d'asile, remarque Hastings. Ils se trouvent sur le sol de l'abbaye, devant le maître-autel. Votre propre épouse a survécu parce que le droit d'asile a été respecté, votre fils est né dans la sécurité de ce refuge sacré.

— Une femme, un enfant, précise sèchement le roi. Le droit d'asile est destiné aux malheureux sans défense. Ce n'est point le cas du duc Edmond de Somerset, un sinistre traître méritant la mort. Richard le tirera hors de l'abbaye sur la place du marché où il le fera décapiter – n'est-ce pas, Richard ?

— Assurément, acquiesce le jeune duc de Gloucester sans un battement de cils. Je respecte davantage le privilège du vainqueur que le droit d'asile.

La main sur l'épée, il part faire abattre la grande porte de l'abbaye malgré l'abbé qui, accroché à son bras, le supplie de craindre la puissance divine, de faire montre de pitié. L'armée d'York se trouve au-delà de toute miséricorde. Dans la cour de l'église, les hommes de Gloucester traînent des réfugiés qui demandent en hurlant qu'on leur accorde grâce, qu'on les rançonne. Sous les yeux d'Édouard et de Richard, leurs soldats poignardent des prisonniers sans défense qui s'accrochent aux pierres tombales, jusqu'à ce que les marches deviennent poisseuses de sang et que le sol sanctifié exhale l'odeur d'un étal de boucherie. Comme si plus rien de sacré ne subsistait dans le pays. De fait, le royaume d'Angleterre ne révère plus rien.

14 mai 1471

Notre attente se poursuit à la Tour quand l'écho des vivats lancés dans les rues m'annonce le retour de mon époux. Je me précipite dans l'escalier, les filles sur mes talons. Toutefois, lorsque les lourdes portes s'ouvrent et que les chevaux pénètrent dans la cour, je ne découvre point Édouard, mais Anthony. Mon frère.

— Ma sœur, réjouissez-vous : le roi votre époux se porte bien et a gagné une grande bataille. Ma mère, accordez-moi votre bénédiction car j'en ai fort besoin.

Il saute à bas de sa monture et s'incline devant moi avant de se prosterner devant notre mère, qui pose une main sur sa tête. Un calme irréel nous enveloppe dès l'instant qu'elle le touche. Il s'agit d'une véritable bénédiction et non du simulacre que l'on pratique dans la plupart des familles. Par ce geste, ma mère transmet l'amour et le respect qu'elle nourrit à l'endroit de son fils, le plus talentueux de ses enfants. Il se redresse.

— Le roi a remporté une immense victoire, nous annonce-t-il. Marguerite d'Anjou se trouve entre nos mains ; son rejeton a péri, la privant d'héritier et jetant les espoirs de Lancastre aux orties. Édouard eût voulu vous annoncer la nouvelle en personne, continue-t-il à mon intention, mais il lui fallait marcher vers le nord, où d'autres soulèvements se sont déclarés pour Neville et Lancastre. Vos garçons se trouvent à ses côtés. Quant à moi, il m'a envoyé dans le dessein de veiller à votre sécurité et à celle de Londres. Les hommes du Kent se rebellent, appuyés par Thomas Neville. La moitié sont de pauvres diables qui commettent une erreur de jugement, mais l'autre se compose de vils larrons avides de rapine. Les plus dangereux d'entre eux cultivent le dessein de vous enlever et de libérer Henri. Neville se dirige en cet instant vers la capitale à la tête d'une flottille. Je dois m'entretenir au plus vite avec le bourgmestre et les échevins.

—Nous allons être attaqués ici ? demandé-je.

Il acquiesce.

—Ils continuent la lutte alors même que leur cause se trouve dépourvue de chef. Je suppose qu'ils désigneront sous peu un autre héritier en la personne d'Henri Tudor et qu'ils s'uniront dans un serment de vengeance. Édouard m'a donné l'ordre de veiller à la sûreté de sa famille dont je dois, si le pire devait advenir, arranger le repli.

—Un réel péril nous menace-t-il ?

—Assurément, ma sœur. Ils commandent des navires et jouissent du soutien de la France tandis que, je vous le rappelle, Édouard se dirige vers le nord à la tête de toute son armée.

Il s'incline devant moi puis s'éloigne à grands pas, exigeant que le bourgmestre soit admis aussitôt qu'il se présentera et requérant du gouverneur de la Tour un rapport sur l'état de la forteresse dans l'éventualité d'un siège.

Des éclaireurs se présentent ; ils confirment que Thomas Neville vogue en direction de Londres après avoir promis son appui aux hommes du Kent. Malgré notre victoire décisive à Tewkesbury, le danger nous guette encore.

— Pourquoi ? m'enquiers-je, incrédule. Leur cause est perdue. Édouard de Lancastre est mort, Richard Neville également, et nous retenons captifs Marguerite d'Anjou ainsi qu'Henri.

— Parce qu'il reste une chance, observe ma mère.

Nous arpentons le chemin de ronde de la Tour, Bébé dans mes bras, les filles derrière nous. En baissant les yeux, nous apercevons Anthony qui surveille le déploiement des canons face à la Tamise et l'entassement de sacs de sable derrière les portes et les fenêtres du donjon. Plus loin, nous distinguons les baquets d'eau disposés avec soin de façon à lutter contre les incendies que Neville pourrait déclencher dans les entrepôts.

— Si Neville s'empare de la Tour et qu'Édouard est défait dans le Nord, tout recommencera, poursuit ma mère. Le roi Henri, libéré, retrouvera alors Marguerite. La mort représente l'unique moyen d'éteindre leur lignée et de mettre un terme définitif à ces guerres. Nous avons éliminé le fils, il nous faut tuer le père.

— Henri compte d'autres héritiers, objecté-je. En premier lieu, la maison de Beaufort en la personne de Margaret Beaufort et de son fils, Henri Tudor.

— Personne ne placerait une femme sur le trône. Seul un soldat tiendra l'Angleterre.

— Elle a un fils.

— Un jouvenceau. Nul ne se rallierait à un Tudor, à demi de sang royal – et qui plus est de la famille royale de France [1] –, contre un Plantagenêt. Vous n'avez rien à craindre de lui.

---

1. La dynastie débute avec le mariage du Gallois Owen Tudor et de Catherine de Valois, fille de Charles VI de France et veuve d'Henri V d'Angleterre. Parmi leurs enfants se trouve Edmond Tudor, époux de Margaret Beaufort. (*NdT*)

Elle coule un regard vers les fenêtres derrière lesquelles le roi Henri est retourné à ses prières, et répète :

— Non, une fois qu'il aura péri, la lignée des Lancastre s'éteindra et nous ne craindrons plus rien.

— Mais qui se résoudrait à éliminer un pauvre fou sans défense ? Il passe ses journées agenouillé sur son prie-Dieu ou à contempler le ciel en silence. Le tuer reviendrait à assassiner un simple d'esprit, que certains n'hésitent pas à qualifier de saint. Qui se risquerait à tuer un saint ?

— J'espère que votre époux l'osera, rétorque ma mère d'un ton sec, car la seule façon d'affermir le trône d'Angleterre consiste à maintenir un coussin sur ce visage jusqu'à ce qu'il s'endorme du sommeil éternel.

Une ombre recouvre brièvement le soleil et un frisson me parcourt le corps, comme si c'était de ma propre mort qu'il était question.

— Que vous arrive-t-il ? s'enquiert-elle aussitôt. Avez-vous froid ? Voulez-vous rentrer ?

— C'est la Tour, réponds-je, irritée. J'ai toujours abhorré cet édifice. Par ailleurs, vos paroles me bouleversent. Vous suggérez d'assassiner un prisonnier sans défense ! Seigneur, comme j'aimerais voir la fin de tout cela ! Je n'aspire qu'à notre retour au palais de Westminster.

— Bientôt, me promet ma mère.

Cette nuit-là, le tocsin nous éveille soudain. Je saute à bas de ma couche et prends mon bébé dans mes bras. Les filles accourent près de moi, tremblantes d'effroi. Anthony ouvre brusquement la porte et nous crie :

— Du courage ! Ils remontent la rivière et nous serons bientôt à portée de tir. Éloignez-vous des fenêtres et des portes !

Je referme les volets puis, avec mes enfants, remonte dans mon lit dont je tire les courtines. En silence, nous écoutons les explosions suivies du chuintement des boulets qui fendent les airs et, enfin, leur bruit sourd lorsqu'ils s'écrasent contre un mur. Élisabeth, mon aînée, me lance un regard apeuré et demande dans un chuchotement :

— Est-ce la mauvaise reine ?

— Votre père l'a battue, elle est notre prisonnière ainsi que l'ancien roi Henri, lui réponds-je, songeant à l'infortuné souverain qui loge à l'étage au-dessous.

Je me demande si quelqu'un s'est préoccupé de refermer ses contrevents et lui a enjoint de rester éloigné des fenêtres. Quel inestimable service nous rendrait Neville si l'un de ses boulets devait tuer son roi !

Nos canons tonnent à leur tour, un bref éclair illumine la pièce à travers les interstices des panneaux de bois. Élisabeth pousse un petit cri et se blottit contre moi.

— Nous tirons sur ces scélérats qui nous attaquent, dis-je d'un ton enjoué. À leur tête se trouve Thomas Neville, un cousin de Warwick, stupide au point de ne pas reconnaître que nous avons gagné.

— Que veut-il ? questionne Élisabeth.

— Il veut reprendre les hostilités, lui répliqué-je d'un ton amer. Mais votre oncle Anthony l'attend, bien campé sur ses deux jambes, aidé de la milice londonienne et de tous les apprentis – ces gamins ne rechignent jamais devant une bonne bagarre ! De surcroît, votre père nous rejoindra bientôt.

Elle lève vers moi ses grands yeux gris. Ma petite Élisabeth en dit toujours moins qu'elle n'en pense. Elle connaît sa valeur, cette position qui est la sienne sur l'échiquier d'Angleterre et qui la destine à quelque échange le moment venu. Elle n'ignore rien non plus du danger qui la menace depuis sa naissance.

—Cela prendra-t-il alors fin ?

—Oui, lui affirmé-je d'un ton ferme.

Le siège et les bombardements se poursuivent pendant trois jours avant de donner lieu à des tentatives d'assaut de la part des hommes du Kent et de Thomas Neville. Anthony et Henri Bourchier, le comte d'Essex, s'activent à organiser notre défense. La Tour accueille de plus en plus de membres de ma famille venus se réfugier entre ses murs – mes sœurs et leurs époux, la femme d'Anthony, mes anciennes dames d'atour – jusqu'à ce qu'Anthony décrète les officiers et les soldats en nombre suffisant pour contre-attaquer.

—À combien de lieues se trouve Édouard ? m'enquiers-je nerveusement.

—Les dernières nouvelles le situent à quatre jours de marche, répond mon frère. L'attendre se révélerait trop risqué ; par ailleurs, les forces dont je dispose suffiront à emporter la victoire.

—Et si vous perdez ?

—Dans ce cas, chère sœur souveraine, vous vous transformerez en reine de guerre et commanderez en personne la défense de la Tour. Celle-ci tiendra plusieurs jours. Notre mission à l'heure actuelle consiste à repousser l'ennemi avant qu'il ne s'approche trop. Fût-il en mesure de resserrer sa prise autour du château, d'accentuer son bombardement, voire – Dieu nous en préserve ! – de pénétrer dans l'enceinte, vous courriez le risque d'être tuée avant l'arrivée d'Édouard.

— Très bien. Lancez l'attaque.

Il s'incline.

— Voilà qui est parlé en digne Yorkiste. Avec ses membres nés et élevés sur le champ de bataille, cette famille se montre assoiffée de sang. Espérons que, les combats terminés, ils ne s'entre-tueront point par simple habitude.

— Établissons d'abord la paix avant de nous soucier des frères York qui la malmèneraient.

À l'aube, Anthony est paré à combattre, accompagné de milices aussi bien armées qu'entraînées. Cette cité connaît la guerre depuis seize ans, chaque apprenti possède une arme et s'en sert de façon experte. L'ennemi campe hors des remparts de la Tour et de la ville mais dort à poings fermés lorsque Anthony déverrouille la poterne et sort dans le plus grand silence à la tête de ses troupes. Henri Bourchier ferme la marche ; il murmure :

— Votre Majesté ma cousine, hâtez-vous de refermer l'huis et rentrez vous mettre à l'abri.

— J'attendrai votre retour.

Je reste dans l'encadrement, telle une héroïne de ballade qui envoie ses preux au combat, puis veille sur eux comme un ange.

Aux premiers instants, la réalité correspond à cette image. Mon frère, tête nue, le torse protégé par son plastron ouvragé, s'avance à pas de loup vers le camp ennemi, l'épée à la main, suivi de nos partisans. Des rebelles campent sur les rives de la rivière, d'autres dans les ruelles sales. Ces hommes sont pauvres, peu d'entre eux s'abritent sous des tentes, la plupart sont allongés à même le sol, devant un maigre feu. Les rues en dehors des murs sont bordées de tavernes et de bordels ; l'écho de voix avinées résonne çà et là dans la nuit. Anthony divise ses troupes en trois colonnes. Sur un ordre chuchoté, nos soldats enfilent leur casque, tirent l'épée du fourreau, décrochent la lourde boule de leur masse d'armes. En un tournemain, ces humains de chair et de sang se transforment en êtres de métal.

Je sens confusément le changement depuis mon poste et, bien que je les aie personnellement envoyés au combat, je suis envahie par l'angoisse face à l'imminence d'un événement sanglant.

— Non, murmuré-je, comme pour les arrêter alors qu'ils accélèrent le pas, épée levée, masse brandie.

Des hommes à demi endormis poussent un cri d'effroi qui s'éteint alors que le métal s'abat sur leur crâne ou leur transperce le corps. Rien ne les avertit. Ils passent de rêves de victoire ou de retour en leur foyer à une lame glacée dans le cœur, à une mort atroce. Les sentinelles, éveillées en sursaut, lancent un cri d'alarme que vient étouffer une dague leur tranchant la gorge.

Le camp paraît soudain s'animer, s'agiter en tous sens. Un homme trébuche et s'écroule dans les flammes ; il se met à hurler mais personne ne ralentit pour lui apporter son aide. Nos hommes donnent des coups de botte dans les braises qui incendient aussitôt quelques tentes et des couvertures. Les chevaux ruent et poussent des hennissements, effrayés par leur fourrage qui s'embrase. Tout le camp ennemi est debout, à présent. Un vent de panique le balaie tandis que nos soldats, assassins silencieux, frappent des hommes allongés qui roulent sur eux-mêmes dans un effort pour se lever ; ils repoussent ceux qui sont déjà sur leur séant, éventrent un homme désarmé, abattent une massue sur un autre qui tente de s'emparer de son épée. Frappée de terreur, l'armée venue du Kent ne songe qu'à fuir. Ceux qui ne sont pas à terre s'emparent en hâte de leurs maigres possessions et se mettent à courir. Les hommes d'Anthony émettent un hurlement de rage et se lancent à leur poursuite, leurs épées déjà poisseuses de sang. Mon frère les rappelle toutefois, peu désireux de laisser la Tour sans défense. Il envoie un groupe vers les quais pour s'emparer du bateau de Neville, le reste s'en retourne vers la forteresse. Leurs voix vibrantes d'excitation s'élèvent dans la nuit froide, décrivent un homme poignardé dans son sommeil, une femme décapitée sur sa couche, un cheval qui, dans une ruade effrayée, se brise le cou.

J'abandonne la poterne. Je ne veux plus rien voir ni entendre. Je me précipite dans ma chambre, retrouve ma mère, mes filles, mon bébé, ferme la porte à double tour sans prononcer un mot, effrayée par ma propre armée. J'ai entendu bon nombre de récits de batailles où l'on exaltait l'héroïsme, le courage, l'amitié entre soldats, la fraternité qui naît dans la férocité du combat. Des ballades m'ont vanté des campagnes mémorables, des poèmes ont loué devant moi la beauté d'une charge, la grâce d'un commandant. Comment aurais-je soupçonné une telle boucherie ? Aucune habileté nécessaire, ici, hormis celle de planter sa dague dans un carré de chair puis de laisser un corps se vider de son sang ! Nulle trace de cette noblesse chevaleresque, si manifeste lors des tournois, dans ces coups aveugles et répétés, semblables à ceux donnés à un porcelet couinant de terreur dans la porcherie. Et combien la guerre excite les hommes ! Ils rient comme des gamins après une bonne plaisanterie, mais leurs mains sont rouges de sang, leurs manteaux poisseux, leurs cheveux imprégnés de fumée, leurs traits marqués d'une joie abjecte.

Je comprends à présent comment il leur est possible d'envahir des couvents, de forcer des femmes ou de briser les portes des sanctuaires. Ils s'abandonnent sans réserve à cet appétit vicieux qui les apparente davantage à l'animal qu'à l'homme. Comme je me suis montrée aveugle, moi qui, pourtant, ai vu le jour dans un royaume en guerre et suis la fille d'un homme capturé sur le champ de bataille, la veuve d'un chevalier, l'épouse d'un implacable soldat. Maintenant, je sais.

21 mai 1471

Édouard effectue une entrée triomphale à la tête de ses troupes, le port altier. Richard et Georges l'encadrent et mes fils le suivent, exaltés. Les trois fils d'York se montrent à nouveau unis et Londres les accueille avec une joie délirante. Trois ducs, six comtes et seize barons viennent à leur suite. Après eux vient Marguerite d'Anjou, pâle et morne, sur une litière tirée par des mules. Certes, ils ne lui ont point lié les mains ni passé de chaîne d'argent autour du cou, mais il est indéniable que cette femme ne se relèvera jamais de sa défaite. Je me fais accompagner de ma petite Élisabeth pour accueillir Édouard aux portes de la Tour car je désire qu'elle observe de ses yeux la créature qui l'effrayait tant, et qu'elle appelait depuis cinq ans « la méchante reine ». Le roi me salue de façon solennelle sous les vivats de la foule, mais me chuchote à l'oreille :

— J'ai grande hâte que nous nous retrouvions seuls.

Il doit attendre, toutefois. Il a adoubé la moitié de la capitale pour récompenser ses habitants de leur fidélité, et un banquet célèbre leur élévation. En vérité, nous avons tous motif à nous réjouir. Édouard a lutté pour sa couronne, il a remporté la victoire, une fois de plus, et je demeure l'épouse d'un roi qui n'a jamais été défait au combat. J'approche mes lèvres de son oreille et murmure :

— Ma hâte égale la vôtre, mon époux.

Il est tard lorsque nous nous retirons dans sa chambre. Une grande partie des invités est ivre, tous exultent à l'idée d'être à la Cour yorkiste. Édouard m'entraîne dans sa couche avec le même empressement qu'il montrait, jeune marié, dans le petit pavillon au bord de l'eau. Quant à moi, je m'accroche à ce héros qui m'a arrachée à la pauvreté et a sauvé l'Angleterre d'une guerre interminable. Il me nomme « mon épouse, ma chère épouse » et mon cœur se remplit de joie.

Plus tard, les lèvres appuyées contre ma chevelure, il se souvient :

— Vous m'avez réconforté lorsque la peur s'est emparée de moi, ma mie, je vous en suis reconnaissant. Pour la première fois, j'allais au combat en n'écartant pas la possibilité d'une défaite, et cette perspective nouvelle me terrorisait.

— J'ai assisté moi-même à une bataille – ou plutôt à un massacre –, lui confié-je à mon tour, le front contre sa poitrine. Quelle vile et terrible réalité, Édouard. Je l'ignorais.

Il recule, grave.

— Terrible, en effet, acquiesce-t-il, et nul n'apprécie la paix autant qu'un soldat. J'escompte l'imposer à ce royaume, qui vivra dans une paisible loyauté à notre endroit. J'en fais le serment. Quoi que j'aie à concéder, je mettrai un terme à cette lutte perpétuelle.

— Que la guerre est vile, m'entends-je répéter.

— Elle cessera, j'y mettrai fin.

Le silence nous enveloppe. Je m'attends à ce qu'il s'assoupisse mais au lieu de cela, il se met sur le dos puis demeure immobile, un bras replié derrière sa tête, les yeux fixés sur le baldaquin doré.

— Qu'est-ce qui vous tourmente, Édouard ?

— Il est un acte que je dois accomplir ce soir avant de m'endormir en paix.

— Vous accompagnerai-je ?

— Non, mon aimée, il s'agit d'un travail d'homme.

— Quel est-il ?

— Rien dont vous deviez vous soucier, ma douce. Dormez, je vous rejoindrai plus tard.

— Qu'y a-t-il, Édouard ? Vous semblez… souffrant.

Soudain décidé, il sort du lit et enfile ses vêtements.

— Je me retire un moment. Quand j'en aurai terminé, je trouverai enfin le repos. Dans une heure tout au plus, je serai de retour. Je vous éveillerai et vous honorerai de nouveau.

Je reprends ma position allongée mais, sitôt qu'il a disparu, je quitte ma couche et pose une cape sur mes épaules dénudées. Pieds nus, sans plus de bruit qu'une souris, je me glisse hors de sa chambre puis traverse la salle d'audience. Les sentinelles décroisent leurs hallebardes et me laissent passer. Au sommet de l'escalier, je marque une pause, baisse les yeux, aperçois Édouard qui descend les marches vers l'étage où loge l'ancien roi. Richard l'attend devant la porte et la voix de Georges s'élève :

— Nous pensions que vous aviez changé d'avis.

— Non, cela doit être fait.

Je comprends aussitôt ce que s'apprêtent à accomplir ces fils d'York, ce trio béni de Dieu qui a gagné sa première bataille quand trois soleils illuminaient le ciel. Toutefois, aucune protestation ne s'échappe de mes lèvres. Je ne me précipite point à la suite d'Édouard pour retenir son bras. Quoique je le sache déjà troublé par l'incertitude, je me garde d'alimenter celle-ci en évoquant la compassion, le Seigneur entre les mains de qui l'on doit remettre notre sécurité. Pas un instant je ne songe : « S'ils s'abaissent à agir

de cette manière, quel traitement nous réservera-t-on plus tard ? »
J'aperçois la clé dans la main d'Édouard, j'entends le bruit qu'elle émet en tournant dans la serrure, puis celui de la porte qui s'ouvre sur ses gonds, et je les laisse entrer tous les trois, sans un mot de moi.

Henri, fou ou saint, demeure un roi oint : sa personne est sacrée. Il se trouve au cœur de son propre royaume, de sa propre ville, de sa propre tour : il devrait y être en sécurité, gardé par des hommes de cœur – en prisonnier confié à l'honneur de la maison d'York. Comment peuvent-ils ne point montrer de miséricorde ? Tous trois ont jadis prêté serment de fidélité à cet homme, leur cousin, leur roi. Quel châtiment nous échoira-t-il s'ils s'avilissent au point d'assassiner un homme aussi innocent et impuissant qu'un enfant endormi ?

Voilà pourquoi j'ai toujours haï la Tour, voilà pourquoi le haut donjon qui s'élève sur les rives de la Tamise m'a toujours remplie d'appréhension. Cette mort pesait déjà sur ma conscience avant même qu'elle ne survienne. Le fardeau qu'elle représentera à l'avenir ne sera connu que de moi et de Dieu. Quel prix devrai-je payer pour la part que j'y prends avec mon silence, l'oreille tendue ?

Je ne retourne pas dans le lit d'Édouard ; je me sens incapable de supporter l'odeur de la mort sur ses mains. La Tour me répugne. Je ne veux point que mon enfant passe la nuit dans cet édifice réputé le plus sûr d'Angleterre, mais où des hommes armés peuvent pénétrer dans la chambre d'un innocent et l'étouffer sous un coussin. Parvenue dans mes appartements, je ravive le feu, prends place devant lui et m'y réchauffe dans les ténèbres environnantes, transie par la certitude que la maison d'York vient de faire un pas sur un chemin qui nous mènera en enfer.

Été 1471

Assises dans des fauteuils apportés dehors pour l'occasion, ma mère et moi avons pris place au milieu de camomilles en fleur qui nous enveloppent de leur douce fragrance dans les jardins du manoir royal de Greenwich, l'un de ceux qui me sont échus en douaire lorsque je suis devenue reine. C'est également l'un de mes favoris. Je l'aide à sélectionner des couleurs pour sa broderie. Les enfants sont descendus au bord de l'eau pour nourrir les canards avec leur gouvernante. Je les entends qui appellent les volatiles et s'impatientent lorsque ceux-ci glissent sur l'onde sans leur prêter attention. De temps à autre s'élève la voix distincte de mon fils et mon cœur se dilate : mon garçon, mon petit prince, mon enfant si heureux ! Ma mère partage mes sentiments.

Le pays baigne dans une telle quiétude que l'on pourrait croire qu'il n'y a jamais eu de roi rival ni d'armées pressées de s'affronter. Le royaume a accueilli le retour de mon époux avec allégresse, chacun montrant sa hâte de profiter de la paix. Plus que tout, nous aspirons à poursuivre nos existences sous un gouvernement juste, à panser nos plaies, à oublier les douleurs et les pertes subies ces seize dernières années. Le fils de Margaret Beaufort, l'improbable héritier de la lignée de Lancastre, se terre à Pembroke Castle, dans le pays de Galles, avec son oncle Jasper Tudor. Le monde a changé, il leur faudra s'accommoder de la paix yorkiste. Le propre époux de Margaret Beaufort, Henri Stafford, soutient la cause d'York. Il a combattu avec les nôtres à Barnet. Cette folle entêtée et son jouvenceau représentent les derniers Lancastriens de ce monde.

La douzaine de fils verts posés sur mes genoux tranchent sur le blanc de ma robe. Ma mère tente d'enfiler son aiguille ; elle la tient devant ses yeux, l'éloigne à bout de bras puis la rapproche de nouveau. Le premier signe de faiblesse qu'elle trahit devant moi.

— Ne distinguez-vous point le chas ? m'enquiers-je, amusée.

— Mes yeux ne sont point les seuls à me faire défaut et il n'y a pas que ce fil à disparaître de ma vue dans un contour trop flou. Je ne vivrai point soixante années, mon enfant, préparez-vous.

Un froid terrible s'abat sur moi, comme si le ciel radieux se couvrait soudain.

— Êtes-vous souffrante ? Je fais appeler mon physicien ; nous rentrons à Londres.

Elle pousse un soupir.

— Je ne souffre de rien qu'un médecin pourra détecter ni, Dieu merci, qu'un barbier trouvera judicieux de trancher. C'est mon cœur, Élisabeth : il palpite. Il manque parfois un battement, puis repart plus lentement. Je ne m'attends point à connaître un autre été.

Une main sur mon ventre où une nouvelle vie a commencé de se développer, je m'exclame :

— Vous ne pouvez me laisser ! Comment ferais-je, ma mère ?

— Je vous ai déjà tout appris, réplique-t-elle avec un sourire, ce que je sais comme ce que je crois. Votre trône ne court aucun danger ; Édouard règne en maître sur ce royaume, il a un héritier, et un autre enfant occupe déjà votre ventre.

Elle écoute quelque murmure distant, puis ajoute :

— Je ne pense point qu'il s'agisse de votre deuxième fils. Cependant, vous enfanterez un second mâle, je le sais – et quel garçon il sera !

— Alors, assistez-moi lors de la naissance de ce futur petit prince. N'aimeriez-vous point assister au baptême d'un héritier d'York ? émets-je d'une voix plaintive, comme promettant une récompense si elle accepte de rester à mes côtés. Je ferai de vous sa marraine, je vous laisserai décider de son éducation, de son prénom.

— Richard, prononce-t-elle aussitôt. Nommez-le Richard.

— Recouvrez la santé, je vous en prie, puis soyez témoin de la venue au monde du petit Richard.

Elle sourit sans répondre et je distingue enfin ces signes que j'ai négligé de remarquer jusqu'alors. La lassitude qui a envahi son corps, même assise bien droite sur un fauteuil, sa peau crémeuse assombrie par les ombres sous ses yeux. Comment ai-je pu manquer de les déceler ? Moi qui l'aime tant, qui l'accueille chaque jour d'un baiser sur la joue et m'agenouille pour recevoir sa bénédiction – que n'ai-je constaté sa maigreur ?

Je jette les soies à terre et prends place à ses pieds. Prenant ses mains entre les miennes, je remarque à quel point elles sont décharnées, parsemées de taches de vieillesse. Je balbutie :

— Vous m'avez aidée à traverser les pires épreuves. Vous n'allez point m'abandonner maintenant ?

— Pas s'il m'est donné de choisir, réplique-t-elle. Toutefois, cette douleur m'accompagne depuis des années et je sens qu'elle parvient à son terme.

— Depuis quand ? m'écrié-je farouchement.

— Depuis la disparition de votre père, répond-elle sans hésitation. Dès l'instant qu'ils m'ont annoncé son exécution, j'ai senti que mon cœur se brisait dans ma poitrine. Mon désir de le rejoindre s'est éveillé à ce moment.

— Mais point celui de me quitter ! protesté-je, égoïste.

Puis j'ajoute adroitement :

— Par ailleurs, vous ne sauriez abandonner Anthony ?

Elle rit.

— Vous n'êtes plus des enfants et pouvez vivre sans moi. Anthony entreprendra un pèlerinage à Jérusalem, il y aspire. Vous verrez grandir votre fils et assisterez à l'union de notre petite Élisabeth avec un roi qui la coiffera d'une couronne.

— Je ne suis pas prête ! gémis-je, désespérée. Continuer sans vous me serait impossible !

Elle me caresse doucement la joue.

— Personne n'est jamais prêt, déclare-t-elle avec tendresse. Toutefois, vous y parviendrez. À travers vous et vos enfants, j'aurai fondé une lignée de rois d'Angleterre… et de reines, semble-t-il.

Printemps 1472

Aux derniers mois de ma grossesse, dans le ravissant manoir qui se dresse à Sheen, toute la Cour frissonne à la nouvelle délicieusement scandaleuse du mariage de Richard. Qui eût imaginé que le frère d'Édouard inclinât au scandale ? Que Georges s'en délecte ne laisse pas l'ombre d'un doute et ne surprend personne ; en homme qui poursuit ses propres intérêts avec la constance d'un chien de chasse, il offre aux amateurs de rumeurs davantage de grain à moudre que quiconque. Ni l'honneur, ni la loyauté, ni l'affection ne retiendraient Georges d'agir comme bon lui semble.

Mais Richard ! Il incarne le brave garçon de la famille, fort, érudit, pieux et aimé de sa mère. Le scandale lui correspond aussi peu qu'une guimpe à un soldat.

Dieu m'est témoin que je m'efforce d'apprécier celui qui se montre loyal à mon époux et fraternel à mon endroit. Je devrais l'aimer. A-t-il hésité un instant lorsque Édouard s'est résolu à fuir l'Angleterre à bord de cette misérable barque de pêcheur ? Il a partagé son exil, puis est revenu à ses côtés en risquant sa vie une demi-douzaine de fois. Édouard avait coutume d'affirmer que l'aile gauche commandée par Richard tiendrait envers et contre tous. Que Richard dirigeât l'arrière-garde, et aucune attaque surprise n'était à craindre de ce côté. Le roi aime son frère et se fie à lui – pourquoi n'y parviens-je pas ? Que possède ce jeune homme qui me pousse, quand je l'observe, à plisser les yeux à la recherche d'un défaut qui m'échappe ? Et voilà que ce chiot d'à peine vingt ans devient un héros de ballade !

— Qui eût songé que le cœur de cet ennuyeux jouvenceau abritât une telle passion ?

Ma remarque s'adresse à Anthony, assis à mes pieds sous une tonnelle au bord de la Tamise. Nous sommes entourés de mes dames d'atour et d'une dizaine de courtisans qui chantent, jouent, paressent et badinent, tandis que je tresse une couronne de primevères destinée au vainqueur d'une course.

— Il est profond, remarque mon frère.

Sa réflexion plonge mon fils de seize ans, Richard Grey, dans l'hilarité.

— Un peu de respect pour votre oncle, je vous prie, enjoins-je à ce dernier. Et donnez-moi donc quelques feuilles.

— Profond et passionné, s'obstine Anthony. Dire que nous le trouvions tous assommant. Incroyable.

— Après réflexion, je conviens qu'il possède une nature passionnée, reprend Richard. Il est aisé de mal le juger parce qu'il n'incline guère à la pompe et au faste, au contraire de ses frères.

Mon autre fils, Thomas Grey, acquiesce. Anthony lève un sourcil devant cette critique implicite du roi et je leur ordonne :

— Allez rassembler les participants à la course.

La Cour a été fascinée par la pauvre petite Anne Neville, veuve de feu le prince Édouard de Lancastre. Intégrée à notre cortège de vainqueurs après la bataille de Tewkesbury, elle avait aussitôt attiré l'œil de Georges de Clarence, qui nourrissait l'espoir de s'approprier la fortune entière de Warwick. Il n'escomptait guère l'opposition de la mère de la petite, la pauvre comtesse de Warwick, retirée à l'abbaye de Beaulieu et en proie à un implacable chagrin. À la tête, déjà, de la moitié de la fortune de Warwick grâce à Isabel, il avait affecté de prendre la petite Anne sous sa protection. Il lui avait offert ses condoléances après la mort de son père, s'était réjoui qu'eût pris fin le cauchemar de son union avec le prince Édouard de Lancastre, puis avait caressé l'idée de la garder sous son toit, avec Isabel, de façon à coller ses mains poisseuses sur les possessions de feu le comte.

— Il a fait preuve d'esprit chevaleresque, me taquine Anthony.

— Il a sauté sur une opportunité que j'eusse souhaité distinguer la première, lui réponds-je aussitôt.

Anne, ancien pion dans le jeu de son père, veuve d'un monstre, fille d'un traître, comptait à peine quinze ans lorsqu'elle s'en est allée vivre avec sa sœur et son beau-frère, de Clarence. Innocente comme un chaton, elle devait penser que Georges incarnait son sauveur.

Elle se trompait.

Personne ne sait avec exactitude ce qu'il est advenu, mais quelque chose a mal tourné dans l'agréable projet formé par Clarence de s'approprier les deux filles Neville et leur imposante fortune. Certains affirment que Richard, lors d'une visite à son frère, a retrouvé Anne, son amie d'enfance, s'est épris d'elle et l'a sauvée, comme un preux chevalier, de ce qui était devenu une captivité. Toujours selon la rumeur, Georges l'aurait affublée d'un cotillon de servante afin de la soustraire au regard de son frère. L'amour est toutefois sorti vainqueur. Le jeune duc et la petite princesse sont tombés dans les bras l'un de l'autre.

Cette version de l'histoire est désespérément romantique et merveilleuse. Les imbéciles de tout âge l'apprécient beaucoup.

— J'aime bien qu'on le raconte comme ça, dit Anthony. Je pense en faire une chanson.

Une variante existe, cependant. Richard eût parfaitement distingué, dans la jeune veuve solitaire la femme qui lui apporterait la popularité ainsi que d'immenses domaines dans le nord de l'Angleterre. Celle qui lui octroierait la fortune dont elle jouirait en douaire. Une pauvre fillette dépourvue de protection et, de fait, incapable de refuser son offre. Une jeune personne si accoutumée à obéir qu'elle pouvait être poussée à trahir sa propre mère. Cette version prétend qu'Anne, emprisonnée par un frère d'York, a été enlevée par l'autre et l'a épousé sous la contrainte.

— C'est moins joli, observé-je.

— Vous eussiez pu l'empêcher, remarque Anthony, sérieux. Il vous suffisait de la prendre sous votre royale protection et de prier Édouard d'intervenir. Il eût ordonné à ses frères de cesser de se la disputer comme des chiens qui s'arrachent un os.

— C'eût été sage, en effet, car Richard possède maintenant l'une des filles Neville, le soutien du Nord et la moitié de la fortune de Warwick, tandis que Georges détient l'autre. Une bien périlleuse association, approuvé-je.

Anthony lève un sourcil.

— C'eût été juste, me reprend-il avec l'emphase d'un frère aîné. J'entends cependant que vos pensées ne tournent encore qu'autour du pouvoir et des profits.

Avril 1472

Le talent de ma mère à pressentir l'avenir ne se dément point. Moins d'un an après m'avoir annoncé que son cœur ne tiendrait guère plus longtemps, elle se plaint d'une grande fatigue et garde la chambre. Le bébé qui a grandi en moi se présente tôt. Pour la première fois, je me retire en confinement sans la présence de ma mère. Je lui fais parvenir des messages depuis ma retraite, elle me répond avec entrain de la sienne. Toutefois, je la trouve trop lasse pour se lever lorsque j'émerge avec une frêle petite fille dans les bras. Chaque après-midi, je dépose celle-ci, légère comme un oisillon, dans les bras de ma mère. Pendant deux semaines, elles observent de concert la lente descente du soleil qui s'abîme sous la ligne de la fenêtre. Enfin, de même que l'astre d'or se dérobe à la vue, elles s'éteignent ensemble dans un ultime souffle.

Au crépuscule du dernier jour d'avril, un cri s'élève qui m'évoque un chat-huant. Repoussant les volets, j'ouvre la fenêtre et me penche au-dehors. Une lune décroissante apparaît à l'horizon, blanche et lumineuse dans un ciel encore clair. L'appel retentit de nouveau – un chœur qui n'est formé ni de chouettes, ni de chanteurs, ni de rossignols. Mélusine, notre ancêtre, annonce la mort de sa fille, Jacquetta de Bourgogne. Immobile, j'écoute un instant l'étrange sifflement. Puis je referme les volets et me dirige vers l'appartement de ma mère. Inutile de me hâter. Elle porte mon bébé dans ses bras, la petite tête pressée contre sa joue. La pâleur du marbre a envahi leurs deux visages aux yeux clos ; leurs traits sont imprégnés de sérénité alors qu'elles gisent dans la pièce plongée dans l'ombre. Le reflet de la lune sur la rivière projette ses ondulations sur le plafond blanchi à la chaux. Ma mère et ma fille paraissent flotter sous la surface d'eaux claires. Elles m'ont quittée, et notre déesse mère accompagne de son chant le voyage qu'elles ont entrepris dans l'onde, aux origines de sa source.

Été 1472

La douleur que me cause la disparition de ma mère ne s'atténue point avec ses funérailles. Les mois s'écoulent lentement sans m'apporter de consolation. Je m'éveille chaque matin en pleurant sa perte, accablée. Je ne peux plus lui demander conseil, la quereller sur une opinion, ni puiser l'inspiration dans sa magie. Chaque jour, je blâme Georges pour la mort de mon père et de mon frère, dont la terrible nouvelle a brisé le cœur de ma pauvre mère. N'eussent-ils été assassinés sous les ordres de Clarence et de Warwick pour trahison, elle fût demeurée en vie.

L'été est l'époque de tous les plaisirs, toutefois mon chagrin m'accompagne aux repas champêtres, dans les voyages à travers la campagne, en nos longues chevauchées et nos nuits éclairées par une lune ronde. Édouard élève mon fils Thomas au rang de comte de Huntingdon sans que cela me réconforte. Je ne partage ma douleur qu'avec Anthony, qui lui aussi a perdu une mère. Nous ne la mentionnons presque jamais, comme si nous ne pouvions nous résoudre à évoquer sa mort. Et nous ne pouvons pas non plus nous mentir en faisant comme si elle vivait encore.

— Je hais Georges de Clarence, avoué-je à Anthony alors que nous cheminons sur la route du Kent.

Plus loin, un banquet nous attend. Depuis une semaine, nous parcourons les voies tapissées de vert entre les vergers de pommiers. La Cour profite pleinement de ces journées estivales mais la perte que j'ai subie étreint mon cœur comme les serres d'un faucon.

— C'est la jalousie qui s'exprime, me provoque Anthony, une main tenant les rênes de sa monture, l'autre guidant le poney de mon fils, le prince Édouard. Vous enviez tous ceux qui jouissent de l'affection de votre époux. Moi, William Hastings – en bref, les hommes qui accompagnent ses expéditions dans les tavernes et auprès des putains, puis vous le ramènent, ivre et repu.

Le plaisir du roi à s'enivrer et à visiter la couche d'autres femmes fait partie de sa nature. J'en suis venue à tolérer ces écarts, ceux-ci ne le menant jamais loin de mon lit, où il me témoigne la même passion qu'aux premiers jours. Il a été un soldat en campagne, loin de son foyer, entouré de catins par centaines, un roi en exil auprès de qui nombre de femmes ont dû se précipiter pour lui apporter du réconfort. Le voici à présent souverain d'Angleterre, un homme que toutes les Londoniennes attireraient avec joie dans leurs rets – je gage au demeurant qu'il a culbuté la moitié d'entre elles. Jamais je n'ai vu en lui un homme ordinaire, aux appétits modérés, un mari qui resterait à mes pieds. Il est le roi. À l'évidence, il suivra sa propre voie.

— Vous vous trompez. Les ribaudes d'Édouard ne m'importunent nullement – un monarque prend son plaisir où il le désire. Je reste la reine, toutefois. Il me reviendra toujours, nul ne l'ignore.

Anthony acquiesce.

— Je ne comprends pas pourquoi votre haine se concentre à l'endroit de Georges, objecte-t-il. La famille du roi brille par sa malignité. Sa mère vous méprise – et nous avec – depuis notre première apparition à Reading. Quant à Richard, il se montre chaque jour plus revêche, plus rébarbatif. La paix ne lui convient guère, c'est certain.

— Rien qui vient de nous ne lui agrée, grogné-je. Il se montre aussi différent de ses frères que la craie du fromage. Trapu, brun, anxieux de préserver sa santé, sa position et son âme, il espère la fortune, marmonne d'incessantes prières.

— Édouard vit comme si demain n'existait pas, Richard comme si l'avenir le rebutait et Georges, comme si on devait le lui offrir sur un plateau d'argent.

J'éclate de rire.

— Je préférerais voir Richard aux prises avec des préoccupations semblables à celles qui vous agitent tous. Depuis qu'il est marié, il se montre plus vertueux encore. Il a toujours considéré les Rivers avec mépris, et voilà qu'il regarde son frère Georges pareillement. Cette sainteté pompeuse me retourne l'estomac. Il lui arrive de me contempler comme si j'étais une…

— Une ?

— Une vulgaire poissonnière.

— À vrai dire, prononce mon frère, vous ne rajeunissez point, et sous une certaine lumière, vous savez…

Je l'interromps en abattant ma cravache sur son genou.

— Je n'aime pas du tout la façon dont il tient le nord du pays, reprends-je d'un ton sérieux. Édouard l'a rendu par trop puissant. Il a fait de lui un prince gouvernant sa principauté. Il représente un danger pour nous, pour notre héritier, pour l'unité du royaume.

— Richard a suivi son frère au péril de sa vie en toute occasion. Édouard lui doit sa couronne ; il est normal qu'il l'en récompense.

Je répète avec obstination :

— Il a fait de Richard un roi dans son domaine : le souverain du Nord.

— Nul autre que vous ne met sa loyauté en doute.

— Il se révèle dévoué à Édouard et à sa maison, certes, mais il ne m'aime guère – ni les miens. Il m'envie mes possessions. Se montrera-t-il loyal envers mon fils, parce qu'il est aussi le fils d'Édouard ?

— Vous nous avez élevés très haut, réplique Anthony avec un haussement d'épaules. Bon nombre de nobles seigneurs estiment que nous devons ces illustres positions à vos seuls charmes, déployés jadis sur le bord du chemin.

— Richard a épousé Anne Neville, cela ne me plaît guère.

— Ma sœur, nul ne se réjouit de cette union… mais jamais je n'eusse cru vous voir prendre le parti du duc de Clarence ! me brocarde Anthony.

Je ris malgré moi. L'indignation de Georges, qui a vu la riche héritière enlevée par son propre frère dans sa propre maison, égaie la cour depuis six mois.

— Quoi qu'il en soit, c'est votre mari qui a accordé son aide à Richard, remarque Anthony. Rien n'empêchait Gloucester de s'unir par amour et de se satisfaire des sentiments d'Anne en retour. Il fallait un roi pour ôter la fortune de la mère et la diviser entre les filles. Votre honorable époux a pris sur lui de déclarer la comtesse légalement morte, bien qu'elle émette de fermes protestations sur ce point. C'est lui qui non seulement a ôté sa fortune à la pauvre femme, mais l'a confiée à ses deux filles – et de ce fait à ses frères.

— Je le lui ai pourtant déconseillé, grogné-je avec irritation, mais il ne me prête aucune attention dans ce domaine. Il tient ses frères – et Richard en particulier – en très haute estime.

— Il n'a pas tort de préférer son benjamin. Je regrette seulement qu'il ne respecte point ses propres lois en son royaume, constate Anthony avec gravité. Un tel gouvernement est sujet à caution. Dépouiller une veuve est un acte illégal, qu'il a pourtant commis sans hésitation. De surcroît, la femme de feu son ennemi a demandé asile dans un couvent. Il aurait dû lui montrer de la mansuétude. Un chevalier digne de ce nom l'encouragerait à sortir de l'abbaye de Beaulieu pour reprendre ses terres, protégerait ses filles et limerait les griffes de ses propres frères.

— La loi est ce que tout homme puissant décide qu'elle doit être, réponds-je d'un ton agacé. D'autre part, un sanctuaire n'est point inviolable. Si vous n'étiez un rêveur vivant à Camelot, vous l'entendriez sans peine. Vous avez combattu à Tewkesbury, n'est-ce pas ? Avez-vous constaté un quelconque respect à l'endroit de la terre consacrée lorsque l'on a tiré hors de l'abbaye et poignardé sur le parvis les seigneurs qui s'y étaient réfugiés ? Vous êtes-vous porté alors à leur défense, à celle du droit d'asile ?

— Je suis un rêveur, concède Anthony. Toutefois, j'en ai assez vu pour bien connaître le monde ; il se peut que je le désire seulement meilleur qu'il n'est. Ce règne se révèle parfois difficile pour moi, Élisabeth. J'abhorre que le roi favorise l'un au détriment de l'autre, pour la seule raison qu'il en retire un surcroît de puissance. Édouard et vous distribuez postes et richesses à vos favoris, non à ceux qui les méritent. Le nombre de vos ennemis ne cesse de croître. On nous accuse de ne nous soucier de rien autant que de notre propre succès. Quand je regarde ce que nous avons fait, à présent que nous sommes au pouvoir, je regrette parfois d'avoir combattu pour la rose blanche. Lancastre ne se fût peut-être point montré meilleur, mais il n'eût pas fait pire non plus.

— Vous oubliez Marguerite d'Anjou et son simplet de mari, réponds-je froidement. Notre mère a soutenu elle-même, sur la route de Reading, que je ne pouvais point faire pis qu'elle. Cela se révèle vrai.

— Fort bien, convient-il, votre époux et vous n'avez pas agi plus mal qu'un fou et une harpie.

Sa gravité me surprend.

— Le monde est ainsi fait, mon frère. Vous avez vous aussi obtenu des faveurs du roi. Vous portez le titre de comte Rivers, et vous êtes le beau-frère du roi et l'oncle du futur souverain.

— Je ne pensais point que nous cultivions pour seule ambition de nous remplir les poches. J'imaginais un dessein plus élevé que celui d'asseoir sur le trône un roi et une reine qui se montreraient seulement meilleurs que le pire qui puisse être. Parfois, Élisabeth, j'aspire à lutter pour le saint nom de Dieu, dans le désert, vêtu d'un tabard blanc orné d'une croix rouge.

Les paroles de ma mère me reviennent en mémoire. Elle avait prédit qu'un jour, Anthony triompherait des attaches terrestres des Rivers et me quitterait. Je lève la main pour arrêter ses paroles.

— Ne parlons point de cela. J'ai besoin de vous. En outre, lorsque Bébé grandira, il requerra vos sages conseils. Nul ne remplirait ce rôle avec plus de talent que vous. Il n'existe aucun chevalier qui égale votre érudition, aucun poète qui se batte aussi bien que vous. Je vous en prie, Anthony, ne partez pas. Je ne puis être reine sans vous.

Il s'incline, s'empare de ma main qu'il baise galamment.

— Je ne vous laisserai point tant que ma présence vous sera nécessaire, me promet-il. De belles et fructueuses années nous attendent.

Pourtant, ses paroles optimistes résonnent à mes oreilles comme une complainte tragique.

Septembre 1472

Un soir après dîner, au château de Windsor, Édouard me fait signe de le suivre.

— Que puis-je pour vous, mon époux? m'enquiers-je en souriant. Désirez-vous danser?

— Assurément, répond-il. Puis j'irai m'enivrer sans retenue.

— Célébrez-vous quelque événement?

— Non, j'en éprouve simplement le désir. Avant tout cela, cependant, j'aimerais vous poser une question: accepteriez-vous une autre dame d'atour à votre service?

— Vous avez quelqu'un à l'esprit?

Édouard désire-t-il me refiler l'une des filles qu'il convoite?

— Quittez cet air furieux. Je ne vous imposerais point mes putains et m'occupe bien tout seul de les loger. Non, cette lady provient d'une famille irréprochable, il s'agit de Margaret Beaufort, l'héritière de Lancastre.

— Vous désirez qu'elle me serve?

— Avec de bonnes raisons. Vous souvenez-vous qu'elle a épousé voilà peu Thomas Stanley?

— Oui.

— Il s'est déclaré notre ami et soutien, refusant d'engager ses troupes contre nous à la bataille de Blore Heath bien qu'il ait alors adopté le parti de Marguerite d'Anjou. Il est important de nous attacher son influence dans le royaume. Nous lui avons accordé l'autorisation de s'unir à lady Margaret ; il s'est empressé de convoler et désire installer sa nouvelle épouse à la Cour. Donnons-lui satisfaction, je veux qu'il participe à mon Conseil.

Peu coopérative, je demande :

— Ne se montre-t-elle point d'une piété horriblement lassante ?

— C'est une lady, elle adaptera son comportement au vôtre, persiste-t-il calmement. Je veux son époux à portée de main, Élisabeth. Il constituera un allié d'importance, aujourd'hui comme demain.

— Vous m'en priez avec tant d'aménité que j'aurais mauvaise grâce de refuser. Toutefois, ne venez point vous plaindre à moi quand elle affichera son ennuyeux caractère.

— Je ne remarque aucune femme lorsque je suis en votre présence, me chuchote-t-il. Ne vous souciez donc point de son attitude. Par ailleurs, si, dans quelque temps, elle émet le désir de faire venir son fils Henri Tudor, elle en obtiendra la permission. Pour peu qu'il nous jure fidélité et abandonne ce rêve d'héritage royal. Nous l'unirons à quelque jolie garce de la maison d'York que vous choisirez, et la maison de Lancastre cessera d'exister.

— Fort bien, je l'inviterai à ma Cour.

— Parfait. À présent, ordonnez à vos musiciens de jouer un air joyeux et je danserai avec vous.

Mes ménestrels, sur un signe, attaquent un morceau venu de la Cour de Bourgogne où Margaret, la sœur d'Édouard, mêle la pointe de la mode de sa Cour à la tradition yorkiste des glorieuses célébrations. Cette danse porte même le nom de « Gigue de la duchesse Margaret». Édouard m'entraîne aussitôt sur la piste où il me fait tournoyer jusqu'à ce que les courtisans nous entourent en riant, applaudissent, puis s'y essaient tour à tour.

Lorsque la musique prend fin, je me dirige vers mon frère en virevoltant. Il me tend une coupe de petite bière que j'avale d'un trait, puis je demande:

—Ai-je toujours l'air d'une poissonnière?

—Ça! Il semble que cette pique n'ait point manqué son but. (Il m'enlace les épaules, puis m'attire contre lui.) Vous êtes une véritable beauté, vous le savez. Vous possédez ce don qui caractérisait déjà notre mère, celui d'embellir avec les années. Votre silhouette, jadis celle d'une fort jolie jeune fille, est devenue celle d'une femme magnifique, sculpturale. Vous n'affichez pas vingt ans lorsque vous riez et dansez au bras du roi, mais une fois immobile et pensive, vous ressemblez à ces statues que l'on façonne en Italie. Je ne m'étonne point que les femmes vous haïssent.

—Tant que ce n'est pas le cas des hommes.

Janvier 1473

Par une froide matinée de janvier, Édouard se présente dans mes appartements et me trouve assise devant le feu, les pieds sur une escabelle. Il marque une pause sur le seuil, peu accoutumé à me découvrir en si paresseuse posture. Il adresse un signe de tête aux courtisans et ordonne aux dames de ma Cour :

— Laissez-nous.

Elles se retirent dans un bruissement, sa sainteté lady Margaret Stanley parmi elles.

Alors que l'huis se referme, il fait un signe dans leur direction et me demande :

— Lady Margaret Stanley se révèle-t-elle de bonne et joyeuse compagnie ?

— Sa compagnie me convient, réponds-je sans hésiter. Nous savons toutes deux qu'elle a pris place sur la barge des Tudors et est passée devant moi alors que j'avais trouvé refuge à l'abbaye de Westminster, et qu'elle a apprécié son moment de triomphe à l'époque. Et nous savons toutes deux que je détiens présentement toutes les cartes. Nous ne l'oublions pas. Nous ne sommes point des hommes qui, à l'issue d'une bataille, se donnent l'accolade en s'écriant : « Sans rancune ! » Toutefois, nous reconnaissons les changements survenus dans notre monde et acceptons d'évoluer dans leur sillage ; jamais elle ne trahit le désir qu'elle éprouve de voir son fils reconnu comme héritier de Lancastre en lieu et place de Bébé qui succédera à la lignée d'York.

— Je suis justement venu dans l'intention de vous parler de notre Édouard, déclare mon époux. Toutefois, je gage que vous avez auparavant quelque nouvelle à me communiquer, ajoute-t-il joyeusement.

J'écarquille les yeux, innocemment.

— Vraiment ? À quel sujet ?

Il s'empare gaiement d'un coussin qu'il laisse tomber au sol de façon à prendre place à mon côté. Une fragrance de menthe s'élève des brassées d'herbes fraîches lorsqu'il les écrase en s'y laissant tomber.

— Me croyez-vous aveugle, ou bien stupide ?

— Ni l'un ni l'autre. Le devrais-je ? m'étonné-je d'un ton badin.

— Depuis que je vous connais, vous vous positionnez toujours de la même manière sur votre siège : bien droite, jambes et pieds rassemblés, les mains sur vos genoux ou posés sur les accoudoirs. Comme une reine s'assoit sur un trône. N'est-ce point ainsi que vous l'a enseigné votre mère ?

— Elle me savait destinée à occuper ce rang, je n'en doute pas.

— Mais voici que je vous trouve à demi allongée et… (il se penche en arrière, soulève le bas de ma robe, termine dans une exclamation) et sans souliers ! Par la sainte messe, quel scandale ! Vous agissez en souillon, madame, et ma souveraine Cour se voit hélas dirigée par une garce campagnarde, comme m'en avait d'ailleurs averti ma mère.

— Et donc ? m'enquiers-je sans m'émouvoir.

— Et donc, vous avez conçu, car c'est seulement dans cet état que vous vous asseyez dans cette position.

Je lâche d'un ton grincheux :

— À vrai dire, je vous crois fécond comme un taureau dans un pré ! Vous m'ensemencez une année sur deux.

— Tous les ans, voulez-vous dire ! me taquine-t-il sans vergogne. Quand ce précieux bébé va-t-il naître ?

— À l'été. Plus important…

— Oui ?

J'attire sa tête blonde à moi et chuchote à son oreille :

— Je crois qu'il s'agira d'un garçon.

— En vérité ? s'écrie-t-il, les traits soudain illuminés par la joie. Le devinez-vous déjà ?

— Fantaisie de femme, prononcé-je. J'en suis persuadée, toutefois !

— Un mâle né d'York en temps de paix, s'enthousiasme Édouard. Ah, mon aimée, quelle bonne épouse vous faites. Ma beauté, mon seul amour.

— Le seul, dites-vous ? Que faites-vous des autres ?

D'un geste, il écarte ses nombreuses maîtresses et leur progéniture.

— Oubliez-les. Je n'aime et n'aimerai qu'une femme au monde.

Il m'embrasse délicatement, sans laisser libre cours à sa passion ordinaire. Nos ébats doivent s'interrompre jusqu'à la délivrance et la cérémonie de purification de mon corps.

— Ma douce, chuchote-t-il encore.

Un moment, nous demeurons enlacés, en silence, les yeux fixés sur les flammes. Puis je lui demande :

— Quelle était la raison de votre visite ?

— J'aimerais envoyer le petit Édouard au château de Ludlow, où il apprendra à régner sur le pays de Galles. Ainsi en va-t-il des princes. Mes filles resteront avec moi jusqu'à leur mariage, si tel est mon désir, mais mon fils, le prince de Galles, doit entamer son apprentissage de roi en son royaume.

— Il ne compte point trois ans encore, gémis-je toutefois.

— C'est assez vieux, décrète mon époux. Effectuez donc le voyage à ses côtés, si vous le souhaitez et que vous vous en sentez la force. Vous veillerez ainsi à l'installer à Ludlow parmi les tuteurs et les compagnons qui vous conviennent. Je vous nommerai à la tête de son Conseil, vous en choisirez les membres puis le guiderez dans ses études et sa vie jusqu'à ce qu'il atteigne quatorze ans.

J'attire de nouveau son visage vers le mien et dépose un baiser sur ses lèvres.

— Merci.

Il me laisse le soin d'éduquer mon fils, quand la plupart des souverains exigeraient qu'il grandisse en la compagnie exclusive des hommes. En faisant de moi la tutrice de Bébé, Édouard honore l'amour que je lui porte et montre le respect dans lequel il tient mon jugement. Je supporterai d'être séparée de mon enfant si la tâche m'échoit de former son Conseil, car ainsi je lui rendrai de fréquentes visites et conduirai son éducation.

— Par ailleurs, il reviendra à la Cour les jours saints et pour les fêtes, ajoute mon époux. Il me manquera aussi, n'en doutez point, mais il est important qu'il occupe sa principauté et découvre son métier de roi. Le pays de Galles apprendra à le connaître, à l'aimer et, de surcroît, à lui rester fidèle.

» En outre, ajoute-t-il comme incidemment, les Gallois soutiennent les Tudors depuis toujours. Je veux qu'ils oublient cette famille.

J'examine les possibilités avec attention. Qui dirigera le Conseil de mon fils et gouvernera en son nom jusqu'à ce qu'il soit en âge de prendre les rênes ? La réponse s'impose. À qui d'autre confierais-je mon bien le plus précieux ?

Les appartements d'Anthony se situent dans la partie arrière du château et donnent sur les jardins. Ils sont gardés par ses serviteurs, qui s'empressent d'ouvrir le double battant à mon arrivée et annoncent ma présence. Je traverse la salle d'audience, frappe à la porte de sa chambre, entre.

Il est attablé près du feu, une coupe de vin à la main. Sur la table, une dizaine de plumes bien taillées sont étalées devant lui ainsi qu'un grand nombre de parchemins d'excellente qualité. Il écrit, comme il le fait la plupart des après-midi d'hiver, quand l'obscurité précoce pousse chacun à l'intérieur.

Il m'accueille galamment, tire une chaise devant le feu où il m'invite à prendre place, glissant une escabelle sous mes pieds. Il aura deviné ma condition. Rien n'échappe à son œil de poète.

— Je suis très honoré, prononce-t-il d'un ton amène. Désirez-vous me transmettre vos ordres, Majesté, ou bien s'agit-il d'une visite privée ?

— J'ai une requête à vous faire. Édouard envoie Bébé au pays de Galles pour y établir sa Cour et je désire que vous l'accompagniez pour y occuper le rang de premier conseiller.

— Le roi ne veut-il pas demander à Hastings de remplir ce rôle ? s'étonne-t-il.

— Non, c'est à moi qu'il confie la tâche de nommer le Conseil du prince. Anthony, le pays de Galles se trouve en grand besoin d'une main ferme, j'aimerais que celle-ci appartienne à notre famille, pas à Hastings ni à Richard. Je n'aime pas le premier – je ne l'apprécierai jamais. Quant au jeune frère d'Édouard, il possède déjà les terres des Neville, dans le Nord, je refuse de l'enrichir avec celles de l'Ouest.

Anthony hausse les épaules.

— La fortune et l'influence dont nous jouissons ne suffisent-elles pas ?

— On n'en jouit jamais à l'excès, le rabroué-je. Quoi qu'il en soit, il m'importe par-dessus tout que vous vous chargiez de Bébé.

— Peut-être devriez-vous cesser de l'appeler Bébé s'il doit régner comme prince de Galles, suggère mon frère. Il s'apprête à occuper une place d'homme, à la tête de son propre pays, de sa propre Cour. Bientôt, vous lui chercherez une princesse pour épouse.

Je souris, les yeux perdus dans les flammes.

— Je sais. Il reste Bébé parce que j'aime à l'imaginer encore en jaquette, bien qu'il porte des vêtements d'homme, monte son poney et grandisse chaque jour.

— C'est un brave petit garçon, renchérit Anthony. De plus, quoiqu'il ressemble fort à son père, il me rappelle souvent son grand-père. À l'évidence, c'est un Woodville.

— Nul autre n'occuperait aussi bien que vous ce rôle de gardien. Il faut l'élever comme un Rivers, dans une Cour dévouée à notre famille. Hastings est une brute, et je ne confierais pas même mon chat à l'un des frères d'Édouard. Je veux que mon petit prince reçoive le meilleur enseignement – vous seul pouvez le lui prodiguer, Anthony. Désirez-vous qu'il se développe sous l'influence d'un autre ?

— Non, bien entendu. Je ne m'attendais pas à ce que le roi l'envoie si tôt au pays de Galles.

— Ce printemps, précisé-je. Je ne sais comment je supporterai son départ.

— Mon épouse ne se trouvera pas en capacité de m'accompagner, observe Anthony après une pause. Les forces lui manquent, cette année plus que l'an passé.

— Je le sais. Si elle émet le souhait de vivre à la Cour, je veillerai à ce qu'elle soit entourée des meilleurs soins. Êtes-vous certain de ne point désirer rester à son côté ?

— Que Dieu la bénisse, non.

— Est-ce donc décidé ?

— Assurément. Je pars et espérerai votre visite à notre nouvelle Cour, prononce-t-il avec emphase. Vivrons-nous à Ludlow ?

J'acquiesce.

— Vous y apprendrez le gallois et vous vous transformerez en barde.

— Quoi qu'il advienne, je m'engage à élever le prince selon vos goûts et ceux de notre famille, promet-il. Sous ma direction, il n'omettra ni ses études ni le développement de son corps. Je l'instruirai des qualités qui modèlent un bon souverain d'York. J'entends bien l'importance d'une telle position : former un roi n'est point un exercice sans conséquences.

— Suffit-il à ajourner votre pèlerinage en Terre sainte ?

— Je ne puis rien vous refuser. De surcroît, c'est le roi qui ordonne par votre bouche. À vrai dire, j'aspire à servir le jeune prince Édouard. Vous me faites honneur en me nommant son protecteur. J'éprouve une grande fierté à l'idée d'éduquer le futur souverain d'Angleterre et une immense joie à la perspective d'appartenir à la Cour du prince de Galles.

— Est-ce là son nom, à présent, et dois-je cesser de l'appeler Bébé ?

— Absolument.

Printemps 1473

Le jeune Édouard, le prince de Galles, accompagné de son oncle, le comte Rivers, de son demi-frère Richard Grey et de ma royale personne, traverse le pays en grande pompe. Son père affirme que cela assoit notre autorité : en apparaissant aux foules et en faisant étalage de notre splendeur, de notre fertilité et de notre élégance, nous affermissons la confiance qu'ils nourrissent envers la monarchie.

Notre périple se déroule avec lenteur. Bien que Édouard se montre robuste, chevaucher tout le jour se révèle exténuant à moins de trois ans. Aussi j'ordonne qu'il se repose chaque après-midi et qu'il aille se coucher dans ma chambre tôt le soir. J'apprécie de voyager à mon propre rythme, en amazone pour ménager mon confort alors que mon ventre s'arrondit. Nous parvenons sans incident à la jolie bourgade de Ludlow, où je décide de séjourner pendant six mois de façon à veiller à son installation.

Édouard laisse paraître sa joie. L'aventure ne se teinte pour lui d'aucun regret. Quoiqu'il déplore l'absence de ses sœurs, il apprécie de devenir le petit prince de sa propre Cour, en l'amicale compagnie de son demi-frère, Richard, et de son oncle. Il se familiarise avec les terres qui entourent le château, les vallées profondes et les magnifiques montagnes. Entouré des serviteurs qui l'assistent depuis son plus jeune âge, il se lie d'amitié avec les enfants venus jouer et apprendre avec lui, sous la surveillance attentive de mon frère. Je suis la seule qui ne parvient pas à dormir en paix la semaine qui précède mon départ. Anthony est à son aise, Richard est heureux, et Bébé est joyeux dans son nouveau foyer.

Je souffre de cette séparation car nous ne formons pas une famille royale ordinaire, dont l'existence serait rythmée par les formalités et l'éloignement. Cet enfant est né dans un sanctuaire alors qu'un grave péril menaçait sa vie. Il a dormi dans mon lit les premiers mois – une singularité pour un prince du sang. Il n'a pas connu de nourrice, je l'ai allaité moi-même et ce sont mes doigts qu'il a agrippés pour faire ses premiers pas. Aucun de mes enfants n'a été élevé en pouponnière royale dans quelque château éloigné : Édouard garde toujours sa progéniture à ses côtés. Ce fils est le premier à nous quitter pour accomplir son devoir de prince héritier. Je voue une inextinguible passion à mon petit héros. Sa venue tant attendue a contribué à affermir ma position de reine et renforcé la revendication de son père, alors simple prétendant yorkiste, au trône d'Angleterre. Mon petit prince représente notre avenir, il couronne littéralement notre union.

En juin, mon royal époux nous rejoint à Ludlow. Il apporte la triste nouvelle de la mort d'Élisabeth, l'épouse d'Anthony, emportée par une maladie qui consumait sa santé depuis des années. Mon frère ordonne des messes pour le repos de son âme tandis que, en secret, prise de honte, je cherche quel nouveau parti lui conviendrait le mieux.

— Rien ne presse, déclare le roi. Anthony devra toutefois remplir son rôle pour assurer la sécurité de ce royaume. Peut-être épousera-t-il une princesse française – je dois contracter de solides alliances.

— Mais il ne quittera point Édouard, n'est-ce pas ?

— Non, il appartient à Ludlow et à son neveu, lequel aura grand besoin de lui après notre départ. À ce sujet, j'ai donné des ordres pour que nous quittions le château avant un mois.

La nouvelle me coupe le souffle, même si je savais que ce jour devait arriver.

— Nous lui rendrons de nouveau visite, me promet-il. En outre, il viendra nous voir, lui aussi. Quittez cet air tragique, mon aimée ; il débute son existence de prince d'York, façonne son avenir. Réjouissez-vous pour lui.

— Je m'en réjouis, lui assuré-je sans conviction.

L'heure venue, je me pince les joues pour leur donner quelque couleur et me mords les lèvres pour empêcher mes larmes de couler. Alors qu'Anthony perçoit mon chagrin à la perspective de les laisser tous les trois, Bébé reste d'humeur allègre, sachant qu'il se rendra sous peu à Londres, heureux de cette liberté nouvelle, fier de son importante position de prince régnant sur ses sujets. Il me laisse l'embrasser et l'étreindre sans gigoter. Il murmure même à mon oreille : « Je vous aime, maman », avant de s'agenouiller pour recevoir ma bénédiction. Puis il se relève, l'air le plus heureux du monde.

Anthony me soulève jusqu'à ma selle. Je prends place derrière mon maître des écuries, dont j'agrippe fermement la ceinture. Au septième mois de grossesse, mon corps manque terriblement de grâce. Une vague d'anxiété me balaie soudain et mon regard passe de mon frère à mes deux fils.

— Prenez soin de vous, mon enfant, dis-je à Bébé. Veillez sur lui, ajouté-je à l'intention d'Anthony. Écrivez-moi, ne le laissez point sauter en poney – je sais qu'il y incline, mais il est encore trop jeune. Empêchez-le de prendre froid, de lire dans l'obscurité, de côtoyer toute personne malade. Si la peste devait sévir en ville, je veux que vous l'éloigniez aussitôt de ces lieux.

Mes paroles se bousculent ; mon cœur tremble à la perspective de ces innombrables dangers qui les guettent.

— Vraiment, Anthony, dis-je faiblement, protégez-le.

Il s'approche de ma monture.

— Vraiment, Votre Majesté, répète-t-il d'une voix douce. J'entends quel est mon rôle. Je le protégerai.

— Veillez aussi sur vous, Anthony.

Je ne sais quels dangers je pressens ni pourquoi cette peur m'étreint. Mon regard se pose sur mon autre fils, Richard Grey, adossé contre la porte du châtelet.

— Je crains un péril inconnu qui vous menacerait tous.

Anthony recule d'un pas.

— Il existe toujours un péril, ma sœur, me corrige-t-il tendrement. Nous les affronterons comme le font les hommes. Ne vous accablez point de soucis imaginaires. Que Dieu vous assiste en votre voyage, puis en votre confinement. Donnez-nous un autre petit prince aussi beau que celui-ci !

Édouard donne l'ordre de partir et notre troupe s'ébranle, précédée de l'étendard royal. Tel un long ruban écarlate, notre procession se déploie sur la route, le rouge des livrées le disputant à celui des bannières ondulant dans l'air. La soudaine sonnerie des trompettes chasse les oiseaux des toits ; ils s'élèvent dans les cieux en un dense nuage annonçant que le roi et la reine quittent leur fils bien-aimé. Je ne puis interrompre cette avancée puissante – ma position de souveraine l'impose, du reste. Mais je lance un regard par-dessus mon épaule pour apercevoir mon petit enfant, mon autre fils encore jouvenceau et mon frère. Je garde les yeux fixés sur eux jusqu'à ce que la distance et les sinuosités du chemin me les rendent invisibles. Les ténèbres m'envahissent alors. La nuit est tombée sur mon âme. Je ne sais si l'aube se lèvera un jour.

Juillet 1473

Les derniers jours de juillet, nous faisons halte à Shrewsbury ; j'entre en confinement dans les appartements destinés aux hôtes de la puissante abbaye. Soulagée d'échapper à l'éclat aveuglant du soleil, je me réfugie avec plaisir dans la fraîcheur des pièces calfeutrées. J'ai donné l'ordre que l'on installe une fontaine dans un coin de ma chambre ; l'eau qui coule doucement me procure un sentiment de paix tandis que, allongée sur ma couche, j'attends que débute la délivrance.

La ville a été édifiée autour du puits sacré de sainte Winefride. Alors que le murmure de ma fontaine se mêle aux carillons appelant les fidèles à prier, je songe aux esprits païen et sacré, Mélusine et Winefride, qui se meuvent dans les eaux de ce royaume. Les sources, ruisseaux et rivières parlent aux hommes de ce pays, à moins qu'ils ne s'adressent qu'aux femmes, seules à connaître intimement le mouvement de l'onde. Chaque lieu sacré d'Angleterre s'est bâti sur une source ou un puits ; les fonts baptismaux sont remplis de cette eau bénite qui retourne, sanctifiée, à la terre. Mélusine est ici chez elle, son élément coule en tous lieux, parfois à l'air libre, parfois caché dans le sol, mais toujours présent.

Les douleurs me prennent au milieu du mois d'août. La tête tournée vers la fontaine, je guette la voix de ma mère.

L'enfant naît sans encombre, comme je l'avais pressenti. C'est un garçon, comme ma mère l'avait prédit.

Édouard me rend visite alors même qu'aucun homme n'est supposé m'approcher avant la cérémonie de purification.

— Le désir de vous voir était trop grand, se justifie-t-il. Encore un fils... Que Dieu vous bénisse, mon aimée. Merci d'avoir enduré toutes ces souffrances pour me donner un autre mâle.

— Je croyais que vous attendiez le sexe de cet enfant avec indifférence ? le taquiné-je.

— J'aime mes filles, répond-il aussitôt, mais la maison d'York a besoin d'un autre garçon – il tiendra compagnie à son frère Édouard.

— Pouvons-nous le prénommer Richard ? m'enquiers-je.

— Pourquoi pas Henri ?

— Henri sera le nom du prochain. Ma mère elle-même l'a nommé en ma présence.

Édouard se penche sur le berceau pour observer la minuscule créature endormie, puis il comprend enfin mes paroles.

— Votre mère ? Savait-elle que vous enfanteriez un garçon ?

— En effet, souris-je. À tout le moins, elle prétendait le savoir.

— S'agit-il de notre dernier fils ? Y a-t-elle fait allusion ? Ou bien pensez-vous en enfanter d'autres ?

— Pourquoi pas ? réponds-je, alanguie. Pour peu que vous désiriez partager ma couche, cela s'entend. N'êtes-vous pas lassé de ma personne et ne me préférez-vous point vos ribaudes ?

Il s'éloigne du berceau, s'avance vers mon lit. Ses mains se glissent sous mes épaules et me hissent jusqu'à ses lèvres.

— Mon désir est loin d'être éteint, m'assure-t-il.

Printemps 1476

Le temps m'a donné raison. Ce confinement était loin d'être le dernier. Mon époux, ce « taureau fécond » comme je le qualifiais jadis, m'a engrossée moins de deux ans après la naissance de Richard.

En novembre, j'ai enfanté une petite fille que nous avons prénommée Anne. Pour me récompenser de ce labeur, Édouard a élevé mon fils, Thomas Grey, au rang de marquis de Dorset. Je l'ai aussitôt uni à la charmante héritière d'une immense fortune. Le roi avait caressé l'espoir de compter un autre fils, que nous eussions appelé Georges en guise de compliment destiné au duc de Clarence mais aussi pour qu'il y ait à nouveau trois fils d'York nommés Édouard, Richard et Georges. Clarence n'a toutefois montré aucun signe de gratitude à cette perspective. L'enfant gâté et cupide s'est transformé en homme déçu et brutal ; il est au milieu de la vingtaine maintenant, et il a perdu sa bouche en bouton de rose, qui se tord à présent en un perpétuel rictus dédaigneux. Ses espoirs d'hériter du trône d'Angleterre sous l'égide de Warwick ont été anéantis lorsque le comte lui a préféré Lancastre. Une fois qu'Édouard a recouvré sa couronne, Georges a retrouvé sa place de second mais celle-ci lui a échappé de nouveau à la naissance de mon fils, Édouard. Avec la venue au monde du prince Richard, Georges a reculé encore d'un rang dans la lignée des héritiers. Son amertume a crû d'autant. La passion inextinguible que me voue mon mari, alliée à ma légendaire fertilité, rend la montée de Georges sur le trône des plus improbables, ce qui l'a transformé en duc de la Déception.

Richard, l'autre frère, ne semble guère affecté par cette situation. En revanche, il s'en prend à nous lorsque les York reviennent de France sans avoir guerroyé, mais en ayant remporté la paix. Mon époux le roi, ainsi que chaque homme ou femme doté de bon sens, se félicite de cette entente durable entre les deux royaumes et des énormes sommes d'argent que les Français nous verseront en échange de nos terres sur le continent. Tout le monde se réjouit d'échapper à une guerre coûteuse sur un sol étranger, à l'exception du duc de Gloucester, ce gamin élevé sur un champ de bataille qui cite le droit des Anglais aux terres de France, mentionne à l'envi feu son père qui a lutté une grande partie de sa vie contre les Français, et se permet presque de qualifier le souverain, son frère, de pleutre pour ne point prendre la tête d'une expédition militaire onéreuse et périlleuse.

Richard se retire sur ses terres dans un tourbillon de colère. Il y emmène sa docile épouse et entreprend de s'établir en prince du Nord, refusant de nous rendre visite, se targuant de représenter le dernier héritier de la maison d'York et du défunt duc dans son inimitié contre la France.

Rien ne semble troubler mon mari qui, d'excellente humeur, me rejoint un après-midi aux écuries alors que j'admire une nouvelle jument offerte par le roi français en gage d'amitié entre nos deux royaumes. C'est une créature magnifique, quoique prise de nervosité dans cet environnement inconnu ; elle se garde de m'approcher malgré la jolie pomme que je lui tends.

— Votre frère m'a présenté une requête, ce matin, me lance Édouard sans préambule. Il requiert la permission de partir en pèlerinage et de laisser Édouard aux soins de son demi-frère, sir Richard, pour quelque temps.

Je referme la porte de la stalle avec soin.

— Pourquoi ? Où veut-il se rendre ?

— À Rome. Il me fait part de son désir de s'éloigner du monde.

Un rien moqueur, il poursuit :

— Il semble que Ludlow lui ait inspiré le goût de la solitude. Il souhaite devenir un saint, laisser s'exprimer le poète en lui. Il aspire au silence et à la route déserte, qui mènent à la sagesse.

— Balivernes ! grogné-je. Il nourrit l'intention de partir à Jérusalem depuis l'enfance, s'imaginant que les Grecs et les mahométans maîtrisent d'innombrables connaissances. Sa vie est ici, ainsi que son devoir. Refusez-lui son congé, obligez-le à demeurer au pays de Galles.

Édouard hésite.

— Son désir de partir est puissant, Élisabeth. Il reste l'un des plus célèbres chevaliers de la chrétienté. Je le crois imbattable aux joutes en ses bons jours. Par ailleurs, sa poésie surpasse celle d'un grand nombre de courtisans, de même que son érudition et son éloquence. Ce savoir ne fait point de lui un homme ordinaire. Peut-être est-ce son destin d'aller loin et d'apprendre davantage. Il nous a bien servis, mieux que quiconque ; si Dieu lui enjoint de pèleriner, peut-être devrions-nous le lui accorder.

La jument passe la tête par-dessus le portillon et vient renifler mon épaule. Je reste immobile pour ne point l'effrayer, consciente de son souffle chaud dans mon cou.

— Vous voici soudain bien sensible à ses talents, dis-je d'un ton suspicieux. Que cache cette admiration nouvelle ?

Je m'approche d'un pas et prends ses mains dans les miennes afin qu'il ne puisse échapper à mon regard scrutateur.

— Qui est-elle ?

— De quoi parlez-vous ?

— De la putain qui apprécie la poésie d'Anthony, réponds-je d'un ton mordant. Je ne vous ai jamais vu lire ses vers ni entendu louer son savoir auparavant. Je gage qu'elle vous en a fait lecture, après, si mes suppositions se révèlent justes, les avoir ouïs d'Anthony lui-même. Nul doute que Hastings ne la fréquente également et que vous trois la trouviez du dernier charme. Vous comptez une nouvelle catin, je l'entends parfaitement et m'en accommoderai. Mais si vous pensez partager avec moi son sot jugement, elle devra partir.

Il baisse les yeux vers ses bottes, les lève vers le ciel, les pose sur la jument. Sans me démonter, je le presse :

— Quel est son nom ?

Il m'attire dans ses bras et chuchote à mon oreille :

— Éteignez votre colère, mon aimée. Il n'y a que vous au monde, vous le savez.

— Moi et une vingtaine d'autres, répliqué-je, irritée, sans toutefois le repousser. Elles défilent en votre couche comme une procession un premier jour de mai.

— Non, me reprend-il, vous restez la seule. Je possède d'innombrables putains, certes, mais une seule épouse.

— Vos garces sont en âge d'être mes filles ! De surcroît, vous les traquez dans les rues de la ville. Les marchands se plaignent à moi du danger que vous représentez pour leurs épouses et leurs filles.

— C'est exact, remarque mon époux avec la vanité du séducteur. Je gage qu'aucune femme ne me résiste. Cependant, jamais je n'ai forcé quiconque, Élisabeth. Vous demeurez la seule à vous être rebiffée – vous souvenez-vous de cette dague que vous avez tirée ?

Malgré moi, je souris.

— Bien entendu. Vous m'en aviez donné le fourreau en jurant qu'il s'agissait du dernier cadeau que vous me feriez.

— Nulle ne vous égale, murmure-t-il avant de baiser mes sourcils, mes paupières, puis mes lèvres. Nulle autre que mon épouse chérie ne tient mon cœur entre ses mains.

— Alors ? Quel est le nom de cette nouvelle ribaude ? m'enquiers-je tandis qu'il cherche à m'apaiser de ses baisers.

— Élisabeth Shore, répond-il, les lèvres sur mon cou. Mais cela n'a aucune importance.

Anthony se présente dans mes appartements, où je l'accueille avec le refus catégorique de le laisser partir.

— Vous devez m'y autoriser, je vous en conjure. Je ne me rends point à Jérusalem mais à Rome, où je désire confesser mes péchés. Je veux m'éloigner de la Cour pour un temps et penser aux choses qui comptent et non à celles du quotidien. J'aspire à voyager d'un monastère à l'autre pour prier aux matines, ou à dormir sous les étoiles en l'absence de maison de Dieu, pour Le chercher dans le silence.

— Ne vous manquerai-je point ? murmuré-je, telle une enfant. Et Bébé ? Et les filles ?

— Assurément, raison pour laquelle je ne pars point pour une longue croisade en Terre sainte. Mais Édouard est bien installé à Ludlow parmi ses camarades et ses précepteurs, avec le jeune Richard Grey qui représente un excellent modèle et un bon compagnon pour lui. Le laisser quelque temps ne lui portera point préjudice. J'éprouve un irrépressible désir de voyager sur les routes désertes – je me dois de le suivre.

— Vous êtes le fils de Mélusine, affirmé-je d'un ton badin. Elle aussi se montrait éprise de liberté.

— L'image se révèle adéquate, renchérit-il. Songez que je m'éloigne dans des eaux qui me ramèneront à la prochaine marée.

— Ainsi, vous voilà résolu ?

— Le silence m'est nécessaire pour percevoir la voix de Dieu, écrire ma poésie, trouver mon âme.

— Mais vous reviendrez ?

— Dans quelques mois, me promet-il.

Je tends ma main. Il s'en empare et la baise avec affection.

— Revenez-moi, je vous en supplie.

Juillet 1476

Il fait honneur à sa parole et revient de Rome à temps pour nous rejoindre à Fotheringhay. Le duc de Gloucester y a organisé de nouvelles funérailles en mémoire de son père et de son frère Edmond, tués au combat, bafoués dans la mort et ensevelis sans aucune forme de cérémonie. La maison d'York se retrouve au grand complet pour cet événement, aussi me réjouis-je de ce que le retour d'Anthony permette au prince Édouard d'honorer son grand-père.

Mon frère, le teint bistré comme un Maure, a engrangé d'innombrables récits qu'il me relate alors que, parvenant à dérober quelques moments d'intimité, nous flânons dans les jardins de Fotheringhay. Des bandits lui ont volé sa bourse, sur la route, et il a cru sa dernière heure venue ; il a passé une nuit à côté d'une source, dans une forêt, où il n'est pas parvenu à trouver le sommeil, certain que Mélusine s'apprêtait à jaillir de l'onde.

— Que lui aurais-je dit ? s'exclame-t-il. Quelle confusion pour nous tous si j'étais tombé amoureux de mon aïeule !

Il a rencontré le Saint-Père, jeûné une semaine durant puis s'est trouvé en proie à une vision. Depuis, il se montre résolu à reprendre la route un jour – cette fois pour mener un pélerinage à Jérusalem.

— Lorsque Édouard, à seize ans, deviendra un homme et entrera en possession de ses États, je partirai, m'informe-t-il.

J'acquiesce avec aménité.

— Très bien. Dans dix ans.

— Cela vous paraît long, mais le temps s'écoulera vite, m'avertit-il.

— Me transmettez-vous là votre sagesse de pèlerin ?

— Absolument. Il sera un homme avant même que vous ne vous accoutumiez à cette idée, un roi résolu à sa tâche et réfléchi. On le nommera Édouard V, il héritera paisiblement de son trône, s'il plaît à Dieu, et perpétuera la maison royale d'York.

Un tremblement s'empare de moi.

— Qu'avez-vous ?

— Je ne sais pas. Un frisson de froid. Ce n'est rien. Bien entendu, il fera un grand roi. Fils des glorieuses lignées d'York et de Rivers, il ne pourrait débuter sous de meilleurs auspices.

Décembre 1476

Mon Édouard chéri se joint à nous pour célébrer Noël à Westminster. Comme il a grandi ! Bientôt âgé de sept ans, c'est un beau garçon blond dont l'esprit vif et curieux me rappelle Anthony. Son charme et sa beauté, toutefois, lui viennent indéniablement de son père.

Mon frère m'amène mes deux fils, Édouard et Richard Grey, pour qu'ils reçoivent ma bénédiction, puis il leur enjoint d'aller retrouver leurs frères et sœurs.

— Votre présence à tous trois me manque cruellement, lui avoué-je.

— Je partage ce sentiment, réplique-t-il avec douceur. Toutefois, vous semblez jouir d'une bonne santé, Élisabeth.

— Pour une femme déplorant chaque matin des haut-le-coeur, grogné-je.

La joie éclaire aussitôt son visage.

— Attendez-vous un autre enfant ?

— Encore, et du fait de ces nausées, tout le monde affirme qu'il s'agira d'un garçon.

— Édouard doit grandement se réjouir.

— Je le suppose. Il affiche son allégresse en courtisant toutes les femmes à vingt lieues à la ronde.

Anthony s'esclaffe.

— C'est bien lui !

Mon frère est heureux, je le note à ses épaules relâchées, à son front qu'aucune ride ne plisse.

— Et vous ? Vous plaisez-vous toujours à Ludlow ?

— Le jeune Édouard, Richard et moi-même sommes fort satisfaits de notre Cour dédiée à l'étude, à la chevalerie, aux joutes et à la chasse – une existence idyllique à nos yeux.

— Il étudie bien ?

— Comme je vous en ai fait le rapport : c'est un garçon intelligent et un élève studieux.

— L'empêchez-vous de prendre des risques inconsidérés ?

— Certainement pas ! s'exclame-t-il. Désirez-vous que j'élève un couard pour occuper le trône de son père ? Il est nécessaire qu'il mette son courage à l'épreuve, dans l'arène comme à la chasse, de façon à devenir un souverain plein de bravoure. Je rendrais un bien piètre service à mon roi et à ma reine si je lui épargnais tout danger et faisais de lui un timoré.

— Je sais, je sais, mais il est si précieux…

— Toute vie l'est, m'interrompt Anthony. Chacun doit se préparer à affronter les risques qui la jalonnent. Je lui apprend à monter tous les chevaux de l'écurie, à combattre sans trembler, et contribue de fait davantage à sa sécurité. Mais venons-en maintenant aux affaires sérieuses : quel cadeau me réservez-vous pour Noël ? Et si vous enfantez un mâle, le nommerez-vous Anthony en mon honneur ?

La Cour se prépare à célébrer la Nativité avec sa coutumière extravagance. Édouard mande aux tailleurs de nous confectionner de nouveaux vêtements afin que les foules puissent admirer le magnifique cortège formé par la famille royale. Chaque jour, je profite de la présence du prince de Galles, mon fils. Je l'écoute prononcer ses prières avant de se coucher, l'observe un moment dans son sommeil, partage ma première collation avec lui le matin. C'est un petit garçon sérieux, posé, qui offre de me faire la lecture en grec, en latin, ou en français, jusqu'à ce que je confesse que son savoir est supérieur au mien.

Il se montre patient à l'endroit de son jeune frère Richard, qui lui voue une véritable adoration et le suit en tout lieu de son petit pas résolu. Avec le bébé Anne, il fait preuve d'une grande tendresse, penché sur le berceau, s'émerveillant de ses mains minuscules. Pas un jour ne s'écoule sans une chasse, un spectacle théâtral, une mascarade, un grand banquet qu'agrémentent de nombreux divertissements. Le peuple loue la Cour des York, la qualifie de féerique, affirme que nous vivons une existence éblouissante. Je ne puis le nier.

Une seule ombre vient entacher ces journées idylliques : Georges, le duc de la Déception.

—Votre frère devient plus fantasque à mesure que le temps passe, me plains-je à Édouard lorsqu'il vient me chercher dans mes appartements de Westminster pour m'escorter au dîner.

—Quel frère ? demande-t-il avec insouciance. Rien de ce que je fais ne semble trouver grâce aux yeux de l'un comme de l'autre. On pourrait penser que le fait d'avoir un York sur le trône, la paix bien établie dans la chrétienté, et l'une des plus magnifiques célébrations de la Nativité jamais vues leur eussent procuré quelque satisfaction. Mais non ! Richard projette de rentrer dans le Nord aussitôt la fête terminée, pour signifier son indignation que nous ne ferraillions point sur quelque champ de bataille français ; et Georges reste un roquet irritable.

— C'est sa continuelle irritation qui me cause un souci.

— Qu'a-t-il fait encore ?

— Il a informé son serviteur qu'il n'avalera rien provenant de notre table. Il dînera dorénavant en privé, dans ses appartements, après que la Cour en aura terminé. Si nous lui envoyons un plat pendant le banquet en signe de courtoisie, il le refusera – j'ai même entendu dire qu'il prévoyait de nous le renvoyer en guise d'insulte. Il prendra place à sa table devant une assiette vide. Il repoussera pareillement toute boisson. Édouard, vous devez vous entretenir avec lui.

— S'il refuse de boire, il ne s'agit plus d'une insulte mais d'un miracle, sourit mon époux. Georges accepterait une coupe de vin du diable en personne !

— Qu'il use de notre table pour nous faire outrage ne prête guère à rire.

— En effet, et je l'en ai déjà informé.

Il renvoie les lords et les ladies qui forment notre cortège. Puis il m'attire vers une fenêtre où notre conversation peut se poursuivre loin de toute oreille indiscrète.

— En réalité, je crains que vous ne mésestimiez la situation, Élisabeth. Georges répand des rumeurs sur notre compte.

— De quelle teneur ? soufflé-je.

Depuis sa tentative de rébellion, le ressentiment du duc à l'encontre de son frère aîné n'a connu aucun répit, malgré son pardon. J'avais espéré qu'il se féliciterait de rester l'un des deux ducs les plus puissants du royaume, qu'il se réjouirait de vivre avec sa pâle épouse, Isabel, et son immense fortune. Hélas, comme tout homme à l'ambition démesurée, il tient un compte plus exact de ses pertes que de ses gains. Il s'insurge encore du mariage de la petite Anne Neville avec Richard et des richesses qu'elle lui a apportées en dot. Il ne me pardonne pas d'avoir autorisé cette union et surveille chaque dotation octroyée par le roi à ma famille. On pourrait croire que l'Angleterre est devenue un champ minuscule où il craindrait de perdre un rang de petits pois, tant son angoisse est grande !

— Que peut-il bien exprimer contre nous ? reprends-je. Vous avez montré une intarissable générosité à son endroit.

— Il affirme à nouveau que ma mère a trahi mon père et que je suis illégitime, prononce-t-il, la bouche contre mon oreille.

— Cette histoire ancienne ! Quelle ignominie ! lâché-je.

— De surcroît, il prétend avoir signé un accord avec Warwick et Marguerite d'Anjou stipulant qu'il hériterait du trône à la mort d'Henri. Celui-ci ayant disparu, Georges se prétend le seul à pouvoir lui succéder.

— Mais il a tué Henri de ses propres mains !

— Chut ! Ne prononcez point de telles paroles.

— Vous avez raison, il importe qu'aucun soupçon ne pèse sur vous. Vous avez affirmé alors que son cœur avait cédé, et cette explication a satisfait tout le monde. Toutefois, il me répugne d'entendre Georges se proclamer l'héritier légitime de cet homme qu'il a assassiné !

— Il soutient pire, m'avertit Édouard.

— À mon sujet ?

— Il vous accuse de… (Il s'interrompt, vérifie que nul ne se trouve à proximité.) Il vous accuse de…

Il ne parvient pas à prononcer le mot. Je termine à sa place.

— Sorcellerie ? Il ne sera ni le premier ni le dernier. Tant que vous régnerez, cela ne me causera aucun préjudice.

— Je n'apprécie guère ces insinuations. Votre réputation en pâtit, mais aussi votre sécurité : c'est une bien dangereuse appellation accolée à une femme, quel que soit son époux. Par ailleurs, la rumeur prétend que notre union procédait d'un sortilège, ce qui leur permet d'en nier la légitimité.

Peu m'importe ma réputation. Comme me l'a enseigné ma mère, une femme éminente attire la calomnie. Mais ces doutes quant à la validité de notre union transforment mes enfants en autant de bâtards dont il devient loisible de voler l'héritage.

— Vous devez le faire taire.

— Je l'ai sermonné et l'ai prévenu des conséquences. Je crains toutefois que, nonobstant, il n'échafaude un plan qui entraînerait de nouveaux partisans dont, je le redoute, Louis de France.

— Un traité de paix nous lie pourtant au roi Louis.

— Cela ne le retient point de s'immiscer dans mes affaires – rien ne le briderait. Et ce sot de Georges pousse la stupidité au point d'accepter son or et de me causer de l'embarras.

Je glisse un œil à l'entour. La Cour nous attend.

— Il nous faut aller dîner. Qu'allez-vous faire ?

— Je m'entretiendrai de nouveau avec lui. Dans l'intervalle, ne lui envoyez aucune nourriture de notre table, inutile de lui fournir l'occasion d'un refus ostentatoire.

Je réplique d'un ton ferme :

— Les plats sont adressés aux favoris. Il n'est point l'un des miens.

Le roi porte ma main à ses lèvres.

— Ne le transformez point en crapaud non plus, ma tendre sorcière, m'enjoint-il dans un chuchotement.

—Je n'en ai nul besoin. Sans en avoir l'apparence, il en possède le cœur.

Édouard ne me communique pas le contenu de l'admonestation qu'il inflige à son frère. Comme cela m'arrive souvent, je regrette l'absence de ma mère, dont les sages conseils me font cruellement défaut. Après qu'il a erré de pièce en pièce, comme effrayé de s'asseoir, la mine grave et sombre, refusant de dîner en notre compagnie et s'écartant de moi comme si j'eusse pu l'emmurer au moindre regard, Georges annonce que la santé d'Isabel, en ses derniers mois de grossesse, se montre déclinante. « L'air de la Cour », précise-t-il avec un air entendu, avant de prendre congé avec son épouse.

—Peut-être a-t-il pris la bonne décision, suggère Anthony alors que nous revenons de la messe, un matin.

Mes dames marchent à ma suite, à l'exception de lady Margaret Stanley, toujours agenouillée dans la chapelle. Elle s'abîme en prières comme une grande pécheresse alors que son innocence ne laisse aucun doute – elle ne partage pas même la couche de son époux. Je la crois dénuée de tout désir et gage que l'ambition seule anime encore ce cœur lancastrien.

—Il affiche une conduite insultante, poursuit mon frère. Il pousse les courtisans à s'interroger sur la ressemblance du prince Édouard avec son père, et sur la validité de cette naissance survenue dans un sanctuaire loin de tout témoin. J'ai requis de Sa Majesté le droit de défier Georges, de défendre votre nom dans l'arène.

—Qu'a répondu Édouard ?

— Il m'a conseillé d'ignorer ces mensonges au lieu de les accréditer en les portant en lice. Cela ne me convainc pas. Georges dénigre votre personne mais aussi notre famille, notre mère.

— C'est peu en regard du discrédit qu'il jette sur la sienne. Peut-être qualifie-t-il notre mère de sorcière, mais il traite la duchesse d'York de putain. Je m'étonne qu'elle ne lui intime point le silence.

— Elle l'a tenté. Quant à Édouard, il l'a réprimandé en privé ; mais rien ne semble l'arrêter. La rancune le fait sortir de ses gonds.

— Au moins, en son absence, je cesse d'endurer ses chuchotis dans les encoignures et ses refus de danser !

— J'espère seulement qu'il ne fomente aucun complot. Une fois en sécurité dans son manoir, entouré de ses gens, Georges peut s'entretenir avec qui bon lui semble sans qu'Édouard en sache rien, jusqu'à ce que, un beau jour, le roi retrouve son frère en rébellion ouverte sur le champ de bataille.

— Édouard n'ignorera rien de ce que trame son frère, le contredis-je avec assurance. Nul doute qu'il n'affecte un homme ou deux à sa surveillance. Une personne à son service se trouve déjà à mes gages. J'apprendrai ce que le duc s'apprête à faire avant même qu'il ne l'accomplisse.

— Quel est cet homme ? s'enquiert Anthony, curieux.

Je souris.

— Les hommes ne jouissent point du privilège de voir et d'entendre tout ce qui survient dans une maisonnée. J'emploie une femme à ces fins.

Ma mouche, Ankarette, m'écrit dans son rapport hebdomadaire que Georges reçoit en effet des missives de France. Peu avant le jour de Noël, elle me fait part de la santé soudain déclinante d'Isabel. La duchesse, qui a donné naissance à son quatrième enfant, ne recouvre point ses forces. Quelques semaines après ses couches, elle cesse de lutter, se détourne du monde et s'éteint.

J'adresse de sincères prières pour l'âme de cette pauvre femme, frappée par l'infortune. Son père a voulu faire d'elle une duchesse, puis l'élever au rang de reine. Au lieu d'un roi plein de charme, toutefois, son époux s'est révélé être un puîné boudeur et capricieux qui a retourné sa veste non point une fois, mais deux. Après qu'elle a perdu son premier enfant au large de Calais, dans les eaux démontées par un vent malicieux, elle en a eu deux autres : Margaret et Édouard. Il leur faudra vivre sans elle. Margaret se montre une enfant vive et gaie, Édouard est plus lent, peut-être même simplet. Que Dieu leur vienne en aide avec Georges pour seul parent ! J'envoie une lettre de condoléances et la Cour porte le deuil de celle qui fut la fille d'un puissant comte et l'épouse d'un duc de sang royal.

Janvier 1477

Nous la pleurons encore quand Georges, à peine la défunte ensevelie, revient au trot à la Cour, remonté à l'idée de se remarier. Il vise haut, cette fois. Charles de Bourgogne, qui avait épousé en troisièmes noces notre Margaret d'York, a péri au combat et laisse à sa fille, Marie, l'un des plus puissants duchés de la chrétienté.

Margaret, Yorkiste invétérée, s'avère peu encline à discerner les défauts dans sa famille. Elle suggère que son frère Georges, libéré de façon fort opportune de ses liens matrimoniaux, s'unisse à sa belle-fille – répondant de ce fait davantage aux besoins de Georges qu'à ceux de sa pupille. Le feu de l'ambition consume aussitôt le duc de Clarence, qui déclare à Édouard qu'il n'acceptera que la duchesse de Bourgogne ou la princesse d'Écosse.

—Cela ne se peut, refuse le roi. Il se montre déjà déloyal quand il reçoit ses gages de duc, que je lui paie. S'il disposait de la richesse et de l'indépendance d'un prince, nul ne se trouverait à l'abri de ses machinations. Imaginez les ennuis qu'il nous causerait en Écosse ! Songez à la tyrannie qu'il exercerait sur notre sœur en Bourgogne ! Par le Christ, Margaret pleure encore l'époux disparu, Marie le père occis, et je leur enverrais Georges ? Plutôt leur adresser un loup !

Printemps 1477

Tandis que Georges rumine le refus de son frère, une nouvelle nous parvient, si incroyable que nous peinons de prime abord à l'accréditer. Le duc de Clarence, ayant affirmé que la mort d'Isabel ne serait point survenue des suites de ses couches mais d'un empoisonnement, a flanqué l'empoisonneur en geôle.

—Quelle est cette folie ? m'exclamé-je. Pourquoi eût-on voulu attenter à la vie d'Isabel ? Qui a-t-il enfermé ?

—La situation est bien pire, me confie Édouard, abasourdi, la lettre encore en main. Je crois qu'il a perdu la raison. Il a traîné une servante devant un tribunal, à qui il a ordonné de prononcer une sentence de culpabilité, puis il l'a fait décapiter. Elle est morte. Tuée sur un mot de Georges comme si aucune loi ne régissait l'Angleterre, comme s'il détenait plus de pouvoir que le roi. Il gouverne en mon royaume comme si j'y autorisais la tyrannie.

—Qui était-ce ? m'enquiers-je.

—Ankarette Twynho, lit-il sur le parchemin. Les membres du tribunal se plaignent qu'il les a menacés et forcés à la déclarer coupable sans autre preuve que son témoignage. Ils n'ont pas osé rejeter sa demande ; Georges les a obligés à envoyer une innocente à la mort, qu'il accusait d'empoisonnement, d'envoûtement, et de servir une puissante sorcière.

Je suis livide.

— Que savez-vous, Élisabeth ?

— Ankarette espionnait pour mon compte, avoué-je en hâte. Rien de plus. Que m'eût apporté l'empoisonnement d'Isabel ? Cette accusation de sorcellerie est ridicule. Certes, je n'ai jamais apprécié Isabel ni sa sœur, mais je ne leur aurais jamais jeté un sort !

— Bien entendu. Vous n'avez pas fait empoisonner Isabel. Georges soupçonnait-il toutefois cette femme d'être à vos gages ?

— Peut-être. Pour quelle autre raison l'aurait-il accusée ? Georges nourrit-il l'intention de m'envoyer quelque avertissement, de nous menacer ?

Édouard jette la lettre sur la table.

— Dieu seul le sait ! Qu'espère-t-il gagner avec l'assassinat d'une servante, hormis susciter une recrudescence d'ennuis et de rumeurs ? Il me met dans l'obligation d'agir, Élisabeth.

— Qu'allez-vous faire ?

— Il est entouré d'un petit groupe de conseillers, tous de dangereux mécontents. L'un d'eux officie comme diseur de bonne aventure, sinon pire. Je les ferai arrêter puis juger, soumettant ses hommes au traitement qu'il a réservé à votre servante. Il entendra sans peine la sommation : tout défi à notre autorité représente un risque pour lui. J'espère seulement qu'il aura le bon sens d'y prêter attention.

J'acquiesce d'un signe et demande :

— Ces hommes, ils ne peuvent nous mettre à mal ?

— Seulement, comme y incline Georges, si vous les croyez en mesure de nous accabler d'une malédiction.

Je tente de masquer ma peur derrière un sourire. Bien sûr que je les pense capables de nous jeter un mauvais sort ; je crains même qu'ils ne l'aient déjà fait.

Je ne me soucie point en vain. Édouard fait arrêter le sorcier – Thomas Burdett – ainsi que deux comparses qui, soumis à la question, confessent un fatras de sortilèges, de magie noire, de menaces et de maléfices.

Par un lumineux après-midi, Anthony me rejoint alors que je presse mon ventre proéminent contre les murets du palais de Westminster, en bordure de la rivière. Les enfants jouent à un jeu de crosse et de balle dans les jardins. À en juger par les cris de « tricherie ! », je suppose que mon fils Édouard se trouve dans une mauvaise passe et qu'il abuse de sa position de prince de Galles pour changer les règles en sa faveur.

— Que faites-vous ? s'enquiert Anthony.

— Je rêve que ce fleuve se transforme en une profonde douve qui nous protégerait, moi et les miens, des ennemis qui rôdent au-dehors.

— Mélusine surgit-elle de la Tamise lorsque vous l'appelez ? questionne-t-il, sceptique.

— Si elle le faisait, je lui demanderais de pendre Georges à côté de son sorcier sans qu'il soit nécessaire de prononcer un mot de plus.

— Vous ne croyez tout de même pas que cet homme pourrait vous atteindre ? Les mages n'existent que pour effrayer les enfants, Élisabeth.

Il jette un regard sur les miens, qui ont fait appel à ma fille aînée pour arbitrer une sortie de balle.

— Georges s'en montrait persuadé, lui. Il lui a versé une importante somme d'argent pour l'entendre prédire la mort du roi, suivie d'une autre pour la provoquer. Clarence a engagé ce sorcier pour nous détruire. Ses sortilèges circulent déjà dans l'air, sous terre, dans l'eau.

— Quelles billevesées ! Il ne pratique pas plus la sorcellerie que vous.

— Je n'affirme point être une sorcière, cependant je dispose de l'héritage de Mélusine. Je suis douée de son don, comme notre mère avant moi, comme Élisabeth après. Le monde qui nous entoure murmure son chant à mes oreilles, je le perçois. Des visions me viennent tandis que mes souhaits se réalisent. Mes rêves revêtent une signification précise. Je distingue les signes, les présages. Parfois, j'entrevois l'avenir.

— Le Seigneur guide ces révélations, objecte-t-il d'une voix ferme. Là se trouve le pouvoir de la prière. Le reste n'est qu'ineptie féminine.

Je souris.

— Dieu se trouve en effet à l'origine de ces mystères, je n'en doute pas un instant. Toutefois, le Seigneur s'adresse à moi à travers la rivière.

— Hérésie païenne ! grogne-t-il. Mélusine appartient au domaine des contes, Dieu et son fils à celui de notre foi. Votre amour des fleuves et des sources relève de cette superstition enseignée par notre mère. Vous ne pouvez élaborer votre propre culte de ce ramassis de croyances, puis vous épouvanter de diableries nées de votre seule imagination !

— Bien entendu, mon frère, me soumets-je d'un ton docile, inclinant la tête et baissant les yeux au sol. La simple femme que je suis ne s'aventurerait pas à contester les vastes connaissances d'un noble gentilhomme.

— Assez ! s'exclame-t-il, sur le ton de la plaisanterie. Je n'escompte point débattre plus avant. Vous vous êtes forgé votre propre théologie fondée en partie sur des fables et en partie sur la Sainte Bible. Pour l'amour de nous, ne vous avisez point de professer cette religion en public et cessez de conjurer des ennemis imaginaires !

— Toutefois, mes rêves se réalisent.

— Si vous l'affirmez.

— Anthony, mon existence entière constitue une preuve tangible de la réalité de la magie.

— Citez-m'en un exemple.

— Ne m'avez-vous point vue épouser le roi d'Angleterre ?

— Je vous ai vue surtout sur le bord de la route, gourgandine que vous êtes !

— Cela ne s'est pas passé de cette manière ! Pas du tout ! En outre, mon anneau m'est venu des eaux !

Il prend mes mains entre les siennes et les baise avec tendresse.

— Billevesées que cela, prononce-t-il d'un ton doux. Mélusine n'existe que dans un vieux récit à demi oublié. Notre mère nous le contait à l'heure du coucher, puis elle vous a encouragée à user par la suite de ces prétendus enchantements. Notre volonté est assujettie à celle de notre Seigneur. Vous ne possédez aucun pouvoir. Et celui de Thomas Burdett se limite à sa malveillance et à des ruses de bonimenteur.

Je lui souris sans répondre. Au fond de mon cœur, je sais qu'il est dans l'erreur.

— Comment se termine l'histoire de Mélusine ? me demande mon petit Édouard alors que je viens assister à ses prières du soir.

Il partage sa chambre avec son petit frère de trois ans, Richard. Tous deux lèvent vers moi de grands yeux pleins d'espoir à la perspective d'un conte qui retardera le moment de se coucher.

— Pourquoi cette question ?

Je prends place sur un siège devant l'âtre, puis tire une escabelle sous mes pieds. Mon bébé remue dans mon ventre. Six mois, déjà – et ce qui me semble encore une vie entière à endurer avant mon terme !

— J'ai entendu mon oncle Anthony s'entretenir d'elle avec vous, ce tantôt, répond Édouard. Qu'est-il advenu après qu'elle est sortie de l'eau et a épousé le chevalier ?

— L'histoire se termine tristement.

Je leur indique le lit d'un signe et ils se glissent aussitôt sous la courtepointe, dont émergent bientôt deux paires d'yeux qui me fixent avec attention.

— Les récits s'opposent, reprends-je. Certains affirment qu'un voyageur curieux, de passage chez eux, a surpris sa véritable nature alors qu'elle prenait son bain. Pour d'autres, son époux a rompu sa promesse et, l'observant en cachette, a découvert son secret.

— Pourquoi s'en serait-il irrité ? N'était-elle pas déjà à demi poisson lorsqu'il l'a rencontrée ? demande Édouard avec bon sens.

— Il s'imaginait peut-être pouvoir faire d'elle la femme dont il rêvait. Il arrive qu'un homme, malgré ses sentiments à l'endroit d'une femme, espère la changer.

— Il y a des combats, dans cette histoire ? bâille Richard, sa tête s'enfonçant lentement dans le coussin.

— Non, réponds-je.

J'embrasse mes enfants sur le front. Ils exhalent encore une odeur de bébé, mélange de savon et d'une peau chaude, avec des cheveux doux et soyeux.

— Qu'arrive-t-il ensuite ? chuchote Édouard alors que j'atteins la porte.

— Elle le quitte, emmenant ses enfants avec elle, et ne revient jamais.

— Quelle fin amère, observe mon fils, ému. Pauvre homme, qui ne revoit ni ses enfants ni son épouse.

— Ce n'est qu'une histoire. Peut-être existe-t-il un autre dénouement que l'on oublie de raconter. Elle lui pardonne et retourne vivre auprès de lui. À moins que, par amour pour elle, il ne se transforme en poisson et ne la rejoigne dans les eaux profondes.

— Oui, s'enthousiasme aussitôt mon petit garçon, réconforté. Bonne nuit, maman.

— Bonne nuit, mon enfant. Que Dieu vous bénisse tous deux.

Lorsqu'il la découvrit, l'eau ruisselant sur ses écailles tandis qu'elle évoluait dans le bassin, qu'il avait fait bâtir à son intention pour qu'elle s'y baignât comme le font les mortelles et non pour qu'elle s'y transformât en poisson, il fut pris de la révulsion que certains hommes ressentent lorsqu'ils comprennent pour la première fois qu'une femme se révèle « autre ». Il ne pouvait la considérer comme un jeune garçon bien qu'il l'ait vue en proie à des faiblesses de jouvenceau. Elle ne s'apparentait point à une âme simple quoiqu'il l'ait vue trembler de sentiments qui agitent les simples d'esprit. Elle n'avait rien d'un vil personnage malgré son aptitude à garder rancune, ni d'un saint en dépit de ses éclairs de générosité. Non, il ne la reconnaissait dans aucune de ces mâles qualités. Elle était femme. Créature distincte de l'homme. Il avait décelé le poisson en elle, mais ce fut sa nature de femme qui l'effraya par-dessus tout.

La malignité de Georges apparaît dans tout son éclat lors du procès de Burdett et des autres conspirateurs. Les preuves s'accumulent, qui dénoncent un complot comportant de sombres promesses, des menaces, des recettes empoisonnées, un sachet de verre pilé et divers maléfices. Parmi les documents découverts chez Burdett se trouvent des calculs astrologiques qui annoncent le trépas d'Édouard et toute une série de sortilèges destinés à causer sa mort. Lorsque mon époux me les présente, un tremblement s'empare de moi comme si j'étais en proie à une fièvre quarte. Qu'ils provoquent la mort ou non, ces signes anciens sur un parchemin noirâtre possèdent un pouvoir malveillant.

— Le flux qui se dégage de ces feuillets me glace. C'est l'émanation du Malin.

— Ces documents constituent une preuve diabolique, acquiesce Édouard, l'air sombre. Jamais je n'eusse cru Georges aussi déterminé à me nuire. J'aurais donné un bras pour qu'il vive en paix avec nous ou, à tout le moins, pour étouffer cette affaire. Hélas, il a recruté des gens si incompétents que personne n'ignore plus rien du complot qu'il a fomenté contre moi. Burdett sera jugé, il paiera pour son crime, mais le nom de Georges ne peut qu'apparaître au cours du procès comme celui qui lui a donné ordre d'agir. Cela le rendra coupable de trahison. Toutefois, je ne puis intenter un procès à mon propre frère !

— Pourquoi pas ?

Ma question, proférée sur un ton sec, claque comme un coup de fouet. Je suis assise sur un tabouret recouvert d'un épais tapis, vêtue seulement d'une lourde cape bordée de fourrure. Nous nous apprêtions à rejoindre nos lits respectifs, mais Édouard ne parvient pas à garder ses soucis pour lui-même. Les maléfices gluants de Burdett ont peut-être échoué à l'atteindre dans son corps, mais ils assombrissent son âme.

— Pourquoi hésitez-vous à juger Georges et à lui infliger ce qu'il mérite : la mort du traître ?

— Parce que je l'aime, répond-il simplement. Tout comme vous aimez Anthony. Comment enverrais-je à l'échafaud mon petit frère, le favori de la famille, celui qui a combattu à mes côtés sur les champs de bataille ?

— Il lui est aussi arrivé de guerroyer dans le camp adverse, ne l'oubliez pas. Il a fait preuve de félonie envers vous et votre famille en de nombreuses occasions. À Doncaster, il vous eût tué sans battre d'un cil si vous ne lui aviez échappé, ainsi qu'à Warwick. Il m'a accusée de sorcellerie, a fait arrêter ma mère, a assisté à l'exécution de mon père et de mon frère John. Il ne se laisse modérer ni par la justice ni par les liens familiaux. Pourquoi ceux-ci dicteraient-ils votre conduite ?

Édouard, assis de l'autre côté du feu, se penche en avant. Éclairé par les flammes, il paraît vieilli. Pour la première fois, je distingue le tribut des années autant que de l'exercice de la royauté.

— Je sais, je sais, soupire-t-il. Il mérite que je le punisse. Je ne m'y résous point, toutefois. Il reste l'enfant chéri de ma mère, le joli cœur de notre famille. Je ne puis croire qu'il se montre si…

— Vicieux, terminé-je, impitoyable. Votre joli cœur se transforma en bête féroce. Fiez-vous à moi, Édouard, il vous faudra l'affronter tôt ou tard. Si vous lui témoignez de la bonté, il vous remerciera avec des complots.

— Peut-être, souffle-t-il. Mais peut-être aussi finira-t-il par apprendre.

— Non, réponds-je avec fermeté. Il n'apprendra jamais. Seule sa mort vous délivrera du péril qu'il représente. Vous devrez prendre ce parti, Édouard. Il vous incombe seulement de choisir le moment et le lieu.

Il se lève, s'étire, se dirige vers mon lit.

— Permettez-moi d'assister à votre coucher avant que je ne me retire dans mes appartements, déclare-t-il. J'ai hâte que naisse cet enfant pour que nous passions de nouveau nos nuits ensemble.

— Un instant.

Je me penche vers le feu. En digne fille d'une déesse de l'eau, je peine à lire les flammes. Néanmoins, je discerne dans le rougeoiement des braises incandescentes le profil irascible de Georges et, derrière lui, une ombre qui le domine : la Tour, ce bâtiment funeste qui m'évoque la mort et la souffrance. Quelle signification donner à cette image ?

Je me relève avec peine, marche vers ma vaste couche, me glisse sous les épaisses couvertures. Édouard me prend la main et la porte à ses lèvres.

— Vous êtes glacée! s'exclame-t-il. Je pensais le feu suffisamment avivé, pourtant.

— Je hais cet endroit, émets-je, sans rapport avec sa réflexion.

— Quel endroit ?

— La Tour de Londres. Je l'abhorre.

Burdett clame son innocence sur l'échafaud de Tyburn devant une foule enragée ; cela ne lui épargne pas la mort par pendaison. Georges, incapable de retenir une leçon, s'élance à bride abattue vers Windsor, interrompt le Conseil du roi pour lancer à Édouard un laïus préparé d'avance.

Le rire secoue Anthony alors qu'il se remémore la scène et cherche à me la décrire :

— Que l'on se figure le roi, littéralement tremblant de rage, son Conseil figé par l'horreur – Thomas Stanley béant comme un poisson, notre frère Lionel effaré agrippant sa croix pectorale – et ce coquin de Georges qui affronte Sa Majesté, à qui il débite son discours avec l'aplomb d'un histrion ! Personne n'y entend goutte, bien entendu, car il répète les ultimes paroles prononcées par Burdett sur l'échafaud. Aussi, lorsqu'il déclame « Je suis un vieil homme et un sage… », la confusion la plus totale s'empare de chacun.

Je lâche un gloussement scandalisé. Anthony reprend :

— Je le jure, aucun ne comprenait de quoi il retournait, hormis le roi et son frère. Ensuite, Georges a traité Édouard de tyran !

Le rire expire aussitôt sur mes lèvres.

— Devant son Conseil ?

— Un tyran et un assassin.

— Il a usé de ces mots ?

— Il les lui a lancés au visage. À quoi faisait-il allusion ? à la mort de Warwick ?

— Pis que cela, réponds-je, laconique.

— Édouard de Lancastre, le jeune prince ?

— Il a été occis au combat.

— Pas le vieux roi ?

— Jamais nous ne l'avons évoqué – jamais !

— Eh bien, Georges n'hésitera guère plus longtemps à y faire allusion… Il semble prêt à tout. Il clame qu'Édouard ne descend point de la noble lignée d'York mais d'un archer du nom de Blaybourne.

— Cela ne peut continuer ainsi, Édouard doit lui imposer le silence.

— Dans les plus brefs délais, ou Georges causera votre ruine et celle des York, confirme Anthony. Comme je l'ai déjà affirmé, l'emblème de cette maison ne devrait point être la rose blanche, mais le signe ancien de l'éternité.

— Le signe de l'éternité ? répété-je.

— Oui, le serpent qui se dévore la queue. Les fils d'York se détruiront les uns les autres – frères contre frères, oncles contre neveux, pères contre fils. Cette famille ne se repaît que de sang ; elle versera le sien propre si celui de l'ennemi lui fait défaut.

Je pose sur mon ventre une main protectrice, comme pour prémunir mon enfant à naître contre une si terrible prédiction.

— Ne prononcez point de telles paroles, Anthony.

— Elles sont le reflet de la vérité, rétorque-t-il, assombri. La maison d'York connaîtra la ruine ; rien de ce que nous tenterons ne l'en sauvera, car ses propres enfants l'auront causée.

Je me retire en confinement six semaines avant mes couches, sans que l'affaire soit résolue. Édouard hésite à arrêter une décision, bien qu'un frère félon ne constitue aucunement une nouveauté en Angleterre ou dans cette famille.

— Ne prenez point parti jusqu'à ma sortie, lui proposé-je sur le seuil de ma chambre. Peut-être recouvrera-t-il ses esprits et vous suppliera-t-il de lui pardonner. Nous déciderons après la naissance.

— Que Dieu vous assiste, m'encourage-t-il en glissant un regard vers le feu chétif qui peine à éclairer la pièce, dont on a dépouillé les murs de toute image pour ne point influer sur la forme du bébé à naître.

Il se penche et murmure à mon oreille :

— Je vous rendrai visite.

Je souris. Édouard n'a cessé de briser l'interdit bannissant les hommes de la chambre de confinement.

— Apportez-moi du vin et des sucreries, réponds-je sur le même ton, exigeant ces mets prohibés.

— Seulement si vous m'accordez un baiser passionné.

— Édouard !

— Fort bien, à votre sortie, alors.

Il recule d'un pas et me réitère, de façon formelle, ses encouragements devant la Cour. Il s'incline, je m'abîme dans une révérence, puis recule à mon tour. La porte se referme sur les courbettes des courtisans et je me retrouve dans la suite de pièces occupées par les servantes et les sages-femmes, sans rien à faire hormis attendre la venue au monde de mon nouvel enfant.

Après un labeur difficile, je tiens mon trésor dans mes bras. Un garçon, un autre petit York à la chevelure blonde clairsemée et aux yeux d'un bleu profond comme l'océan. Je ressens un accès de peur en découvrant son corps minuscule, mais la ventrière me rassure :

— Il grandira. Les bébés chétifs prennent vite du poids.

Tendrement, je caresse sa main minuscule.

Je le nourris pendant dix jours, puis une nourrice plantureuse me l'enlève avec douceur. Lorsque je l'observe qui s'installe dans un fauteuil et lui présente le sein d'un geste assuré, je ne doute point qu'elle prendra soin de lui. Nous le nommons Georges, honorant la promesse faite à son oncle si peu loyal. Ma cérémonie de purification accomplie, j'émerge de mon confinement dans le lumineux soleil d'août. Je découvre cette catin d'Élisabeth Shore trônant comme une reine au centre de ma Cour. Le roi a abandonné ses incursions dans les tavernes de Londres. Il a fait pour cette garce l'acquisition d'une maison aux abords de Westminster. Il dîne avec elle, partage son lit – bref, apprécie sa compagnie au vu et au su de toute la Cour.

— Elle part ce soir, lancé-je.

Resplendissante dans ma nouvelle robe écarlate brodée d'or, je m'adresse à Édouard alors que celui-ci me rend visite dans mes appartements.

— Qui donc ? s'enquiert-il, l'image même de l'innocence maritale, une coupe de vin à la main, assis devant l'âtre.

Il congédie d'un signe les domestiques qui se hâtent de quitter la pièce, conscients de l'orage sur le point d'éclater.

— La Shore, répliqué-je simplement. Vous doutiez qu'une bonne âme s'empresserait de m'informer de sa présence aussitôt que je sortirais de confinement ? Je m'étonne seulement que ces commères aient tenu leur langue si longtemps ! À peine avais-je franchi la porte de la chapelle qu'elles se bousculaient dans leur hâte à m'exposer la situation. Margaret Beaufort, en particulier, a fait montre d'une touchante sympathie.

— Pardonnez-moi. Je n'imaginais point que mes activités suscitassent tant d'intérêt. (Je me garde de relever ce mensonge et attends.) Mon aimée, soupire-t-il, que le temps m'a paru long. Mon cœur vous accompagnait dans votre épreuve, mais un homme a besoin de chaleur dans sa couche.

— Je suis sortie de confinement, vous en conviendrez. Je vous promets un lit glacial, un coussin de neige, une courtepointe de givre, si elle n'a pas disparu avant demain.

Il me tend la main et je m'approche de lui. Comme toujours, l'odeur de sa peau et son contact familier bouleversent mes sens alors que je me penche et dépose un baiser dans son cou.

— Éteignez votre colère, ma douce, roucoule-t-il à mon oreille.

— Je m'y efforce.

— Accordez-moi votre pardon.

— Je vous pardonne toujours.

— Alors invitez-moi dans votre couche pour que nous y retrouvions notre joie coutumière. Vous m'avez comblé en me donnant ce petit garçon. Quel bonheur de vous trouver si rondelette et charnue, à peine revenue à moi. Je vous désire tellement. Parlez, mon aimée.

— Vous le premier.

Ses mains remontent sur mes bras et caressent mes coudes sous les manches de ma robe de nuit. Ce simple contact se révèle, comme à l'accoutumée, aussi intime que lors de nos ébats.

—Tout ce que vous voudrez. Quelles paroles désirez-vous m'entendre prononcer ?

—Certifiez-moi qu'elle partira demain.

—Elle partira, confirme-t-il avec un soupir. Vous savez, je crois que, si vous la rencontriez, vous ne manqueriez pas de l'apprécier. C'est une jeune femme pleine d'allégresse, bien éduquée. Une compagne agréable, et la plus bénigne créature qu'il m'ait été donné de voir.

—Elle disparaît demain, répété-je, indifférente.

Peu me chaut son éducation. Du reste, en quoi cela importerait-il à Édouard ? Mon époux pourchasse les femmes comme un chien excité court après une chienne en chaleur. Il ne sait rien de leur éducation ou de leur tempérament.

—Dès l'aube, mon aimée. Dès l'aube.

Été 1477

En juin, Édouard fait arrêter Georges, qu'il présente devant un tribunal pour haute trahison. Moi seule sais combien il en coûte à mon mari d'accuser son frère de manigancer sa mort. À tous les autres, il cache son chagrin mêlé de honte. Aucune preuve n'est présentée devant le Conseil privé – aucune n'est nécessaire. Le roi dénonce la félonie et l'on n'élève point la voix contre son souverain sur une telle accusation. En outre, il n'y a pas un seul des hommes présents qui ne se soit pas fait agripper la manche par Georges dans un passage sombre tandis qu'il chuchotait ses soupçons insensés. Aucun qui n'ait pas entendu la promesse d'un avancement en échange d'une implication dans un parti opposé au monarque. Tous ont assisté au renvoi des mets envoyés par mes soins, l'ont vu jeter du sel par-dessus son épaule avant de prendre place à notre table, ou effectuer le signe éloignant les sorcières quand je passais à proximité. Georges a tout fait pour se compromettre, hormis signer une confession. Toutefois, les intentions d'Édouard demeurent impénétrables. Le tribunal conclut à la culpabilité de Georges, mais omet d'ordonner une sanction. Personne ne sait jusqu'où est prêt à aller le roi à l'encontre du frère qu'il aime toujours.

Hiver 1477

Les festivités de Noël à Westminster manquent de leur légèreté habituelle. Elles se déroulent sans le duc de Clarence, mais en présence de sa mère, la duchesse Cecily Neville, au visage annonciateur d'orage. Georges est retenu à la Tour, bien logé, bien nourri – et bien abreuvé, sans nul doute. Cependant, son homonyme est dans la pouponnière ; aussi la place légitime de l'oncle se trouve-t-elle parmi nous. Je suis entourée de mes enfants, ce qui me procure une joie indicible : Édouard et Richard de retour de Ludlow, Thomas revenu d'une visite à la Cour de Bourgogne, les autres pleins de vigueur.

En janvier, nous célébrons les noces les plus grandioses auxquelles l'Angleterre ait jamais assisté en unissant mon petit Richard à l'héritière Anne Mowbray. Le prince de quatre ans et sa petite épouse sont hissés sur leur table, au banquet, puis se tiennent la main comme deux poupées aux habits somptueux. Ils vivront séparés jusqu'à ce qu'ils soient en âge de consommer leur union, mais j'éprouve une vive satisfaction à savoir mon enfant sur le point de devenir le plus riche prince de la chrétienté.

Le lendemain de la fête des rois, Édouard se présente dans mes appartements. Son Conseil le presse de prendre une décision au sujet de son frère.

— Quelle est votre intention ? m'enquiers-je, mue par un étrange sentiment, songeant à mes propres trois fils d'York.

Édouard, Richard, Georges ; s'affronteront-ils comme ceux-ci ?

— Le châtiment pour la trahison est la mort. Je n'ai guère le choix, répond tristement Édouard.

Printemps 1478

— Vous ne pouvez envisager de l'exécuter !

Dans sa hâte à s'entretenir avec son fils, la duchesse ignore ma présence en se précipitant dans les appartements privés d'Édouard. Je lui adresse la plus chétive des révérences et prononce :

— Belle-maman.

— Je ne sais quel parti prendre, ma mère.

Mon mari s'agenouille devant elle et elle pose distraitement une main sur sa tête, par habitude. Elle ne nourrit aucune tendresse à l'endroit de son aîné. Seul Georges occupe son esprit. Elle me salue d'une courte révérence, puis se tourne de nouveau vers le roi.

— C'est votre frère. Rappelez-vous cela.

Édouard, accablé, ne peut lui répondre.

— En réalité, Georges lui-même ne semble guère s'en souvenir, interviens-je. Il prétend n'être que le demi-frère d'Édouard qui, selon ses dires, a été engendré par un archer. La diffamation n'effraie nullement le duc, qui fait par ailleurs montre de générosité dans ses calomnies. Il me traite de sorcière, et vous de putain.

— Je n'en crois pas un mot, réfute-t-elle avec hauteur.

— C'est cependant vrai, ma mère. De surcroît, il m'insulte ainsi qu'Élisabeth, renchérit Édouard.

— Il affaiblit la maison d'York avec ces infâmes insinuations, reprends-je. De plus, il a engagé les services d'un sorcier pour perdre le roi.

— C'est votre frère, vous devez lui pardonner, ordonne-t-elle à Édouard.

— C'est un traître qui mérite la mort, dis-je à mon tour. À moins que conspirer contre le souverain ne devienne licite ? Dans ce cas, permettons-le à la maison de Lancastre ou aux espions venus de France. Mieux encore, invitons le premier bandit de grand chemin à planter sa dague dans le dos de votre fils aîné !

— Georges a connu une intense déception, presse-t-elle Édouard, ignorant mon intervention. L'eussiez-vous laissé épouser la Bourguignonne ou la princesse écossaise que rien de cela ne fût advenu.

— Je ne pouvais me fier à lui, répond simplement Édouard. Ma mère, aucun doute n'existe dans mon esprit. S'il avait possédé un royaume, il se serait empressé d'envahir le mien. S'il avait disposé d'une fortune, il en aurait usé pour lever une armée destinée à emporter mon trône.

— Sa naissance l'a prédisposé à de grandes choses.

— Sa naissance l'a placé en troisième place ! éclate Édouard, avec une soudaine franchise. Il ne régnera sur l'Angleterre que si je disparais, et mes trois fils avec moi. Est-ce là votre souhait, ma mère ? Votre amour à l'endroit de Georges vous pousse-t-il si loin que vous aspiriez à voir s'éteindre ma lignée ? Iriez-vous jusqu'à louer les services d'un mage pour mêler du verre pilé à mes viandes ou pour glisser quelque poudre de digitale dans mes gants ?

— Non, bien entendu. Vous êtes le fils et l'héritier de votre père. Ce trône est vôtre, il vous appartient de droit, et votre fils doit vous succéder. Mais Georges demeure mon enfant, et j'ai de la peine pour lui.

Édouard ravale une réplique amère. Il se tourne vers la cheminée et fixe les flammes, les épaules voûtées. Le silence se prolonge, que le roi rompt enfin :

— Le seul égard que je vous accorderai consistera à le laisser choisir sa mort. S'il désire qu'une épée de France le décapite, je ferai venir un Français ; il n'aura point à subir la hache anglaise. S'il préfère le poison, je lui en fournirai. À moins qu'il ne veuille user d'une dague posée sur sa table avec son dîner. Je lui épargnerai la présence de la foule – et même du moindre témoin. Il mourra en privé, dans ses appartements de la Tour, en la seule présence d'un prêtre s'il en émet le souhait.

Elle lâche une plainte étouffée. Je reste immobile, mon regard allant de l'un à l'autre. Je ne croyais point Édouard si résolu.

— Ma mère, je vous présente mes condoléances pour cette perte.

Sa pâleur s'accentue. Elle ordonne encore :

— Vous lui pardonnerez !

— Entendez bien que je ne le puis.

— Je vous le commande. Je suis votre mère. Vous m'obéirez.

— Je suis le roi. On ne s'opposera point à moi impunément. Il doit périr.

Elle dirige alors sa colère vers moi :

— C'est votre faute !

J'écarte les mains et déclare :

— Georges a signé seul sa perte. N'en blâmez nul autre que lui. Il a trahi notre autorité, menacé la personne du roi, exposé nos enfants à un grand péril. Vous n'ignorez point ce qu'il advient de ceux qui contestent le trône ; telle est la loi de la maison d'York.

Réduite au silence, elle se dirige d'un pas lent vers la fenêtre, appuie son front contre les carreaux sertis de plomb. J'observe son dos et la rigidité de ses épaules, et je me demande ce que l'on ressent quand on sait son fils sur le point de mourir.

— Je ne le supporterai pas, chuchote-t-elle, la voix rauque de chagrin. Il s'agit de mon fils chéri, comment osez-vous me le prendre ? La mort me semble préférable à ce tourment. Mon Georges… Je ne puis croire que vous l'envoyiez à sa mort !

— Je suis navré, répond Édouard, ténébreux. Je n'ai pas d'autre choix.

Elle capitule.

— Il lui est loisible de choisir sa mort ? Vous ne l'exposerez pas au bourreau ?

— Il en décidera, mais il doit mourir, confirme Édouard.

Elle quitte la pièce sans une parole de plus. Pendant un court instant, je la plains.

Ce fou de Georges opte pour une fin insensée.

— Il veut être noyé dans une barrique de vin.

Anthony, qui sort du Conseil, est venu me trouver dans la pouponnière. Mon bébé Georges dans les bras, j'ai hâte que l'homonyme de mon petit prince ait exhalé son dernier souffle et nous laisse enfin en paix.

— Vous gaussez-vous ?

— Non.

— A-t-il véritablement émis ce souhait ?

— Le Conseil vient de se tenir. S'il lui est imposé de mourir, il désire se noyer dans du vin.

— Quelle déraison, dis-je, haïssant cette idée.

— Je suppose que cette étrange plaisanterie vise son frère.

Je serre mon enfant contre moi, comme pour le protéger de la cruauté de ce monde.

— Il existe pire manière de passer de vie à trépas, observe encore Anthony.

— J'en entrevois quant à moi de meilleures, le contredis-je. La pendaison me semble préférable à la noyade.

— Peut-être s'imagine-t-il railler Édouard et la sentence qui le condamne, ou bien obtenir une grâce du roi, qui ne le laisserait pas périr d'une façon si peu royale. À moins qu'il n'espère une intervention de l'Église empêchant son exécution.

— Rien ne le sauvera, cette fois. Sa chance l'a abandonné, qu'il succombe comme un ivrogne. Où cela aura-t-il lieu ?

— Dans sa chambre, à la Tour.

Un frisson me parcourt.

— Que Dieu lui pardonne, émets-je. Quelle terrible manière de mourir.

Le maître des hautes œuvres accomplit son devoir. Il a posé sa hache mais a gardé sa capuche noire. C'est un homme à la puissante carrure, qui a emmené son apprenti. Tous deux roulent un fût de vin de Madère dans la cellule de Georges. Cet idiot pris de démence les accueille avec des mimiques qu'il veut amusantes, riant la bouche grande ouverte comme s'il était déjà en manque d'air, bien qu'il soit livide de peur.

Ils descellent le couvercle du tonneau, puis approchent une caisse de bois sur laquelle monte Georges, qui se penche et découvre son reflet effrayé dans la surface opaque. L'odeur de la boisson remplit la pièce. Il murmure « Amen » en réponse aux prières prononcées par le prêtre.

Il baisse la tête vers le liquide rouge, qu'il avale à grandes lampées, comme pour éloigner le danger. Puis il lève les bras en signe d'assentiment. Les deux hommes enfoncent son visage de plusieurs pouces dans la liqueur, le maintiennent par les épaules et le col. Dans leurs efforts, ils le soulèvent à demi du sol et ses pieds se mettent à battre l'air, tel un nageur frénétique cherchant à s'échapper tandis que le vin gicle et rejaillit sur le sol. Le religieux recule d'un pas pour éviter de toucher cette mare cramoisie sans toutefois interrompre son oraison. Bientôt, le corps agité de soubresauts se calme, les bulles d'air qui éclatent à la surface se font plus rares. Le plus sot des fils d'York a cessé de vivre et la pièce empeste la taverne.

À minuit, je quitte mon lit du palais de Westminster et me rends dans ma garde-robe. Dans l'un des coffres qui abritent mes fourrures se cache un petit coffret contenant mes affaires privées. Au fond de celui-ci se trouve un médaillon d'argent, tellement noirci par les ans qu'il semble d'ébène. Il renferme un fragment de parchemin arraché à la dernière lettre écrite par mon père. Tracé en lettres de sang – le mien – apparaît le nom de Georges, duc de Clarence. Doucement, je laisse choir le morceau de papier dans les braises, l'observe qui se tord puis s'enflamme soudain.

— Va, murmuré-je alors que mon sortilège s'est enfin accompli. Va et dissipe-toi. Que ce fils d'York soit le dernier à s'éteindre à la Tour de Londres. Que le maléfice prenne fin ici et maintenant, ainsi que j'en ai fait jadis la promesse à ma mère.

J'eusse plutôt dû me souvenir de son enseignement. Déchaîner les forces du mal est aisé, les circonscrire est plus ardu. Le premier imbécile venu saura provoquer un grain ; mais qui devinera dans quelle direction souffleront les vents ou à quel moment ils s'apaiseront ?

Été 1478

Mes fils, le prince Édouard et Richard Grey, ainsi que mon frère Anthony, se présentent dans mes appartements privés pour quérir leur congé. Je m'oppose à des adieux en public car je ne veux point que la Cour découvre mes larmes. Je serre Édouard contre moi. Il lève vers moi ses yeux d'un brun chaud et prend mon visage dans ses petites mains.

— Ne pleurez pas, maman. Je reviendrai à Noël prochain, et vous pouvez me rendre visite à Ludlow, n'est-ce pas ?

— Je sais.

— Venez avec Georges, je lui enseignerai comment monter à cheval. D'autre part, vous pouvez me confier le petit Richard, vous savez.

Je suis incapable de prononcer une parole. Mon autre Richard, presque aussi grand qu'un homme, m'enserre la taille.

— Je veillerai sur lui, me promet-il, avant de réitérer l'invitation de son demi-frère. Venez à l'été, amenez nos frères et sœurs.

— Très bien, parviens-je à lâcher.

— Nous prendrons soin de nous, intervient Anthony sans me laisser le temps d'énumérer mes inquiétudes. Je vous le ramènerai sain et gaillard à la fin de l'année. Je ne le quitterai point, pas même pour un pèlerinage à Jérusalem. En vérité, je promets de ne m'éloigner de lui que lorsqu'il m'en donnera l'ordre. Cela vous rassure-t-il ?

J'acquiesce d'un signe et ravale mes sanglots. Une ombre funeste englobe cette idée qu'Édouard puisse se séparer d'Anthony.

— Je ne sais ce qui affecte mes sens, hormis cette crainte qui s'empare toujours de moi à chacune de nos séparations.

— Je me porte garant de sa sécurité, me promet encore Anthony. Il m'est aussi précieux que l'existence. Rien de fâcheux ne lui arrivera tant qu'il restera sous ma protection. Vous avez ma parole.

Il s'incline, se dirige vers la porte. Édouard imite gracieusement ses gestes tandis que Richard Grey lève son poing à sa poitrine, en un salut qui signifie : « Je vous aime. »

— Soyez tranquille, m'intime encore Anthony sur le seuil. Votre fils est en sécurité avec moi.

Et ils disparaissent de ma vue.

Printemps 1479

La santé de mon petit Georges, chétif depuis sa naissance, se met à décliner avant son deuxième anniversaire. Les médecins n'entendent point les raisons de cette faiblesse, que les nourrices tentent de soulager à l'aide de gruau et de lait. Hélas, ce régime ne lui rend point ses forces.

Élisabeth, sa sœur de treize ans, joue chaque jour avec lui, s'empare de ses petites mains pour l'encourager à avancer sur ses jambes grêles, invente une histoire à chaque bouchée supplémentaire de nourriture. En vain, il ne grandit pas.

— Pouvons-nous faire venir un physicien d'Espagne ? Anthony affirme que les Maures forment les meilleurs hommes de science.

Ma question s'adresse à Édouard.

— Faites venir qui bon vous semble, ma douce, mais préparez-vous au pire. C'est un garçon frêle qui était déjà un bébé minuscule. Vous avez accompli des prouesses en le gardant si longtemps parmi nous.

— Ne dites pas ça, réagis-je aussitôt avec véhémence. Il recouvrera la santé avec les beaux jours.

Je passe des heures dans la pouponnière avec mon bébé sur les genoux, le nourrissant patiemment de gruau, collant mon oreille contre son torse délicat pour guetter les battements de son cœur.

Mon entourage m'abreuve de creuses paroles de réconfort. J'ai la chance d'avoir deux autres fils pleins de vigueur qui assurent déjà la succession de la lignée d'York. Je ne prends pas la peine de répondre à ces fâcheux. Je ne soigne pas mon bébé pour la gloire d'York mais par amour, pour qu'il devienne grand et fort. Que m'importe qu'il soit prince ?

Je ne puis le perdre comme j'ai perdu sa sœur, morte dans les bras de ma mère. Je hante la pouponnière des jours durant, parfois même la nuit, mais il ne se développe pas. Un jour de mars, il s'assoupit sur mes genoux tandis que je le berce et chantonne une comptine de Bourgogne à demi oubliée, venue de mon enfance.

Le chant prend fin, remplacé par le silence. J'interromps le mouvement du fauteuil à bascule, lève son petit corps à mon oreille, cherche à distinguer un signe de vie. Son cœur a cessé de battre. J'approche ma joue de son nez, de sa bouche. Aucun souffle ne s'en échappe. Il est encore doux et chaud dans mes bras, tel un oisillon. Mais mon Georges s'en est allé. J'ai perdu mon fils.

La mélodie de la comptine s'élève de nouveau, doucement, aussi légère que le vent, et je sais que Mélusine l'a pris sous sa protection et que c'est elle qui le berce maintenant.

Mon entourage tente de me consoler en me disant que j'ai toujours mon fils Édouard, que j'ai de la chance que mon beau garçon de huit ans soit si fort et grandisse si bien. Je dois me réjouir de la vivacité de Richard, son frère de cinq ans. C'est vrai, je suis heureuse d'avoir mes deux garçons. Mais cela n'apaise pas ma douleur d'avoir perdu Georges, mon petit Georges, avec ses yeux bleus et sa touffe de cheveux blonds.

Cinq mois plus tard, j'entre une fois de plus en confinement. Quoiqu'un enfant n'en remplace jamais un autre, ma petite Catherine arrive à point nommé pour nous apporter du réconfort. Une autre princesse d'York occupe le berceau royal, et la pouponnière bruisse d'activité, comme il se doit.

— Celle-ci sera la dernière, confié-je à Édouard, des regrets dans la voix.

Je crains qu'il ne remarque le tribut des années, mais il me sourit comme à une jeune maîtresse, porte ma main à ses lèvres et la baise avec délicatesse.

— Aucun homme n'en demanderait davantage, me répond-il avec bonté. Vous m'avez donné une immense famille, mon aimée. Je suis pleinement satisfait d'accueillir notre dernier enfant.

— Ne souhaitez-vous pas un autre garçon ?

— Je souhaite vous posséder pour le plaisir de vous tenir entre mes bras. J'aspire à vos baisers et non à engendrer un autre héritier. Mes séjours dans votre couche obéissent à l'amour que je vous porte, pas à la nécessité d'user de vous comme d'une jument poulinière.

Je penche la tête en arrière, l'observe à travers mes cils.

— Vous désirez partager ma couche par amour et non afin de m'engrosser ? N'est-ce point pécher ?

Son bras vient s'enrouler autour de ma taille.

— Oh, je veillerai à paver avec soin ce chemin de perdition, me promet-il.

Avril 1483

Il fait un temps froid pour la saison et la rivière est en crue. Nous célébrons la semaine sainte à Westminster. Debout derrière la fenêtre, j'observe le puissant bouillonnement du courant et songe à mon fils Édouard, par-delà les eaux de la Severn, loin de moi. L'Angleterre est un pays d'eau, avec ses lacs, ses ruisseaux, ses rivières. Un pays accueillant pour Mélusine.

Mon époux, homme de cette terre, émet le désir d'aller pêcher. Le soir venu, il rentre trempé et heureux, puis insiste pour dîner du saumon qu'il a capturé. L'animal est apporté dans la grand-salle avec la pompe appropriée, à hauteur d'épaules et au son des trompettes : une prise royale.

Pendant la nuit, Édouard est pris de fièvre. Je le tance de s'être exposé aux éléments sans se soucier des conséquences et lui rappelle qu'il n'est plus un jouvenceau. Le jour suivant, son état empire ; il se lève un moment puis retourne s'allonger, trop las pour tenir debout. Les médecins préconisent de le saigner mais il leur interdit de l'approcher. Il en sera fait selon les désirs du roi. Je me rends à son chevet et observe ses pommettes cramoisies. Il ne s'agit que d'un simple refroidissement, pas d'une fièvre pernicieuse. Édouard jouit d'une santé robuste, il sera remis sous peu.

Je me trompe. Il se plaint bientôt de douleurs au ventre et d'épouvantables accès de chaleur. La Cour prend peur tandis qu'un effroi silencieux me paralyse. Les physiciens ne sont d'aucun secours ; incapables de trouver la cause de son mal, ils ne savent quel remède lui administrer. Édouard rejette toute nourriture et lutte contre les crampes qui lui tordent le ventre. Je le veille dans sa chambre, assistée de ma fille, Élisabeth, et de deux dames qui ont toute ma confiance. Hastings, son ami de jeunesse qui a accompagné toutes ses plus folles entreprises – dont cette stupide expédition de pêche –, monte la garde dans l'antichambre. La putain du nom de Shore a résolu de vivre agenouillée devant l'autel de l'abbaye, m'apprend-on, frappée de terreur à l'idée de perdre l'homme qu'elle aime.

— Permettez-moi de le voir, m'implore Hastings.

Je lui oppose un refus glacial.

— Il souffre. Il ne se trouve point en état de courir les tavernes ou les bordels, et ne requiert donc nullement votre présence. Vous et vos semblables avez épuisé sa santé. Je l'aiderai à recouvrer ses forces si cela est en mon pouvoir puis, quand il sera remis, il ne vous fréquentera plus.

— Je vous en prie, laissez-moi le voir, répète-t-il, si désemparé qu'il néglige de se défendre. Je désire seulement l'approcher un instant.

— Attendez comme un chien devant la porte, lui jetté-je cruellement. Ou partez besogner cette catin d'Élisabeth Shore ; le roi en a terminé avec vous deux.

— J'attendrai. Il me fera mander. Il ne doutera point de ma présence ici et désirera s'entretenir avec moi.

Je m'écarte de lui et pénètre dans la chambre du roi, refermant la porte sans lui laisser la possibilité de l'apercevoir. Édouard lève les yeux à mon entrée.

— Élisabeth.

Je me hâte à son chevet et lui prends la main.

— Oui, mon aimé.

— Vous souvenez-vous qu'un jour, je vous ai avoué ma peur ?

— Je m'en souviens.

— Elle est de retour.

— Vous recouvrerez la santé, lui chuchoté-je, éperdue. Vous serez bientôt sur pied, mon époux.

Il ferme les yeux.

— Hastings attend-il dehors ?

— Non.

Il sourit.

— Je désire le voir.

— Pas maintenant, lui dis-je en passant un linge humide sur son front brûlant. Vous ne vous trouvez point en état de vous entretenir avec quiconque.

— Laissez-le entrer, Élisabeth, puis faites quérir les membres de mon Conseil privé ainsi que mon frère, Richard.

Un instant, la douleur me broie les entrailles et je crains d'avoir attrapé son mal, puis je comprends : c'est la peur qui s'empare de moi.

— Abandonnez cette idée, Édouard. Vous devez seulement vous reposer et reprendre des forces.

— Faites-les quérir.

Je lance un ordre sec à une de mes dames, qui se précipite vers la porte et le transmet à la sentinelle. Aussitôt, le message se propage dans le palais que le roi a fait mander ses plus proches conseillers et se trouve au plus mal. L'un après l'autre, les lords affluent dans la chambre. Stanley, Norfolk, Hastings, le cardinal Bourchier, mes frères, mes cousins, mes beaux-frères, une demi-douzaine d'autres – des grands seigneurs qui se sont attachés à la cause de mon époux dès les premiers jours et d'autres, comme Stanley, qui adoptent toujours le parti du vainqueur. Je les accueille, le regard impénétrable.

Édouard est adossé à des coussins. Les yeux de Hastings se remplissent de larmes. Mon époux tend le bras vers lui ; leurs mains se trouvent, s'agrippent, comme si Hastings tentait de retenir la vie qui s'écoule du corps de son ami.

— Je crains que le temps ne me soit compté, murmure Édouard, la voix rauque.

— Non, chuchote son vieux compagnon. Ne parlez pas ainsi.

— Je laisse un fils encore jeune. J'avais espéré le voir devenir un homme et vous fournir un roi. Au lieu de cela, je confie un jouvenceau à vos soins.

Je lève un poing à ma bouche pour étouffer un cri.

— Hastings, reprend Édouard.

— Majesté.

— Et vous tous, ainsi qu'Élisabeth, ma reine.

Je m'approche du grand lit. Il prend ma main, puis l'unit dans la sienne à celle de Hastings.

— Vous devez œuvrer ensemble. Oubliez vos inimitiés, vos rivalités, vos désirs de vengeance ou de réparation pour un tort passé. Unissez-vous de façon à sauvegarder mon fils et son trône. Je vous le demande, je vous le commande depuis mon lit de mort. Me le promettez-vous ?

Je songe à ces années passées à haïr le compagnon de débauche d'Édouard, son ami de toutes les batailles. Je me souviens de ma première rencontre avec Sir William Hastings, de son regard méprisant alors que je me tenais sur le bord de la route, puis de la façon dont il s'est opposé à l'ascension de ma famille, exhortant le roi sans relâche afin qu'il se fie à d'autres conseillers et s'entoure d'autres amis. Malgré ses larmes, ses yeux me dévisagent avec dureté. Dans son esprit, je n'ai cessé d'incarner une sorcière qui a ensorcelé le roi ce jour-là. Il ne comprendra jamais que la seule magie qui ait opéré entre lui et moi était l'amour.

— J'œuvrerai avec Hastings pour protéger mon fils, prononcé-je. Je jure d'oublier tous les torts et de travailler avec chacun d'entre vous pour mettre mon fils sur le trône.

— Je le jure aussi, déclare Hastings.

Puis tous répètent, l'un après l'autre : « Je le jure. »

— Je nomme mon frère Richard lord protecteur, reprend Édouard.

Je tressaille et cherche à retirer ma main, mais Hastings la retient fermement.

— À vos ordres, Majesté, acquiesce-t-il, les yeux fixés sur moi, comprenant ma réticence à l'endroit de Richard et de cette puissance qu'il tient entre ses mains, dans le Nord.

— Anthony, mon frère…, dis-je dans un souffle.

— Non, s'entête le roi. Richard, duc de Gloucester, devient lord protecteur du royaume jusqu'à ce que le prince Édouard atteigne l'âge de coiffer la couronne.

— Non, gémis-je à mi-voix.

Quelques instants d'intimité avec Édouard m'auraient permis de lui démontrer que, si Anthony occupait ce poste de lord protecteur, les Rivers préserveraient la sécurité du pays. Richard menace ma puissance. Je veux mon fils entouré de ma seule famille. Je refuse que le gouvernement de mon enfant tombe entre les mains d'affinités yorkistes. C'est un Rivers qui doit occuper le trône d'Angleterre.

— Jurez-vous de l'accepter ? persiste Édouard.

— Je le jure, répètent-ils à l'unisson.

Hastings m'adresse un regard acéré :

— Madame ? me lance-t-il. Jurez-vous, en écho à notre promesse de placer votre fils sur le trône, d'accepter Richard, duc de Gloucester, comme lord protecteur ?

Non, bien sûr ! Richard ne s'est jamais déclaré mon ami et il commande déjà à la moitié de l'Angleterre. Comment me fier à un prince de la maison d'York ? Pourquoi ne saisirait-il point sa chance de coiffer lui-même la couronne puis de la transmettre à ce fils que lui a donné la petite Anne Neville ? Quelle certitude puis-je nourrir que Richard, ce soldat qui a bataillé aux côtés d'Édouard en une demi-douzaine d'occasions, ne luttera pas cette fois en son nom propre ?

La lassitude a terni le visage d'Édouard.

— Prêtez serment, Élisabeth. Je vous en prie. Pour moi et pour Édouard.

— Votre décision garantira-t-elle la sécurité de mon fils ?

— Seule l'harmonie entre vous tous assurera sa sauvegarde.

Je suis piégée.

— Je le jure.

Édouard relâche nos mains et se laisse retomber contre les coussins. Hastings émet un grognement de douleur qui n'a rien d'humain puis enfouit sa tête dans la couverture. La main d'Édouard tâtonne puis trouve la chevelure de son vieil ami, s'y pose comme pour lui donner sa bénédiction. Les lords se retirent, nous laissant, Hastings et moi, debout de chaque côté du lit avec, entre nous, le roi qui se meurt.

Mon cœur saigne d'avoir perdu mon époux bien-aimé, le seul homme que j'aimerai jamais. Mon Édouard, qui est venu à moi alors que je l'attendais sur le bord de la route. Mon aimé. Je ne puis cependant m'abandonner à ma peine. L'avenir de mon fils et de ma famille dépend de ma capacité à ravaler mes sanglots.

Cette nuit, j'écris à Anthony :

Le roi est mort. Ramenez le nouveau souverain à Londres en toute hâte. Munissez-vous de la plus imposante escorte royale possible – son soutien nous sera nécessaire. Édouard a commis la grossière erreur de nommer Richard, duc de Gloucester, lord protecteur du royaume. Celui-ci nous voue une haine farouche du fait de notre puissance et de l'amour que le roi nous portait. Nous devons couronner Édouard et nous défendre du duc, qui refusera de nous confier le protectorat. Recrutez des hommes en chemin, équipez-les, préparez-vous à combattre au nom de notre prince héritier. Je tairai autant que faire se pourra le trépas du roi, de façon à garder Richard dans l'ignorance et, de fait, à différer son départ du Nord.

Hâtez-vous,

Élisabeth

Ce que j'ignore, c'est que Hastings s'empresse d'écrire une missive à mon beau-frère. Malgré les larmes qui maculent le parchemin, son message reste lisible : les Rivers s'arment autour de leur prince ; si Richard accepte ce rôle de lord protecteur du royaume et désire protéger le garçon de sa propre famille de rapaces, qu'il se dirige aussitôt vers le sud à la tête d'une armée.

Le roi a tout laissé sous votre protection : richesses, héritier, royaume.
Assurez la sûreté de notre souverain, Sa Majesté Édouard V, et venez à Londres avant que les Rivers ne nous submergent.

Ce que j'ignore, et ce à quoi je ne me permets pas de penser, c'est que, bien qu'ayant appris à craindre ces guerres perpétuelles pour le trône de l'Angleterre, je m'apprête à en allumer une de ma propre initiative, et que l'enjeu cette fois est l'héritage et même la vie de mon fils bien-aimé.

Richard est mieux armé et se déplace avec plus de célérité que je l'eusse cru possible, ressemblant en cela à feu son frère, Édouard, dont il partage l'impitoyable détermination. Il tend une embuscade à mon fils qui chemine en direction de Londres, renvoie les Gallois qui le servaient fidèlement, puis arrête Anthony, Richard Grey, et Thomas Vaughan, l'un de nos cousins, avant de placer Édouard sous sa prétendue sauvegarde. Dieu tout-puissant, mon enfant n'a pas encore treize ans ! Il parle d'une voix fluette et son menton est aussi lisse que celui d'une jeune fille. Et quand Richard renvoie ses loyaux serviteurs, l'oncle qu'il vénère, le demi-frère qu'il aime, il les défend avec un tremblement dans la voix. Le roi son père n'eût jamais entouré son fils que d'hommes braves et bons, affirme-t-il. Il exige de les garder à son service.

Mais comment un jouvenceau tiendrait-il tête à un soldat aguerri ? Édouard déclare que son demi-frère Richard Grey s'est montré un bon camarade et son oncle Anthony un gardien loyal dont les actions n'ont jamais dérogé au code de la chevalerie, mais Richard le fait taire avec la creuse promesse que tout s'arrangera le moment venu. Pour lors, lui-même et le duc de Buckingham, mon ancien pupille que j'ai jadis uni contre sa volonté à ma sœur Catherine et qui s'affiche à présent en si étrange compagnie, formeront son escorte jusqu'à Londres.

De quelles armes peut bien disposer mon garçon ? Il ne sait comment s'opposer à cet oncle austère, commandant une troupe de deux mille soldats prêts à se battre. Alors, le cœur brisé, il laisse partir son oncle Anthony et son frère Richard. Comment pourrait-il les sauver ? Il verse des larmes, me rapporte-t-on, lorsqu'il comprend que nul ne lui obéira.

Mai 1483

Élisabeth, ma fille de dix-sept ans, survient en courant alors qu'une confusion frénétique agite Westminster.

—Madame ma mère! Que se passe-t-il?

—Nous partons nous réfugier dans le sanctuaire, réponds-je, pressée. Hâtez-vous d'emporter ce que vous voulez ainsi que des vêtements pour les petits. Assurez-vous que les tapis et tapisseries des appartements royaux sont empaquetés. Que l'on transporte tout cela à l'abbaye de Westminster. N'oubliez point votre coffret à bijoux ni vos fourrures.

—Pourquoi? s'enquiert-elle, tremblante. Qu'est-il advenu encore? Où se trouve Édouard?

—Votre frère, le roi, est prisonnier de son oncle, le lord protecteur.

Mes paroles, telles des lames acérées, lui tailladent le cœur. Depuis sa plus tendre enfance, elle voue une profonde admiration à son oncle Richard. Elle espérait qu'il prendrait soin d'elle – de nous.

—De par la volonté de votre père, mon fils est aux mains de mon ennemi. Il me tarde de découvrir à quelle espèce de lord protecteur nous avons affaire. Toutefois, je préfère l'observer depuis un endroit sûr. Nous partons dans notre refuge ce jour – à l'instant.

— Ma mère... ne devrions-nous pas consulter le Conseil ? Peut-être le duc de Gloucester se limite-t-il, ainsi que le lui dicte sa position, à escorter jusqu'à nous mon petit frère ?

— Sa Majesté le roi Édouard ! la reprends-je farouchement. Ainsi le nommerez-vous dès cet instant. Écoutez-moi bien, ma fille : seul le sot attend patiemment que survienne son ennemi en nourrissant l'espoir qu'il soit animé d'intentions amicales. J'ai l'intention d'assurer notre sécurité. Je ne puis la garantir que dans l'abbaye, où nous emmènerons également le prince Richard, votre frère. Et lorsque le lord protecteur arrivera à Londres à la tête de son armée, qu'il me persuade alors de ses desseins pacifiques !

C'est la tête haute que je m'adresse à ma courageuse enfant, devenue une jeune femme qui tombe avec stupeur du statut de princesse d'Angleterre à celui de créature en fuite, barricadée dans la crypte de Sainte-Marguerite. Mais, mais en vérité, nous sommes au plus bas quand nous nous retrouvons seuls, moi, mon frère Lionel, évêque de Salisbury, mon fils Thomas Grey, mon petit garçon Richard, mes filles Élisabeth, Cecily, Anne, Catherine, Bridget. Lors de notre précédent séjour en ce lieu, je portais l'enfant d'Édouard. Ma mère vivait encore, me tenait compagnie, empêchait la peur de s'emparer de moi avec ses intrigues, ses sortilèges et cette façon qu'elle avait de railler sa propre ambition. Mon époux, en exil, préparait son retour. Je ne doutais point d'une heureuse issue, car jamais il n'avait été vaincu sur le champ de bataille. Je l'attendais, certaine qu'il viendrait nous sauver. Oui, notre épreuve était cruelle, mais l'espoir en atténuait la rigueur.

Aujourd'hui, il m'est difficile d'espérer. À l'approche de l'été, ma saison favorite, qui évoque les parties de campagne et les joutes, l'atmosphère confinée de la crypte me pèse, m'oppresse. À quoi puis-je me raccrocher ? Mon fils se trouve aux mains de mes ennemis, ma mère et mon époux ont cessé de vivre. Aucun homme de haute stature ne se présentera sur le seuil, masquant la lumière et prononçant mon nom. Ma fille Élisabeth, qui jadis détournait si plaisamment l'attention de ses petites sœurs, compte à présent dix-sept ans ; elle me demande quel avenir nous attend. Lors de notre ancien séjour en ces lieux, il nous suffisait de survivre pour connaître des jours meilleurs. Mais, cette fois, sur quelles certitudes bâtir notre avenir ?

Pendant une semaine, j'attends des nouvelles. De l'aube au couchant, je colle mon oreille contre la grille du fenestron pratiqué dans la porte d'entrée pour tenter d'attraper au vol une parole prononcée dans la rue. Quand je m'en détourne, je me tiens à la fenêtre et observe les embarcations qui sillonnent la rivière, guettant la barge royale ou la voix de Mélusine.

Chaque jour, j'envoie des messagers en quête d'informations concernant mon frère et mon fils, ou pour s'entretenir avec les lords qui devraient se rallier à notre bannière et prendre les armes pour notre défense. Le cinquième jour, je perçois une vague de clameurs, des vivats lancés par les gamins des rues auxquels se mêlent des huées sous-jacentes, le cliquetis métallique des harnachements, le fracas des sabots. L'armée de Richard, duc de Gloucester, frère de mon défunt mari qui lui a confié nos vies et notre avenir, pénètre dans la capitale – où il jouit d'un accueil mitigé. Par la fenêtre, je découvre une ribambelle de barques enchaînées les unes aux autres, qui encerclent Westminster : une barricade flottante nous retient captifs. Personne ne peut plus ni entrer ni sortir.

J'entends le grondement d'une charge de cavalerie, suivi de cris. Si j'avais armé la ville et déclaré la guerre dès le premier instant, eussé-je été en mesure d'affronter Richard à cette heure ? Puis je réfléchis : que fût-il advenu d'Édouard, d'Anthony, de Richard Grey, retenus en otages en gage de ma bonne conduite ? À moins que mes craintes soient dénuées de tout fondement ? Je ne sais rien. Mon fils avance-t-il dans les rues de Londres en souverain, dans la gloire et les honneurs, ou en misérable prisonnier ?

Je me couche avec ce questionnement qui revient sonner à mes oreilles avec la régularité lancinante d'un tambour. Allongée dans mes vêtements, je ne dors pas. À quelque distance, mon fils gît lui aussi sur sa couche sans trouver le sommeil. J'aspire à le rejoindre, à le rassurer, à ondoyer dans les flots jusqu'à lui.

Je reste cependant immobile jusqu'à ce que le ciel noir se teinte de gris derrière les petits carreaux de la fenêtre, puis je me lève, traverse la crypte jusqu'à la porte dont j'ouvre la petite lucarne grillagée pour glisser un regard à l'extérieur. Les rues sont calmes. Je comprends alors que personne ne s'est armé pour protéger mon garçon, personne ne va le sauver, personne ne va me libérer. Ils ont peut-être hué le lord protecteur alors qu'il marchait à la tête de son armée avec mon fils dans son cortège, ils ont peut-être soulevé une petite émeute et lutté dans quelque échauffourée, mais c'est tout.

La ville retient son souffle, dans l'expectative. Richard, duc de Gloucester, accomplira-t-il la tâche que lui a confiée le souverain sur son lit de mort ? Protégera-t-il son neveu jusqu'à ce que celui-ci atteigne l'âge de coiffer la couronne ? Ou bien, en digne fils d'York, profitera-t-il de ce pouvoir qui lui est octroyé pour déshériter Édouard, monter sur le trône, et nommer son propre fils prince de Galles ? Nul n'a percé ses intentions à jour et beaucoup, comme toujours, désirent seulement se trouver du côté victorieux. Moi seule suis encline à le frapper dès maintenant, pour plus de sûreté.

Je vais à la fenêtre, baisse les yeux vers la rivière, si proche que je pourrais la toucher. Une barge chargée d'hommes en armes garde l'abbaye. Mes amis, si tant est qu'il s'en présente à la grille, se verraient refuser l'entrée.

— Il va s'emparer de la couronne, prononcé-je à voix basse, m'adressant à la rivière, à ma mère, à Mélusine. J'y gagerais ma fortune. Richard n'échappera pas à l'ambition qui dévore ceux de sa lignée. Édouard a risqué sa vie, année après année, pour s'asseoir sur le trône. Georges a préféré plonger sa tête dans un tonneau de vin plutôt que d'y renoncer. Le benjamin se présente à Londres à la tête d'un millier d'hommes ; il n'agit point ainsi au nom de son neveu. Il revendiquera la couronne. Il ne peut lutter contre son destin de prince de la maison d'York. Il justifiera son acte par une centaine de raisons que les enfants de nos enfants chercheront à démêler mais, quand tout sera dit, je gage qu'il réclamera le trône parce qu'il se révélera incapable de résister à cette opportunité. Richard s'emploiera à régner et nous éliminera, moi et les miens. (Je marque une pause.) Cependant, ma propre nature me poussera toujours à protéger mon bien, reprends-je. Je ne laisserai point agir Gloucester sans lutter. Je me préparerai au pire – cela fût-il la perte de mon fils, Richard Grey, ou de mon frère bien-aimé, Anthony. Je me tiens prête. Je me battrai pour mon fils et son héritage.

À peine ma détermination a-t-elle pris forme qu'un visiteur se présente à la porte d'entrée. Un grattement se fait entendre sur le bois, suivi d'un autre. J'entrouvre la petite fenêtre grillagée et découvre cette catin d'Élisabeth Shore, une capuche recouvrant sa luxuriante chevelure dorée, les yeux rougis par les larmes versées.

— Que veux-tu ? m'enquiers-je, glaciale.

Elle sursaute à ma voix. Me croyait-elle encore entourée de servantes et de valets ?

— Votre Majesté !

— En personne. Que veux-tu, Shore ?

Elle plonge dans une profonde révérence qui la fait disparaître de ma vue, sous le niveau de la petite grille pratiquée dans la porte. Un court instant, je suis frappée par le comique de cette situation tandis qu'elle revient s'encadrer dans mon champ de vision.

— Je vous apporte un présent, déclare-t-elle distinctement. (Elle baisse la voix.) Et des nouvelles, chuchote-t-elle. Permettez-moi d'entrer, je vous en prie. Pour l'amour du roi !

Une rage froide m'envahit à cette mention d'Édouard. Je déverrouille la porte et elle se glisse à l'intérieur dans un mouvement furtif de chatte apeurée.

— Quelle est la raison de ta présence ?

Elle n'ose pénétrer plus avant que le seuil de la pièce, pose au sol le panier qu'elle porte au bras comme une fille de cuisine. J'aperçois un jambon et un poulet.

— Je viens vous présenter les respects de Sir William Hastings et l'assurance de sa loyauté, prononce-t-elle d'un trait.

— As-tu donc changé de gardien ? Es-tu devenue sa putain ?

Elle plonge son regard dans le mien et sa beauté altière manque de me couper le souffle. Avec ses yeux gris et sa chevelure blonde, elle incarne la grâce nordique. Une rose d'Angleterre aussi délicieuse que ma fille Élisabeth – ou moi, il y a vingt ans. Cette constatation devrait accroître ma haine à son endroit, ce n'est toutefois point le cas. Eussé-je rencontré Édouard alors que celui-ci était marié, je me serais probablement abaissée à devenir sa putain plutôt que renoncer à lui.

L'aîné de mes enfants, Thomas Grey, surgit de l'ombre de la crypte, derrière moi, et s'incline devant elle comme si elle était une lady. Elle lui adresse ce rapide sourire complice que l'on accorde à un ami, avec qui les paroles se révèlent superflues.

—Je suis en effet la putain de Sir William, acquiesce-t-elle d'un ton tranquille. Feu notre souverain a envoyé mon époux à l'étranger, puis a annulé notre union. De ce fait, ma famille refuse de me reprendre. Le roi mort, je ne jouis d'aucune protection. Sir William m'a offert un foyer, je suis heureuse d'y trouver quelque sécurité.

—Viens-en au fait.

—Il me mande auprès de vous. Lui-même ne peut se présenter, par crainte des espions à la solde du duc. Toutefois, il vous fait dire de garder espoir.

—Pourquoi te ferais-je confiance ?

Thomas intervient.

—Écoutez-la, madame ma mère. Elle a aimé votre époux d'un amour sincère, honorable. Elle ne vous tromperait point avec des conseils fallacieux.

Je me tourne vers lui et lui lance d'un ton sec :

—Je m'occuperai seule de cette femme, retirez-vous.

Puis je reprends à l'adresse de ma visiteuse :

—Ton nouveau protecteur s'est comporté en ennemi dès l'instant qu'il a posé les yeux sur moi. Je ne vois pas pourquoi nous devrions soudain devenir des amis. Après tout, il s'est placé de lui-même au service du duc Richard – et il le soutient encore.

—Il pensait défendre le jeune roi. Rien d'autre ne motivait ses actions que la sûreté du nouveau souverain. Il désire vous en convaincre, et vous affirmer que tout ira bien.

—Oh, vraiment !

Malgré moi, malgré l'identité de la messagère, la loyauté de Hastings m'impressionne. S'il répond de la sécurité de mon fils, il se peut en effet que ma situation s'arrange.

—D'où tire-t-il cette certitude ?

Elle s'approche encore, prononce dans un murmure :

—Le jeune roi séjourne présentement au palais de l'évêque. Cependant, le Conseil privé est convenu de le loger à la Tour et de procéder aux préparatifs du couronnement. Il importe que votre fils occupe au plus vite sa position de souverain d'Angleterre.

—Le duc Richard le fait couronner ?

—Les appartements royaux de la Tour sont préparés en vue d'accueillir Sa Majesté, les tailleurs confectionnent ses habits de cérémonie. Ordre a par ailleurs été donné de procéder à la levée de l'argent nécessaire pour payer les festivités. Le Conseil a fait partir les invitations et appelé le Parlement à siéger. Certes, les choses se déroulent de façon précipitée... Qui eût imaginé !

Elle s'interrompt. À l'évidence, elle s'est promis de ne point trahir son chagrin devant moi. Du reste, comment l'oserait-elle ? A-t-on jamais vu la catin d'un roi pleurant sa disparition en présence de la reine ? Aussi garde-t-elle le silence, ravalant les larmes qui embuent ses yeux. Je ne réponds rien non plus, mais je sens l'émotion me gagner à mon tour et je détourne la tête. Je ne suis point femme à m'abandonner à mes sentiments. Elle reste la ribaude ; je demeure l'épouse. Mais, par Dieu, qu'il nous manque à toutes deux ! Nous partageons la douleur de l'avoir perdu, comme jadis nous jouissions du bonheur de sa personne.

— Es-tu assurée de ce que tu avances ? m'enquiers-je à voix basse. S'emploie-t-on à préparer la garde-robe royale ?

— La date du couronnement a été fixée au vingt-cinquième jour de juin, les nobles du royaume ont reçu l'ordre d'y assister, confirme-t-elle. Sir William vous mande par ma bouche de garder espoir. Il ne doute pas un instant que votre fils prendra place sur le trône d'Angleterre. Il me fait vous informer qu'il vous escortera en personne jusqu'à l'abbaye, où vous assisterez au couronnement du jeune souverain au premier rang. (L'espérance me gonfle le cœur.) Par ailleurs, il a été décidé qu'Édouard, le jeune comte de Warwick, se rendrait dans le Nord pour intégrer la maisonnée d'Anne Neville, l'épouse du duc de Gloucester, précise-t-elle.

Il s'agit de l'enfant qu'une barrique de vin a rendu orphelin. À huit ans, cette créature timorée ressemble à Georges de Clarence, son écervelé de père. Toutefois, il reste en deuxième position pour hériter du trône – avant le propre fils du duc Richard. Nonobstant, Gloucester s'assure de sa sauvegarde.

— Vraiment ? Il a envoyé Warwick auprès de son épouse ?

— Milord Hastings affirme que Sa Seigneurie le duc craint votre puissance mais qu'il n'intenterait point une guerre contre ses neveux.

— Hastings a-t-il quelque nouvelle de mon frère et de mon fils, Richard Grey ?

— Le Conseil privé a refusé d'accuser votre frère de trahison et l'a déclaré un bon et loyal serviteur. Le duc Richard désirait le juger pour l'enlèvement du jeune roi mais les membres du Conseil ont rejeté sa demande et il a accepté leur décision. Sir William pense que votre frère et votre fils seront relâchés après le couronnement, Votre Majesté.

— Gloucester désire-t-il parvenir à un accord avec nous ?

— Selon milord Hastings, Sa Seigneurie le duc s'oppose à votre famille et à votre influence, Altesse, mais il reste fidèle au jeune roi pour l'amour de feu Sa Majesté. Sir William vous assure que votre fils sera couronné.

— Mande-lui que je m'en réjouis mais que je demeurerai ici jusqu'à la cérémonie. J'ai un autre fils et cinq filles qu'il me faut protéger, ils resteront auprès de moi. Le duc Richard ne m'inspire aucune confiance.

— Milord Hastings vous trouve pareillement peu digne de foi, énonce-t-elle, s'abîmant dans une profonde révérence alors qu'elle me lance cette insulte. Il vous avertit par ma bouche que vous ne pourrez défaire le duc de Gloucester mais devrez, à l'inverse, œuvrer de concert avec lui. Il vous rappelle que feu votre royal époux a nommé Sa Seigneurie lord protecteur du royaume, et vous informe que le Conseil préfère son influence à la vôtre. Je vous supplie de me pardonner ces paroles, qu'il m'a commandé de vous transmettre, Altesse : bon nombre de nobles seigneurs exècrent votre famille et désirent détrôner les Rivers de leurs positions influentes. La Cour n'a pas manqué de remarquer que vous avez emporté le trésor royal dans votre sanctuaire, ainsi que le Grand Sceau, tandis que votre frère, le lord amiral Édouard Woodville, a pris la mer avec la flotte.

Je serre les dents. Cette diatribe attaque en particulier Anthony, plus proche d'Édouard que quiconque, qui a veillé sur lui comme sur un fils et se trouve, à ce jour, emprisonné à cause de l'affection qu'il voue à son neveu.

— Le duc doit élargir mon frère à l'instant. Que le Conseil n'oublie point les droits des Rivers et de la veuve du roi. Je reste reine. Une autre avant moi a mené un impitoyable combat pour défendre son dû : que l'on s'en souvienne. Le duc a enlevé mon fils et pénétré dans Londres à la tête d'une armée. Il m'en répondra.

L'effroi se lit dans son regard. À l'évidence, elle ne goûte guère d'endosser ce rôle d'intermédiaire entre un courtisan ambitieux et une souveraine qui crie vengeance.

— Je transmettrai vos paroles à milord le duc, Votre Majesté, déclare-t-elle.

Elle me salue d'une autre révérence, puis recule vers la porte.

— Me permettez-vous de vous exprimer toute ma sympathie pour la terrible perte qui vous accable ? Votre époux était un grand homme. Ce fut un honneur que d'être autorisée à l'aimer.

— Il ne t'aimait pas, lui lancé-je par dépit.

— Non, il n'a jamais aimé une autre femme autant que vous, renchérit-elle avec tant de douceur que j'en suis touchée malgré moi. Une seule reine occupait le trône et son cœur. Il l'affirmait sans répit à la face du monde et n'a cessé de me le répéter.

Elle tire le verrou, puis ouvre la lourde porte.

— Il t'était fort attaché, lui dis-je, poussée, malgré moi, à me montrer juste envers elle. Je t'enviais cette affection qu'il te témoignait. Il disait de toi que tu étais la plus joyeuse de ses catins.

Ses yeux s'éclairent soudain.

— Je suis heureuse de cette opinion qu'il professait et remercie Votre Majesté de m'en faire part. Je n'ai jamais nourri un intérêt particulier pour la politique. J'appréciais seulement de me trouver en sa compagnie et, dans la mesure du possible, de lui apporter quelque joie.

— Très bien, réponds-je, à court de gracieusetés. Adieu, à présent.

— Que Dieu vous protège, Majesté, prononce-t-elle à son tour. Il se peut que l'on me confie d'autres messages. Me recevrez-vous ?

— Toi ou une autre, peu me chaut. Si Hastings prend le parti de confier ses messages aux ribaudes d'Édouard, il me faudra ouvrir mon huis à une centaine d'entre vous, conclus-je, irritée.

Juin 1483

Ces paroles rassurantes de Hastings ne me modèrent en rien. Je suis résolue à guerroyer contre Richard. Je dois le détruire et libérer mon fils et mon frère, ainsi que le jeune roi. Je refuse d'attendre docilement, comme Hastings le suggère, qu'il couronne Édouard. Il ne m'inspire aucune confiance, pas plus que le Conseil privé ou les citoyens de Londres, qui tourneront casaque pour se donner au parti vainqueur. Je suis déterminée à l'attaquer par surprise.

—Écrivez un message à votre oncle Édouard, enjoins-je à Thomas Grey. Qu'il prépare la flotte au combat ; nous quitterons alors notre sanctuaire et soulèverons le peuple. Le duc loge au château de Baynard avec sa mère. Je veux qu'Édouard le bombarde, de façon que, dans un même temps, nous puissions envahir la Tour et en libérer le jeune roi.

—Richard ne nourrit peut-être d'autre intention que de le couronner, objecte Thomas qui s'applique à écrire en code le message que notre courrier, dans le plus grand secret, emportera à bride abattue vers nos navires.

—Dans ce cas, Sa Seigneurie aura péri et nous couronnerons néanmoins Édouard. S'il s'avère que nous avons occis un ami loyal, nous le pleurerons le moment venu. Pour lors, il importe de nous préoccuper de notre propre situation. N'attendons point que Gloucester renforce son emprise sur Londres. La moitié du royaume n'a pas encore appris la mort du roi, mon mari. Détruisons Richard avant qu'il ne soit en mesure d'asseoir son autorité.

— J'aimerais rallier quelques lords, suggère-t-il.

— Agissez en cela comme vous l'entendez, réponds-je avec indifférence. J'ai reçu de lady Margaret Stanley l'assurance que son époux nous soutiendra malgré l'appui qu'il prétend apporter au lord protecteur. Adressez-vous à lui. Quant à ceux qui ne se sont point opposés à l'entrée de Richard dans Londres, qu'ils périssent à ses côtés, je m'en contrefiche. Ces faquins m'ont trahie, de même qu'ils ont trahi la mémoire de feu mon époux. S'ils survivent, ils seront jugés pour félonie et exécutés.

Thomas lève les yeux de son parchemin.

— Ce faisant, vous déclareriez une nouvelle fois la guerre – une guerre qui nous opposera, les Rivers, ainsi que nos amis, nos parents et nos partisans, aux lords d'Angleterre, à la tête desquels se trouvera votre beau-frère. York combattra York, cette fois. Il s'agira d'une lutte sans merci, à laquelle il sera difficile de mettre un terme… et dont la victoire se révélera malaisée à emporter.

— La guerre est inévitable, réponds-je d'un ton ferme. Et je dois la gagner.

La Shore n'est point la seule à venir me chuchoter des nouvelles à l'oreille. Ma sœur Catherine me rend visite ; elle apporte du bon vin et les premières framboises du Kent.

— Votre Altesse ma sœur, énonce-t-elle en plongeant dans une révérence cérémonieuse.

— Madame la duchesse, réponds-je froidement.

Nous avons uni Catherine au duc de Buckingham quand celui-ci n'était qu'un enfant irascible de neuf ans. De cette union, ma sœur a retiré des milliers d'acres et le plus noble titre après celui de prince. Quant au petit duc, fier comme un paon de son auguste lignée, il a appris à ses dépens que les Rivers bénéficiaient du pouvoir de lui imposer une épouse au nom infiniment moins prestigieux. Catherine a ainsi connu l'inouïe destinée de s'élever au rang de duchesse, grâce à mon seul bon vouloir. Depuis, la roue de la fortune a tourné. Elle partage l'existence d'un homme de trente ans proche du lord protecteur de l'Angleterre, tandis que, veuve et déchue, je me cache de mon ennemi qui tient présentement toutes les cartes en main.

Elle passe son bras sous le mien, comme nous avions coutume de le faire à Grafton lorsque nous étions enfants.

— Ils affirment que votre mariage résultait d'un sortilège, murmure-t-elle sans bouger les lèvres. En outre, ils recherchent une personne prête à affirmer sous serment que le roi avait déjà contracté une union.

— Cette ancienne calomnie ? Elle ne me tracasse pas le moins du monde.

— Écoutez-moi plus avant, je vous en conjure. Il se peut que l'on m'empêche de revenir. La puissance de mon époux ne cesse de croître. Avant peu, il me renverra à la campagne sans qu'il me soit loisible de lui désobéir. Apprenez qu'ils tiennent Robert Stillington, l'évêque de Bath et de Wells…

— Il est à nous, interviens-je, oubliant que ce « nous » a cessé d'exister.

— Il était à vous, quand il officiait comme chancelier d'Édouard. À présent, il réserve son amitié au duc, à qui il a affirmé voilà peu, comme il l'a confié autrefois à Georges, duc de Clarence, qu'Édouard avait épousé dame Éléonore Butler avant vous, ajoutant que cette union avait produit un fils.

Je détourne la tête. Tel est le prix qu'il me faut payer pour avoir eu un séducteur impénitent pour mari.

— À vrai dire, je crois en effet qu'il lui a promis le mariage, émets-je à mon tour dans un murmure. Peut-être même l'a-t-il célébré d'une manière ou d'une autre – c'est du reste ce qu'a toujours pensé Anthony.

— Ce n'est pas tout. Ils soutiennent que feu le roi était lui-même illégitime.

— Encore ?

— Encore.

— Et qui réchauffe ces vieux mets ?

— Le duc Richard et mon époux. Pis que cela toutefois, je crois la duchesse Cecily disposée à confesser en public la bâtardise de votre époux. Nul doute qu'elle n'agisse ainsi de façon à libérer l'accès au trône pour son fils.

Bien entendu. On nous bannit de l'Angleterre, le duc Richard coiffe la couronne et, pour lui succéder, son gamin au teint cireux hérite du trône à la place de mon magnifique petit prince.

— Par ailleurs, poursuit-elle à mi-voix, le duc vous suspecte de lever des hommes. Il a averti le Conseil que vous nourrissiez l'intention de le détruire, lui et les lords anglais. Fort de cette certitude, il a fait mander ses alliés du Nord. Une armée s'apprête à fondre sur nous.

Ma main se resserre sur son bras et je confirme :

— Oui, je rallie mes partisans. Quand ces soldats à la solde du duc arriveront-ils ?

— Richard vient de dépêcher ses ordres. Ils ne pourront se présenter avant quelques jours – peut-être une semaine. Votre soulèvement peut-il se produire dès maintenant ?

— Non, pas encore.

— Il eût sans doute mieux valu vous présenter en personne devant le Conseil. Que comptez-vous faire ?

— Je projette d'envoyer mon fils Richard en sûreté et de libérer Édouard. J'ai entrepris de soudoyer ses gardes, à la Tour. Il est servi par de bonnes gens qui détourneront la tête, le moment venu. Mon fils Thomas s'échappera d'ici, se portera au secours de son frère Richard Grey et d'Anthony à Sheriff Hutton puis, ensemble à la tête de nos alliés, ils nous délivreront. Nous allons gagner.

— Placerez-vous vos fils en sûreté ?

— Il y a des années, avant même leur naissance, Édouard a étudié le moyen d'une fuite. Je lui ai fait le serment que, quelles que fussent les circonstances, je mettrais les garçons à l'abri. Souvenez-vous de ces batailles qui ont jalonné notre accession au trône ; il nous fallait sans cesse nous préparer au pire. Même si Richard n'incline point à porter atteinte à mes fils, je ne puis les remettre entre ses mains tandis qu'il clame leur illégitimité. Notre frère, sir Édouard, commandera à la flotte royale d'attaquer le duc de Gloucester ; les garçons embarqueront sur l'un des navires, qui les emmènera en sûreté, dans les Flandres.

Elle agrippe soudain mon coude.

— Oh, Élisabeth !

— Qu'y a-t-il ?

— Notre frère Édouard, dites-vous ? Vous ne savez donc point… La flotte s'est mutinée contre lui et a pris le parti du lord protecteur.

Un instant, le choc de sa révélation me rend muette.

— Édouard… l'ont-ils tué ?

— Je ne sais avec certitude ce qu'il est advenu de lui. En tout état de cause, nul n'a proclamé sa mort ni mentionné son exécution.

— Qui a poussé ses hommes à se rebeller contre lui ?

— Thomas Howard, confie-t-elle, nommant ce noble qui a choisi le parti de Richard dans l'espoir d'obtenir une charge et des profits. Il s'est rendu sur les vaisseaux. Il semble du reste que les capitaines hésitaient à prendre la mer. Les hommes ont refusé d'obéir au commandement d'un Rivers. Une grande partie du peuple abhorre notre famille.

— Perdus, dis-je dans un souffle, secouée par l'ampleur de notre défaite. La flotte, Édouard, l'or du Trésor qu'il transportait. Je comptais sur lui pour venir à notre secours, remonter la rivière, bombarder Londres. Il nous eût ensuite emmenés en sûreté, dans les Flandres, où l'or royal nous eût assuré les services d'une armée.

Elle balance un instant, puis elle tire un morceau d'étoffe d'une poche de sa cape.

— Qu'est-ce ?

— C'est un morceau de tissu que j'ai découpé dans la serviette du duc Richard lorsqu'il a dîné avec mon mari, prononce-t-elle à voix très basse. Il l'a tenue dans sa main droite et s'est essuyé les lèvres avec.

Elle s'interrompt. Catherine a toujours affiché sa crainte des pouvoirs de notre mère. Jamais elle n'a demandé à se les voir transmettre.

— J'ai songé que vous sauriez en faire usage. Le duc de Gloucester croît chaque jour en puissance. Vous devez l'arrêter. J'ai pensé à… une maladie ?

— Vous avez subtilisé ce morceau ? m'enquiers-je, incrédule.

— Je l'ai fait pour Anthony, lâche-t-elle farouchement. Le duc Richard le tient en son pouvoir, or mon époux et le lord protecteur le haïssent et envient son éducation, sa bravoure, l'affection dont il est entouré. Je l'aime tant ! Je vous en supplie, Élisabeth, sauvez-le !

Je m'empresse de glisser le bout d'étoffe dans ma manche, désireuse de le cacher à la vue des enfants.

— Oubliez cela dès cet instant. Vous possédez un visage où tout se lit, Catherine, on découvrira aisément mon intention si vous négligez de vous sortir immédiatement cet épisode de la tête.

— Je ne saurais mentir, acquiesce-t-elle.

— Il ne s'est rien passé.

Nous revenons à la porte et je déclare :

— Que Dieu vous garde. Ne m'oubliez point, ni mes garçons, dans vos prières.

— C'est une période sombre pour les Rivers. Je prierai pour la sauvegarde de vos enfants ainsi que la vôtre, ma sœur.

— Il regrettera ce qu'il a provoqué, prédis-je.

Je marque une pause, en proie à une vision : Richard, l'air d'un jouvenceau éperdu, titube sur le champ de bataille, son épée inerte au bout de son bras. Il cherche ses amis du regard, n'en distingue aucun. Il demande son cheval, qui a disparu. Ses forces l'ont abandonné. Le désespoir brouille ses traits.

L'image se dissout. Catherine me touche la main :

— Qu'avez-vous vu ?

— Ses regrets, dis-je doucement. Ses actes entraîneront sa perte et la fin de sa lignée.

— Et nous ? me presse ma sœur. Anthony ? Notre maison ?

— Nous aussi, je le crains.

Au plus noir de la nuit, je me lève et prends le lambeau d'étoffe que m'a confié Catherine. J'approche de mon nez la trace de nourriture laissée sur le tissu lorsque le duc s'est essuyé les lèvres. Une viande, selon moi, bien que Sa Seigneurie prône la sobriété en matière de nourriture. Je tords l'étoffe pour en faire une cordelette et je la noue autour de mon bras, serrant si fort que la douleur m'envahit. Je me recouche et m'abandonne au sommeil. Le lendemain, à mon réveil, la peau boursouflée autour du bandeau a pris une teinte bleuâtre tandis que l'extrémité de mes doigts m'élance douloureusement. Je détache la cordelette, puis la jette dans les flammes, tournant mon esprit vers l'extrême faiblesse de mon bras.

— Que cette défaillance devienne sienne. Que son bras perde de sa puissance, que son épée tombe au sol. Qu'il inspire une bouffée d'air qui pétrifie son torse, puis une autre qui l'étouffe. Qu'il dépérisse, faiblisse… puis brûle de cette manière.

La cordelette s'enflamme sous mes yeux, et je l'observe jusqu'à ce qu'elle ait disparu.

Mon frère Lionel se présente à moi de bon matin.

— J'ai reçu une missive du Conseil. Il nous prie de quitter notre sanctuaire et d'envoyer Richard rejoindre son frère, le prince Édouard, dans les appartements royaux de la Tour.

Je me tourne vers la rivière, à la recherche d'une réponse.

— Non, refusé-je enfin. Je m'oppose à ce que les deux princes se retrouvent entre les mains de leur oncle.

— Le couronnement aura lieu, m'affirme mon frère. Les lords séjournent tous à Londres, les tailleurs terminent les habits de cérémonie, l'abbaye est apprêtée. Il est temps pour nous de reprendre la place qui nous est due. Notre retraite en ces lieux nous fait paraître coupables de quelque félonie.

— Le duc de Gloucester reste un fils de la maison d'York. Jadis, il a observé les trois soleils qui illuminaient le ciel tandis que ses frères et lui chevauchaient vers la victoire. Il ne refusera pas cette chance de régner en Angleterre. Vous ne pouvez croire qu'il déposera la puissance du royaume entre les mains d'un jouvenceau.

— Je crois qu'il dirigera l'Angleterre à travers votre fils si vous ne vous trouvez point là pour l'en empêcher, rétorque-t-il sans ambages. Il fera du petit une marionnette dont il tirera les ficelles – ainsi que l'a fait Warwick. Il n'aspire point au trône mais à jouir du pouvoir. Le lord protecteur se proclamera régent et conduira les affaires du pays au nom de votre enfant.

— Édouard deviendra roi dès l'instant qu'il coiffera la couronne. Nous verrons bien, alors, de qui il suivra les conseils !

— Richard peut refuser de remettre les clés du pouvoir avant que le souverain n'atteigne vingt et un ans, ce qui lui permettra de gouverner pendant encore huit ans, objecte mon frère. Nous devons reprendre notre place au Conseil, protéger nos intérêts.

— Si je suis assurée qu'aucun péril ne guette mon fils.

— Richard eût-il nourri l'intention de l'occire, il l'eût fait à Stony Stratford avec le duc de Buckingham pour seul témoin quand il a fait arrêter Anthony, dépouillant ainsi Édouard de toute protection, réplique Lionel avec véhémence. Au lieu de cela, il s'est agenouillé devant votre fils, lui a prêté serment de fidélité, puis l'a amené à Londres en grande pompe et avec les honneurs. Nous seuls avons instauré ce climat de suspicion – pardonnez-moi, ma sœur : vous l'avez instauré. Je ne me suis jamais opposé à vous, vous le savez, mais en l'occurrence, vous commettez une erreur.

— Qu'il vous est aisé de parler ainsi, réponds-je, irritée. Pour ma part, je compte sept enfants à protéger et un royaume à gouverner.

— Eh bien gouvernez-le ! Réinstallez-vous dans les appartements royaux de la Tour et assistez au couronnement de votre fils. Prenez place sur votre trône et commandez au duc, qui n'est rien de plus que votre beau-frère et le gardien de votre enfant.

Je médite les paroles de Lionel. Devrais-je me trouver au cœur des préparatifs, occupée à me gagner la fidélité des lords en promettant faveurs et charges au nom du nouveau roi ? Si je sortais, flanquée de mes magnifiques enfants, je pourrais régner sur l'Angleterre à travers mon fils. Je tiendrais mon rang au lieu de me cacher dans un sanctuaire, la peur au ventre. Peut-être serait-il inutile de recourir à la guerre pour remporter mon trône. Je puis vaincre comme une reine aimée et juste. Les courtisans oscillent entre deux partis : à moi de m'attacher leur loyauté. J'en suis capable. Il me suffirait de sortir dans la chaude lumière de l'été et de reprendre ma place…

Une voix retentit à l'extérieur :

— Le confesseur de la reine douairière !

J'ouvre la lucarne grillagée et découvre un dominicain, le visage assombri sous sa capuche.

— J'ai reçu ordre de vous entendre en confession, déclare-t-il.

— Entrez, mon père.

Il entre d'un pas tranquille, ses sandales glissant sur le sol dallé. Il s'incline, attend que j'aie refermé l'huis.

— L'évêque Morton m'envoie, prononce-t-il à voix basse. Si l'on vous pose la question, je suis venu vous offrir une chance de vous confesser, et vous conseiller de ne point céder au désespoir. M'entendez-vous ?

— Oui, mon père.

Il me tend une feuille de papier.

— J'attendrai dix minutes avant de vous quitter. Il ne m'est point permis d'empocher une réponse, me signifie-t-il.

Il prend place sur un siège à proximité de la porte et laisse s'égrener les minutes, tandis que j'emporte la missive à la fenêtre pour la lire à la lumière. Scellée du sceau des Beaufort, elle me provient de lady Margaret Stanley, mon ancienne dame d'atour. Malgré son attachement passé à Lancastre, son quatrième époux, lord Thomas Stanley, et elle-même se sont montrés loyaux à notre endroit ces onze années écoulées. Sa fidélité perdurera-t-elle ? Adoptera-t-elle mon parti contre le duc Richard ? Elle y a tout intérêt. Elle comptait sur Édouard pour pardonner à son fils ce sang lancastrien qui coule dans ses veines et mettre fin à son exil en Bretagne. Elle m'avait entretenue d'amour maternel et de son désir de revoir son enfant. Je lui avais alors promis d'œuvrer au retour du jeune Henri. Rien ne la lie ni ne l'attache au duc Richard, après tout. Il se peut qu'elle estime ses chances de récupérer son rejeton plus nombreuses si je retrouve ma puissance.

Les mots qu'elle m'adresse, toutefois, ne trahissent ni une volonté de former une cabale ni celle de m'apporter son soutien.

Anne Neville n'assistera point au couronnement. Elle n'a commandé ni chevaux ni gardes pour l'escorter sur le trajet. Aucun tailleur ne lui a confectionné la moindre robe de cérémonie. J'ai songé que cette information vous intéresserait. M. S.

Le billet en main, je réfléchis. Anne souffre d'une santé défaillante, son fils également, malingre depuis sa naissance ; peut-être est-ce cela qui la pousse à rester chez elle. Mais lady Stanley ne s'exposerait point de cette façon pour me transmettre une nouvelle insignifiante. Un fait demeure : Anne Neville ne se précipite point à Londres. Sans doute obéit-elle à son époux, Richard. Pourquoi n'invite-t-il pas sa propre épouse à la plus importante cérémonie d'un règne, le couronnement du nouveau souverain ?

Parce qu'il sait que le sacre n'aura point lieu.

Je garde les yeux fixés sur la rivière, méditant sur ce qu'implique ce message pour moi. Puis je m'approche du dominicain et m'agenouille devant lui.

— Bénissez-moi, mon père.

Sa main se pose, pleine de douceur, sur ma tête.

La servante qui, chaque jour, achète le pain et la viande à l'extérieur revient avec une nouvelle inquiétante. Elle s'entretient avec ma fille, qui se précipite vers moi.

— Madame ma mère, puis-je vous parler ?

Je me tiens à la fenêtre, fixant la rivière du regard, dans l'espoir que Mélusine jaillira des eaux et m'offrira ses conseils.

— Bien sûr, ma chère enfant.

— Selon Jemma, le marché bruissait d'une rumeur au sujet d'une querelle qui s'est déroulée au Conseil… On a fait mention devant elle d'une arrestation. Sir William…

— Sir William Hastings ?

Je songe à ce fidèle ami d'Édouard, le défenseur de mon fils, mon nouvel allié.

— Oui, ma mère. On affirme qu'il a été exécuté.

Je pose une main sur le mur de pierre pour empêcher la pièce de tourbillonner.

— Impossible. Elle aura mal compris…

— Elle rapporte que le duc Richard, ayant découvert un complot, a arrêté deux hommes et a fait décapiter Sir William.

— Il s'agit de l'un des plus grands seigneurs de l'Angleterre. On ne l'exécuterait point sans procès. Elle se méprend.

— Elle le tient pour vrai, insiste ma fille. Ils l'auraient fait sortir de la salle du Conseil, s'agenouiller devant un billot sur la pelouse, puis lui auraient tranché le col sans jugement.

Mes genoux se dérobent. La pièce disparaît dans le noir. Lorsque j'ouvre les yeux, j'aperçois Élisabeth penchée sur moi, sa coiffe tombée à terre, sa magnifique chevelure auréolant son beau visage qui affiche une expression inquiète.

— Ma mère, ma mère ! Qu'avez-vous ? Parlez-moi !

— Je vais bien.

Ma gorge est effroyablement sèche. Je suis allongée sur le sol, son bras sous mes épaules.

— Je vais bien, mon enfant. Mais j'ai cru vous entendre dire… j'ai cru que vous m'informiez de l'exécution de Sir William Hastings.

— Jemma le certifie, ma mère. Votre réaction me surprend, toutefois. Il me semblait qu'il ne comptait point parmi vos amis.

— L'amitié n'importe guère ici, ma fille. Ce seigneur représente le plus ardent défenseur de votre frère – le seul qui a pris contact avec moi. Malgré son dédain à mon endroit, il donnerait sa vie pour mettre Édouard sur le trône et respecter la promesse faite à votre père. Son trépas nous priverait de notre plus puissant allié.

Un grattement à l'huis nous immobilise.

— *C'est moi**, murmure une voix en français.

— C'est une femme, allez ouvrir.

Un court instant, j'ai imaginé qu'il s'agissait du bourreau envoyé sur les ordres de Richard, la hache maculée de sang. La Shore se glisse par l'entrebâillement, sa cape serrée autour de son riche vêtement de brocart. Elle plonge dans une révérence sitôt qu'elle m'aperçoit, encore assise sur le sol.

— Vous avez appris la nouvelle, alors, prononce-t-elle.

— Hastings ?

Ses yeux se remplissent de larmes.

— Il est mort. Le duc Richard l'a fait exécuter pour trahison.

Élisabeth revient à mon côté. Elle tombe à genoux et s'empare de mes mains glacées, tandis que notre visiteuse poursuit :

— Le duc de Gloucester a accusé Sir Williams de conspirer avec l'aide d'une sorcière. Sa Seigneurie s'est plainte de manquer de souffle, de forces déclinantes. Il a affirmé que son bras droit avait perdu toute vigueur et, remontant sa manche, l'a exhibé devant le Conseil. Selon ses termes, il souffre d'un sortilège que lui ont jeté ses ennemis.

Je ne la quitte point du regard.

— Qui, selon lui, est la sorcière ?

— Vous.

Je sens Élisabeth qui tressaille. Puis Shore ajoute :

— Et moi.

— Nous œuvrerions de concert ?

— En effet, répond-elle simplement. Je désirais vous en avertir. S'il parvenait à prouver que vous vous êtes adonnée à la sorcellerie, obtiendrait-il la permission de briser l'inviolabilité du droit d'asile pour vous emmener, vous et vos enfants ?

Je hoche la tête. Assurément.

Je n'ai pas oublié la bataille de Tewkesbury, où mon propre époux a transgressé la loi concernant le droit d'asile sans raison ni explication, faisant traîner hors de l'abbaye des hommes blessés pour les massacrer sur le parvis avant d'entrer dans l'édifice pour en tuer d'autres sur les marches de l'autel. Il a fallu nettoyer le sang du sol consacré, sanctifier de nouveau ce lieu saint perverti par la mort.

— Sans nul doute, réponds-je à haute voix. Bien pire a été commis auparavant.

— Je dois partir, émet-elle d'un ton apeuré. Je crains qu'on ne me surveille. William eût désiré me voir tout mettre en œuvre pour protéger vos enfants, mais je ne peux faire davantage. Une chose encore : lord Stanley a tenté de le sauver. Il l'avait averti que le lord protecteur chercherait à lui nuire. Il avait rêvé d'un sanglier [1] aux défenses sanglantes. William était convenu qu'un danger le menaçait, il ne l'imaginait toutefois point si proche…

Les larmes coulent à présent librement sur ses joues. Sa voix devient rauque.

— Quelle injustice ! chuchote-t-elle dans un sanglot. Commise de surcroît contre un homme si bon. On l'a traîné hors de la salle

1. Le sanglier blanc était l'emblème de Richard, duc de Gloucester. (*NdT*)

du Conseil et on lui a tranché le col sans un prêtre pour l'assister, sans même lui laisser le temps de prier !

Je concède :

— C'était un honnête homme.

— Sa mort vous ôte un protecteur. Un grand péril vous guette. Tout comme moi. (Elle remonte sa capuche, puis se dirige vers la porte.) Dieu vous garde ainsi que vos enfants, prononce-t-elle, parvenue devant l'huis. Je vous servirai si la possibilité s'offre à moi. Vous rendre visite me fait courir un grand risque, toutefois.

— Un instant ! interviens-je, me souvenant de l'une de ses paroles. Lord Stanley demeure loyal au jeune roi, as-tu dit ?

— Stanley, l'évêque Morton et l'archevêque Rotherham ont été emprisonnés, soupçonnés de conspirer pour votre compte contre le lord protecteur. Les membres du Conseil restants appartiennent corps et âme à ce dernier.

— Dieu du ciel, est-il frappé de folie ?

— Je crois qu'il a décidé de revendiquer la couronne, confie-t-elle. Vous souvenez-vous de Sa Majesté le roi affirmant que Richard mettait toujours ses projets à exécution et qu'après s'être fixé un but, il poursuivait celui-ci quoi qu'il lui en coûtât ?

J'acquiesce, bien qu'entendre cette créature citer feu mon époux me retourne l'estomac, et elle continue :

— Eh bien, sa résolution est prise, j'en suis certaine. À ses yeux, l'Angleterre a davantage besoin d'un homme fort pour souverain que d'un enfant de douze ans. Aussi s'est-il promis de monter sur le trône – quel que soit le prix à payer.

Elle entrouvre la porte et glisse un regard vers l'extérieur, s'emparant de son panier vide pour faire croire qu'elle est venue porter quelques victuailles, puis se retourne une dernière fois vers moi.

— Si tel est le cas, un grave danger vous guette. Je prie que vous trouviez le moyen de vous mettre à l'abri, Altesse… ainsi que les enfants d'Édouard.

Elle exécute une rapide révérence et chuchote :

— Dieu vous garde, en souvenir de lui.

La hache qui s'est abattue sur le cou de Hastings balaie mes dernières hésitations. Richard tuera mes deux garçons pour libérer la voie le menant au trône. Je ne donnerais pas cher non plus de la vie du fils de Georges, où qu'il se trouve. J'ai vu de mes yeux Richard pénétrer dans la chambre du roi Henri pour l'occire. Non, aucun doute n'est permis. Gloucester tiendra un raisonnement similaire à celui qu'ont adopté les trois frères, cette nuit-là : un roi oint se dressait entre leur lignée et le trône, l'assassiner devenait une nécessité. Entre mon beau-frère et ce trône se dresse mon Édouard. Je crains, hélas, d'échouer à le sauver. Mais je jure que le duc ne portera point atteinte à mon plus jeune, Richard.

Bien que préparé par mes soins à cette extrémité, il se montre surpris lorsque je lui dis qu'il doit partir immédiatement. Il ne pensait pas que cela arriverait si tôt. La couleur déserte ses joues, puis sa bravoure masculine le pousse à relever le menton. Il n'a que neuf ans, mais il reste un prince d'York qui ne saurait afficher sa peur. Je dépose un baiser sur son front, puis lui enjoins de garder en mémoire toutes les indications qui lui ont été données. À la nuit tombée, je l'emmène. Nous traversons la crypte, descendons les marches, et nous enfonçons dans les profondeurs des catacombes où s'alignent les tombeaux de pierre, avec nos lanternes pour seul éclairage. Celle que brandit sa petite main ne tremble pas. Il avance à mon côté d'un pas vif, la tête haute.

Au bout du couloir se dresse une grille de fer ; celle-ci s'ouvre sur un quai de pierre dont les marches plongent dans l'eau. Une barque y est amarrée. C'est un bachot, l'une de ces embarcations servant au trafic fluvial qui naviguent par centaines sur la Tamise. J'avais espéré faire embarquer mon fils sur un navire de guerre commandé par mon frère, entouré de vigoureux soldats qui eussent prêté serment de le protéger. Mon enfant se contentera de ce batelet, des deux loyaux serviteurs qui l'accompagnent et de ma bénédiction. À Greenwich l'attend sir Édouard Brampton, un ami de feu mon époux – du moins je l'espère, car tant de certitudes se sont évanouies.

Les deux hommes montent en silence dans le bachot, retenu par une corde passée dans un anneau. Mon fils s'avance. L'un des bateliers le soulève, puis l'assoit à l'arrière. Le temps presse, interdisant tout adieu prolongé – mais que prononcerais-je hormis une prière, qui s'étouffe dans ma gorge et me déchire les chairs, comme si j'avais avalé une dague ? L'embarcation s'éloigne sans un bruit, je lève la main vers mon petit, dont j'aperçois les grands yeux fixés sur moi.

Je reviens sur mes pas à travers les catacombes et les marches humides. Parvenue dans la crypte, je me poste à la fenêtre. Son bateau rejoint lentement le trafic. J'aperçois les deux hommes aux avirons, mon fils à la poupe. Qui songerait à les arrêter ? Ils ressemblent à des centaines d'autres – deux bateliers accompagnés de l'apprenti chargé d'effectuer les courses à terre. J'ouvre la fenêtre. Je désire seulement qu'il me distingue dans l'encadrement si d'aventure il levait les yeux, qu'il sache que je penserai à lui jusqu'à ma mort.

Il ne lève pas les yeux. Brave enfant, qui suit les instructions à la lettre. Il garde la tête baissée, son bonnet rabattu sur le front pour masquer sa belle chevelure blonde. Il doit répondre au nom de Peter et ne plus s'attendre à être servi par des valets. Il lui faut oublier les spectacles, le train royal, les lions de la ménagerie, la Tour, les acrobates, la foule qui l'acclame, ses sœurs qui jouent avec lui et lui ont enseigné le français, le latin, et même un peu d'allemand. Il doit cesser d'évoquer ce frère aîné qu'il adore, né pour régner. Il doit s'abîmer dans l'onde et s'en remettre à son ancêtre, Mélusine, car ma protection se révèle désormais insuffisante.

Les deux serviteurs se couchent sur les rames, puis le courant leur apporte son aide et le bachot accélère pour se mêler aux autres embarcations – barges, barques de pêche, navires marchands, coches, transbordeurs. Mon enfant disparaît de ma vue.

Cette même nuit, mon autre fils, Thomas Grey, se glisse par la porte d'entrée, vêtu comme un valet, et s'évanouit dans les rues de Londres. J'ai besoin d'une oreille à l'extérieur qui se tienne à l'affût de nouvelles et recrute en notre nom. Des centaines d'hommes nous conservent leur loyauté, des milliers se montrent disposés à lutter contre Gloucester. À Thomas échoit la tâche de les rassembler, d'organiser le soulèvement. Il a vingt-sept ans. Je l'envoie peut-être à la mort. Je n'ai personne d'autre.

— Que Dieu vous garde, lui dis-je quand il s'agenouille devant moi pour recevoir ma bénédiction. Où vous cacherez-vous ?

— Dans l'endroit le plus sûr de Londres, répond-il avec un sourire triste. Un lieu qui a accueilli votre époux avec amour et ne pardonnera jamais au duc Richard sa trahison. Un lieu où se pratique le plus honnête commerce de la capitale.

— De quoi parlez-vous ?

— Du bordel, m'apprend-il avec une grimace, avant de disparaître à son tour.

Le matin suivant, Élisabeth m'amène un petit page qui nous servait à Windsor. Bonne fille, elle le tient par la main, bien qu'il empeste l'écurie où il a passé la nuit.

— Tu répondras au nom de Richard, duc d'York. Les gens s'adresseront à toi en te nommant « milord » et « seigneur ». Loin de les corriger, tu accepteras d'un signe de tête.

— Oui, m'dame, grogne-t-il.

— Tu m'appelleras « madame ma mère ».

— Oui, m'dame.

— Oui, madame ma mère.

— Oui, madame ma mère, répète-t-il.

— Il te faut te laver et enfiler des vêtements propres.

Il lève vers moi des yeux apeurés.

— Non ! Pas de bain !

Élisabeth prend un air atterré.

— Il ne trompera personne.

— Nous prétendrons qu'il est souffrant, décidé-je. Il a pris froid et sa gorge est enflammée. Nous ceindrons le bas de son visage d'une écharpe et lui enjoindrons de garder le silence. Après tout, il ne lui faudra simuler que quelques jours.

— Je me charge d'effectuer sa toilette.

— Faites-vous aider de Jemma. User de force se révélera certainement nécessaire pour le maintenir dans l'eau.

Son regard reste sombre.

— Croyez-vous mon oncle capable de porter atteinte à son propre neveu ?

— Je ne sais pas, avoué-je avec lassitude. C'est précisément pour cette raison que je me suis résolue à envoyer mon petit prince bien-aimé loin de moi et mon autre fils, Thomas Grey, vers l'inconnu. Je ne sais de quoi le duc se montrera capable.

Jemma requiert la permission de sortir le dimanche après-midi afin d'assister à la pénitence de la catin Élisabeth Shore.

— Plaît-il ?

Elle plonge dans une révérence, tête baissée, mais son désir de sortir est tel qu'elle prend le risque de m'offenser.

— Je vous supplie de me pardonner, madame – Votre Majesté. Elle doit traverser la cité en chemise, un cierge allumé en main, à la vue de tous, pour expier son péché de fornication.

— Élisabeth Shore ?

— La putain notoire, récite-t-elle. Sa Seigneurie le lord protecteur du royaume lui impose une pénitence publique pour qu'elle expie ses péchés de chair.

— Va, va.

Une paire d'yeux de plus ou de moins dans la foule ne fera guère de différence. J'imagine cette jeune femme qu'Édouard et Hastings ont aimée, pieds nus, en cotillon, une main protégeant la flamme de son cierge tandis que la foule vocifère ses insultes ou crache sur son passage. Feu mon époux eût haï cette idée et, en souvenir de lui sinon par pitié pour elle, j'eusse interdit cette pénitence. Mais l'on ne m'en offre point la possibilité. Le duc Richard, vicieux comme le serpent, punit une jolie femme d'avoir été aimée.

— Sa beauté seule lui vaut ce châtiment, renchérit Lionel qui, par la fenêtre, a perçu les murmures appréciateurs de la foule tandis qu'elle parcourait les rues. Cela, et aussi le fait qu'il la soupçonne d'héberger votre fils, Thomas. Il a fait fouiller sa maison de fond en comble, en vain. Elle est parvenue à le soustraire aux hommes de Gloucester et l'a aidé à prendre la fuite.

— Dieu la bénisse pour cet acte généreux, dis-je.

Lionel sourit.

— Du reste, il semble que cette punition n'ait point produit le résultat escompté par le duc. Nul n'a abreuvé la Shore d'injures. Un batelier m'a appris que les femmes criaient haro sur son passage, tandis que les hommes l'admiraient tout bonnement, peu accoutumés à contempler une si jolie femme légèrement vêtue. On l'a comparée à un ange, magnifique et déchu.

— Que le Seigneur la préserve – ange ou catin.

Mon frère l'évêque conclut d'un ton bénin :

— Je la crois coupable d'avoir péché par amour et non par malice. En ces temps troublés, cela importe peut-être plus que tout.

17 juin 1483

Mon parent, le cardinal Thomas Bourchier, se présente en compagnie d'une demi-douzaine d'autres lords du Conseil privé, aux fins de me faire entendre raison. Je les reçois en reine, parée des diamants du Trésor, assise sur un fauteuil comme sur mon trône. J'espère produire une impression de dignité souveraine quand, à vrai dire, je bouillonne de rage. Ces grands seigneurs appartiennent à mon Conseil privé, occupent ces postes de par la volonté de feu mon époux, et ils osent se présenter pour me transmettre les ordres du duc Richard ! Élisabeth se tient derrière moi, puis mes quatre autres filles, bien alignées. Aucun de mes frères ou de mes fils n'est présent. Les visiteurs n'émettent aucune remarque sur l'absence de Thomas Grey, toujours en liberté.

Ils m'apprennent qu'ils ont proclamé régent et gouverneur du prince le duc de Gloucester, puis m'assurent que tous les préparatifs sont entrepris pour le couronnement de mon fils, le prince Édouard. En conclusion, ils demandent que le frère du jeune roi le rejoigne dans les appartements royaux de la Tour.

— Sa Seigneurie le duc n'occupera le poste de lord protecteur que jusqu'au couronnement, m'assure Thomas Bourchier.

Cet homme a consacré sa vie à amener la paix dans le royaume. Il nous a couronnés, Édouard et moi, poussé par la seule certitude que nous la garantirions. Je ne doute pas un instant de sa sincérité.

—Aussitôt que le jeune roi sera oint, le pouvoir vous reviendra. Vous deviendrez alors la reine douairière, mère du souverain, poursuit-il. Reprenez votre place au palais, Majesté. Le peuple s'étonne de votre absence, laquelle perturbe aussi les ambassadeurs étrangers. Honorons ensemble la promesse faite au défunt roi d'oublier nos différends pour, main dans la main, placer votre fils sur le trône. Que la famille royale occupe à nouveau ses somptueux appartements à la Tour et assiste, dans toute sa pompe et son faste, au couronnement de l'héritier de sa lignée.

Un instant, il me persuade. Quel merveilleux dénouement à ma fâcheuse position, en vérité! Puis le souvenir de mon frère Anthony et de mon fils Richard Grey, emprisonnés à Pontefract, me pousse à réfléchir. Tant que je demeure dans le sanctuaire de l'abbaye, la sécurité dont je jouis compense leur emprisonnement; nos situations s'équilibrent comme les poids d'une balance. Ils servent d'otages au duc en garantie de ma réserve, mais il n'osera les éliminer de peur de me mettre en rage. S'il veut éradiquer les Rivers, Gloucester doit en premier lieu nous compter tous en son pouvoir. En restant hors d'atteinte, je protège les captifs autant que ceux qui sont en liberté. Voilà ma croisade: je mettrai tout en œuvre pour qu'Anthony redevienne cette lumineuse balise qui éclaire notre monde.

—Je ne puis hélas vous confier le prince Richard, déclaré-je, la voix pleine de regret. Il s'est montré souffrant et je n'ose le livrer à d'autres soins que les miens. Il a perdu sa voix et je craindrais par trop, en me séparant de lui, qu'une rechute n'aggrave son état. S'il vous tient à cœur de réunir les deux frères, mandez-moi Édouard.

J'aspire à serrer contre moi l'aîné des fils que j'ai eus de feu Sa Majesté le roi, je brûle de veiller sur mes deux garçons, de les savoir hors de danger. Je vous en conjure : amenez-le-moi. Sa présence en ce lieu n'empêcherait nullement son couronnement.

— Enfin, madame, jette Thomas Howard avec la brutalité qui le caractérise, à quel péril faites-vous allusion ?

Je le dévisage froidement. M'imagine-t-il sotte au point de confesser l'inimitié que je nourris à l'endroit du duc ?

— Tous les membres de ma famille sont en fuite ou en geôle. En quoi cela me rassurerait-il sur le sort de mes fils ?

— Allons, intervient le cardinal qui, du regard, impose le silence à Howard. Toute personne emprisonnée passera en jugement devant une assemblée de ses pairs. Celle-ci décidera, comme l'exige la justice, de son innocence ou de sa culpabilité. Les lords se sont prononcés : aucune accusation de trahison ne peut être portée contre votre frère Anthony, comte Rivers. Cela devrait vous assurer de notre bonne foi. Doutez-vous de la mienne ?

— Monseigneur, vous avez ma confiance pleine et entière.

— Dès lors, je vous supplie d'étendre celle-ci à ma parole. Je vous fais le serment qu'aucun danger ne menace votre fils. Je veillerai personnellement à le réunir avec son frère. Le duc et vous-même vous défiez l'un de l'autre. Quoique j'en conçoive un immense chagrin, je respecte vos raisons. Toutefois, je vous jure que ni Sa Seigneurie ni quiconque ne mettra vos garçons à mal. Je les protégerai jusqu'au couronnement d'Édouard.

Je soupire, comme vaincue par sa logique.

— Et si je refuse ?

Il s'approche et murmure :

— Je crains qu'il ne vous enlève par la force, brisant la loi du droit d'asile. Il obtiendrait le soutien des lords, car il ne s'en trouve aucun pour défendre votre décision de vous retirer en ces lieux. Votre chétif abri n'a rien d'une forteresse, Majesté. Acceptez de nous confier le prince Richard et l'on vous accordera d'y demeurer, si tel est votre plaisir. Refusez, et ils vous arracheront d'ici aussi aisément que l'on décollerait des sangsues d'une jarre de verre. À moins qu'ils ne brisent la jarre.

Élisabeth, qui a observé les mouvements extérieurs par la fenêtre, se penche vers moi et chuchote :

— Madame ma mère, des centaines de barges aux couleurs du duc Richard se déploient sur la rivière. Nous sommes encerclés.

Un instant, les silhouettes du cardinal et de Thomas Howard s'estompent, remplacées dans mon esprit par l'image de mon époux, avançant à grands pas dans le sanctuaire de Tewkesbury, l'épée à la main. Sans le savoir, il a mis fin ce jour-là à la sécurité de son propre fils. Mais, Dieu soit loué, je m'y suis préparée.

Je lève un mouchoir à mes yeux et balbutie :

— Pardonnez sa faiblesse à une femme. Je ne puis supporter de me séparer de lui. Ne m'épargnera-t-on point cette douleur ?

— Je suis navré, il doit nous accompagner, refuse le cardinal, qui tente de me réconforter en posant sa main sur la mienne.

Je me tourne vers Élisabeth.

— Allez le quérir.

Elle s'éloigne en silence, tête inclinée.

— Il est encore souffrant, reprends-je à l'adresse de monseigneur Bourchier. Ne le découvrez point.

— Fiez-vous à moi. Il ne lui arrivera aucun mal.

Élisabeth revient avec le petit page vêtu des habits de mon Richard, la partie inférieure du visage masquée par un cache-nez. Lorsque je serre contre moi son corps frêle, je reconnais même l'odeur de mon enfant. Je dépose un baiser sur son front. Il garde une attitude digne et brave de petit prince, un tribut que je dois à l'enseignement d'Élisabeth.

— Que Dieu vous garde, mon fils. Nous serons de nouveau réunis au couronnement de votre frère.

— Oui, madame ma mère, articule-t-il en bon petit perroquet, la voix à peine plus qu'un murmure mais cependant audible de tous.

Je le prends par la main et le mène au cardinal. Ce dernier a jadis aperçu Richard à la Cour, à certaine distance. Aujourd'hui, il voit venir à lui un garçonnet dont les traits sont à demi dissimulés sous un bonnet emperlé et un foulard de flanelle.

— Voici mon fils, lui dis-je, la voix tremblante d'émotion. Je le place ainsi que son frère sous votre protection.

Je me tourne vers le page et prononce :

— Adieu, mon cher enfant. Que notre Seigneur veille sur vos pas.

Il tourne vers moi son petit visage emmitouflé et, un court instant, un frisson me secoue quand je lui baise la joue. Je m'apprête à le mettre en danger en lieu et place du mien, mais il reste un enfant. Des larmes dans les yeux, je place sa main minuscule dans celle du cardinal Bourchier et le supplie :

— Par tout ce qui est sacré, veillez sur lui, Monseigneur !

L'un après l'autre, ils quittent la pièce. Le parfum de leurs vêtements s'attarde après leur départ, effluves mêlés du monde extérieur où la sueur de cheval le dispute à l'odeur des viandes cuites et de la brise qui balaie l'herbe fraîchement coupée.

Élisabeth observe :

— Vous craignez pour la sécurité de Richard, et c'est pourquoi vous avez envoyé ce page prendre sa place à la Tour, n'est-ce pas ?

— En effet.

— Supposez-vous que semblable menace pèse sur mon frère Édouard ?

— Je le crains.

Elle se dirige vers la fenêtre et s'y plante, me rappelant ma mère – sa grand-mère –, de qui elle tient sa détermination et cette propension à étudier les différentes éventualités. Pour la première fois, je constate qu'Élisabeth devient femme – une femme avec laquelle il faudra compter. Elle a cessé d'être une enfant.

— Le temps me semble venu d'engager le dialogue avec mon oncle, annonce-t-elle. Vous pourriez lui accorder le trône, il désignerait Édouard comme son héritier.

Je refuse.

— Il est l'oncle d'Édouard, et un homme d'honneur, insiste-t-elle. Nul doute qu'il ne désire sortir de cette situation autant que vous.

— Je ne céderai point le trône de mon fils, réponds-je d'une voix ferme. S'il ambitionne de s'y asseoir, il devra s'en emparer et se déshonorer.

— Et s'il agit précisément comme vous venez de le dire ? Qu'adviendra-t-il alors d'Édouard, de mes sœurs, de moi ?

— Je ne sais pas. Il se peut qu'il nous faille livrer combat. Mais jamais nous ne renoncerons.

— Et ce petit garçon, poursuit-elle en indiquant la porte par où le page, la bouche scellée d'un bâillon qui étouffait ses paroles, a disparu. L'avons-nous enlevé à son père, lavé, puis vêtu en lui intimant le silence pour l'envoyer à sa perte ? Est-ce de cette manière que nous mènerons notre offensive ? En usant d'un enfant comme bouclier ? En envoyant un petit garçon à la mort ?

Dimanche 22 juin 1483
Jour du couronnement

Telle une chatte furibonde à qui l'on eût enlevé sa portée pour la noyer, je crache à l'adresse du paisible ciel matinal :

— Comment ? Pas de barges royales, de tirs de canon, de vin coulant à flots dans les fontaines, d'apprentis entonnant le chant de leur guilde ? Pas de musique, de vivats, d'acclamations sur le chemin de la procession ?

J'ouvre brusquement la fenêtre sur le trafic fluvial habituel, et crie à ma mère ainsi qu'à Mélusine :

— À l'évidence, on ne le couronne point ce jour ! Le trépas l'attend-il en lieu et place de la gloire ?

En esprit, je me représente mon fils comme si je devais en peindre le portrait : la ligne droite de son nez, la rondeur encore enfantine de ses joues, la franche candeur de son regard. Je me souviens de son crâne qui tenait dans le creux de ma main, de son cou si pur et si droit lorsqu'il se penchait sur l'étude de ses livres. Un enfant plein de bravoure capable de sauter en selle, de jouter dans l'arène, d'ignorer la peur, comme Anthony le lui avait enseigné. Il aimait la campagne de Ludlow où il galopait des heures durant ; il observait le faucon pèlerin s'élever dans les airs et il lui arrivait de se baigner dans les eaux froides de la rivière. Né en temps de guerre, il incarnait la paix. Il eût fait un grand roi Plantagenêt dont nous eussions été fiers, son père et moi.

Je l'évoque au passé car je ne doute point de sa mort prochaine, prompte et secrète comme celle qui est échue à Hastings, traîné sur la pelouse de la Tour puis décapité à la hâte. Dieu tout-puissant, quand je songe à la hache du bourreau s'abattant sur la courbure délicate du cou de mon garçon, la souffrance qui me broie le cœur menace d'emporter ma raison.

Je quitte la fenêtre sous laquelle les eaux de la Tamise coulent avec indifférence, me vêts royalement, apprête ma chevelure. J'arpente ma chambre comme une lionne en cage. Conspirer m'apporte quelque consolation ; nous ne sommes point dépourvus d'amis ni d'espoirs. Mon fils Thomas Grey rallie, convainc, rassemble en des lieux secrets ceux qui commencent à douter des intentions du duc Richard. Or je ne doute pas qu'il s'en trouve un grand nombre, à Londres comme au-dehors. À l'évidence, le soutien de Margaret Stanley nous est acquis. Son époux n'a-t-il pas averti Hastings du danger ? Ma belle-sœur, la duchesse Margaret d'York, œuvre certainement à restaurer notre puissance depuis son duché de Bourgogne. Les Français eux-mêmes devraient prendre mon parti, ne serait-ce que pour contrarier Richard. À Tournai, une famille grassement payée a accueilli un petit garçon à qui l'on enseigne l'art de se fondre dans la foule. Pour lors, la donne favorise le duc. Bientôt, toutefois, il s'attirera autant de haine que les Rivers jadis, tandis qu'à l'inverse, ma situation désespérée ne manquera pas de susciter une pitié chevaleresque dans le cœur des hommes. Et, par-dessus tout, bon nombre d'Anglais choisiront sans doute le fils d'Édouard plutôt que son frère pour souverain.

Des pas précipités se font entendre. Ma fille Cecily traverse la crypte en courant. Elle ouvre la porte de ma chambre à la volée et lâche, hors d'haleine :

— Une créature horrible demande à entrer.

— Une créature ? m'enquiers-je, songeant au bourreau.

— Grande comme un homme, mais on croirait la Mort.

Je jette un voile sur ma chevelure et me hâte vers la lourde porte, dont je déverrouille la petite lucarne grillagée. Et c'est bien la Mort qui semble se dresser sur le seuil. Un homme vêtu d'une longue cape noire, le chef recouvert d'un chapeau noir et le visage dissimulé derrière un cône blanc. Un médecin. Il porte le masque traditionnel, tapissé d'herbes aromatiques, qui le protège des miasmes pestilentiels. Il plonge son regard brillant dans le mien et je sens un frisson me parcourir.

— Je me nomme Lewis de Caerleon et j'officie comme docteur auprès de lady Margaret Beaufort. Sa Seigneurie a appris que vous étiez aux prises avec une affection féminine et vous trouviez en grand besoin d'un physicien.

— Entrez, je souffre en effet.

À peine ai-je refermé la porte derrière lui que je l'attaque :

— Je jouis d'une santé parfaite. Que voulez-vous ?

— Lady Beaufort – lady Stanley, devrais-je dire – présente également les signes d'une excellente santé, que Dieu la garde. Toutefois, elle désirait trouver un moyen de s'entretenir avec vous. Elle m'a fait l'honneur de se fier à moi, qui vous suis en outre demeuré fidèle, Votre Majesté.

— Ôtez votre masque.

Il s'exécute, découvrant un visage honnête et souriant. Il s'incline et reprend :

— Lady Margaret désire savoir si vous avez conçu un plan pour sauver les deux princes de la Tour. Elle vous fait part de sa loyauté ainsi que de celle de son époux, et ajoute que le duc de Buckingham, en proie au doute quant à l'ambition du duc Richard, incline désormais à rejoindre vos rangs.

— Buckingham a œuvré de toutes ses forces à l'élévation de Gloucester, objecté-je. Pourquoi son ardeur tiédirait-elle à un pas de la victoire ?

— Lady Margaret pense que le duc se montrerait sensible à la persuasion, chuchote-t-il en approchant ses lèvres de mon oreille. Le lord protecteur semble désirer le trône pour lui-même et, de fait, Buckingham craint pour la sécurité de vos enfants – ses neveux, puisqu'il compte votre sœur pour épouse. Lady Margaret vous mande par ma bouche qu'elle peut soudoyer les serviteurs et offre de vous assister pour rendre leur liberté aux princes Édouard et Richard.

— Ce n'est point Richard…

Je m'interromps. Élisabeth, semblable à un spectre, surgit devant moi, sa robe ruisselant d'eau.

— Dieu du ciel, comme vous voilà mise, ma fille !

— Je me suis assise au bord de la rivière, explique-t-elle avec un air étrange. L'eau semblait paisible de prime abord, mais elle s'est bientôt agitée. Je me suis demandé pourquoi elle enflait de cette manière. On aurait dit qu'elle cherchait à me parler. (Elle tourne son regard vers le docteur.) De qui s'agit-il ? demande-t-elle.

— Le docteur Lewis de Caerleon est un émissaire de lady Margaret Stanley. Comment votre robe s'est-elle retrouvée dans cet état ?

— C'est à cause des barges, répond-elle, les traits soudain assombris par la colère. De toutes ces barges qui descendaient la Tamise en direction du château de Baynard, où le duc Richard tient une Cour royale. Leur passage a provoqué de tels remous que les vagues ont débordé sur les marches de pierre. Que se passe-t-il, aujourd'hui ? La moitié des Londoniens se dirigent vers la demeure du duc alors que la ville devrait célébrer le couronnement de mon frère !

Le docteur prend un air embarrassé.

— Je m'apprêtais à en informer votre auguste mère, commence-t-il d'un ton hésitant.

— La rivière elle-même en témoigne, rétorque brutalement ma fille. Elle s'est répandue sur mes pieds comme pour m'en aviser. Le premier venu le devinerait.

— Devinerait quoi ? m'enquiers-je, en les regardant tour à tour.

— La Chambre des lords a rendu un décret par lequel le duc Richard devient notre seul souverain légitime, énonce-t-il à voix basse, ses paroles résonnant dans la crypte avec la force d'une proclamation. Ils ont conclu que votre union avec le roi Édouard avait eu lieu sans l'accord ni la présence des lords et résultait d'un acte de sorcellerie, ajoutant que Sa Majesté était en outre déjà liée à une autre femme.

— En d'autres termes, nous voilà des bâtards, complète Élisabeth. Notre défaite est consommée, notre indignité avérée. Pouvons-nous nous retirer avec Édouard et Richard, à présent ?

— Que voulez-vous dire ?

Je suis aussi déconcertée par ma fille, avec sa robe ressemblant à la queue trempée d'une sirène à peine sortie de l'eau, que je le suis d'apprendre que Richard nous a écartés du trône pour s'en emparer.

— Répondez-moi, Élisabeth ! À quoi songiez-vous sur le bord de la Tamise ? Quelle mouche vous pique, aujourd'hui ?

— Nous sommes maudits ! lâche-t-elle d'un ton furieux. La rivière a murmuré sa malédiction à mon oreille et j'en rejette le blâme sur vous ainsi que sur mon père. Vous nous avez donné naissance pour satisfaire votre folle ambition, mais avez omis de consolider votre puissance de façon à garantir nos droits !

J'attrape ses mains glacées et les maintiens fermement entre les miennes, comme cherchant à l'empêcher de dériver.

— Vous n'êtes point maudite, ma fille. Vous êtes la plus radieuse et précieuse de mes enfants, la plus belle, la plus aimée : quel sortilège pourrait bien vous atteindre ?

Le regard qu'elle tourne vers moi est hanté, comme si elle avait contemplé sa propre mort.

— Jamais vous ne renoncerez. Votre insatiable appétit conduira mes frères à leur perte puis, lorsqu'ils auront disparu, vous me mettrez sur le trône. Celui-ci vous importe davantage que la vie de vos enfants !

Je lutte contre la puissance de ses paroles. Ma douce petite fille, mon Élisabeth, la chair de ma chair. Comment est-il possible qu'elle s'exprime de la sorte, qu'elle nourrisse des pensées si étrangères à celles que je cultive ?

— Impossible, balbutié-je. La rivière ne peut vous avoir dit une telle chose, vous n'avez pas pu l'entendre, ce n'est pas vrai.

— Je prendrai place sur le trône de mon frère, énonce-t-elle distinctement, sans prêter attention à mes dénégations. Vous en tirerez une joie profonde, car l'ambition qui vous dévore représente notre malédiction. Voilà ce que m'a confié la rivière.

— Élisabeth, vous ne pouvez l'entendre.

— Je l'entends ! affirme-t-elle avec impatience.

— Aucune malédiction…

Elle m'interrompt d'un geste, se détourne et, sa robe ruisselante d'eau laissant une longue traînée derrière elle, se dirige vers la fenêtre, qu'elle ouvre en grand. Le docteur Lewis et moi-même la suivons, gagnés par la peur qu'elle ait résolu de sauter. Venu de l'extérieur, un bruit perçant m'immobilise, une sorte de gémissement si désolé, si désespéré, que je me couvre aussitôt les oreilles des mains pour l'assourdir et me tourne vers le docteur pour guetter sa réaction. Le physicien paraît surpris. À l'évidence, il ne perçoit que les mouvements des barges en route vers le couronnement du roi, les joyeuses sonneries des trompettes et les battements rythmés des tambours. Il remarque cependant les larmes qui embuent les yeux d'Élisabeth. Luttant contre le chagrin qui m'étouffe tout à coup, je lance :

— Cette complainte ne vous est point destinée ! Élisabeth, ma très chère enfant, vous vous méprenez. Ce chant ne vous avertit point d'un danger vous concernant, il indique une mort dans notre maison. Pour qui se lamenterait Mélusine hormis pour mon fils ? Elle pleure le trépas de Richard Grey et celui d'Anthony, mon frère bien-aimé, que j'avais juré de protéger !

— Ne s'élèvent au-dehors que les vivats du peuple acclamant le nouveau souverain, objecte le docteur dans un souffle, blême d'effroi.

D'un bond, Élisabeth vient à mon côté, ses yeux aussi noirs qu'un ouragan sur la mer.

— Votre fils ? Votre frère ? Que voulez-vous dire ?

— Richard les aura supprimés, prédis-je, comme Georges de Clarence a assassiné jadis mon père et mon frère John. Les fils d'York tuent à l'égal des bêtes sauvages, le benjamin ne valant guère mieux que le cadet. Ils m'ont pris les meilleurs hommes de ma famille, ils m'ont brisé le cœur. Voilà ce que chante la rivière : elle se lamente du trépas de mon fils et de mon frère !

Élisabeth se rapproche de moi. Le courroux a déserté ses traits, elle est redevenue ma petite fille. Elle pose une main sur mon épaule :

— Ma mère…

— Il ne s'arrêtera point à cela, m'écrié-je, éperdue. S'il ne craint pas de me prendre Anthony et Richard Grey, pourquoi hésiterait-il à s'emparer de la vie du prince ? Jamais je ne lui pardonnerai ce frère et ce fils qu'il m'ôte ! Jamais je n'oublierai. Il connaîtra ma vindicte. Que sa santé dépérisse, que son bras devienne frêle, qu'il cherche en vain ses amis sur le champ de bataille et qu'il s'effondre !

— Écoutez la rivière, m'ordonne Élisabeth d'une voix douce, prononçant les seules paroles qui m'apportent le calme.

Je me précipite pour ouvrir toutes les fenêtres. L'air chaud de l'été se déverse soudain dans les ténèbres glaciales de la crypte. L'eau murmure contre les rives. Malgré la puanteur de vase et de marée, le fleuve coule pour me rappeler que la vie continue malgré la disparition de mon frère, de mon fils Richard Grey, de mon autre Richard que le courant a emmené auprès d'étrangers. Un jour, nous flotterons de nouveau à la surface.

Des notes de musique s'élèvent dans l'air, venues des barges des nobles où l'on célèbre l'accession au trône du duc de Gloucester. Ne perçoivent-ils pas la plainte de la rivière ? N'entendent-ils point qu'une lumière s'est éteinte sur le monde avec la mort d'Anthony ? Et mon fils… Oh, mon fils…

— Ne pleurez pas, il ne l'eût point souhaité, prononce ma fille à mi-voix, les lèvres contre mon oreille. Oncle Anthony vous aimait tant, votre douleur l'eût chagriné.

Je prends sa main dans la mienne et acquiesce :

— Il eût voulu me voir avancer, élever mes enfants en dépit du danger. Nous surmonterons cette épreuve. Nous quitterons notre sanctuaire quand viendra l'heure de reprendre notre place, de retrouver notre rang. Libre à vous de considérer cela comme la malédiction de l'ambition, c'est elle qui me donne la force de livrer bataille. Et je lutterai, je vous en fais serment… jusqu'à la victoire.

» Dussions-nous fuir vers les Flandres et vivre d'anguilles pêchées dans l'Escaut, les pieds dans la boue comme des paysans, Richard ne nous détruira point – pas un homme au monde n'y parviendra. Nous sommes les enfants de la déesse Mélusine ; la marée nous entraînera peut-être loin de notre foyer mais elle nous y ramènera. Richard l'apprendra à ses dépens. Il nous a frappés, jetés à terre. Il nous croit brisés mais, par Dieu, il assistera à notre retour en force, portés par les flots !

L'ampleur de la perte qui m'accable me heurte de plein fouet. Je me souviens de Richard Grey, sa main dans la mienne tandis que j'attendais le roi, au bord de la route, puis de sa fierté à prendre place sur le royal destrier. Un York lui a ôté son père, un autre lui a pris la vie. Les paroles de ma mère, alors qu'elle pleurait son fils, me reviennent en mémoire. Selon elle, on peut estimer son enfant en sécurité une fois qu'il a émergé du premier âge. Mais le danger cesse-t-il jamais de menacer les femmes ? Pas dans ce monde où les frères s'affrontent au combat, où nul ne pose l'épée, où personne ne peut s'en remettre à la loi. Je me souviens de lui, bébé dans son berceau, petit enfant accroché à ma main lors de ses premiers pas dans les couloirs de Grafton, aimable jouvenceau, enfin, destiné à devenir un gentilhomme de qualité.

Quant à Anthony, il incarnait mon fidèle conseiller et mon plus cher ami depuis notre enfance. Édouard, avec raison, disait de lui qu'il était le plus grand poète et le meilleur chevalier de la Cour. Anthony, qui se fût rendu en pèlerinage à Jérusalem si je ne le lui avais point interdit...

Lorsque le duc Richard les a trouvés tous deux à Stony Stratford, qui escortaient mon fils sur la route de Londres, il a partagé son repas avec eux. Il leur a parlé de l'Angleterre que nous allions construire ensemble, Rivers et Plantagenêts unis derrière mon fils, cet héritier qui liait nos deux familles au trône. Malgré sa sagacité, Anthony s'est fié aux paroles de Richard – après tout, pourquoi en fût-il allé autrement ? Ils étaient des beaux-frères qui avaient combattu côte à côte en frères d'armes ; ils avaient subi l'exil puis célébré un retour triomphal ; par-dessus tout, ils œuvraient tous deux comme oncles et gardiens de mon précieux enfant.

Mais au matin, quand Anthony s'est présenté dans la salle commune de la taverne pour y prendre sa première collation, il a trouvé les portes barrées, ses hommes renvoyés, et Richard et Henri Stafford, duc de Buckingham, parés au combat. Ils l'ont arrêté sur-le-champ, ainsi que Richard Grey et sir Thomas Vaughan, les accusant de trahison.

Dans sa geôle, Anthony attend la mort. Il tend l'oreille, au cas où résonnerait cette douce mélopée de Mélusine en laquelle il ne croit guère, puis sourit lorsque retentit l'appel. Incrédule, il ne peut retenir un rire irrévérencieux. Quoiqu'il n'ait jamais prêté foi à la légende de la créature mi-femme, mi-poisson à l'origine de la maison des Rivers, cette plainte qu'elle émet pour lui annoncer sa propre mort lui procure un étrange réconfort. Il appuie son front contre la pierre froide de la fenêtre. Ce chant lui apporte enfin la preuve que le don de sa mère, de sa sœur, de sa nièce, existe. Il aimerait informer sa sœur de sa découverte, lui conseiller de faire usage de son don pour les sauver. Celui-ci se révélera peut-être suffisant pour défendre tous les Rivers, ces hommes et ces femmes qui ont pris ce nom en l'honneur de la déesse fondatrice de leur lignée. Si Mélusine se fait entendre d'un mécréant tel que lui, nul doute que son chant ne guide ceux et celles qui guettent ses avertissements. Le réconfort lui vient avec l'espoir que la déesse veillera sur sa sœur et les fils de celle-ci, en particulier sur celui qu'il aime tant : Édouard, le nouveau roi d'Angleterre. Il sourit, parce qu'il reconnaît la voix de sa mère dans celle de Mélusine.

Il passe sa dernière nuit non pas en prières ou en pleurs, mais à écrire. En ses ultimes heures, il n'est ni un aventurier, ni un chevalier, ni même un oncle ou un frère, mais un poète. On m'apportera les feuillets couverts de son écriture et je comprendrai que, face à son trépas, il a découvert la vanité de nos efforts. L'ambition, le pouvoir, ce trône qui a tant coûté à notre famille – tout lui est apparu dépourvu de sens. À l'heure de mourir, cette révélation de sa propre folie et de celle des hommes, au lieu de le plonger dans l'amertume, lui a inspiré l'envie d'en rire.

Il l'a transposée ainsi :

Encore songeur
Parmi les pleurs
Réminiscence
De l'inconstance ;
Ce monde se vêt

De manigances,
À l'opposé :
Qu'en puis-je gager ?

Dans le tourment
Des doléances
Sans l'assurance
D'un traitement ;
Las d'une transe
Peu de substance
Chétive danse
Mort : j'y consens

En vrai, je crois,
Tenu, je suis
Là, et puissant
Je tombe content :
Enfin je vois
Fortune qui rit
Contrairement
Mes vœux d'antan.

Il a apposé un point final aux petites heures du matin, puis ils l'ont emmené et lui ont tranché le col sur l'ordre de Richard, duc de Gloucester, nouveau lord protecteur du royaume, responsable de ma sauvegarde et de la vie du jeune souverain d'Angleterre.

Le poème d'Anthony me parviendra plus tard. J'apprécie en particulier « Fortune qui rit/Contrairement/Mes vœux d'antan ». La fortune a certes pris les Rivers à rebours, cette saison ; mon frère avait raison.

Quant à moi, il me faudra trouver un moyen de vivre sans lui.

La relation qui me lie à ma fille a changé. Élisabeth a grandi et s'est éloignée de moi. La petite qui, jadis, me croyait détentrice du savoir et d'un pouvoir absolu s'est transformée en une jeune femme qui pleure la disparition de son père et conteste la sagesse de sa mère. À ses yeux, je commets une erreur en nous enfermant dans ce sanctuaire. Elle me blâme de la mort de son oncle Anthony. Elle m'accuse en outre, quoiqu'elle se garde de l'exprimer, de faillir à délivrer son frère Édouard et d'avoir lancé, sans protection, notre petit Richard sur les eaux grises et silencieuses.

Elle doute que cette masure de Tournai où il a trouvé refuge soit une cachette sûre, que notre artifice consistant à le faire remplacer à la Tour par le jeune page fonctionne. Elle n'ignore nullement que si j'ai envoyé un faux prince tenir compagnie à Édouard, c'est parce que je ne suis pas sûre de pouvoir le récupérer sain et sauf. Elle ne nourrit aucune assurance que mon fils, Thomas Grey, parvienne à orchestrer un soulèvement. Elle a perdu tout espoir.

Depuis ce jour funeste où nous avons entendu le chant de Mélusine puis, quelques heures plus tard, appris la nouvelle de la mort d'Anthony et de Richard Grey, elle se défie de mon jugement. Sans qu'elle répète sa certitude qu'une malédiction nous accable, la gravité qui creuse ses traits m'apprend qu'un tourment la ronge.

Lors d'une visite du docteur Lewis, je demande à ce dernier de l'examiner. Elle a presque complètement cessé de s'alimenter.

— La liberté lui manque, diagnostique-t-il simplement. Je vous le déclare en physicien comme en partisan de votre cause : votre place se trouve à l'air libre, au soleil d'été. Vos enfants et vous-même ne pouvez demeurer ici, Votre Majesté. Élisabeth, à son âge, a grand besoin d'exercice, de compagnie, de danse ou de badinage ; elle devrait songer à son avenir et rechercher un bon parti au lieu de craindre la mort entre quatre murs.

— Le roi m'a fait parvenir une invitation, émets-je, grinçant intérieurement des dents de devoir prononcer ce titre comme si Richard le méritait. Le souverain me transmet son vif désir de me voir emmener mes filles à la campagne, dans mon manoir, cet été. Il ajoute que les princes nous y rejoindront.

— Irez-vous ? s'enquiert le docteur qui se penche en avant avec une ardente curiosité.

— Que l'on me rende mes garçons en premier lieu. Rien ne garantit ma sûreté ni celle de mes filles, à moins que mes fils ne me soient rendus, comme il m'en a fait la promesse.

— Restez sur vos gardes, Majesté, me conseille-t-il dans un souffle. Lady Margaret craint sa duplicité. Selon Sa Seigneurie de Buckingham, le nouveau souverain pourrait mettre vos fils... à mort, conclut-il avec effort. Le duc se montre tellement horrifié à cette perspective qu'il se dit résolu à libérer les princes et à restaurer Édouard, pour peu que vous garantissiez sa propre sécurité et sa prospérité après votre retour en puissance. Promettez-lui votre éternelle amitié, et lady Margaret l'amènera à s'allier à votre parti. Les trois familles : Stafford, Rivers, Lancastre, contre le faux roi.

J'attendais ce moment. Sans m'embarrasser de circonvolutions, je demande :

— Qu'exige-t-il ?

— L'union de sa fille, s'il en engendre une, avec votre fils, le jeune roi Édouard. De surcroît, la régence et le titre de lord protecteur jusqu'à ce que Sa Majesté atteigne l'âge de gouverner. Il désire pour lui-même le royaume du Nord – celui échu à l'ancien duc de Gloucester. Si vous l'élevez aussi haut que feu votre époux a élevé son frère, il trahira les siens et sauvera vos garçons.

— Et que veut-elle ? m'enquiers-je, affectant de ne pas me souvenir que, ces douze dernières années, lady Margaret a œuvré sans répit pour une seule cause : le retour d'exil de son fils.

Henri est le seul enfant qu'elle ait jamais conçu, l'unique héritier de sa fortune et du titre de feu son époux. Rien de ce qu'elle aura accompli n'aura la moindre valeur si elle échoue à rendre son héritage à son fils.

— Elle désire restaurer son garçon, Henri, et son beau-frère, Jasper Tudor, à la tête de leurs domaines respectifs, me confirme le docteur. Elle souhaite ardemment les accueillir de nouveau sur le sol anglais. En outre, elle aimerait promettre Henri à votre fille, Élisabeth, de façon à le nommer héritier de la couronne après Édouard, déclare-t-il d'un trait.

Je ne marque pas d'hésitation. Aucune de ces exigences ne me surprend. Eussé-je occupé la position de lady Margaret, je n'eusse point agi autrement : unie au troisième plus grand personnage du royaume, alliée au second, elle se propose de trahir le premier.

— J'accepte, dis-je rondement. Informez le duc de Buckingham et lady Margaret de ma réponse, et transmettez-leur ma seule condition : que l'on me rende mes garçons sur-le-champ.

Le matin suivant, mon frère Lionel se présente en souriant.

— On vous demande à la grille donnant sur le fleuve – un pêcheur. Accueillez-le avec calme, ma sœur. Souvenez-vous que la discrétion sied à la femme plus que toute autre qualité.

Je m'élance. Lionel interrompt mon élan en posant une main sur mon bras, davantage comme un frère que comme un archevêque, et précise sèchement :

— Point de cri de jouvencelle.

Je me faufile, descends l'escalier de pierre qui traverse un long couloir jalonné de tombeaux. L'ombre règne en ces lieux, à peine percée par la lumière qui traverse péniblement la grille s'ouvrant sur la rivière. Un homme m'attend. Il est vêtu d'une longue cape crasseuse et porte un bonnet enfoncé sur ses oreilles. Toutefois, rien ne peut dissimuler sa haute stature. Avertie par Lionel, je contiens l'exclamation qui me monte à la gorge tandis que la puanteur qu'il exhale me retient de m'élancer dans ses bras. Je prononce à voix basse :

— Mon frère, mon cher frère. Que je suis heureuse de vous voir.

Un éclair jaillit des prunelles à demi enfouies sous d'épais sourcils et, sous sa vilaine barbe, je découvre le visage souriant de mon frère Richard Woodville.

— Comment allez-vous ? reprends-je, abasourdie par son apparence.

— On ne peut mieux, répond-il avec désinvolture.

— Avez-vous appris quel sort a été réservé à Anthony, à mon fils Richard Grey ?

— J'en ai été informé ce matin. C'est en partie la raison pour laquelle je me présente à vous. Je suis navré, Élisabeth, et vous présente mes plus sincères condoléances.

— Vous devenez le comte Rivers, à présent – troisième du nom. Vous voici placé à la tête de notre famille. Lesdites têtes semblent se succéder à un rythme plutôt effréné. Je vous en prie, essayez de vous accrocher à la vôtre encore quelque temps.

— J'agirai au mieux, me promet-il. Dieu sait que je viens à la suite de deux grands hommes et, si j'espère les dépasser en longévité, je n'escompte point les surpasser en qualité. Quoi qu'il en soit, le soulèvement approche. Écoutez-moi : Richard se sent assuré de sa position, à tel point qu'il prévoit de traverser le pays de façon à se montrer au peuple.

Je me retiens de cracher dans la rivière.

— Semblable aplomb confine à l'effronterie !

— Aussitôt qu'il aura quitté Londres, nous envahirons la Tour et libérerons Édouard, poursuit mon frère. Le duc de Buckingham nous a promis son soutien, je me fie à sa parole. Il a reçu l'ordre d'accompagner le roi Richard, qui l'a exigé pareillement de lord Stanley – notre nouveau monarque se méfie de lui –, mais lady Margaret demeurera dans la capitale, à la tête des hommes de son époux et de ses propres partisans. Elle en a déjà placé à la Tour.

— Disposons-nous d'hommes en suffisance ?

— Nous en comptons une centaine. Le roi a nommé sir Robert Brackenbury gouverneur de la Tour. C'est un homme d'honneur, jamais il ne s'en prendrait à un enfant confié à ses soins. Par ailleurs, des gens à moi entourent Édouard et le servent dans les appartements royaux ; ils m'ouvriront la porte sans discuter.

— Ensuite ?

— Vous partirez pour les Flandres avec tous vos enfants. Avez-vous reçu des nouvelles du prince Richard et des hommes qui l'ont emmené ?

— Pas encore, réponds-je d'une voix pleine d'angoisse. Je guette sans répit la venue d'un message m'assurant de son arrivée sain et sauf à destination. Je prie pour lui à chaque heure du jour. Pourquoi n'ai-je rien reçu ?

— Une lettre a pu s'égarer, tente-t-il de me rassurer. Cela ne signifie rien. Ils vous eussent avertie si un péril avait eu raison de lui. Songez plutôt à cela : vous le ferez quérir aussitôt parvenue à la Cour de Marguerite de Bourgogne. Lorsque nous vous y saurons en sécurité, vos fils auprès de vous, nous lèverons une armée. Buckingham se déclarera en notre faveur ainsi que lord Stanley et son épouse, lady Margaret Beaufort. La moitié des lords du royaume sont disposés à se rallier contre Richard, selon Buckingham. Quant à Henri Tudor, le fils de lady Margaret, il recrutera des soldats en Bretagne puis envahira le pays de Galles.

Dans un souffle, je demande :

— Quand ?

Il glisse un regard par-dessus son épaule. La rivière bruisse de son activité coutumière.

— Le duc Richard… Pardonnez-moi, le roi Richard escompte commencer son périple à la fin du mois de juillet. Nous ferons aussitôt sortir Édouard et vous laisserons le temps d'arriver en lieu sûr – disons, deux jours – avant de lancer le soulèvement.

— Et notre frère Édouard ?

— Il enrôle en cet instant des hommes d'armes dans le Devon et en Cornouailles. Thomas Grey œuvre pour sa part dans le Kent. Buckingham nous garantit des combattants du Dorset et du Hampshire, Stanley ses partisans des Midlands, et le fils de Margaret Beaufort soulèvera le pays de Galles au nom des Tudors. Les hommes ayant jadis servi le roi, votre époux, se montrent déterminés à sauver son fils.

J'énumère en esprit, comme l'eût fait Édouard, mon mari : des hommes, des armes, de l'argent, et un soutien qui se propage dans le sud de l'Angleterre.

— Cela suffira à la condition que nous défaisions Richard avant qu'il n'appelle son armée du Nord en renfort, conclus-je.

Mon frère m'adresse le sourire intrépide des Rivers.

— Cela suffira parce que nous n'avons rien à perdre et tout à gagner. Le pire est déjà survenu.

Je répète :

— Le pire est déjà survenu.

Alors que je prononce ces paroles, un frisson me traverse le corps. Je l'attribue à la douleur d'avoir perdu mon frère chéri et mon fils. Quelle souffrance dépasserait jamais celle-ci ?

Richard pose sa main sale sur la mienne.

— Tenez-vous prête à partir aussitôt que je vous en donnerai le signal. Celui-ci vous parviendra dès l'instant que le prince Édouard se trouvera en sûreté, auprès de moi.

— Je serai prête.

Juillet 1483

Debout devant la fenêtre, une cape de voyage jetée sur mes épaules, mon coffret de bijoux à la main, je guette avec mes filles le signal du départ. Nous attendons depuis plus d'une heure. Immobiles et silencieuses, nous cherchons à percevoir le moindre bruit extérieur par-delà le son des vaguelettes qui s'écrasent contre les murs. À mon côté, Élisabeth, d'une pâleur de spectre, est tendue comme la corde d'un luth.

Un fracas retentit soudain. Mon frère Lionel fait irruption dans la crypte, dont il referme la porte avec un claquement sec.

— Nous avons échoué ! lâche-t-il, hors d'haleine. Nos frères sont en sécurité, votre fils Grey également. Ils sont parvenus à s'enfuir sur la rivière – Richard s'est évaporé dans les Minories [1] – mais notre tentative de pénétrer dans le donjon a fait long feu.

— Avez-vous vu le prince, mon fils ?

1. Nom qui désigne les terres de l'abbaye de l'ordre des Clarisses, dans le district de la Tour de Londres, et qui dérive de *Minoresses*, l'appellation anglaise de ces nonnes. (*NdT*)

— Les deux garçons se trouvaient à l'intérieur. Par le Christ, nous n'étions qu'à quelques pouces d'eux ! J'ai entendu distinctement l'ordre de les emmener dans une autre partie de la forteresse. Pardonnez-moi, ma sœur. Une simple porte nous séparait des princes, mais nous n'avons pas pu l'enfoncer.

Je titube, m'assieds à même le sol et lâche mon coffret à bijoux. Élisabeth se tourne vers ses sœurs. Avec lenteur, elle leur ôte leurs capes des épaules et les plie avec un soin extrême.

— Mon fils, gémis-je.

— Nous avons pénétré dans la forteresse par la porte donnant sur la rivière. À peine nous étions-nous faufilés au-delà de la première enceinte qu'ils sonnaient l'alarme. Nous nous sommes précipités vers l'escalier qui donne accès au donjon, mais ils en ont fermé les portes. En vain Thomas a-t-il tenté de détruire les serrures avec une charge de poudre tandis que nous nous jetions contre l'huis. Ils en avaient poussé les verrous. Bientôt, les soldats de la salle d'armes ont surgi. Richard et moi leur avons fait face tandis que Thomas et les hommes de Stanley essayaient d'abattre les lourds battants de bois, mais ceux-ci se sont révélés trop solides.

— Les partisans de Stanley ont donc participé à l'assaut, comme promis ?

— Assurément, de même que ceux de Buckingham. Aucun ne portait sa livrée, bien entendu, mais ils arboraient la rose blanche d'York. La revoir m'a semblé bien étrange, je l'avoue, autant d'ailleurs que de devoir me battre pour pénétrer dans une forteresse qui nous appartient ! J'ai crié à Édouard de ne point perdre espoir, je ne sais s'il m'a entendu.

Je remarque l'estafilade qui lui barre le front.

— Vous êtes blessé !

— Ce n'est rien. J'eusse préféré périr que revenir sans lui.

— N'invoquez pas la mort en ces lieux, le reprends-je. Prions pour que Dieu étende sur lui Sa protection et fasse qu'ils décident de le garder à la Tour au lieu de l'emmener au loin.

— Du reste, il se peut que nous n'attendions pas plus d'un mois, me rassure-t-il. Nos amis prennent les armes. Le roi Richard voyage vers le nord, escorté de sa seule garde personnelle et accompagné par Buckingham et Stanley, qui s'efforcent de le convaincre de ne point revenir à Londres mais de poursuivre jusqu'à York. Jasper Tudor conduira une armée venue de Bretagne. Notre prochaine bataille aura lieu bientôt. À la mort de l'usurpateur, nous tiendrons entre nos mains les clés de la Tour.

Élisabeth s'approche.

— Vous en rapportez-vous donc à vos nouveaux amis, ma mère ? intervient-elle froidement. Accordez-vous votre confiance à ces alliés qui surgissent tout soudain à vos côtés et échouent à la première tentative ? Ces récents partisans, disposés à risquer leur vie pour restaurer Édouard sur son trône après qu'ils ont fait bombance au couronnement de Richard voilà à peine quelques semaines ? Lady Margaret a porté la traîne de la reine Anne, qui l'a honorée d'un baiser sur chaque joue, et elle adopterait notre parti ? Le duc de Buckingham, votre ancien pupille pétri de haine à votre endroit, se déclarerait soudain votre loyal serviteur ? N'œuvrent-ils point, plutôt, sur les ordres du nouveau roi de façon à vous piéger ?

Je lui rends son regard et rétorque sur le même ton :

— Je ne puis choisir mes alliés. Pour sauver mon fils, j'intriguerais avec le diable en personne.

Un rictus amer aux lèvres, elle me répond :

— Peut-être est-ce précisément cela que vous faites.

Août 1483

L'été est devenu très chaud lorsque Lionel se glisse hors du sanctuaire pour rejoindre nos frères et nos alliés. Sans mon frère, la solitude me pèse. Élisabeth se montre calme et distante, peu encline à partager mes frayeurs. En aval du fleuve, mon fils demeure prisonnier derrière les murailles de la Tour, avec le petit page qui tient le rôle de son frère, et Jemma me dit que nul ne les voit plus dans les jardins royaux. Depuis notre tentative avortée, leurs geôliers les gardent enfermés au plus profond du palais. Je les évoque en pensée dans ces pièces sinistres en ces chaudes journées d'été.

Un matin retentit l'appel d'un batelier sous ma fenêtre. Il leur arrive de me faire présent d'un panier rempli de poissons, mais cette fois, l'homme tient une balle dans sa main.

— Pouvez-vous attraper ceci, Votre Altesse ?

La balle fuse dans les airs. Je parviens à la saisir au vol, éclatant d'un rire joyeux à cette réminiscence des jeux passés. Elle est enveloppée d'une feuille de papier. Je fouille des yeux la rivière pour interroger l'étrange messager. Il a disparu.

Je défroisse le parchemin, puis lève ma main à ma bouche pour étouffer un cri en reconnaissant l'écriture encore malhabile de mon petit Richard.

Madame ma mère,
Salutations et bénédictions. Je ne suis point autorisé à vous écrire souvent, ni à vous apprendre exactement en quel lieu je me trouve. Je suis parvenu sain et sauf à destination, chez de braves gens qui m'ont déjà enseigné à propulser un bateau à la rame. Ils prétendent que je m'y montre fort habile. Dans quelque temps, je me rendrai à l'école pour y acquérir l'instruction qu'ils ne sont pas en mesure de me donner, mais je rentrerai chez eux quand viendra l'été et nous pêcherons l'anguille, à moins que l'on me permette de revenir auprès de vous.
Assurez mes sœurs de mon affection, mon frère le roi de mon amour et de ma loyauté. Recevez pareillement, Madame ma mère, mon amour et mon respect.

Richard, duc d'York

Je réponds toutefois présentement au nom de Peter. La femme de cette maison, qui se montre gentille avec moi, m'appelle son petit Perkin, ce qui ne me gêne point.

Je lis et relis ses mots à travers mes larmes. Je me réjouis à la pensée qu'on le félicite de son habileté à diriger une barque, tandis que cet affectueux surnom de Perkin m'arrache un sanglot. À tout le moins, le savoir en sécurité me procure quelque consolation. N'est-il point le seul de mes enfants qui échappe au danger de vivre dans ce royaume où la guerre s'apprête de nouveau à sévir ? Ce garçon qui répond au nom de Peter se rendra paisiblement à l'école, où il apprendra les langues étrangères et la musique en guettant des nouvelles de l'Angleterre. Si notre parti l'emporte, il reviendra et reprendra sa place de prince du sang. Si nous sommes vaincus, il deviendra mon arme secrète ; fils caché, prince dissimulé, Némésis de leur ambition. Lui et les siens hanteront tous les rois qui nous succéderont.

— Sainte mère de Dieu, veillez sur lui, supplié-je dans un murmure, les mains jointes et les yeux fermés. Mélusine, protégez notre garçon.

Septembre 1483

Chaque jour, des nouvelles me parviennent des préparatifs effectués en vue d'un soulèvement, non seulement dans les comtés où s'affairent mes frères mais de par tout le pays. Alors que se propage l'information selon laquelle Richard s'est emparé de la couronne, le peuple, les artisans, les écuyers, les compagnons, les maîtres des corporations, les gentilshommes et jusqu'aux lords se demandent : comment le cadet peut-il s'emparer de ce qui échoit, de droit, au fils de son frère décédé ?

Nombreux sont ceux qui se souviennent du magnifique couple royal que nous formions, Édouard et moi, de la beauté de nos filles, de la vigueur de nos princes. On nous qualifiait de resplendissants, on nous louait d'avoir apporté la paix et fourni de solides héritiers à l'Angleterre. On s'indigne haut et fort de notre absence – de la Cour autant que du trône. Je fais porter des paroles d'encouragement à mon fils, le jeune roi Édouard. Mes lettres me reviennent, leur sceau encore intact. On ne prend pas même la peine de m'espionner. J'aspire à voir enfin livrés ces combats destinés à le libérer, plutôt que d'attendre que le voyage vaniteux de Richard à travers l'Oxfordshire et le Gloucestershire se termine. De Pontefract, il se rend à York où il donne à son rejeton malingre le titre de prince de Galles, comme si mon garçon était mort. À genoux, je prie Dieu de m'accorder ma revanche pour cet affront. Je n'ose cependant imaginer que cette nomination outrepasse la simple injure, que le titre de mon fils soit vacant, que mon fils ait cessé de vivre.

Élisabeth vient me tirer de mes prières à l'heure du dîner. Alors qu'elle m'aide à me relever, je lui demande :

— Savez-vous quel méfait votre oncle a perpétré ?

— Je l'ai appris ce tantôt. Le crieur l'a proclamé de par toute la ville et je l'ai entendu depuis la porte.

— Vous ne l'avez pas ouverte ? m'enquiers-je aussitôt, prise d'angoisse.

— Non, ma mère.

— Loin de se contenter d'usurper la couronne de votre père, le duc Richard octroie maintenant à son propre fils l'héritage de votre frère. Oh, il en mourra ! prédis-je.

— N'y a-t-il pas déjà assez de morts ?

Je lui prends les mains et l'oblige à me faire face.

— Nous parlons du trône d'Édouard, de son droit de naissance.

— Nous parlons de l'extinction d'une famille, objecte-t-elle sèchement. Vous comptez également des filles, vous savez. Avez-vous songé à notre droit de naissance ? Nous sommes restées parquées tout l'été comme des rats dans ce lieu sinistre tandis que vous ruminiez vos rêves de vengeance. Votre précieux fils aîné a disparu – mort ou emprisonné, vous n'en savez rien. Vous avez envoyé le puîné à l'aventure, et nous ne savons ni où il est ni s'il est encore en vie. Vous briguez le trône, mais vous ne savez même pas si vous avez un garçon à mettre dessus.

Effarée, je recule d'un pas.

— Élisabeth !

— J'en suis venue à espérer que vous accepteriez le gouvernement de mon oncle, lâche-t-elle platement. J'aimerais que vous l'informiez que nous sommes prêts à accepter ses conditions, quelles qu'elles soient, de manière à le persuader de nous relâcher. J'aspire à ce que nous vivions comme une famille ordinaire, à Grafton, loin de Londres, des intrigues, des complots, des trahisons et de la mort qui nous menace sans cesse. Si vous déposez les armes maintenant, peut-être même mes frères nous rejoindront-ils.

— Mais, en ce cas, je reculerais jusqu'à ma position initiale ! m'exclamé-je.

— Ne meniez-vous point une existence heureuse à Grafton en compagnie de votre mère, de votre père, de cet époux qui vous a donné Richard et Thomas ? demande-t-elle tout à trac.

— Certes, j'étais comblée.

— Je ne désire rien de plus pour moi ou mes sœurs. Hélas, vous persévérez à nous léguer votre infortune. Je veux seulement hériter de vos jours heureux à Grafton. J'ai pour unique souhait d'épouser l'homme dont je m'éprendrai, en toute liberté.

— Ce faisant, vous renieriez votre père, votre mère, tout ce qui fait de vous une Plantagenêt et une princesse d'York. Autant aspirer à l'existence de Jemma si vous ne nourrissez pas l'ambition de vous élever, si vous ne saisissez pas la chance lorsqu'elle se présente.

Elle me fixe froidement.

— Alors, je choisis sans hésiter la vie de Jemma plutôt que la vôtre, rétorque-t-elle. Notre servante retourne dans son foyer le soir et dort dans son propre lit. Elle peut refuser de travailler, nous quitter pour un autre maître. À l'inverse, vous avez enchaîné votre personne au trône d'Angleterre et fait de nous des esclaves.

— N'usez point de ce langage à mon endroit.

— C'est mon cœur qui s'exprime.

— Je n'accepterai aucune déloyauté de la part de ma fille.

— Déloyauté ? Me ferez-vous décapiter pour félonie ?

— Nous sommes en guerre, lui exposé-je d'un ton calme. Je veillerai à ce que vous ne trahissiez ni votre mère ni votre position.

Je ne crois pas si bien dire. Cette nuit-là, notre armée lance l'attaque. Les hommes du Kent se soulèvent les premiers, suivis de ceux du Sussex. Le duc de Norfolk, fidèle à Richard, quitte Londres à la tête de ses troupes. Il bloque la route à Guildford, de façon à empêcher les rebelles de l'ouest du pays de joindre leurs forces aux nôtres. Un homme parvient cependant à franchir le barrage. Il se rend à Londres, loue une petite embarcation et, à la faveur d'une bruine qui le dissimule, prend contact avec moi. À travers la grille, craignant de l'ouvrir de crainte que les gonds rouillés n'émettent un grincement, j'accueille cet émissaire que je connais à peine.

— Sir John. Je viens rendre mes devoirs et offrir ma sympathie à Votre Majesté, prononce-t-il étrangement. Et demander… mes frères et moi-même désirons savoir si votre volonté est que nous soutenions Henri Tudor, désormais.

— Que voulez-vous dire ?

— Nous avons prié chaque jour et allumé un cierge pour le prince. Rien ne saurait exprimer le chagrin qui s'est emparé de nous…

— Attendez ! Que dites-vous ?

Son visage prend un air horrifié.

— Oh, Seigneur ! Vous ne l'avez point appris ?

Il tord entre ses mains son chapeau, dont la plume plonge dans l'eau qui vient lécher les marches de pierre. Rassemblant ses esprits, il observe le couloir plongé dans les ténèbres qui s'allonge derrière moi et me conseille :

— Appelez une suivante. N'allez point perdre connaissance ici.

Je serre la grille de toutes mes forces bien que la tête me tourne.

— N'ayez crainte, lui promets-je, les lèvres sèches. Je n'ai point pour habitude de défaillir. Ainsi, le jeune roi Édouard a été exécuté, c'est cela ?

Il rectifie :

— Il n'est plus, voilà tout ce que je sais.

— Il n'a pas subi d'exécution ?

— Rien de public, confirme-t-il. Pauvre garçon. Nous ignorons tout des circonstances de sa mort. L'on nous a informés seulement que les deux princes avaient été abattus – que le Seigneur les protège ! D'après la rumeur, la rébellion se poursuit contre l'usurpateur Richard, mais aux fins de placer Henri Tudor sur le trône.

— Le fils de Margaret Beaufort ? En lieu et place du mien ?

Le messager regarde autour de lui, cherchant de l'aide, comme effrayé par le timbre fêlé de ma voix.

— Nous avons promis de délivrer vos fils et juré fidélité à votre cause, Altesse. On nous a affirmé que les princes avaient été tués, ce qui nous a plongés dans l'embarras. Il nous a été impossible de quérir un conseil de votre frère, car Thomas Howard bloque la route qui mène à son camp.

— Qui vous a informés de leur trépas ?

— Un homme du duc de Buckingham. Il nous a apporté de l'or ainsi que des armes. Il nous a dit que nous pouvions nous fier à son maître, qui s'était retourné contre l'usurpateur. Il a ajouté que le duc, attaché de prime abord au souverain tant que celui-ci se proclamait le protecteur des fils de feu Sa Majesté Édouard, avait déserté ses rangs aussitôt qu'il avait appris l'acte effroyable commis à l'encontre des princes. Sa Seigneurie, quoiqu'elle connût les faits et gestes du roi félon, n'a pu, hélas, empêcher le meurtre. (Il me dévisage de nouveau, inquiet.) Ne désirez-vous point l'assistance d'une lady ?

— L'agent du duc vous a confié tout cela en personne ?

— Un brave homme, renchérit mon visiteur. Il ne nous a rien caché et a même offert une chopine aux soldats pour boire à la santé de sa seigneurie. Il apparaît que l'usurpateur a ordonné la mort des princes avant son départ à travers le pays ; il s'en est ouvert au duc de Buckingham qui, épouvanté, a juré en son for intérieur de se rebeller contre ce souverain assassin. Le duc lui-même ferait un meilleur roi que ce félon – et sa naissance le place en position d'occuper le trône.

Aurais-je échoué à pressentir la mort de mon propre enfant ? Le chant de la rivière m'a appris celle de mon frère, mais j'aurais failli à percevoir celle de mon fils, de l'héritier de ma lignée, du futur roi d'Angleterre ? Il aurait été occis à moins d'une lieue de moi et je l'aurais ignoré ? Impossible. Je ne croirai à son trépas que lorsque j'aurai vu son corps privé de vie.

J'approche ma tête de la grille et lui lance :

— Écoutez-moi. Retournez dans le Kent et informez vos camarades qu'ils poursuivent la rébellion au nom du prince. Mes fils sont en vie. Le duc divague, le roi ne les a pas tués. Je suis leur mère, je le sais. Ajoutez que, Édouard en vînt-il à disparaître, son frère ne se trouve point avec lui mais en sûreté, en un autre lieu. Il y restera jusqu'à ce qu'il revendique le trône qui lui revient. Retournez dans le Kent et attendez-y l'ordre de vous soulever. Lorsque celui-ci vous parviendra, marchez avec audace et fierté, car vous avancerez contre le faux roi pour libérer vos princes et votre reine.

—Et le duc ? Et Henri Tudor ?

Je balaie leur évocation d'un geste.

—Ils restent nos fidèles alliés, affirmé-je avec conviction. Gardez-moi votre loyauté, sir John, et je me souviendrai de vous ainsi que de tous les hommes ayant combattu pour notre cause lorsque j'aurai repris la place qui m'est due.

Il s'incline, descend les marches, s'installe avec précaution dans la frêle barque oscillant sur les vaguelettes, puis disparaît dans le brouillard. Lorsque je cesse d'entendre le bruit des rames dans l'eau, je sonde les abysses du regard et murmure :

—Le duc de Buckingham proclame à tous les vents que mes fils sont morts. Pourquoi ?

Je dîne en compagnie de mes filles et des quelques servantes restées avec nous dans le sanctuaire. Il m'est difficile d'écouter la petite Anne qui, à sept ans, déchiffre la Bible à haute voix, ou de joindre mes questions à celles que pose Élisabeth aux domestiques pour tâcher de démêler les nouvelles. Rien ne me distrait de cette interrogation : pourquoi la rumeur affirme-t-elle que mes fils sont morts ?

J'envoie les filles au lit avant l'heure habituelle, n'inclinant guère à les entendre jouer ou chanter. Toute la nuit, j'arpente ma chambre. Richard a convaincu le Conseil privé de déclarer mes enfants illégitimes, fait voter par la Chambre des lords un acte niant la validité de mon union, s'est proclamé l'héritier légitime d'Édouard, et l'archevêque a posé la couronne sur sa chevelure noire. Sa frêle épouse Anne Neville a été sacrée reine tandis que leur rejeton a pris le titre de prince de Galles. Il triomphe, sans l'ombre d'un doute ; pourquoi, dès lors, aurait-il décidé de tuer mes fils ? Par ailleurs, comment espérerait-il échapper à la vindicte publique pour ce crime quand chacun sait que les garçons se trouvent sous sa protection ? Nul n'ignore qu'il m'a enlevé mon fils Richard contre ma volonté, et l'archevêque lui-même m'a donné sa parole que rien de fâcheux ne lui arriverait.

En outre, cela ne ressemble guère à mon beau-frère. Lorsque ses frères et lui ont décidé d'éliminer le roi Henri, ils sont entrés de concert dans la chambre de celui-ci, taciturnes et résolus. Ces princes d'York non seulement ne reculent pas devant leur lot d'actes malfaisants, mais ne laissent point à d'autres le soin de les accomplir. Faire tuer deux princes du sang impliquerait pour Richard qu'il soudoie des gardes puis cache les corps – une tâche fort délicate pour un roi nouvellement assis sur son trône. Non, Richard abat son ennemi à découvert, sans honte ni hésitation. L'homme qui a décapité Sir William Hastings sur un billot d'emprunt écraserait un coussin sur le visage d'un jouvenceau sans battre d'un cil. S'il l'estimait nécessaire, il l'accomplirait de ses propres mains.

En d'autres termes, sir John, venu de Reigate, fait erreur. Mon Édouard vit encore.

Toutefois… alors que je fouille du regard l'insondable et noire profondeur de la rivière, la pensée me vient que peut-être j'erre de point en point – jusqu'à cette confiance que je place en Mélusine. Richard aurait pu trouver un homme de main dévoué qui aurait accepté de tuer les garçons. Aurais-je perdu mon don de prescience ?

Je ne sais rien. Je ne sais plus rien.

Aux petites heures du matin, je fais mander le docteur Lewis sous le prétexte qu'un mal me consume. Lorsqu'il se présente, l'angoisse qui me ronge a commencé d'exiger son tribut : je souffre d'une fièvre bien réelle.

— Votre Majesté ? demande-t-il d'un ton précautionneux.

Hagarde dans la lumière des bougies, échevelée dans ma robe froissée, je lui lance sans préambule :

— Envoyez des serviteurs de confiance à la Tour de façon à protéger mon fils Édouard. Lady Margaret doit user de son influence pour répondre de sa sécurité. Mes fils courent un terrible danger.

— Avez-vous reçu des nouvelles ?

— La rumeur se propage que mes fils ont péri.

Il n'affiche aucune surprise.

— Pardonnez-moi, Altesse, mais je crains que la rumeur ne dise vrai. Le duc de Buckingham nous a avertis voilà quelque temps : selon lui, l'usurpateur aurait tué ses neveux pour s'emparer du trône.

Je recule légèrement, comme si j'avais vu un serpent prendre le soleil à l'endroit précis où je m'apprêtais à poser la main.

— C'est bien cela que l'on m'a rapporté, réponds-je d'un ton las. L'homme qui me l'a dit l'avait appris d'un agent de Buckingham.

— Que Dieu nous assiste, déclare le docteur en se signant.

— J'ose cependant espérer que ce vil crime n'a pas été commis et que nous parviendrons à l'empêcher.

— Hélas, je crains que les princes ne soient déjà perdus. Votre Grâce, mon cœur saigne et je pleure à vos côtés cette immense perte.

— Je vous sais gré de votre sympathie.

Je me suis exprimée d'un ton ferme, mais mes tempes palpitent et j'ai du mal à réfléchir. C'est comme si je regardais le serpent et qu'il me regardait en retour.

— Que le Seigneur nous assiste et punisse l'oncle capable d'une telle vilenie, poursuit-il. Dieu ne manquera pas de favoriser un soulèvement contre cet Hérode.

— S'il s'agissait bien de Richard.

Il semble choqué.

— Qui d'autre commettrait un tel forfait et en tirerait bénéfice ? Qui a tué Sir William Hastings, votre frère, votre autre fils ? Cet homme se comporte depuis toujours en ennemi de votre famille, Majesté. Personne ne mérite votre suspicion plus que lui !

Je suis prise de tremblements, des larmes me brûlent soudain les yeux.

— Je ne sais pas, avoué-je alors que mes certitudes vacillent. Je sais seulement que mon enfant est encore en vie. Une mère sent cela. Demandez à lady Margaret ; elle ne pourrait ignorer la mort de son Henri. De toute façon, mon Richard, lui au moins, se trouve en sécurité.

Il mord à l'hameçon. Un éclair d'intérêt traverse son regard empreint de tristesse.

— Vraiment ? me presse-t-il.

J'en ai assez dit. Je fais aussitôt mine de me corriger :

— Ils se trouvent tous deux en sécurité, s'il plaît à Dieu. Pourquoi êtes-vous si sûr qu'ils sont morts ?

Il pose doucement sa main sur la mienne.

— Nul ne les a aperçus depuis le départ de l'usurpateur. Le duc et lady Margaret supposent que le souverain les a fait tuer avant de quitter Londres. Personne n'eût pu les sauver. Lorsque nous avons assiégé la Tour, ils étaient déjà morts.

Je retire ma main, la porte à mon front douloureux. Impossible de réfléchir avec clarté… Lionel m'a affirmé avoir entendu les serviteurs crier d'emmener les princes dans des appartements moins accessibles. Mon frère, selon ses propres termes, se trouvait derrière la porte, à quelques pouces d'Édouard.

— N'aurait-il pas été préférable pour notre cause que le duc se taise ? Mes amis, ma famille, mes alliés recrutent sous la bannière du prince qu'ils jurent de libérer. Or Sa Seigneurie propage la nouvelle de sa mort. Pourquoi mes partisans se soulèveraient-ils si leur seigneur est mort ?

— Il importe cependant qu'ils l'apprennent maintenant plutôt qu'ultérieurement, répond-il d'une voix trop suave.

— Pourquoi avant la bataille ?

— Afin que nul n'ignore la responsabilité de l'usurpateur. Richard portera le blâme. Vos amis se rallieront par vengeance.

En quoi ce point précis a-t-il de l'importance ? Il ment, je le sens, mais dans quel dessein ?

— Pourtant, qui doutera de la culpabilité du roi Richard ? Vous l'avez admis vous-même, il reste l'ennemi déclaré de ma famille, l'assassin de mes proches. Pourquoi avouer nos inquiétudes maintenant et jeter la confusion parmi nos troupes ?

— Personne ne contestera sa responsabilité, rétorque-t-il. Nul autre que Richard ne s'abaisserait à commettre une si laide action. Lui seul en tire bénéfice.

Je bondis sur mes pieds, prise d'une soudaine impatience, cognant la table et renversant le bougeoir posé dessus.

— Je ne comprends pas !

Il rattrape la bougie. La flamme vacillante jette sur ses traits amicaux une ombre terrible. Un court instant, il redevient ce personnage que Cecily avait nommé «la Mort» et que j'avais découvert sur le seuil de la porte. Je recule d'un pas tandis qu'il place de nouveau la bougie sur la table et se lève, comme il se doit quand la reine douairière se met debout.

— Vous pouvez vous retirer, lui enjoins-je de façon incohérente. Pardonnez-moi, je suis bouleversée et ne sais que penser. Laissez-moi.

— Désirez-vous une potion pour vous aider à dormir ? Je compatis à votre chagrin.

— Je trouverai le sommeil. Je vous remercie de votre compagnie. Votre sagesse m'a apporté le calme. Me voici en paix.

Il ne cache pas son étonnement.

— Mais… je n'ai rien dit.

— Partager mes inquiétudes, c'est agir en ami.

— Je m'entretiendrai dès que possible avec lady Margaret, à qui je confierai vos craintes. Je lui demanderai de placer des hommes à la Tour afin qu'ils obtiennent des nouvelles de vos fils. S'ils sont en vie, nous les protégerons.

— À tout le moins, Richard se trouve en sûreté.

— Plus que son frère ?

Je souris.

— Docteur, si vous possédiez deux joyaux précieux et craigniez les larrons, les rangeriez-vous dans un même coffret ?

— Richard ne séjournait point à la Tour ? demande-t-il dans un souffle, le corps tendu dans l'attente de ma réponse.

Je pose un doigt sur mes lèvres.

— Chut.

— Deux garçons ont cependant été occis dans leurs lits…

Vraiment ? Dans leurs lits ? Comment s'en trouve-t-il à ce point assuré ? Je reste de marbre et il s'incline avant de se diriger vers la porte.

— Informez lady Margaret que je la supplie de protéger mon fils comme s'il s'agissait du sien.

Quand les enfants s'éveillent, je prétexte une indisposition qui me force à garder le lit. Élisabeth se présente sur le seuil de ma chambre mais je la renvoie sans ménagement, arguant d'un besoin de sommeil. Je n'aspire nullement à dormir mais à comprendre, toutefois. Pieds nus pour que l'on ne m'entende pas, je reprends mes allées et venues dans la pièce et me creuse la cervelle. Je suis entourée d'habiles conspirateurs. Le duc de Buckingham et lady Margaret œuvrent de concert. Se prétendent-ils les alliés de ma cause pour mieux me duper ou bien, à l'inverse, fais-je preuve d'une méfiance injuste à leur endroit ?

Bien que j'aie maudit Richard, le tyran, sa condamnation peut attendre. Il a emprisonné mes garçons, mais ce n'est point lui qui propage la rumeur de leur trépas. Il les a retenus en geôle contre leur volonté sans toutefois préparer le peuple à accueillir la funeste nouvelle de leur disparition. Il s'est emparé du trône ainsi que du titre de prince de Galles en usant d'éhontés mensonges et de grossières impostures ; l'assassinat de mon fils ne lui apporterait rien de plus. Il est fermement assis sur le trône, le Conseil l'a accepté, les lords également, il voyage à travers un pays qui l'accueille avec des cris de joie. Un soulèvement se dessine, certes, mais Thomas Howard l'a réprimé pour lui. Il n'est besoin que de garder mes garçons emprisonnés jusqu'à ce que j'avoue ma défaite, comme m'y invite Élisabeth.

Le duc de Buckingham, quant à lui, héritera du trône à l'extinction de la lignée d'York. Nul ne lui en contestera le droit, à la condition que la mort de mes fils ne laisse aucun doute. Du reste, Buckingham n'agirait point autrement que mon défunt époux… excepté qu'Édouard comptait son rival enfermé. Lorsque mon mari a pénétré dans Londres à la tête d'une armée victorieuse, il s'est rendu aussitôt à la Tour flanqué de ses deux frères et ils ont éliminé le roi légitime, bien que celui-ci ne possédât guère plus de forces qu'un agneau. Lorsque le duc de Buckingham aura défait Richard, il marchera sur Londres et se rendra à la Tour pour y exiger la vérité au sujet de mes garçons. Un long moment s'ensuivra, pendant lequel la population se remémorera les rumeurs et craindra le pire. Puis le duc surgira de la forteresse, le visage ravagé par la douleur après avoir trouvé mes garçons morts et ensevelis sous une dalle, assassinés par leur infâme oncle Richard. Il confirmera ainsi une rumeur qu'il aura lui-même lancée. Après cela, il n'aura plus qu'à s'asseoir sur le trône ; il n'y aura plus aucun prétendant en vie pour le lui disputer.

En outre, Buckingham occupe le poste de grand connétable, ce qui lui permet de détenir les clés de la Tour.

Passons maintenant à ma grande amie, lady Margaret Stanley, et à son fils Henri Tudor, les héritiers de la maison de Lancastre, qui aimeraient peut-être voir l'Angleterre retourner dans ce giron-là. Pour parvenir à leurs fins, il leur faut l'aide de mes partisans et de Buckingham, car le jeune Henri ne saurait trouver d'armée suffisante pour combattre Richard. Après une existence passée en exil, sa chance se présente enfin de revenir en roi. Lady Margaret ne courrait point de si grands risques si ce n'était pour y gagner le trône. Le couple Stanley jouit d'une immense faveur à la Cour de Richard. Elle a négocié un pardon pour son fils et le retour de celui-ci, elle a même obtenu l'autorisation de lui transmettre ses propres domaines en héritage. Mettrait-elle ces gains en péril pour le seul plaisir de m'obliger en aidant mon fils à coiffer la couronne ? La logique ne dicte-t-elle pas plutôt qu'elle œuvre à asseoir la revendication de son propre fils ?

Buckingham et elle préparent donc le pays à apprendre la mort de mes garçons.

Henri Tudor se révélerait-il vicieux au point de pénétrer dans la Tour en sauveur, d'étrangler mes deux enfants, puis de ressortir en pleurant la mort de ceux au nom desquels il a livré bataille ? Buckingham et lui-même pourraient-ils se partager le royaume – Henri à la tête du pays de Galles, le duc recevant tout le Nord ? Et si Buckingham venait à périr au combat, Henri n'hériterait-il pas à son tour de la couronne ? Après tout, sa mère pourrait fort bien envoyer ses gens à la Tour non point dans le dessein de veiller sur mes enfants, mais pour les étouffer dans leur sommeil. Cette sainte femme se résoudrait-elle à tuer mon fils pour élever le sien au rang de roi ? Il n'en reste pas moins que lady Margaret et le duc de Buckingham colportent la rumeur de la mort des princes alors même qu'ils prennent fait et cause pour eux. Et que, d'un mot échappé par mégarde, le bon docteur Lewis, aux gages de sa maîtresse, a affirmé qu'ils avaient été tués dans leurs lits. Le seul homme qui néglige de préparer le monde à pleurer leur mort, le seul homme qui ne profiterait pas de ce crime, c'est celui que je croyais mon ennemi mortel : Richard de Gloucester.

Un jour entier m'est nécessaire pour appréhender le danger qui me menace, sans qu'aucune certitude vienne toutefois étayer mes doutes. La vie de mes fils dépend peut-être de mon aptitude à distinguer l'ennemi de l'ami. En laissant échapper l'information que mon Richard se trouve en lieu sûr, j'espère faire hésiter un assassin ou, à tout le moins, gagner un peu de temps.

Dans l'après-midi, j'adresse des missives à mes frères qui lèvent des troupes dans le sud de l'Angleterre pour les informer de ce complot qui, tel un serpent dans son œuf, se love au centre de nos propres machinations. Richard demeure notre ennemi, leur écris-je, mais il représente peut-être une menace moins terrible que nos alliés. Je crains que les messagers n'atteignent pas mes frères à temps. Toutefois, je leur confie ces mots :

La sécurité de mes fils et la mienne ne seront garanties que si le duc de Buckingham et Henri Tudor échouent à rejoindre Londres. Bien que Richard, l'usurpateur, reste notre ennemi, je suis convaincue que le duc et le jeune Tudor pénétreront dans la capitale dans le but de nous assassiner. Interrompez leur progression. Mettez tout en œuvre pour parvenir à la Tour avant eux. Sauvez notre prince.

Derrière la fenêtre, à la nuit tombée, les yeux fixés sur la rivière, je cherche à entendre le chant de celle-ci. Élisabeth vient se glisser à mon côté, le visage grave.

— Que se passe-t-il, ma mère ? Je vous en prie, ouvrez-vous à moi de vos tourments. Vous êtes restée tout le jour dans votre chambre. Vous a-t-on informée d'une funeste nouvelle ?

— Je le crains… Répondez-moi : la rivière s'est-elle manifestée à votre oreille ainsi qu'elle l'a fait quand votre oncle Anthony et votre demi-frère ont péri ?

La voyant détourner le regard, j'insiste :

— Élisabeth ?

— Oui, elle chante, mais sa complainte me semble légèrement différente.

— Audible cependant ?

— Plus assourdie, décrit-elle. On dirait une comptine murmurée, empreinte de douceur. Ne la percevez-vous point ?

— Non, mais le sort d'Édouard me remplit de frayeur, et cela affecte mes sens.

— Un nouveau péril menace-t-il mon pauvre frère ? s'écrie-t-elle en me prenant la main.

— Je pense que le duc de Buckingham se retournera contre nous aussitôt qu'il aura vaincu l'usurpateur, lui avoué-je. J'espère que vos oncles l'arrêteront, mais Buckingham commande une puissante armée qui traversera sous peu la Severn, dans le pays de Galles, avant d'envahir l'Angleterre. Je ne sais de quelle manière assurer la sécurité de mon fils – ni la nôtre. Dieu, que j'aimerais trouver le moyen de piéger le duc au pays de Galles !

Pensive, elle s'avance vers la fenêtre. L'humidité qu'exhale la Tamise nous arrive par bouffées.

— J'aimerais qu'il pleuve, prononce mollement Élisabeth. Dans cette chaleur, une bonne pluie se révélerait bienfaisante.

Une brise fraîche s'engouffre dans la pièce comme pour lui répondre tandis que viennent s'écraser des gouttes de pluie sur les petits panneaux de verre. Élisabeth ouvre plus grand la fenêtre, découvrant un ciel qui se teinte de gris.

La pluie tombe tout d'abord en gouttes replètes qui s'écrasent lourdement sur la surface calme de la rivière, formant des cercles qui explosent telles les bulles d'un poisson. Peu à peu leur nombre s'intensifie, la violence des impacts également ; le déferlement qui s'abat forme un drapé de ciel et d'eau mêlés. Les cieux se vident sur l'Angleterre. Avec jubilation, nous refermons les battants sur cet orage, nos bras et nos visages ruisselants lorsque nous parvenons enfin à clore l'espagnolette. Nous courons aux autres pièces de façon à nous barricader contre ce déluge, véritable incarnation de mon chagrin qui s'abat en trombes sur le royaume.

— Cet orage entraînera des crues, prédis-je.

La pluie tombe toute la nuit. Élisabeth partage mon lit, ainsi qu'elle le faisait enfant ; immobiles, nous écoutons le tambourinement contre les fenêtres et le grondement de la rivière. Bientôt, les gouttières s'engorgent et le flot glisse des toits dans un babil semblable au bruit d'une fontaine. Nous sombrons dans le sommeil, telles deux déesses des eaux bercées par le déluge.

Au matin, le ciel est voilé. Il pleut encore. Élisabeth se rend à la grille donnant sur la rivière ; les eaux montent à l'assaut des marches. Les bateaux sont consignés à quai, à l'exception de quelques bachots qui s'acharnent, rameurs courbés sur leurs rames contre le vent qui se déchaîne. Les filles les observent plusieurs heures par les fenêtres, fascinées. Lorsque la rivière grossit au point de déborder sur les rives, le courant se fait incontrôlable et les derniers bateliers s'empressent d'amarrer leurs embarcations. Nous allumons un feu pour lutter contre ce froid d'hiver qui nous enveloppe, et je joue aux cartes avec les petites, que je laisse gagner. Comme j'aime le son de cette pluie !

Élisabeth et moi dormons dans les bras l'une de l'autre, épiant ce flot qui cascade des toits de l'abbaye pour s'écraser sur la pierre. Aux petites heures du matin, je perçois un écoulement qui se faufile à travers les ardoises. Je ravive le feu, puis place un petit pot d'étain sous la fuite. Ma fille ouvre les volets et annonce que la pluie s'abat avec autant de violence que la veille. Il semble qu'elle tombera toute la journée.

Les enfants jouent à l'arche de Noé tandis qu'Élisabeth leur en lit le récit dans la Bible. Elles préparent ensuite un cortège formé de leurs jouets et de coussins, en guise d'animaux marchant par paire. Ma table renversée, entre les pieds de laquelle on a tendu des draps, représente l'arche. Je leur permets de dîner dans leur vaisseau de fortune et les rassure en affirmant que le déluge a eu lieu il y a bien longtemps et que Dieu n'irait point en infliger un autre aux hommes. Cette pluie bienfaisante gardera les mauvaises gens dans leurs foyers. Elle assurera notre sécurité.

Élisabeth paraît satisfaite. Une fois les enfants mis au lit, elle s'empare d'une chandelle et traverse les catacombes pour observer le niveau des eaux.

La rivière a atteint une hauteur jamais vue, m'apprend-elle à son retour. Dans peu de temps, elle inondera le long couloir, voire davantage si la pluie ne cesse de tomber. Notre logis se trouve à deux volées de marches au-dessus, nous ne risquons rien, mais les pauvres gens qui vivent sur les rives feront bientôt leurs paquets et abandonneront leur masure aux flots ascendants.

Le matin suivant, Jemma se présente dans une robe crottée jusqu'aux genoux. Les parties basses de la cité sont inondées. Certaines maisons ont été emportées tandis qu'en amont des ponts se sont effondrés, et des villages entiers se retrouvent coupés de toute voie d'accès. De mémoire d'homme, on n'a jamais assisté à de telles pluies en septembre. Selon notre servante, on ne trouve aucun produit frais dans les marchés, car de nombreuses routes ont été emportées par les eaux et les paysans ne peuvent pas apporter leurs denrées. La pénurie de farine engendre une hausse du prix du pain, lequel croît encore du fait que certains boulangers ne parviennent pas à allumer leur four, ne disposant que de bois mouillé. Jemma annonce qu'elle passera la nuit avec nous, trop effrayée à l'idée de retraverser les rues inondées.

Au matin, il pleut toujours. Les filles postées à la fenêtre rapportent d'étranges visions : une vache noyée entraînée par le courant qui affole Bridget ; un chariot renversé qui tourbillonne au gré des remous ; des poutres qui roulent, arrachées à une masure. Un choc sourd se fait entendre chaque fois qu'un objet se fracasse contre les marches de pierre qui s'enfoncent dans la rivière. Le couloir qui mène à la grille est inondé – celle-ci émerge en son faîte et laisse passer un mince filet de lumière. La rivière doit s'élever de dix pieds, à tout le moins. D'ici peu, la marée montante affluera dans les catacombes et bouleversera le repos des morts.

Nul ne parviendrait à gagner Londres depuis les comtés de l'Ouest, aussi n'attends-je aucun message en provenance de mes frères. Le sens des événements ne m'échappe point : les flots s'opposent à Buckingham et à Henri Tudor. La pluie s'abat sur leurs armées. Les eaux de l'Angleterre se lèvent pour protéger leur prince.

Octobre 1483

Richard, consterné par la trahison de son grand ami, celui qu'il a élevé à la position de connétable d'Angleterre, comprend en un instant que les forces assemblées par le duc de Buckingham dépassent de loin sa garde royale. Mis dans l'obligation de lever une armée, il enjoint à tout Anglais valide de lui porter assistance. La plupart se rangent à ses côtés, bien qu'avec lenteur. Le duc de Norfolk a défait le soulèvement survenu dans les comtés du Sud. De fait, Gloucester peut supposer Londres à l'abri. Il ne laisse cependant aucun doute que Buckingham lève des forces au pays de Galles, auxquelles Henri Tudor joindra celles qu'il aura recrutées en Bretagne. Si Henri enrôle mille soldats, les armées royales et rebelles s'opposeront à forces égales. En revanche, si le jeune Tudor en rallie davantage, Richard luttera pour sa survie sous de mauvais auspices, contre une armée menée par Jasper Tudor, l'un des plus grands commandants que comptât jamais le parti de Lancastre.

L'usurpateur mène ses troupes vers Coventry. Il garde près de lui lord Stanley, l'époux de Margaret, le beau-père d'Henri Tudor. Lord Strange, le fils de Stanley, a assemblé une puissante armée qu'il amène présentement à son maître – mais lequel ? Cette question tourmente Richard.

Ce dernier se dirige vers le sud de Coventry dans l'espoir d'empêcher l'ami qui le trahit, Buckingham, de joindre ses forces aux nôtres, soulevées dans les comtés méridionaux. Il suppose que le duc traversera la Severn pour entrer en Angleterre et désire le recevoir avec, en lieu et place d'alliés, une armée royale déterminée à livrer un âpre combat malgré la pluie.

Les hommes se déplacent lentement sur les routes boueuses. Les eaux ont emporté les ponts. Aussi doivent-ils chercher des passages à gué, parfois éloignés de plusieurs lieues. Les chevaux des officiers et de la garde montée pataugent dans une fange qui leur colle au poitrail tandis que les soldats de pied avancent, tête baissée, trempés jusqu'aux os. À la nuit tombée, lorsque vient le temps de prendre quelque repos, ils ne trouvent aucun bois sec pour allumer des feux de camp.

Maussade, Richard les pousse en avant, puisant une faible consolation dans le fait que le duc connaît une avancée pareillement difficile à travers cette boue, ces rivières enflées, cette pluie incessante. Une bien mauvaise période pour recruter des hommes, en particulier pour un jeune duc inexpérimenté qui s'apprête à affronter un roi aguerri, songe-t-il avec satisfaction. Sans compter que Buckingham ne peut compter sur ses alliés. Ni sur ceux venus d'outre-Manche – Henri Tudor ne se risquerait pas à lancer sa flotte au milieu d'une telle tempête – ni sur les Rivers, placés dans l'impossibilité de le rejoindre.

Le roi reçoit de bonnes nouvelles. Les trombes d'eau ne sont point les seuls éléments qui freinent l'avancée du duc. Ce dernier subit également les attaques constantes des Vaughan, ces chefs de clan gallois qui ne nourrissent aucune affection à son endroit.

Il avait espéré sinon leur soutien, du moins leur indifférence s'il se rebellait contre Richard. Mais ils n'ont point oublié que le duc a ordonné l'exécution de Thomas Vaughan, alors au service du jeune roi Édouard. Ils surgissent au détour du chemin par petits groupes, déciment les premières lignes puis filent aussitôt. Dans les vallées, ils se cachent dans les arbres d'où ils jettent des pierres et tirent des flèches, mêlant une pluie meurtrière à celle qui se déverse du ciel, jusqu'à ce que les infortunés soldats de Buckingham s'imaginent la cible d'un implacable ennemi, liquide et fuyant, auquel nul ne peut se soustraire.

Le duc se retrouve dans l'impossibilité d'envoyer ses messagers aux Gallois demeurés fidèles aux Tudor. Ses éclaireurs sont abattus dès qu'ils se trouvent hors de vue de la colonne principale. Son armée ne compte aucun des soldats féroces promis par lady Margaret ; à l'inverse, les défections s'accumulent. Ses hommes le qualifient de commandant malchanceux et prédisent une campagne balayée par les eaux. Chaque matin, leur nombre diminue lorsqu'ils s'alignent pour le départ. Du haut de sa monture, il s'adresse à eux, leur promet la victoire, mais aucun ne croise son regard. Tête baissée, ils semblent confondre ses discours enthousiastes avec l'incessant grondement de la pluie.

Sans pouvoir l'affirmer avec certitude, le duc suppose qu'Henri Tudor, l'allié qu'il s'apprête à trahir, se retrouve bloqué au port par cette tempête. Le fils de lady Margaret commande à une armée de cinq mille mercenaires à la solde du duc de Bretagne. Une force colossale, imbattable, suffisante pour s'emparer à elle seule de l'Angleterre. Il compte des chevaliers, des chevaux, des canons et cinq vaisseaux. Une expédition que rien ne pouvait arrêter, sauf le vent et des pluies torrentielles. Les navires sont ballottés par les vagues, même à l'abri du port où ils tirent sans répit sur leurs amarres. Les hommes, entassés dans les cales pour cette courte traversée vers l'Angleterre, vomissent tripes et boyaux. Tel un lion en cage, Henri Tudor arpente le pont, à l'affût d'une éclaircie. Mais le ciel, impitoyable, se vide sur son visage cuivré tandis qu'à l'horizon les nuages restent noirs et que les rafales venues du large bousculent ses navires contre les quais.

Son destin se joue de l'autre côté, il le sait. Si Buckingham défait Richard sans lui, c'en sera fait de son trône. Un usurpateur en aura remplacé un autre tandis que lui-même demeurera exilé. Il lui faut participer aux combats et occire le vainqueur, quel qu'il soit. Il doit prendre la mer. À l'instant. Hélas, cet orage du diable l'en empêche.

L'existence de Buckingham s'est réduite à une longue marche sous une pluie battante, à la tête d'une armée qui s'amenuise jour après jour. Ses hommes sont exténués, sans rien de chaud dans le ventre depuis des jours, trébuchant à chaque pas dans une boue qui leur arrive à mi-jambe. Il les encourage de tonitruants : « Bientôt le gué vers l'Angleterre et une terre enfin sèche, que grâces en soient rendues à Dieu ! » Ils le dévisagent d'un regard morne, sans le croire.

Après un dernier lacet, la route débouche sur la Severn. En cet endroit, la largeur et le bas niveau des eaux permettent de la traverser. Les troupes vont pouvoir ainsi pénétrer en Angleterre où ils lutteront enfin contre l'ennemi, au lieu de combattre les éléments ! Les soldats connaissent l'existence de ce passage, Buckingham le leur promet depuis des lieues. Le lit de la rivière est pierreux, stable comme une route pavée, l'eau n'y excède jamais quelques pouces de profondeur. Depuis des siècles, on traverse en ce lieu, qui marque la frontière entre le pays de Galles et l'Angleterre. Une taverne se dresse côté gallois, un petit village sur les rives anglaises. Les soldats s'attendent à une élévation substantielle du fleuve. Sans doute quelques sacs de sable défendront-ils la porte de l'auberge. Toutefois, lorsqu'ils perçoivent le rugissement furieux, les hommes s'immobilisent.

Le passage a disparu – la terre a disparu ! La taverne galloise est noyée sous les eaux, le hameau anglais n'est plus visible. La Severn sort tellement de son lit qu'elle s'étale en un lac immense, dont les soldats ne peuvent plus percevoir la rive opposée, où commence l'Angleterre. Plus de berges, plus même d'amont ni d'aval, mais une vaste étendue liquide hérissée de vagues, en proie à une tempête qui se déchaîne à sa surface. Ni pays de Galles ni Angleterre, c'est le royaume des flots qui triomphe sous leurs yeux.

Ils fouillent le paysage à la recherche d'un élément reconnaissable – une balise, le chemin qui se perdrait dans les profondeurs. En vain. L'un des soldats tend le bras. Horrifiés, ses compagnons découvrent la cime d'un arbre qui émerge avec peine. L'eau a noyé la forêt ! Les armées ne se rencontreront pas. L'eau a vaincu les hommes. La révolte de Buckingham s'achève.

Le duc demeure silencieux ; il ne donne aucun ordre. Il lève la main – presque un signe de reddition –, paume dirigée vers cette crue qui anéantit ses espoirs et à qui il semble concéder la victoire. Il tire sur la bride de son cheval, qui fait demi-tour, l'emporte au galop loin de cette immensité dévastée. Ses hommes le laissent aller. Tout est terminé. La rébellion a pris fin, matée par les eaux.

Novembre 1483

Vingt-trois heures sonneront sous peu. Il fait nuit. Agenouillée devant mon lit, les mains jointes, je m'apprête à me coucher lorsqu'un petit grattement se fait entendre à la porte extérieure. Mon cœur fait une embardée – Édouard ! En hâte, je pose une cape sur ma robe de nuit, tire la capuche sur mes cheveux, et me précipite vers le lourd battant.

Le calme règne dans les rues après qu'elles ont résonné tout le jour d'une intense activité, écho du retour du roi Richard dans la capitale. Les rumeurs sont allées bon train. Le souverain se vengera-t-il des rebelles ? Défiera-t-il la loi du droit d'asile pour me venir chercher, à présent qu'il détient la preuve de ma culpabilité dans le soulèvement ? Il n'ignore ni la part que j'y ai prise ni l'identité de mes alliés – lady Margaret et le duc de Buckingham.

Nul n'est en mesure de me rassurer sur le sort de mes frères et de mon fils, Thomas Grey, qui chevauchaient aux côtés des insurgés dans le Hampshire et le Kent. Vivent-ils encore ? On me rapporte qu'ils ont fui l'Angleterre et retrouvé Henri Tudor en Bretagne. D'autres les ont vus tués sur un champ de bataille, ou exécutés sur l'ordre de Richard. D'autres encore prétendent qu'ils m'ont trahie et ont rejoint les rangs de l'usurpateur. Comme tout le monde, il me faut attendre des nouvelles fiables.

Les pluies ont détruit les routes et les ponts, ont isolé des bourgs entiers. L'orage a pris fin, toutefois. Lorsque les rivières réintégreront leurs lits, mes frères m'instruiront de leur sort, de l'issue des combats. Je prie qu'ils aient réussi à quitter l'Angleterre. En cas d'échec, il était prévu qu'ils se rendent en Bourgogne auprès de Margaret, retrouvent mon fils Richard et continuent la guerre en son nom. L'autre Richard, le roi, gouvernera désormais avec la poigne d'un tyran, j'en suis assurée.

Le grattement se fait de nouveau entendre à la porte. Il ne s'agit nullement des coups répétés que frapperait un fugitif ; ce n'est point mon fils. J'ouvre la grille et découvre un homme de taille moyenne, dont le visage disparaît sous une large capuche.

— Oui ? m'enquiers-je sèchement.

— Je désire m'entretenir avec la reine douairière, chuchote-t-il. J'ai pour elle un message de la plus haute importante.

— Je suis la reine douairière. Quel message m'apportez-vous ?

Il glisse un œil à droite puis à gauche et prononce :

— Laissez-moi entrer, ma sœur.

Cet inconnu n'est point l'un de mes frères.

— Votre sœur ? Vous divaguez, monsieur ! Qui prétendez-vous être ?

Il repousse sa capuche, lève sa torche devant son beau visage.

— Je prétends être le roi, réplique avec un humour abrupt mon beau-frère, mon ennemi, Richard de Gloucester.

— Ce dont je ne conviens point ! réponds-je sur le même ton.

Ma réaction lui arrache un rire bref.

— Vous devez cependant vous y résoudre. Tout est terminé. Oint et couronné, j'ai défait votre rébellion. Je suis le souverain d'Angleterre, quelque répugnance que cela vous inspire. Je me présente devant vous seul et sans armes. Admettez-moi, madame, il en va de notre vie à tous !

Malgré moi, j'obtempère. Je déverrouille la porte et il se glisse dans l'entrebâillement. Je referme aussitôt derrière lui et attaque :

— Que voulez-vous ? Un serviteur à portée de voix se tient prêt à intervenir. Nous sommes liés par une dette de sang, Richard. Vous avez tué mon frère et mon fils. Jamais je ne vous le pardonnerai !

— Peu me chaut votre pardon, rétorque-t-il. Je sais jusqu'où vous ont portée vos intrigues. Vous m'auriez tué si l'on vous en avait donné la possibilité. Nous étions en guerre, vous en connaissez les principes. De plus, vous avez obtenu vengeance. Vous m'avez maudit, ma sœur ; ma poitrine me fait souffrir et mon bras droit défaille sans crier gare. Mon bras d'épée! me rappelle-t-il. Vous n'eussiez pu m'infliger pire sort que celui-là. Priez pour ne jamais avoir à requérir ma protection.

Je l'observe avec attention. En dépit de ses trente et un ans, l'ombre qui souligne ses yeux et les lignes qui creusent son visage le font paraître plus âgé. Son regard semble hanté. Il craint que son bras ne l'abandonne. Il a lutté sa vie entière pour acquérir une puissance qui égalât celle de son frère aîné, mais voici qu'une force inconnue dévore sa vigueur.

— Si votre santé décline, adressez-vous à un médecin, lancé-je. Vous ressemblez à un enfant qui impute sa faiblesse à la magie. Peut-être n'est-ce que le fruit de votre imagination.

— Je ne viens point à vous dans le dessein de me plaindre, déclare-t-il.

Puis il plonge soudain son regard dans le mien, ce même regard franc et direct qu'avait feu mon époux, et s'enquiert sans préambule :

— Votre fils Édouard se trouve-t-il sous votre garde ?

Sa question me fait sortir de mes gonds :

— Est-ce vous qui me demandez cela ? Vous qui me l'avez enlevé ?

— Répondez seulement. Vous êtes-vous assurée de la sécurité d'Édouard et de Richard ?

— Non. Comment se fait-il que vous me posiez cette question ?

Il pousse un profond soupir, se laisse tomber sur la chaise du portier et se prend la tête à deux mains. Éperdue, je le presse :

— Ne les retenez-vous point captifs à la Tour ? Ne tenez-vous donc pas mes enfants sous bonne garde ?

Il secoue la tête.

— Vous les avez perdus ? Vous avez perdu mes fils ?

Toujours silencieux, il acquiesce.

— J'espérais que vous étiez parvenue à les soustraire à ma vigilance. Pour l'amour de Dieu, dans ce cas, je vous conjure de me l'avouer ! lâche-t-il en relevant son visage. Si vous les avez libérés, je vous fais le serment que je ne me mettrai pas à leur poursuite. Je jurerai sur la relique de votre choix de les laisser en paix, je ne vous questionnerai pas même sur le lieu où ils auront trouvé refuge. Apprenez-moi seulement qu'ils sont sains et saufs, en un endroit secret. Je ne désire rien entendre d'autre. Je vous en prie. Je dois savoir.

Sans prononcer un mot, je secoue la tête. Il frotte ses yeux, rouges et gonflés comme ceux d'un homme privé de sommeil, puis explique :

— Aussitôt rentré, je me suis précipité à la Tour, effrayé par cette rumeur qui vole de bouche en bouche. Les hommes de lady Margaret Beaufort soutiennent que les princes sont morts. Le duc de Buckingham était à la tête de votre armée. Il nourrissait le dessein de s'emparer du trône, mais, pour que vos troupes le suivent, il m'a accusé d'avoir tué mes neveux et promettait la vengeance aux hommes, assurant que celle-ci seule motivait ses actions.

— Vous ne les avez point tués ?

— Non. Pour quelle raison, par Dieu ? Réfléchissez. Lorsque vos hommes ont attaqué la Tour, les princes se trouvaient à l'intérieur, surveillés nuit et jour. Eussé-je voulu les éliminer que le moyen m'en eût manqué en raison de la garde nombreuse affectée à leur surveillance – l'un des soldats l'aurait inévitablement appris, et les hommes auraient parlé. Par ailleurs, quel gain aurais-je retiré de leur mort ? Je les ai fait décréter bâtards, je vous ai déshonorée. Vos fils ne représentent pas davantage une menace pour moi que vos frères – ils sont vaincus.

— Vous avez assassiné Anthony ! craché-je alors.

— J'ai éliminé un danger, rétorque Richard. Votre frère eût aisément levé une armée, l'eût peut-être menée à la victoire, étant meilleur soldat que moi. Ce n'est point le cas de vos fils. Ni de vos filles. Vos enfants ne me mettent point en péril. Les abattre ne m'apporterait rien.

— Où se trouvent-ils, alors ? gémis-je.

— Je ne sais pas même s'ils sont morts ou vifs, grogne-t-il, l'air misérable, ni qui a donné l'ordre de les tuer ou de les enlever. J'ai cru – espéré – que vous aviez arrangé leur évasion, c'est pourquoi je me suis présenté à vous. Avez-vous autorisé quiconque à les emmener ? Quelqu'un les retiendrait-il en otages sans que vous en ayez connaissance ?

Le chagrin paralyse mon cerveau.

— Je ne parviens pas à penser de façon claire, émets-je dans un souffle.

— Essayez. Vous connaissez vos alliés, vos amis secrets, mes ennemis cachés. Percez à jour leurs intentions. Réfléchissez !

Je fais quelques pas dans la pièce. Si Richard me ment, il a supprimé Édouard ainsi que le petit page et tente d'en imputer le blâme à un autre. Toutefois, comme il l'indique, les éliminer ne lui apporterait rien. De surcroît, fût-il coupable, il ne cacherait pas leur mort. Pourquoi se présenter à moi ? Lorsque feu mon époux a assassiné le roi Henri, il a exhibé son corps au peuple, lui a offert des funérailles somptueuses. Le tuer ne servait alors qu'un dessein : proclamer la fin de sa lignée. Richard eût-il tué mes garçons, il attribuerait leur trépas à une maladie et me donnerait leurs corps à enterrer. Mieux encore, il pourrait accuser Buckingham de les avoir occis et leur offrir des funérailles royales.

Le duc a-t-il commis ce crime, alors, lui qui en propage la rumeur ? La disparition de mes garçons le rapproche indéniablement du trône. À moins que lady Margaret n'ait ouvert la voie pour son fils ? Seuls Buckingham et Tudor en tireraient un bénéfice. Mes fils éliminés, ils deviennent les prochains héritiers de la couronne. Sainte lady Margaret damnerait-elle son âme par une si vile action ? Le duc se révélerait-il pervers au point de tuer les neveux qu'il a juré de défendre ?

À voix basse, je demande à Richard :

— Avez-vous fait chercher leurs corps ?

— J'ai retourné chaque meuble de la Tour et questionné leurs valets. Ces derniers affirment avoir mis les princes au lit un soir. Au matin, ils avaient disparu.

— Vos valets ! À vos ordres ! Voulez-vous me faire croire que mes enfants, placés sous votre protection, se sont évanouis dans les airs ?

— Ils ont été enlevés ou tués sans que je le commande, une nuit que je me préparais, loin de Londres, à combattre vos frères.

— Quelle nuit ?

— Celle des premières pluies.

— Oh, celle-ci, réponds-je en me remémorant la complainte émise par la rivière, ce chant si faible perçu par Élisabeth.

Il hésite.

— Me croyez-vous innocent de leur disparition ?

Je me retourne vers cet homme que mon époux aimait. Son frère, qui a lutté pied à pied à ses côtés, au nom de ma famille et de mes garçons, mais qui a éliminé sans pitié mon fils Richard Grey et mon frère.

— Non, réponds-je froidement. Je me défie de vous. Mais je ne suis convaincue de rien. L'incertitude me ronge.

Il incline la tête, comme acceptant un jugement injuste, puis remarque d'un ton presque pensif :

— Il en va pareillement pour moi. Je ne suis assuré de rien ni de personne. Ces guerres qui opposent les cousins ont tué toutes nos certitudes. Il ne nous reste que la méfiance.

— Que comptez-vous faire ?

— Rien, décide-t-il, la voix rauque de lassitude. Les soupçons se porteront sur moi mais personne n'osera me questionner. Que le peuple croie ce qu'il veut. Je crains que l'on n'apprenne jamais la vérité au sujet de vos garçons, hélas. Fussent-ils en vie, je prouverais mon innocence ; avec leurs dépouilles, je blâmerais Buckingham ; leur absence m'ôte toute défense. On affirmera que j'ai assassiné de sang-froid deux enfants confiés à mes soins, sans raison. On me qualifiera de monstre… Quoi que j'aie accompli, cela projettera une ombre sinistre sur mon existence.

On ne se souviendra que de ce lâche attentat alors que, conclut-il, non seulement je n'ai point commis ce crime, mais en outre j'ignore s'il est avéré et qui l'a pu perpétrer. (Il marque une pause.) Et vous ? Qu'escomptez-vous faire ?

— Moi ?

— Vous avez trouvé refuge dans ce sanctuaire pour protéger vos filles de ce péril que, selon vous, je faisais peser sur vos garçons, me rappelle-t-il. Le pire est survenu ; leurs frères ne sont plus. Demeurer ici n'a plus de sens. Vous cessez de vous trouver à la tête d'une famille royale dont l'héritier peut revendiquer le trône et devenez la mère d'enfants inutiles – des filles.

La réalité de la perte d'Édouard me frappe alors de plein fouet. Je pousse un gémissement et me plie sur une douleur qui me tord les entrailles. Les forces me manquent ; je me laisse tomber à genoux sur le sol de pierre et, les bras autour du ventre, me balance d'avant en arrière.

Il ne se précipite pas à mon côté, ne cherche nullement à me réconforter ni même à me relever. Assis sur sa chaise, il m'observe alors que je sanglote comme une paysanne ayant perdu son premier-né. Après un long moment, j'essuie mes larmes, prends appui sur mes talons et lève les yeux.

— Je vous présente mes condoléances, prononce-t-il d'un ton cérémonieux, comme si je ne me trouvais pas devant lui en robe de nuit, échevelée. Il n'a jamais été dans mes intentions de les maltraiter. Je me suis emparé de la souveraineté sans les mettre à mal. Il s'agissait des fils d'Édouard. Je les aimais pour l'amour de lui. Dieu sait combien j'adorais mon frère.

— Je ne doute point de cela, réponds-je d'un ton aussi affecté que le sien.

Il se lève et s'enquiert :

— Quitterez-vous votre refuge ? Vous n'avez plus rien à gagner en y demeurant.

— Je n'ai plus rien, en effet.

— Passons un accord, propose-t-il. Je vous promets de traiter vos filles de façon honorable. Les plus âgées trouveront leur place à ma Cour où elles seront reçues comme mes nièces. Je m'engage à les unir à de bons partis, à de braves hommes auxquels vous aurez donné votre approbation.

— Je désire rentrer chez moi, avec mes enfants.

— Pardonnez-moi, mais je ne puis vous l'accorder, refuse-t-il. Vos filles vivront à la Cour ; vous-même avez l'autorisation de séjourner à Heytesbury comme l'hôte de sir John Nesfield. Je ne risquerai point que, nichée parmi vos partisans, vos amis, vous leviez des troupes. Entendez-moi bien : je ne vous soupçonne pas en particulier. Je soupçonne le monde entier.

L'écho de pas furtifs résonne derrière lui. Il fait volte-face et dégaine sa dague, prêt à frapper. Maladroitement, je me relève, puis pose une main sur son bras pour le baisser. J'y parviens avec une aisance extraordinaire. Sa force l'a véritablement déserté, ma malédiction s'accomplit. D'un ton ferme, j'ordonne :

— Rangez cela. Ce sera l'une des filles.

Il recule d'un pas. Élisabeth sort de l'ombre, une cape jetée en hâte sur sa robe de nuit, sa chevelure nattée sous son bonnet. Elle se poste à mon côté et plonge un regard grave dans celui de son oncle.

— Votre Majesté, prononce-t-elle en effectuant une courte révérence.

Richard est surpris.

— Vous avez grandi, prononce-t-il. Êtes-vous bien la princesse Élisabeth ? Je vous eusse à peine reconnue. Je me souviens de vous enfant. Mais aujourd'hui, vous êtes… vous, termine-t-il gauchement.

Je glisse une œillade à ma fille. À mon immense étonnement, elle rougit, puis lève une main à son bonnet de nuit, affichant son regret de se présenter ainsi vêtue et pieds nus, telle une petite fille.

— Retournez dans votre chambre, lui enjoins-je d'un ton brusque.

Elle m'obéit aussitôt et s'éloigne sur une révérence. Parvenue devant la porte, elle marque toutefois une pause et lance :

— S'agit-il d'Édouard ? Mon frère est-il sauf ?

Richard se tourne vers moi, guettant mon approbation pour lui apprendre la vérité, mais je répète sèchement :

— Dans votre chambre. Je m'entretiendrai avec vous plus tard.

— Princesse Élisabeth, l'interpelle Richard avec douceur.

— Oui, Majesté ? réplique ma fille, qui s'immobilise une deuxième fois.

— Vos frères ont disparu de leurs appartements, mais je vous conjure de croire que je n'y suis pour rien. Jusqu'à présent, mes recherches ne me permettent pas même de conclure s'ils sont morts ou vifs. Je me suis présenté à votre mère dans l'espoir qu'elle les avait fait sortir de la Tour à mon insu.

Le rapide regard qu'elle me lance n'apprendra rien à notre visiteur. Sans l'ombre d'un doute, elle songe à Richard, en sûreté dans un village de Flandres.

— Mes frères ont disparu ? répète-t-elle, pensive.

— Ils sont probablement morts, dis-je d'une voix que la douleur rend dure, tranchante.

— Vous ignorez en quel endroit ils se trouvent ? demande-t-elle au roi.

— Je prie Dieu de me l'indiquer, répond-il. Sans aucune preuve de ce qu'il est advenu d'eux, on les supposera tués sur mon ordre.

— Ils étaient placés sous votre responsabilité, interviens-je. Quoi qu'il soit advenu, le fait demeure que vous avez failli à protéger mon fils, trop occupé à vous conserver ce trône qui lui revenait de droit.

Il accepte mon blâme en silence, puis se dirige vers la porte d'entrée. En silence également, Élisabeth et moi le regardons déverrouiller le lourd battant.

— Je ne pardonnerai jamais ce tort infligé aux miens et à ma maison, l'avertis-je. Je lancerai une malédiction qui privera de son premier-né celui qui a perpétré ce crime. L'assassin qui m'a enlevé mon fils verra périr le sien et attendra en vain la naissance d'un héritier. Je le condamne à ensevelir son aîné et à le pleurer amèrement, moi qui n'ai pas même de corps à étreindre.

— Maudissez-le donc, avec sa lignée, m'enjoint-il avec indifférence. Il me coûte ma réputation et ma paix.

— Nous le maudirons de nos deux voix, ajoute ma fille qui est revenue à mon côté et a passé un bras autour de ma taille. Il paiera pour nous avoir enlevé notre prince, pour cette souffrance qu'il nous inflige. Il regrettera sa cruauté. Le remords le rongera, même si nous ne l'identifions jamais.

— Nous le confondrons, psalmodié-je telle une sorcière en assemblée. La mort de son héritier nous apprendra son identité. Notre malédiction l'accablera de génération en génération, jusqu'à l'extinction de son lignage. Lorsqu'il ne comptera que des filles pour lui succéder, nous l'aurons démasqué.

Il franchit le seuil, puis se retourne vers nous. Avec une ironie sans joie, il demande :

— Ne savez-vous pas encore que les vœux ne gagnent pas tous à se réaliser ? J'en ai fait la cruelle découverte : j'ambitionnais de devenir roi, mais n'en ai retiré que tourments. Votre mère devrait vous avertir du danger, Élisabeth : ne souhaitez point à la légère.

— Oh, elle m'en a avertie, rétorque-t-elle. Et depuis que vous vous êtes emparé du trône de mon père et que vous m'avez pris mon oncle et mes frères bien-aimés, j'ai appris à ne plus rien souhaiter.

— Dès lors, qu'elle vous révèle aussi ce qu'il advient de vos sorts, conseille-t-il.

Il se tourne vers moi avec un sourire amer avant de poursuivre, à mon intention :

— Comme ces rafales invoquées par vos soins contre Warwick. Le vent l'a repoussé au large de Calais et a coûté la vie au nouveau-né de sa fille. Nulle autre que vous n'eût pu nous procurer cette arme venue subitement à notre aide. Toutefois, la tempête s'est prolongée et a manqué de noyer votre époux ainsi que ceux qui l'accompagnaient. Vous en souvenez-vous ?

Je l'admets.

— Vos sortilèges vous échappent et s'attaquent aux innocents, profère-t-il. Un jour viendra où, peut-être, vous regretterez que mon bras défaillant ne puisse se lever à votre secours ou, qui sait, vous pleurerez la mort du fils et héritier de celui-là même qui, pourtant, méritait votre juste vindicte.

La colère du roi Richard tombe lourdement sur les rebelles. Il punit les chefs et les lords, mais pardonne aux manants leurs erreurs de jugement. Margaret Beaufort, au centre des machinations, incarne le lien entre son cher Henri et Buckingham. Elle se voit bannie de la Cour et assignée à résidence chez son propre époux, lord Stanley, l'allié du roi. Les amis de lady Margaret, l'évêque Morton et le docteur Lewis, ont fui le royaume. Mon fils, Thomas Grey, est lui aussi parvenu à quitter l'Angleterre. Il a trouvé refuge en Bretagne, auprès d'Henri Tudor, dont la Cour est formée de jeunes gens aussi ardents qu'ambitieux.

Mon royal beau-frère accuse Thomas de trahison et d'adultère, comme si la félonie et l'amour participaient d'un même crime. La tête de mon fils est mise à prix. De Bretagne, mon enfant en exil m'apprend que, Henri Tudor eût-il débarqué, la victoire nous eût été acquise. Sa flotte a été démantelée par la tempête qu'Élisabeth et moi avons lancée sur Buckingham ; celle-ci a failli noyer le jeune homme qui affirmait se porter à notre secours. Selon mon fils, Henri Tudor lève une armée si puissante qu'elle vaincra même un prince yorkiste. Lorsque les vents d'hiver auront faibli, il reviendra en Angleterre. Cette fois, il triomphera, Thomas n'en doute pas.

« Il montera alors sur le trône, avertis-je mon fils dans une missive. Nul ne prétend plus qu'il mène cette lutte dans le dessein de préserver l'héritage de votre demi-frère. »

La réponse de Thomas me parvient :

En effet, Henri Tudor lutte en son nom propre. Mais il se montre résolu à « couronner la maison d'York », selon ses termes, en épousant Élisabeth. Il fera d'elle la reine d'Angleterre et le mâle qu'elle engendrera lui succédera.
Oui, votre fils eût dû régner, mais la fortune favorise votre fille, qui se voit offrir la possibilité de coiffer la couronne.

Informerai-je Henri Tudor qu'il épousera Élisabeth s'il défait Richard ? Cette union lui apportera le soutien de notre famille et de nos partisans. Quel autre avenir envisagez-vous pour mes demi-sœurs et vous-même, soumises à l'usurpateur et confinées dans votre sanctuaire ?

Ma décision est prise :

Informez Henri que je ne renierai point ma parole, engagée auprès de sa mère, lady Margaret. Élisabeth le prendra pour époux s'il écrase Richard et monte sur le trône. Que York et Lancastre s'unissent et mettent un terme à ces guerres.

Après une hésitation, j'ajoute :

Demandez-lui si sa mère a connaissance du sort échu à mon fils Édouard.

Décembre 1483

J'attends l'heure la plus noire de la nuit. Je jette une épaisse cape sur mes épaules puis, chandelle en main, frappe doucement à la porte de la chambre d'Élisabeth.

— Venez-vous ?

Elle est déjà prête, son capuchon rabattu sur sa claire chevelure, sa bougie allumée.

— Assurément. Cette terrible perte me concerne aussi, j'aspire à la venger. Les assassins de mon frère m'ont rapprochée du trône, mais éloignée d'une existence dont j'eusse moi-même décidé. Leur vile action m'a précipitée au cœur du danger. En outre, mon pauvre frère se trouvait seul et désarmé. Quelle âme damnée, quel homme au cœur de pierre prendrait le parti de le tuer de sang-froid, ainsi que le petit page ? Leur meurtrier mérite notre malédiction.

— Celle-ci frappera son fils, l'avertis-je. Et son petit-fils après lui.

Dans la lumière de la flamme, ses yeux luisent d'un éclat félin.

— Qu'il en soit ainsi, prononce-t-elle du ton dont eût usé sa grand-mère Jacquetta.

J'ouvre le chemin à travers la crypte silencieuse puis au bas de l'escalier de pierre menant aux catacombes. Nous aboutissons à la grille de fer derrière laquelle s'élève le clapotis de la rivière.

Élisabeth ouvre la grille. Les eaux sont hautes – une crue d'hiver, glacée, opaque, mouvementée – mais cependant dérisoires en regard de celles lâchées sur Henri et Buckingham. Eussé-je appris qu'on allait attenter à la vie de mon fils cette même nuit, rien ne m'eût retenue de sauter dans le premier canot et de braver les flots en furie pour le sauver.

— Comment procéderons-nous ? s'enquiert ma fille, tremblante de froid et de peur.

— De la plus simple façon : nous nous adresserons à Mélusine, notre ancêtre, notre guide. Elle ressentira notre douleur, partira à la recherche de ceux qui ont ôté la vie à notre prince, et s'emparera à son tour de leur fils. (Je tire de ma poche un parchemin que je déplie avec soin.) Lisez.

Sa voix s'élève tandis qu'elle déchiffre les mots à la lumière vacillante de nos deux bougies :

— Mélusine, écoute la triste histoire de notre fils Édouard, injustement retenu à la Tour par son oncle qui se fait appeler le roi. Nous lui avions donné pour compagnon un pauvre enfant qui avait pris l'identité de notre puîné, Richard, que nous avions mandé sous ta protection en Flandres, sur les rives de la rivière Escaut. Quelqu'un a enlevé Édouard ou l'a assassiné dans son lit, nul à ce jour n'a retrouvé son corps. Les criminels se sont évanouis dans les airs, comme notre Édouard que nous ne pouvons serrer contre notre sein. (Sa voix se brise tandis que j'enfonce mes ongles dans mes paumes pour retenir mes larmes.) Mélusine, reprend-elle, nul ne nous accordera justice. Aussi venons-nous à toi, notre mère première, pour confier cette malédiction à tes noirs abysses.

Que celui qui nous a pris le premier fils de notre lignée souffre de la perte de son héritier. Ô déesse des eaux, notre Édouard nous a été enlevé alors qu'il n'était pas encore un homme, pas encore un roi, bien qu'il soit né pour être les deux. Veille à prendre le fils du meurtrier avant qu'il ne devienne un homme puis, pareillement, son premier petit-fils. Nous apprendrons par ces trépas l'identité du criminel et saurons qu'il subit le poids de notre malédiction.

Elle termine sa lecture et je lui commande :

— Pliez ce parchemin de façon qu'il forme un bateau.

Elle s'exécute sans effort, après avoir passé des heures à exercer cette activité avec les petites. Lorsqu'elle a terminé, je lève ma bougie et chuchote :

— Enflammez-le.

Élisabeth approche de ma chandelle sa petite barque qui s'embrase aussitôt.

— Confiez-le à la rivière, lui enjoins-je enfin.

Et elle dépose délicatement le petit canot incandescent à la surface de la Tamise. La frêle embarcation oscille, la flamme semble sur le point de s'éteindre, mais une rafale l'avive. Sous l'effet du courant, la barque de papier s'éloigne, auréolée d'un jaune rougeoyant qui se reflète sur les profondeurs obscures et forme un halo dans les ténèbres, jusqu'à ce que celles-ci l'avalent. Mélusine a entendu notre incantation, elle a emporté nos paroles dans son abîme.

— C'est fait.

— Est-ce tout ? s'étonne Élisabeth.

— C'est tout. Je ne puis rien faire d'autre, moi qui suis une reine que l'on a dépouillée de tout, même de ses fils. Il ne me reste que les sortilèges. Mais de ceux-ci, par Dieu, j'userai à l'envi !

Noël 1483

Je m'applique à célébrer la Nativité pour égayer mes filles. J'envoie Jemma acheter quelques aunes de brocart ; nous confectionnons de nouvelles robes et les enfants, le jour de Noël, se parent des derniers diamants du Trésor royal. Des habitants du comté de Kent, vaincus par Richard, nous font parvenir un chapon, du vin et du pain dont nous faisons bombance. À la fois ménestrels et comédiens, nous portons nous-mêmes les traditionnels toasts de santé et de prospérité. Les filles se couchent, la joie au cœur ; elles semblent avoir oublié les célébrations passées, quand les ambassadeurs admiraient la Cour de leur père, la plus fastueuse d'Europe, et louaient la beauté de leur mère, la plus belle des reines.

Élisabeth demeure à mon côté, près du feu. Elle casse des noix dont elle jette les coques dans les braises.

—Votre demi-frère Thomas Grey m'a écrit. Henri Tudor avait l'intention de se proclamer roi d'Angleterre ainsi que votre promis dans la cathédrale de Rennes, aujourd'hui. Je me dois de vous féliciter.

Elle me lance un coup d'œil mutin.

— Que de futurs époux j'ai pu compter ! Vous souvenez-vous que j'ai été fiancée au neveu de Warwick, puis au dauphin de France ? Père et vous m'appeliez « la dauphine », on m'a donné des leçons de français et j'en ai conçu une estime démesurément grandie de ma petite personne. Moi qui étais certaine de devenir la reine de France, regardez où la vie m'a menée ! Aussi, pardonnez-moi, mais j'attendrai qu'Henri Tudor ait débarqué, combattu, coiffé la couronne et fait sa demande en personne avant de me considérer comme promise.

— Cependant, il est temps que vous vous mariiez, déclaré-je, ayant en mémoire ses joues écarlates devant son oncle Richard.

— Rien ne surviendra tant que nous demeurerons en ces lieux, objecte-t-elle.

Je poursuis mes pensées à voix haute.

— Henri Tudor n'a jamais relevé de défi. Sa vie entière, il s'est employé à échapper à nos espions, et jamais il n'a fait volte-face pour combattre. Il n'a livré qu'une seule bataille, commandée par son tuteur, William Herbert, qui plus est à nos côtés ! S'il débarque en Angleterre comme votre futur époux, tous nos partisans se précipiteront sous sa bannière. Les autres rejoindront ses rangs par haine de Richard, parce que celui-ci a privilégié les habitants du Nord. L'échec de la rébellion a laissé à trop de gens un goût amer. Bien que Richard ait gagné cette bataille, il a perdu la confiance du peuple. Il avait promis la justice et la liberté mais, depuis le soulèvement, il a octroyé les postes importants aux seuls lords du Nord et ne gouverne qu'avec ses amis. On ne le lui pardonnera pas. Votre fiancé comptera des milliers de recrues et il viendra de Bretagne à la tête d'une armée. Toutefois, l'issue dépendra de son courage sur le champ de bataille car, novice dans l'art de la guerre, il fera face à Richard, soldat rompu au combat depuis son plus jeune âge et qui a reçu sa formation de votre père.

— S'il gagne et honore sa promesse, je deviendrai reine d'Angleterre. Ne l'avais-je point prédit ? Je régnerai, mon destin m'y contraint, bien que je ne l'ambitionne nullement.

— Je le sais, réponds-je doucement. Cependant, vous devrez vous y plier. Vous ferez une bonne reine, et je vous assisterai.

— Je rêvais de me marier par amour, comme père et vous, au lieu d'accepter un parfait inconnu pour obéir à une parole échangée entre sa mère et la mienne.

— Vous êtes une princesse de sang, ce qui n'était point mon cas, lui rappelé-je. En outre, en premières noces il m'a fallu m'unir sur l'ordre de mon père ; je ne suis devenue libre de mes choix qu'après mon veuvage. Survivez à Henri Tudor et vous agirez comme bon vous semblera.

Son expression s'éclaire tandis que je poursuis :

— Votre grand-mère a épousé en secondes noces le jeune écuyer de son premier mari. Quant à la mère de votre fiancé, elle a convolé en secret avec un Tudor des plus quelconques. Au moins, une fois veuve, j'ai eu le bon sens de m'éprendre du roi d'Angleterre.

— L'ambition vous anime, ce n'est point mon cas. Jamais vous ne tomberiez amoureuse d'un homme qui ne soit ni riche ni puissant. Je ne désire nullement le trône de mon pauvre frère, le prix à payer me semble trop élevé. Père n'a cessé de lutter dès l'instant où il a coiffé la couronne, et nous vivons enfermées dans ces cellules semblables à celles d'une geôle parce que vous la convoitez encore. Pour parvenir au trône, vous vous résolvez à me voir épouser un fugitif lancastrien.

— Lorsque Richard me fera parvenir ses propositions, nous quitterons ce lieu. Nous ne célébrerons pas un autre Noël dans ce sanctuaire, Élisabeth, je vous le promets.

— Vous savez, il n'est nul besoin que nous en émergions entourées de gloire. Vivre simplement dans notre maison, comme une famille ordinaire, me conviendrait.

— Assurément, admets-je pour l'apaiser.

Nous appartenons à la lignée des Plantagenêts. Comment pourrions-nous jamais être ordinaires ?

Janvier 1484

Mon fils Thomas Grey m'envoie un courrier depuis la Cour de va-nu-pieds bretons qui entourent Henri Tudor. La missive, éprouvée par le voyage, est datée du jour de Noël 1483 :

Comme il s'y était engagé, il s'est promis à votre fille Élisabeth en la cathédrale de Rennes. Il a également revendiqué son droit à la couronne sous les acclamations des hommes présents. Nous lui avons juré fidélité. Un homme lui a demandé comment il pouvait se proclamer l'héritier du trône quand le jeune roi Édouard vivait peut-être encore. Henri lui a confié qu'il possédait la preuve de la mort du jeune souverain, mort qui le plongeait dans une profonde affliction et devait nous pousser à nous venger de son meurtrier. « Quelle preuve ? » lui ai-je demandé, avant de lui rappeler la souffrance qui était la vôtre de pleurer un fils sans avoir de sépulture sur laquelle vous recueillir, et il m'a réitéré sa certitude que les hommes de Richard avaient assassiné Édouard. Selon ses termes, ils ont étouffé les enfants dans leur sommeil, puis les ont enterrés sous un escalier de la Tour.

Le prenant à part, je lui ai dit que nous pourrions au moins suborner des serviteurs et leur ordonner de trouver les corps si seulement il me disait à quel endroit ils se trouvent. Avec les dépouilles en notre possession, notre accusation à l'encontre de Richard ne pourrait que prendre de l'ampleur ; le pays entier se rangerait à nos côtés. Aussi l'ai-je pressé : « Où se trouvent les corps ? Qui vous a livré ces informations sur le crime ? »
Madame ma mère, votre esprit pénétrant me fait hélas défaut. Toutefois, une indéfinissable noirceur me semble attachée à cet homme. Il a détourné le regard, marmonné qu'un prêtre avait déjà emporté leurs cadavres pour leur offrir une sépulture chrétienne, confiant les pauvres innocents au plus profond des eaux de la rivière. Il n'a su me donner le nom du prêtre ni m'expliquer pourquoi celui-ci ne s'était point présenté à vous avec vos enfants. S'il s'agissait de leur offrir des funérailles chrétiennes, pourquoi les livrer à la rivière ? Je lui ai demandé à quel endroit ils se trouvaient, et il n'a pas pu me répondre. Il m'a avoué enfin que c'était sa mère, lady Margaret, qui lui avait donné toutes ces précisions, et qu'il eût gagé sa propre vie plutôt que de douter de sa parole.
Je ne sais ce que vous déduirez de cela.
Selon moi, cela empeste.

J'approche le parchemin des flammes qui s'élèvent dans l'âtre. Il s'embrase et disparaît aussitôt. Prenant une plume, je la taille en hâte, puis écris :

Je partage votre opinion. Henri Tudor et ses alliés ont concouru à l'assassinat de mon fils – comment, sinon, connaîtraient-ils si bien les détails de la mort des deux garçons ? Richard nous laissera sortir ce mois. Il vous pardonnera. Quittez ce prétendant et rentrez. Quoi que jure Henri devant l'autel, quel que soit le nombre de soldats qui s'engageront sous sa bannière, jamais Élisabeth n'épousera le meurtrier de son frère. En outre, s'il se révèle le tueur, ma malédiction s'abattra sur son fils et son petit-fils : aucun Tudor n'atteindra l'âge adulte.

Peu après l'Épiphanie, le Parlement retourne à Londres, s'y réunit et, pour obliger le roi, entérine le décret adopté par le Conseil privé et la Chambre des lords. La loi a rendu mon union invalide ; je deviens une putain et mes enfants sont des bâtards.

Je n'émets aucune objection. Ce décret forme le premier pas vers notre libération, notre transformation en « famille ordinaire » pour reprendre les termes d'Élisabeth. Si cette loi fait de moi la veuve de sir Richard Grey et l'ancienne maîtresse du défunt souverain, mes filles de ce fait illégitimes cessent de détenir la moindre importance – mortes ou vives, libres ou emprisonnées.

Ce qui importe, en revanche – mais je ne m'en ouvre à personne, pas même à Élisabeth –, c'est que la perte de notre statut de famille royale permettra à mon petit Richard, qui cesse dès lors d'être un prince, de me rejoindre. Peter n'est plus qu'un jeune garçon vivant dans une famille pauvre de Tournai. Ce même Peter pourrait me rendre visite à Grafton. Il deviendrait mon page favori, mon compagnon de tous les instants, la flamme à laquelle je réchaufferais mon cœur.

Mars 1484

Un message de lady Margaret me parvient. J'attends depuis quelque temps déjà des nouvelles de ma fidèle alliée. L'expédition qu'elle a organisée pour prendre la Tour s'est soldée par un cuisant échec. Son fils clame à tous les vents que les miens ont péri, ajoutant que seule sa mère connaît les détails de cette tragédie. La rébellion qu'elle a tramée s'est achevée par une défaite qui a fait naître ma suspicion. Son époux demeure en faveur auprès du roi, bien que la part qu'elle a prise à ce soulèvement soit connue. Une bien douteuse complice, qui semble tout savoir, ne jamais agir, et ne subir aucune punition.

Elle m'expose la raison pour laquelle elle s'est trouvée dans l'incapacité de m'écrire et qui l'empêche toujours de venir me visiter : elle est prisonnière de son propre époux, qui s'est rangé aux côtés de Richard lors du récent soulèvement. Il apparaît que le fils de lord Stanley, lord Strange, a recruté une petite armée qu'il a mis au service du souverain yorkiste. La loyauté de lord Stanley n'a fait dès lors aucun doute dans l'esprit du monarque, tandis que nombre de messagers voyageant entre l'Angleterre et la Bretagne témoignaient que lady Margaret avait poussé Henri

Tudor à revendiquer le trône. Par ailleurs, des espions ont confirmé que l'évêque Morton, grand ami et conseiller de la noble dame, était parvenu à convaincre le duc de Buckingham de se retourner contre Richard. D'autres nous ont accusées d'avoir signé un pacte qui prévoyait l'union de nos enfants. Ils en ont donné pour preuve le discours prononcé à Rennes par le jeune Tudor, dans lequel il se proclamait le roi d'Angleterre et jurait d'épouser Élisabeth d'York.

J'imagine avec quelle verve l'époux de Margaret Beaufort a convaincu son monarque de sa totale innocence, malgré une épouse engagée si avant dans une suite de complots et les indéniables avantages qu'il eût retirés d'un beau-fils assis sur le trône. Quoi qu'il en soit, il semble y être parvenu. Stanley *Sans changer** reste en faveur auprès de l'usurpateur. Son épouse Margaret est bannie de la Cour, assignée à résidence, privée de ses proches serviteurs, sans avoir le droit d'écrire ni d'envoyer de messagers – en particulier à son fils –, et dépouillée de sa fortune. Celle-ci va à son mari, pour peu qu'il la garde sous contrôle.

À l'évidence, cette maîtresse femme ne paraît toutefois guère émue des fâcheuses extrémités où elle se voit réduite. Réenfilant ses vêtements de conspiratrice, elle m'adresse cette missive riche en intrigues. J'en déduis que lord Stanley *Sans changer** suit ses propres intérêts, jurant fidélité à Richard… tout en laissant son épouse comploter avec les rebelles.

« Votre Majesté, ma sœur – ainsi devrais-je nommer la future mère de mon fils et celle de la jouvencelle qui deviendra ma fille », commence-t-elle dans son style fleuri. Une tache trahit, de façon fort judicieuse, des larmes de joie versées à la perspective d'unir nos enfants. Le dégoût me vient. Fût-elle même innocente de cette perfide trahison dont je la soupçonne, ce genre de sensiblerie faillirait à me réchauffer le cœur.

J'ai été consternée d'apprendre par mon fils que le vôtre, Thomas Grey, avait quitté sa Cour. Votre Altesse, ma sœur, quelle fâcheuse décision a-t-il prise là ?
L'assurerez-vous des intérêts communs qui lient nos deux familles et de ce qu'Henri le considère avec une estime particulière ? Je vous en supplie, commandez-lui comme une mère aimante d'endurer le supplice de l'exil aux fins de jouir des infinies récompenses qu'apportera la victoire. S'il a eu vent d'un danger, qu'il le communique à mon fils Henri Tudor. Le monde bruisse si vite de rumeurs. Je doute que Thomas désire apparaître comme un félon ou un homme de peu de courage ?
Depuis ma prison, je crois comprendre que le tyran souhaite accueillir vos filles à sa Cour. Refusez-lui cette faveur, je vous en conjure. Henri n'apprécierait guère que sa promise subisse les tentations qui ne manqueront pas de se présenter dans les cercles intimes de son ennemi, et je sais que la mère que vous êtes ne peut que se révulser à l'idée de placer ses jouvencelles entre les mains de l'assassin de ses fils, de leurs frères ! J'imagine aisément le profond dégoût qu'elles ressentent à seulement voir son visage. Mieux vaut rester dans votre sanctuaire que les forcer à lui baiser la main et à vivre sous les ordres de sa femme. Je ne doute point que votre sentiment égalera le mien sur ce sujet. Cela se révèle tout bonnement impossible.
Pour l'amour de vous, du moins, enjoignez à vos filles de vivre à vos côtés dans la paix de la campagne, si Richard vous libère, ou dans votre sanctuaire, s'il vous refuse d'en sortir, jusqu'à ce jour béni, quand Élisabeth deviendra la reine de

sa propre Cour et ma fille bien-aimée autant que la vôtre.
Votre amie loyale, séquestrée comme vous,
Lady Margaret Stanley

Je montre la lettre à Élisabeth, dont l'amusement s'accroît à mesure qu'elle déchiffre l'écriture ampoulée, jusqu'à ce qu'elle éclate de rire.

— Dieu du ciel, quelle vieille chouette ! s'exclame-t-elle.

— Ma fille ! Il s'agit de votre future belle-mère !

— Assurément ! Pourquoi craint-elle de nous savoir à la Cour ? De quelles tentations désire-t-elle nous préserver ?

Je reprends le parchemin et fouille les lignes du regard.

— Richard aura eu vent de vos fiançailles avec Henri. Sans trop d'effort, je gage, celui-ci les ayant annoncées avec suffisamment de pompe. Votre oncle en aura déduit que les partisans des Rivers soutiennent dorénavant les Tudors. La maison d'York, dont vous êtes l'héritière, vous emboîtera le pas. Richard aura intérêt à vous trouver, à vos sœurs et à vous, des époux parmi ses proches et ses alliés, de façon à isoler Tudor et à vous abaisser à des rangs inférieurs. Lady Margaret craint que vous ne dansiez au bras d'un séduisant gentilhomme, ce qui ridiculiserait Henri, le priverait d'une épouse et, de fait, lui ôterait une partie de ses partisans.

— Si nous quittons ces lieux, je me satisferai d'une existence paisible à la campagne à votre côté, madame ma mère.

— Je sais, mais Richard désire prouver qu'il prend soin des filles de son frère. Cecily et Anne prendront place à la Cour en même temps que vous, tandis que Bridget et Catherine resteront avec moi. Le peuple d'Angleterre apprendra que je vous autorise à vivre à la Cour, sous l'autorité du roi Richard – et c'est cela qu'il vise. En tout état de cause, je vous préfère installée dans le monde que recluse.

— Pourquoi cela ? s'enquiert-elle, plongeant son regard dans le mien d'un air soupçonneux. Inclineriez-vous encore à fomenter quelque intrigue, ma mère ? Je refuse de me trouver au centre d'une cabale.

— L'héritière de la maison d'York se retrouvera toujours au centre d'une cabale, la reprends-je fermement.

— Où irez-vous ? Pourquoi ne pas nous accompagner à la Cour ?

— Jamais je ne supporterais de contempler cette maigrichonne d'Anne Neville sur mon trône, vêtue de mes robes ajustées à sa taille, et mes bijoux passés autour de son cou décharné. Ma vie en dépendît-elle que je ne la saluerais point d'une révérence ni ne considérerais son époux comme le roi. J'ai connu et aimé un véritable souverain, j'étais moi-même la reine ; ces deux-là ne sont que des imposteurs à mes yeux.

» John Nesfield, reprends-je après une pause, cet homme qui nous a gardées ici, m'accueillera dans son manoir de Heytesbury. Cela me convient. Vous et vos sœurs recevrez votre éducation à la Cour. Il est grand temps que vous quittiez votre mère.

Elle m'embrasse sur la joue.

— J'apprécierai cela davantage que de subir cet emprisonnement, renchérit-elle. Toutefois, votre absence me semblera fort étrange. Jamais je n'ai vécu éloignée de vous. Ne souffrirez-vous point de la solitude ?

Je l'attire vers moi et chuchote à son oreille :

— Non, car j'espère revoir mon fils, Richard.

— Et Édouard ? demande-t-elle sur le même ton.

Je croise son regard rempli d'espoir.

— Élisabeth, je crains qu'il ne soit mort, car il me semble absurde que l'on puisse le retenir captif sans nous en informer. En mon âme et conscience, je pense que Buckingham et Henri Tudor ont fait assassiner les garçons de façon à s'ouvrir la voie menant au trône, puis ont rejeté le blâme de ce crime sur le roi Richard. Si Édouard est encore en vie, je prie Dieu qu'il trouve son chemin jusqu'à moi ; pour l'y aider, une bougie brûlera à ma fenêtre et ma porte ne sera jamais fermée.

— Mais vous n'espérez plus sa venue ? demande-t-elle, les yeux embués de larmes.

— Non, plus maintenant.

Avril 1484

Heytesbury, mon nouveau logis, se trouve dans le Wiltshire, un bel endroit situé dans la plaine de Salisbury. John Nesfield fait un agréable gardien. Il préfère de loin glaner des faveurs auprès du souverain plutôt que jouer les gouvernantes à mon côté. Aussitôt qu'il a donné ses ordres pour veiller à ma sécurité et jugé que je ne fuirais pas, il s'est précipité à Sheriff Hutton, où Richard a installé sa Cour. Le roi nourrit l'intention de bâtir un palace aussi vaste que Greenwich dans ce Nord où le peuple le respecte et vénère son épouse, Anne Neville, dernière du nom.

Nesfield me laisse disposer de sa maison à ma guise. Aussi fais-je venir les meubles et les objets des palais royaux pour l'agrémenter à mon goût. Une garderie digne de ce nom est installée, ainsi qu'une salle de classe pour les filles, tandis que le jardin s'orne de mes arbres fruitiers favoris et les écuries de chevaux de qualité.

Après d'interminables mois passés dans un sanctuaire, j'éprouve une joie indicible, chaque matin, aussitôt éveillée, à ouvrir la porte et à faire quelques pas sous le ciel. Dans l'air chaud du printemps, alors que les oiseaux poussent leur trille matinal, faire seller une monture puis m'élancer au galop m'exalte. Je m'amuse également à placer des œufs de cane sous les chaudes plumes des poules ; les canetons brisent la coquille, se dandinent dans la Cour et se dirigent sans hésiter vers la mare tandis que les poules, que l'eau effraie, caquettent sur la rive. J'observe les poulains qui s'ébattent dans l'enclos et, avec le palefrenier, tente de déterminer lesquels se destinent à la monte ou à l'attelage. En compagnie du berger, je traverse les pâturages pour y découvrir les agneaux, tandis que le vacher me désigne les veaux et m'apprend quand il sèvrera ceux-ci de leur mère. Je mène à nouveau l'existence qui était mienne jadis, celle d'une Anglaise de bon milieu à la campagne, l'esprit tourné vers sa terre.

Notre soudaine liberté plonge les petites dans une folle frénésie. Pas un jour ne s'écoule sans que je les découvre occupées à commettre quelque méfait ou à transgresser quelque interdit. Nager dans les eaux profondes et tumultueuses de la rivière, défaire les ballots de foin, grimper dans les pommiers et briser les branches fleuries, passer en courant devant le taureau dans le champ clos, puis s'élancer vers la barrière en hurlant quand l'énorme animal lève la tête. Mais comment les punirais-je d'un tel déferlement de bonheur ? Elles ressemblent à de jeunes pouliches lâchées dans un pré pour la première fois ; émerveillées par l'immensité du monde, elles ruent, bondissent en tous sens. Elles mangent le double de ce qu'elles avalaient en réclusion. Elles s'attardent en cuisine où elles harcèlent les cuisinières pour lécher un fond de casserole, quand ce n'est point pour dévorer une tranche de pain chaud sur laquelle la laitière étale une couche de beurre tout juste sorti de la baratte. Elles ressemblent de nouveau à des enfants ; épanouies et insouciantes, elles ont cessé de trembler à la vue de la lumière.

Après l'une de mes chevauchées matinales, Nesfield survient à l'improviste. Lorsqu'il me découvre au fond de la cour, il dirige son étalon à ma rencontre, en descend puis jette les rênes à un garçon d'écurie. Ses gestes lents et sa posture, épaules baissées, m'apprennent qu'un événement terrible s'est produit. Instinctivement, je lève la main vers l'encolure de ma jument, dont j'empoigne la crinière en guise de soutien.

— Que se passe-t-il, sir John ? Vous êtes fort pâle.

— Je voulais vous apprendre la nouvelle en personne.

— Élisabeth ?

— Elle se porte à merveille, s'empresse-t-il de me rassurer. Il s'agit du fils de Sa Majesté, Édouard – que Dieu ait son âme, que notre Seigneur le prenne en sa très sainte garde.

— Il est mort ?

— Il a toujours souffert d'une santé défaillante, répond Nesfield d'une voix brisée. Toutefois, lors de l'investiture, il avait si bonne mine que nous l'avons nommé prince de Galles, sans douter un instant qu'il succéderait à son père…

Il s'interrompt, soudain conscient que la femme en face de lui comptait elle aussi, jadis, un fils qui portait ce titre et devait hériter du trône.

— Pardonnez-moi, ajoute-t-il gauchement, je ne voulais point… Enfin, le roi a décrété le deuil pour la Cour. Il m'a semblé que vous voudriez en être informée.

J'affiche un air grave de circonstance tandis que mon esprit s'emballe. S'agit-il de la punition de Mélusine ? Dois-je discerner dans le trépas du fils et héritier de Richard la preuve que celui-ci a assassiné mon enfant ?

— Permettez-moi de prendre congé. Je vais écrire à Leurs Majestés pour les informer que mon chagrin se joint au leur, m'excusé-je en me dirigeant vers la maison.

— Il n'a point d'héritier, précise inutilement mon hôte, encore bouleversé. Tout ce qu'il lui a fallu accomplir, son acceptation de la couronne, ces combats pour défendre son royaume, toute cette lutte… pour rien. Il ne possède aucun héritier qui lui succédera.

— En effet, lâché-je d'une voix froide comme la pierre. Il s'est battu pour rien. Il a perdu son fils. Sa lignée s'éteint.

Ma fille Élisabeth m'informe que les courtisans affichent une douleur insurmontable, comme s'il leur était impossible de survivre sans leur prince. Richard a proscrit la musique et les rires, chacun avance les yeux baissés sans plus s'adonner aux jeux ni à la chasse, malgré la douce température qui baigne le royaume et l'abondance du gibier qui peuple les collines et les vallées avoisinantes. Richard se montre inconsolable. Douze années d'union avec Anne Neville ne lui ont donné qu'un enfant, et celui-ci n'est plus. Il semble impossible que le couple royal produise un autre héritier. Cette éventualité se présentât-elle, cependant, un bébé au berceau ne garantirait point un vaillant prince de Galles dans cette sauvage Angleterre que nous avons, nous autres York, façonnée. Qui sait mieux que Richard qu'un mâle doit jouir de toute sa force d'adulte s'il veut défendre son droit ?

Pour lui succéder, il nomme Édouard, le fils de son frère Georges de Clarence, seul prince d'York encore en vie. Toutefois, après quelques mois, la rumeur prétend que le monarque incline à réviser sa décision. Cela ne me surprend guère. Comme nous tous avant lui, Richard aura perçu le peu de dispositions qu'affiche le gamin pour coiffer la couronne. Feu le duc de Clarence avait un caractère néfaste, une funeste combinaison de vanité et d'ambition auxquelles se mêlait la folie. Aucun fils engendré par un tel personnage ne se montrera jamais propre à régner. Bien que doux et souriant, le pauvre enfant trahit une lenteur d'esprit fort éloignée de la vivacité nécessaire à qui escompte devenir roi d'Angleterre. Un prince se doit de suivre une éducation au sein d'une Cour dont il apprend à maîtriser les us, qui le rompe au danger et lui enseigne la bravoure. Ce petit simplet n'y parviendra jamais. La question demeure, toutefois : qui le remplacera ? Il est crucial que le roi nomme un dauphin. Or la maison d'York ne compte que des filles. Moi seule connais l'existence d'un petit prince qui, tel le héros d'un conte de fées, se cache à Tournai et, dans la peau d'un manant, étudie ses livres, sa musique et ses langues, sous la distante surveillance de sa tante. À l'instar d'une fleur yorkiste qui croît sur un sol étranger et attend son heure, il reste l'unique héritier de la lignée, le seul dauphin légitime. Si son oncle l'apprenait, le nommerait-il pour lui succéder ?

J'écris à Élisabeth :

Les nouvelles me sont parvenues de la Cour et une chose me tourmente : la mort du fils de Richard représente-t-elle le signe que nous adresse Mélusine pour nous informer de la culpabilité du roi ? Vous qui le côtoyez chaque jour, vous semble-t-il persuadé que notre malédiction l'a frappé ? Vous paraît-il un homme dévoré de chagrin à l'idée d'avoir causé la ruine de sa propre famille ? Ou bien pensez-vous que cette disparition ne représente qu'un caprice de la fortune et que l'assassin de notre prince n'a point encore souffert la perte de son enfant en représailles ?

Janvier 1485

Au milieu du mois, j'attends mes filles par un après-midi que le givre a teinté de blanc. J'espère leur venue avant le dîner et arpente le perron en soufflant sur mes mains gantées pour les réchauffer, tandis que le soleil couchant, rouge comme une rose de Lancastre, jette ses feux à l'occident. L'écho d'un galop retentit soudain ; je les aperçois qui remontent l'allée, leurs trois silhouettes drapées d'épaisses étoffes au centre d'une escorte puissante, presque royale. Elles sautent à bas de leurs montures dans un tourbillon, et j'embrasse leurs joues rosies par le froid, en m'émerveillant avec un étonnement sincère des changements opérés en elles.

Elles font irruption dans la grand-salle et s'abattent sur leur souper comme des affamées. Élisabeth est resplendissante ; sortie de l'air confiné du sanctuaire, elle s'est épanouie comme une fleur. Ses yeux pétillent, sa peau s'est colorée d'un rose délicat. Et ses habits ! Je ne me lasse point d'admirer les broderies, les brocarts, les gemmes qui soulignent sa taille gracile. Sa tenue égale en magnificence celles dont je me vêtais en mes années de règne.

— Dieu tout-puissant, Élisabeth, d'où tenez-vous ces robes somptueuses ?

Son regard se fige. Cecily pouffe, tandis que mon aînée se récrie :

— Bouche close ! C'était convenu.

— Élisabeth !

— Ma mère, vous n'avez pas idée. Elle ne mérite point sa place de demoiselle d'honneur, sa seule occupation consiste à colporter des ragots.

— Voyons, mes filles, je vous ai envoyées à la Cour pour y apprendre l'élégance et non l'art de vous quereller comme des poissonnières.

— Demandez à Élisabeth si elle se montre élégante, siffle Cecily.

— Je m'y emploierai assurément, lorsque votre petite sœur et vous serez couchées, réponds-je d'une voix ferme. Du reste, l'heure en sonnera plus tôt que prévu si vous ne vous adressez pas la parole avec davantage de courtoisie. Anne, poursuis-je en me tournant vers la plus jeune, qui lève les yeux vers moi, étudiez-vous vos livres avec sérieux ? Pratiquez-vous votre musique ?

— Oui, madame ma mère, réplique-t-elle. Nous avons toutefois reçu un congé pour les fêtes de Noël, aussi les avons-nous passées à la Cour, à Westminster, en compagnie des autres.

— Nous avons mangé du porcelet, ici, intervient la petite Bridget d'un ton solennel. Catherine a avalé tellement de massepain qu'elle a vomi la nuit durant.

Élisabeth s'esclaffe.

— Vous m'avez manqué, petits monstres, s'attendrit-elle. Après le dîner, je vous interpréterai un air sur lequel vous danserez, si vous le désirez.

— À moins que vous ne préfériez jouer aux cartes ? propose Cecily. Ce jeu est de nouveau autorisé à la Cour.

— Le roi s'est-il remis de son deuil ?

Cecily lance une œillade à Élisabeth, qui prend aussitôt une teinte écarlate, et répond :

— Oh, il s'est remis. Il s'est même rétabli. Au plus grand étonnement des courtisans. N'est-ce pas, Élisabeth ?

Ma patience se voit épuisée par ce dernier trait.

— Maintenant, c'est assez ! lancé-je. Élisabeth, accompagnez-moi dans ma chambre. Vous autres, terminez votre repas. Quant à vous, Cecily, méditez donc sur le proverbe qui affirme qu'une bonne parole en vaut dix mauvaises.

Je me lève et quitte la salle, suivie par une Élisabeth réticente. Lorsque j'ai refermé la porte sur nous, je lui demande simplement :

— Parlez, ma fille ; de quoi s'agit-il ?

Un instant, elle semble sur le point de résister, puis elle se met à trembler comme une biche aux abois et confie :

— J'ai tellement désiré vos conseils, hélas je ne pouvais vous écrire et devais attendre de vous rendre visite. Ma mère, je ne vous ai point trompée…

D'un geste, je lui indique de prendre place sur un coffre à côté de moi.

— Il s'agit de mon oncle Richard, murmure-t-elle. Il… oh, ma mère, il est tout pour moi !

Je constate que je réagis avec un grand calme. Seules mes mains ont tressailli, et je les serre l'une contre l'autre pour me contenir.

— Il s'est montré prévenant dès mon arrivée à la Cour mais, très vite, il s'est évertué à m'encourager, à s'assurer que je prenais plaisir à mes devoirs de demoiselle d'honneur. Quoique la reine se montre aisée à servir, il n'a cessé de rechercher ma compagnie pour s'enquérir de ma santé.

Elle s'interrompt, inspire profondément, puis poursuit :

— Il m'a demandé si vous me manquiez et a proposé de vous accueillir à la Cour, où l'on vous traiterait avec honneur. Il m'a dit combien mon père serait fier de moi s'il voyait la femme que j'étais devenue, ajoutant que je lui ressemblais par certains aspects de mon caractère. Quel homme délicieux, ma mère, je ne puis croire qu'il…

— Qu'il ? reprends-je, la voix faible.

— Qu'il m'apprécie.

Prise dans un étau qui m'opprime le cœur, je la presse :

— En vérité ?

Elle acquiesce.

— Il n'a jamais aimé la reine, confesse-t-elle. Il l'a épousée de façon à la protéger de Georges, duc de Clarence. Vous vous en souvenez certainement. Georges se trouvait sur le point de l'envoyer dans un couvent, de lui voler son héritage.

Je garde le silence. Les faits ne me reviennent pas éclairés de cette manière mais j'entends bien que, narrés de cette façon, ils forment une histoire à même d'impressionner une jouvencelle.

— Si Georges était parvenu à la prendre sous tutelle, développe-t-elle, il se fût emparé de sa fortune. La reine Anne désirait à tout prix se marier, aussi le roi l'a-t-il épousée, lui apportant le réconfort et la sécurité auxquels elle aspirait.

— Vraiment ?

Selon mes souvenirs, Georges tenait une des héritières Neville et Richard lui a chipé la seconde, puis tous deux se sont disputé leurs biens comme des chiens s'arrachant un os. Il semble toutefois que Richard ait fait à ma fille un récit plus chevaleresque.

— La santé de la reine Anne décline, me confie Élisabeth en baissant la voix. Elle ne concevra plus, les médecins le lui ont affirmé. Il faut toutefois un héritier au souverain. Il m'a demandé si l'un de nos garçons était parvenu à s'échapper.

Mon esprit soudain affûté, telle une épée qui lance des étincelles sur la meule, je questionne :

— Qu'avez-vous répondu ?

— Je lui confierais la vérité sans hésiter. Je n'ignore point, toutefois, que vous m'eussiez enjoint de la lui cacher. Aussi, je lui ai menti et ai prétendu que nous ne savions rien hormis ce qu'il nous avait appris. Il m'a répété que la disparition de mes frères lui avait brisé le cœur et que, s'il savait où ils se trouvaient, il s'emploierait à les sauver et les nommerait ses héritiers.

Belles paroles ! pensé-je. *Mais qui me dit qu'il n'enverrait point des assassins en lieu et place de messagers ?*

— Néanmoins, parviens-je à prononcer d'une voix ferme, ne mentionnez point le sort de Richard devant lui. Il m'est encore impossible de me fier à lui, comme vous semblez le faire.

— Oh, je remettrais ma vie entre ses mains. Jamais je n'ai rencontré un tel homme.

Je reste silencieuse. À quoi bon lui faire remarquer qu'elle n'en a jamais connu un seul ? Cette princesse a vécu une grande partie de sa vie telle une porcelaine dans une cage d'or, puis en prisonnière entre les murs d'un sanctuaire. Les seuls hommes sur qui elle a posé les yeux étaient des prêtres ou des valets. Elle ne possède aucune arme pour affronter un séducteur qui la charme, l'incite à aimer.

— Jusqu'où ce badinage vous a-t-il menés, tous les deux ? m'enquiers-je brutalement.

Elle soupire :

— C'est compliqué. En outre, je plains la reine Anne de toute mon âme.

La pitié qu'éprouve ma fille pour la souveraine ne l'empêchera point de lui prendre son époux. En définitive, elle me ressemble ; rien ne m'eût empêchée de suivre mon inclination. Décidée à en avoir le cœur net, je la presse :

— Mais encore ? Je déduis de la remarque de Cecily que les rumeurs courent.

Elle rougit.

— Cecily ne sait rien, pas plus que les autres. Elle jalouse les attentions dont je suis l'objet. La reine m'entoure de faveurs, me prête ses robes et ses bijoux, me traite comme sa fille et m'ordonne de danser avec Richard ou de l'accompagner à la chasse quand elle-même ne se trouve point en état de le faire. Je vous l'assure, ma mère, la souveraine elle-même me commande de tenir compagnie au roi, arguant que nul ne l'égaie ni ne le divertit aussi bien. De ce fait, la Cour murmure que le couple royal me prise et m'estime trop. Les courtisans grognent de ce que, simple demoiselle d'honneur, je jouisse du traitement d'ordinaire réservé à…

— À ?

— À la première dame.

— À cause de ces robes ?

— La reine les apporte en personne, exige qu'elles soient coupées à ma taille. Elle aime nous vêtir de façon identique.

Cette révélation me plonge dans le trouble.

— C'est elle qui vous habille de la sorte ? Elle vous fait confectionner des tenues dans ses propres étoffes, de coupes semblables à celles qu'elle affectionne ?

Élisabeth acquiesce d'un signe, hésite, puis lâche :

— Du reste, celles-ci ne la mettent guère en valeur.

L'image me vient d'Anne Neville, pâle, amaigrie, terrassée par le chagrin, à côté de cette jeune fille épanouie.

— Et vous entrez en tout lieu juste à sa suite ? Elle vous donne préséance ?

— Nul ne mentionne cette loi qui nous a déclarées illégitimes, on m'accorde le titre de princesse. Lorsque la souveraine, trop faible, n'assiste pas au dîner, je prends place à côté du roi comme la première dame.

— Si j'entends bien, la reine elle-même vous pousse à tenir compagnie au roi, voire à la remplacer à son côté, et non Richard. Comment réagit ce dernier ?

— Il déclare m'aimer. Il affirme que je suis son premier et son seul amour, répond-elle d'un ton qu'elle souhaite modeste.

Je me lève, me dirige vers la fenêtre, tire le lourd rideau de façon à découvrir le froid ciel étoilé qui enveloppe le Wiltshire. Pas un instant je ne crois à cet amour que vouerait Richard à ma fille, ni à l'affection sincère d'Anne Neville.

Mon beau-frère se joue de sa nièce. Il l'utilise pour déshonorer Henri Tudor. Aussitôt que les espions de sa mère auront embarqué sur un navire, Tudor apprendra que sa fiancée s'est éprise de son ennemi et qu'elle s'affiche à la Cour comme sa maîtresse, sous les yeux indulgents de l'épouse légitime. Richard agit de la sorte pour briser son rival, dût-il anéantir sa propre nièce. Quant à la reine Anne, elle préfère se plier aux exigences de son mari plutôt que de s'y opposer. Les filles Neville obéissent à leurs hommes comme le chien au veneur. En tout état de cause, elle ne peut lui refuser quoi que ce soit : il est le roi sans héritier, elle reste stérile. Elle doit prier pour qu'il ne la répudie pas. Dépourvue de fortune personnelle, elle ne serait bonne que pour le couvent ou le tombeau. Elle doit sourire et obéir, des protestations ne la mèneraient nulle part. La part qu'elle prend à détruire la réputation de ma fille ne lui rapportera sans doute guère plus qu'une annulation honorable de son union.

— Vous a-t-il suggéré de rompre vos fiançailles avec Henri Tudor ?

— Non ! Cela n'a rien à voir avec ça !

— Hum. Cependant, vous entendez bien quelle terrible humiliation votre attitude constituera pour Henri lorsqu'il en prendra connaissance ?

— Je ne l'épouserai jamais, je le hais ! crache-t-elle soudain. Je suis persuadée qu'il a envoyé ses assassins au chevet des garçons. S'il avait atteint Londres, alors, il se fût emparé du trône d'Édouard. Nous ne l'ignorions pas, puisque nous avons appelé la pluie de façon à le retenir en Bretagne. Mais à présent…

— Quoi donc ?

— Richard affirme qu'il écartera Anne et m'épousera sous peu, avoue-t-elle dans un souffle, incapable de cacher sa joie. Il fera de moi sa reine, et mon fils prendra place sur le trône de mon père. Nous poursuivrons la lignée d'York, la rose blanche régnera sur l'Angleterre à jamais.

Elle hésite, puis ajoute :

— Je sais que vous ne vous fiez point à lui, madame ma mère. Il s'agit toutefois de l'homme que j'aime, ne le pouvez-vous aimer à votre tour, pour l'amour de moi ?

Existe-t-il plus difficile et récurrente question que celle-ci entre une mère et sa fille ? Cet homme a envié mon époux, exécuté mon frère et mon fils Richard Grey, s'est emparé du trône de mon petit Édouard et a exposé celui-ci au danger – sinon pire. Toutefois, je n'ai nul besoin d'accabler avec la vérité cette candide enfant qui, éprise de mon ennemi, aspire à une conclusion heureuse.

Je lui ouvre les bras.

—Je n'ai jamais désiré que votre bonheur. S'il vous demeure fidèle et qu'un amour sincère vous lie, je ne souhaite rien de plus, mens-je avec aplomb.

Elle vient dans mes bras et pose sa tête sur mon épaule. Mais ma fille n'est pas idiote. Relevant la tête, elle plonge son regard dans le mien et déclare en souriant :

—Je serai reine d'Angleterre. Cela, au moins, vous agréera.

Un mois entier, mes filles demeurent à Heytesbury, où nous vivons cette existence de famille ordinaire dont rêvait jadis Élisabeth. Un matin de la deuxième semaine, nous découvrons que la neige est tombée pendant la nuit. Ayant déniché le traîneau de Nesfield, nous y attelons l'un des chevaux de trait et nous lançons dans une expédition vers un manoir voisin, où la fonte de la neige nous oblige à passer la nuit. Le jour suivant, nous rentrons à pied par le sentier boueux, crottant nos robes et nos souliers, montant notre bête à tour de rôle. Ce périple nous prend la plus grande partie de la journée, mais nous rions et chantons sans retenue sur le chemin.

Un messager du roi survient au milieu de la deuxième semaine, porteur de deux missives, l'une adressée à Élisabeth, l'autre à ma personne. J'invite ma fille à me rejoindre dans ma chambre. Nous quittons les petites qui ont envahi les cuisines où elles confectionnent des sucreries et des massepains pour le dîner, puis nous ouvrons nos courriers de concert.

Le mien me vient du roi.

Élisabeth, je gage, vous aura entretenue du grand amour que je lui voue. Je désire quant à moi vous informer de mon dessein. Il est dans mes intentions que mon épouse admette avoir dépassé l'âge de concevoir, élise résidence à l'abbaye de Bermondsey et me délivre de mes vœux. J'obtiendrai ensuite la dispense nécessaire puis j'épouserai votre fille. Elle deviendra reine d'Angleterre, vous prendrez le titre de reine douairière. Je vous restituerai les palais de Sheen et de Greenwich le jour du mariage, ainsi que votre pension royale. Vos filles vivront à la Cour à vos côtés ; vous les unirez aux partis que vous jugerez bon de leur donner. Le pays les reconnaîtra comme sœurs de la reine d'Angleterre et membres de la famille royale d'York.
Si l'un de vos fils se cache en un endroit dont vous connaissez l'existence, faites-le quérir en toute confiance. Je ferai de lui mon héritier jusqu'à ce qu'Élisabeth enfante un mâle.
J'épouse Élisabeth par amour. Toutefois, je ne doute point que vous distinguiez dans cette union la résolution de tous nos différends. Bien que j'espère votre approbation, je suis résolu à passer outre. Je demeure votre parent aimant.

RR

Je la lis deux fois avec attention. Mes yeux reviennent sur sa référence à la « résolution de tous nos différends » ; douce manière de décrire la dette de sang qui nous oppose, lui pour m'avoir pris mon frère et mon fils, moi pour avoir fomenté une rébellion et flétri son bras d'une malédiction. Richard reste cependant un York – il accueille toute victoire comme un dû – et, d'autre part, sa proposition m'agrée. Si mon fils revient prendre sa place de prince à la Cour de sa sœur, j'aurai accompli mon vœu et rendu son éclat à ma famille ; les miens n'auront point péri en vain.

Je glisse une œillade vers Élisabeth, rose d'émotion, les yeux brillants de larmes.

—Parle-t-il de mariage ?

—Il jure qu'il m'aime. Je lui manque, il désire informer le monde de notre union prochaine et souhaite mon retour à la Cour. Il aimerait que vous m'accompagniez, et ajoute que la reine Anne s'apprête à se retirer.

—Je n'y retournerai qu'après son départ, la préviens-je. Je vous autorise à retourner à la Cour mais vous adjure d'adopter un comportement plus discret. La souveraine vous ordonnât-elle en personne de marcher au côté du roi, exigez la présence d'un chaperon. En outre, je vous interdis de vous asseoir à sa place. (Je lève la main pour prévenir son interruption.) Entendez-moi bien, Élisabeth, je ne veux pas que l'on vous désigne comme sa maîtresse, surtout si vous souhaitez devenir son épouse.

—Mais je l'aime, objecte-t-elle, comme si cela justifiait tout.

Je la scrute, le regard dur.

—Aimez-le, mais sachez que, pour devenir son épouse et sa reine, vous devrez faire davantage que cela.

Elle porte sa missive contre son cœur.

—Son amour m'est acquis.

—Cela se peut. Malgré cela, il ne vous épousera point si la moindre rumeur entache votre honneur. On ne devient pas reine d'Angleterre sur un joli minois. Vous devrez user d'autres atouts.

Elle inspire profondément.

—Que dois-je faire ? demande-t-elle.

Février 1485

Elles prennent congé de moi par une matinée brumeuse de février. Escortées de leur petite troupe de soldats, elles s'éloignent au trot dans le brouillard. En un instant, elles ont disparu de ma vue, comme dissoutes dans ces flots nébuleux, tandis que seul résonne l'écho assourdi des sabots.

La maison me paraît bien vide sans mes filles aînées. Leur absence rend plus tangible celle des garçons, vers qui s'envolent mes prières. Mon petit Georges, mort quand il n'était qu'un bébé ; Édouard enlevé à la Tour et disparu ; Richard dont je n'ai reçu aucune nouvelle depuis cette unique missive venue de Tournai.

Malgré mes doutes et mes craintes, je me prends à espérer. Si le roi Richard épouse Élisabeth, je retournerai à la Cour avec les honneurs et occuperai la place de reine douairière. Une fois assurée de sa bonne foi, je ferai quérir mon fils.

Si Richard le déclare son héritier, nous retrouverons notre gloire d'antan. Bien que la situation diffère de celle qu'Édouard et moi avions imaginée en engendrant un prince de Galles et un duc d'York, cela ne me déplaît point. Élisabeth unie par amour deviendra reine d'Angleterre et Richard succédera à son oncle.

Lorsque j'aurai recouvré ma puissance à la Cour, je ferai rechercher le corps de mon fils, que celui-ci se trouve sous un escalier – comme nous l'a d'abord assuré Henri Tudor –, au fond des eaux – comme il l'a affirmé ensuite –, dans un obscur débarras ou encore en terre consacrée sous quelque chapelle. Je retrouverai sa dépouille, démasquerai ses assassins, éclaircirai les circonstances de sa mort. Qu'il ait livré combat lors d'un enlèvement et péri par accident, ou qu'il ait été lâchement assassiné à la Tour dans son sommeil et aussitôt enseveli, comme l'affirme avec tant de certitude le fils de lady Margaret, j'aurai le fin mot de cette tragédie. J'offrirai de royales funérailles à mon fils et commanderai des messes solennelles pour le repos de son âme.

Mars 1485

Élisabeth m'envoie un court billet m'informant de la santé défaillante de la reine. Elle n'ajoute rien – c'est inutile. Si la souveraine s'éteint, il n'est plus nécessaire d'obtenir une annulation ni de la confiner dans une abbaye. La reine est brisée par le chagrin. Elle pleure des heures durant sans que le roi daigne la réconforter, pas même par sa présence. Ma fille en prend note en sa qualité de fidèle demoiselle d'honneur.

Un matin, au milieu du mois de mars, je m'éveille sous un ciel anormalement sombre, le soleil étant masqué par un disque noir. Les poules refusent de quitter le poulailler, les canards enfouissent la tête sous leurs plumes et restent immobiles sur les rives de la mare. Flanquée de mes deux petites filles, j'effectue quelques pas à l'extérieur, en proie à un sentiment de malaise. Les chevaux, dans les prés, s'allongent puis se relèvent, incapables de décider s'il fait jour ou nuit.

— S'agit-il d'un présage ? demande Bridget, la seule de mes enfants qui cherche en tout événement la volonté de Dieu.

— C'est un mouvement des cieux, réponds-je. Je l'ai déjà vu se produire avec la lune, mais jamais encore avec le soleil. Cela passera.

— Est-ce un augure pour la maison d'York ? À l'égal des trois soleils de Towton ? intervient Catherine.

— Je ne sais pas, avoué-je. Cependant, je ne nous crois point en danger. Le ressentiriez-vous dans votre cœur, si un péril menaçait votre sœur ?

Bridget réfléchit avec sérieux.

— Seulement si Dieu s'adressait à moi d'une voix puissante, s'Il me criait Ses paroles et qu'un prêtre me les confirmât.

— Nous ne courons aucun danger, dis-je.

Je ne ressens aucune appréhension, bien que le soleil obscurci rende le monde autour de nous étrange et peu familier.

Trois jours ne se sont pas écoulés que John Nesfield survient à la tête d'une petite troupe maussade, précédée d'un étendard noir. La souveraine s'est éteinte. Mon hôte propage la nouvelle aux manoirs voisins ; les serviteurs de Richard ne manqueront pas de proclamer que la reine, après une longue maladie, a rejoint sa place au paradis et laisse un époux aussi dévoué qu'inconsolable.

— Bien sûr, il en est pour soutenir qu'elle a été empoisonnée, remarque joyeusement la cuisinière. Du moins, c'est ce que j'ai entendu au marché de Salisbury.

— C'est ridicule ! Qui eût voulu la tuer ? m'exclamé-je.

— Le roi lui-même, m'informe-t-elle avec un air entendu, comme si elle détenait des secrets d'alcôve.

— On l'imagine capable d'assassiner la femme qu'il a épousée douze ans plus tôt ?

— Le peuple de Salisbury ne l'aime guère, observe-t-elle. Les gens l'appréciaient les premiers temps, lorsqu'ils espéraient une justice et des gages meilleurs pour le commun des mortels. Mais depuis que les lords du Nord occupent toutes les positions… eh bien, on l'accuse de tous les maux.

— Réponds-leur que la reine, de santé fragile, ne s'est jamais remise de la mort de son fils, lui enjoins-je d'un ton ferme.

— Mentionnerai-je la jeune fille dont il fera bientôt sa nouvelle reine ? interroge-t-elle avec malice.

Par le Christ ! Que les rumeurs vont bon train !

— Pas un mot de cela.

J'attends cette missive depuis que l'on m'a informée de la mort d'Anne Neville et des possibles épousailles de Richard avec ma fille. Elle me parvient, mouillée de larmes comme il se doit, écrite de la main de lady Margaret.

À lady Élisabeth Grey

Votre Seigneurie,

Il a été porté à ma connaissance que votre fille Élisabeth, déclarée illégitimement née de feu le roi Édouard, a grandement offensé Dieu en contrevenant aux vœux qu'elle-même avait prononcés et en se déshonorant auprès de son oncle Richard, un acte si contre-nature qu'il blesse jusqu'aux anges des cieux. Bien entendu, j'ai informé mon fils, Henri Tudor, roi légitime d'Angleterre, qu'il ne convolera point avec une jouvencelle par deux fois flétrie – par un acte du Parlement et par sa propre conduite. J'ai résolu qu'il s'unirait avec une jeune fille de bonne famille, mieux née et d'un comportement plus chrétien.

Vous me voyez navrée qu'en votre veuvage et votre humiliation, vous deviez ployer la tête devant un chagrin supplémentaire : cette infamie de votre fille. Soyez assurée que je me souviendrai

de vous dans mes prières lorsque je regretterai la folie et la vanité de ce monde.
Votre amie en notre Seigneur,
Que je supplie de vous accorder, en votre grand âge, la vraie sagesse et la dignité féminine,

Lady Margaret Stanley

Le ton pompeux m'égaie un instant. Toutefois, un mauvais pressentiment m'envahit. Lady Margaret a combattu sa vie entière pour obtenir ce trône que j'estime mien. Nul doute que son fils n'attende de coiffer la couronne, attirant à lui les exclus, les rebelles, les mécontents, ceux qui ne peuvent vivre en Angleterre. Il luttera jusqu'à la mort. Peut-être vaudrait-il mieux qu'il entre en lice dès que possible et périsse sans tarder.

Richard, avec ma fille à son côté, va devoir affronter les critiques autant que les forces recrutées par Henri. Néanmoins, le frisson glacé qui court dans mes veines me laisse présager un résultat différent. Je relis la lettre où transparaît l'inébranlable conviction de cette héritière lancastrienne. Le cœur de cette femme, nourri de sa propre ambition pendant près de trente ans, déborde d'orgueil. Il me semble sage de me prémunir contre elle à présent qu'elle ne simule plus le moindre sentiment amical.

Qui désire-t-elle voir épouser son fils ? Une héritière, certainement, peut-être la fille de Herbert. Seule la mienne, toutefois, apportera aux Tudors la loyauté de la maison d'York et l'amour du peuple. De fait, peu me chaut ce venin que crache lady Margaret. Si Henri veut régner, il lui faudra s'allier avec nous d'une manière ou d'une autre. Je prends ma plume.

Chère lady Stanley,
Vous me voyez à mon tour navrée de ce que vous ayez prêté attention à de si viles calomnies et doutiez de l'honneur de ma fille Élisabeth, lequel demeure, comme devant, exempt de la moindre flétrissure. Je ne doute point qu'à l'issue d'une profonde réflexion vous et votre fils ne concluiez qu'aucune héritière yorkiste de son importance n'existe en Angleterre.
Elle est aimée de son oncle comme elle le fut de feu sa tante, ainsi qu'il se doit, et seuls des commérages venus des bas-fonds suggéreraient une quelconque inconvenance.
Je présume que l'union de nos enfants aura lieu, comportant de si manifestes avantages. À moins que vous ne considériez avec sérieux une rupture de promesse, ce qui me semble si éloigné de toute possibilité que je vous adresse le témoignage de ma bienveillance ainsi que mes plus sincères remerciements pour vos prières, lesquelles ne peuvent qu'agréer à Dieu, venues d'un cœur aussi noble que pur.

Élisabeth R.

Je ne signe plus de cette manière depuis un moment, mais, alors que je plie le parchemin puis le scellé de mon sceau, je m'égaie de mon arrogance :

— Je porterai le titre de reine mère quand vous resterez lady Stanley et que votre fils aura péri sur le champ de bataille, lui dis-je en m'adressant à la missive. Prenez donc cet *Élisabeth Regina*, espèce de gargouille !

Avril 1485

« Ma mère, venez à la Cour », me supplie Élisabeth dans un billet écrit à la hâte et scellé d'un double sceau.

Les événements prennent un terrible tournant. Le roi désire se rendre à Londres pour se défendre d'avoir jamais souhaité me prendre pour femme et informer les lords qu'il ne compte nullement m'épouser. Il espère ainsi faire taire les rumeurs selon lesquelles il aurait empoisonné la pauvre reine. Le voici décidé à annoncer qu'il ne m'est rien de plus qu'un oncle dévoué.

J'ai objecté à cette proclamation et proposé d'attendre que les ragots s'éteignent d'eux-mêmes. Mais il n'écoute que Richard Ratcliffe et William Catesby, qui jurent que le Nord se soulèvera contre lui s'il ose salir la mémoire de sa femme, une Neville du Northumberland.

Pis que cela, il désire m'éloigner de la Cour de façon à protéger ma réputation, sans toutefois m'autoriser à vous rejoindre. Il me mande auprès de lady Margaret et de lord Stanley ! Il prétend que lord Stanley demeure l'un des rares hommes à

qui il se fie sans retenue et que celui-ci s'assurera de ma sûreté, quoi qu'il advienne. Par ailleurs, ajoute-t-il, nul ne doutera de mon honneur si lady Margaret m'accepte dans sa maison.
Ma mère, mettez un terme à ce cauchemar. Lady Margaret me hait. Je vous en conjure, venez à la Cour et persuadez Richard que notre bonheur ne laisse aucun doute, qu'il nous suffira de nous unir quand ces rumeurs se seront tues. Personne – ni ami ni membre du Conseil – ne le lui suggère. Il se montre dépendant de ces deux hommes que l'on surnomme le Rat et le Chat, lesquels craignent que mon influence ne le pousse à les punir de ce qu'ils ont infligé à notre famille.
Je l'aime, ma mère. Il m'apporte ma seule joie en ce monde. Je lui appartiens corps et âme. Vous m'avez affirmé que l'amour ne se montrait point suffisant pour devenir reine d'Angleterre ; indiquez-moi comment je dois agir. Je ne survivrai pas dans l'entourage des Stanley. Que puis-je faire ?

À vrai dire, je ne sais que lui conseiller. Pauvre petite, éprise d'un homme dont la survie dépend de son habileté à commander la loyauté de l'Angleterre et qui, s'il annonce son intention d'épouser sa nièce alors que le corps de sa femme n'est pas encore froid, fera basculer le Nord dans les bras d'Henri Tudor en un battement de cils. On n'y accepterait aucune insulte proférée à l'encontre d'Anne Neville, morte ou vive, et Richard a toujours puisé sa force dans sa relation avec le Yorkshire, le Cumbria, le Durham ou le Northumberland. Il ne se risquerait pas à en offenser les lords, pas quand Henri Tudor recrute des troupes et attend les grandes marées de printemps.

Je demande au messager de se restaurer puis de passer la nuit au manoir ; il devra repartir au matin avec ma réponse. Je me dirige ensuite vers la rivière dont j'écoute le paisible babil. J'espère entendre la voix de Mélusine, ou trouver un fil qui traînerait au fond de l'eau un anneau dentelé comme une couronne. Je rentre sans avoir perçu le moindre signe ; il me faut écrire à Élisabeth sans autre guide que mon intuition et mes années passées à la Cour.

Mon enfant,

Je saisis votre détresse – elle transparaît derrière chaque mot. Soyez courageuse. Cette saison nous donnera la clé des événements ; avant la fin de l'été, tout aura changé. Acceptez de loger chez les Stanley et efforcez-vous de leur être agréable. Lady Margaret est une femme pieuse qui prise la rigueur. Elle étouffera le scandale mieux que toute autre. Sa propre réputation vous rendra aussi immaculée qu'une vierge, or c'est ainsi que vous devez apparaître – quoi qu'il advienne par la suite.

Si vous réussissez à vous faire aimer d'elle, votre situation s'en améliorera d'autant. Je n'y suis pour ma part jamais parvenue. À tout le moins, montrez-vous de plaisante compagnie, vous n'aurez pas à vous plier bien longtemps à une existence chez elle.

Richard vous écarte pour votre bien, afin de vous protéger de la corruption et du danger, jusqu'à ce qu'Henri Tudor le défie sur le champ de bataille. Quand votre oncle aura remporté la victoire, comme tout l'indique, il vous fera quérir honorablement et votre union prendra place parmi les célébrations de son succès.

Ma très chère fille, je ne prétends point qu'il vous faille apprécier un séjour chez les Stanley, toutefois c'est là que vous pourrez le mieux montrer que vous reconnaissez vos fiançailles avec Henri Tudor et afficher votre chasteté. Après la mort d'Henri, nul ne pourra émettre la moindre parole contre vous et la désapprobation du Nord se verra muselée. Dans l'intervalle, souffrez que lady Margaret vous croie heureuse de vos fiançailles avec son fils et impatiente d'apprendre la victoire de ce dernier.

Vous vivez un moment difficile, mais il importe que Richard jouisse de sa liberté pour appeler les soldats sous sa bannière et livrer bataille. Les hommes se battent, les femmes attendent et tirent des plans. Votre heure viendra. Pour lors, montrez-vous fidèle et discrète.

L'honnêteté est de moindre importance.

Recevez mon amour et ma bénédiction,

Votre mère

Je m'éveille à l'aube, tous mes sens à l'affût, comme un lièvre humant l'air dans une prairie. Il se passe quelque chose, je le sais. Même ici, dans les terres du Wiltshire, je peux sentir que le vent a changé, je peux presque sentir l'odeur de la mer. Il souffle depuis le sud – le vent du large, de l'invasion. Mon esprit distingue aussi clairement que si je les avais devant moi les caisses d'armes chargées dans les soutes, les hommes qui se précipitent sur les passerelles, les étendards déroulés puis hissés à la proue, les soldats alignés sur les quais. Henri rassemble ses forces, équipe ses navires dont les capitaines établissent le cap. Il est prêt à appareiller.

J'aimerais savoir où il débarquera – mais le sait-il lui-même ? Ils détacheront les amarres, ramèneront les épais cordages à bord, déferleront les voiles ; et la demi-douzaine de navires se fraiera un passage hors de l'abri du port. La brise gonflera les voiles, les coques émettront des craquements, et les vaisseaux s'élanceront à l'assaut des vagues. Peut-être mettront-ils le cap sur les côtes méridionales – les rebelles ont toujours reçu un accueil favorable de la part des habitants du Kent ou de Cornouailles. À moins qu'ils ne se dirigent vers le pays de Galles, où le nom de Tudor ralliera des milliers de partisans. Le vent les portera, il leur faudra se laisser guider puis, lorsque apparaîtra la terre à l'horizon, calculer leur position et chercher une anse.

Richard s'attend à leur venue. Il l'aura prévue aussitôt achevées les tempêtes d'hiver. Dans son château de Nottingham, au centre du royaume, il appelle à lui ses réserves, cite les lords à comparaître devant lui. Il se prépare au défi lancé cette année et qu'il eût relevé l'année précédente sans la pluie qu'Élisabeth et moi avons invoquée.

La bataille doit avoir lieu, mettant enfin un terme à la guerre des cousins. York vaincra, je n'en doute pas un instant. Warwick n'est plus – ses filles elles-mêmes ont disparu – et aucun général digne de ce nom ne dirige les forces de Lancastre, hormis le rejeton de Jasper Tudor et de Margaret Beaufort. Celui-ci affronte un soldat aguerri qui détient tout pouvoir sur les recrues de l'Angleterre. Les adversaires sont tous deux dépourvus d'héritier, défendent seuls leur propre cause, savent que la guerre ne se terminera qu'avec la mort de l'un ou de l'autre. J'ai assisté à bon nombre de batailles en ma longue vie d'épouse et de veuve, mais jamais aucune ne se présentait avec une telle impitoyable simplicité que celle-ci. Je prédis une lutte courte et brutale, qui s'achèvera par la mort du perdant et, pour le vainqueur, une couronne sur la tête et la main de ma fille.

J'augure d'une vêture noire pour Margaret Beaufort et d'intarissables larmes versées sur son fils occis.

Son chagrin marquera le commencement d'une nouvelle existence pour moi et les miens. Je puis faire quérir mon fils Richard. L'heure est enfin venue.

J'attends de mettre cette partie de mon plan à exécution depuis deux ans, depuis que j'ai envoyé mon garçon au loin. J'écris à sir Édouard Brampton, Yorkiste loyal, marchand influent, voyageur éprouvé et pirate à ses heures. Un homme qui ne craint pas de prendre des risques et qui se délecte dans l'aventure.

Sir Édouard survient précisément le jour où la cuisinière me rapporte l'arrivée en Angleterre d'Henri Tudor, dont le vent a poussé la flotte à Milford Haven. Il traverse présentement le pays de Galles, où il recrute des hommes sous sa bannière. De son côté, Richard enrôle des soldats et quitte Nottingham. Une fois de plus, le pays est en guerre.

— Une époque à nouveau troublée, prononce sir Édouard d'un ton courtois.

Je m'entretiens avec lui hors de vue de la maison, sur la berge de la rivière, derrière un bosquet de saules qui nous cache du sentier. Nos montures paissent paisiblement tandis que nous guettons de l'œil l'éclat brun d'une carpe dans l'eau claire. De stature imposante, richement vêtu, la chevelure noire, sir Édouard est impressionnant. Il a toujours été l'un de mes favoris, et c'est feu mon époux qui a organisé et payé le baptême qui l'a ôté à la communauté juive. Mon visiteur vouait une véritable adoration à son royal parrain et je remettrais sans hésiter ma vie entre ses mains – ou, en l'occurrence, un bien plus précieux que ma vie. Je lui ai confié jadis les commandes du bateau qui a emmené Richard par-delà la Manche. Je m'apprête à lui demander de me ramener mon fils.

— Une époque qui se révélera peut-être bénéfique pour moi et les miens, poursuis-je sur le ton de l'observation.

— Je suis à votre service, dit-il en s'inclinant. Par ailleurs, le recrutement de l'armée agite tellement le pays qu'il me sera possible d'agir en toute quiétude.

— Je sais, souris-je. Je n'oublie point ce service que vous m'avez rendu en prenant à votre bord un garçon que vous avez mené sur les côtes de Flandres.

— Que puis-je faire pour vous cette fois ?

— Rendez-vous à Tournai, dans les Flandres. Trouvez le pont de Saint-Jean. L'homme qui l'actionne se nomme Jehan Werbecque.

— Qu'y découvrirai-je ? s'enquiert-il à voix basse.

J'ose à peine respirer, sur le point de confier ce précieux secret sur lequel je garde les lèvres closes depuis si longtemps.

— Mon fils, réponds-je dans un chuchotis. Mon fils Richard. Trouvez-le et ramenez-le-moi.

— Plus aucun danger ne le menace ? Recouvrera-t-il le trône de son père ? me demande-t-il. Avez-vous conclu un accord avec le roi Richard pour que règne le fils d'Édouard, quand viendra son tour ?

— Avec l'aide de Dieu. Oui.

Mélusine, la femme de l'onde, laissa ses fils à son époux et partit en compagnie de ses filles. Les garçons devinrent des hommes – ducs de Bourgogne, princes souverains de la chrétienté. Les filles héritèrent du don de prescience de leur mère ainsi que de ses connaissances d'un monde mystérieux. Jamais plus elle ne posa les yeux sur son époux. Toutefois, elle ne cessa de pleurer cette absence et, quand sonna pour lui l'heure de la mort, il entendit résonner le chant qu'elle lui adressait. Il comprit enfin que les différences du corps n'importent point. Lorsqu'un amour vrai unit deux personnes, ni la nature ni même la mort ne brisera ce lien.

Il est minuit, l'heure dont nous sommes convenus. Un léger grattement se fait entendre à la porte de la cuisine. Je descends aussitôt, une main devant la flamme de ma bougie. Celle-ci éclaire la pièce où les serviteurs sont assoupis sur leur paillasse, dans un coin. Seul un chien lève la tête sur mon passage.

J'ouvre la porte sur la nuit chaude et paisible, découvrant un homme corpulent flanqué d'un garçon de onze ans.

—Entrez, les invité-je à mi-voix.

Je les précède dans l'escalier de bois qui mène à mes appartements privés, où brûle un bon feu, où des verres et une carafe de vin attendent sur la table.

Je pose ma bougie d'une main tremblante, et contemple enfin le jouvenceau que m'a ramené sir Édouard Brampton. Dans un chuchotement, je demande :

—Est-ce vraiment vous ?

Il a grandi, sa tête atteint mon épaule. Toutefois, je reconnaîtrais en tout lieu son regard noisette et la chevelure dorée de son père, dont il affiche également le sourire malicieux et la manière enfantine de pencher la tête de côté. Je lui ouvre les bras et il se précipite contre moi, mon enfant, mon garçon, mon puîné adoré né dans la paix et l'aisance, pénétré de la certitude que le monde lui apporterait richesses et abondance.

Je le flaire telle une chatte retrouvant son chaton. Ses cheveux exhalent une fragrance différente et ses vêtements sentent le sel de la mer, mais je reconnais l'odeur de sa peau sur son cou délicat, l'odeur de mon bébé.

— Mon enfant, mon enfant, répété-je dans un souffle, le cœur débordant de joie et d'amour. Mon Richard.

Il passe ses bras autour de ma taille et me serre dans une étreinte impétueuse.

— J'ai navigué partout et appris à parler trois langues, déclare-t-il, la voix assourdie contre mon épaule.

— Mon garçon.

— Tout va bien à présent, malgré quelques difficultés les premiers temps. On m'a enseigné la musique, la rhétorique. Je sais jouer du luth. J'ai écrit une chanson pour vous.

— Mon petit.

— Je me nomme Piers – cela signifie Peter –, mais l'on me surnomme Perkin.

Il se recule, plonge son regard dans le mien, et demande :

— Comment m'appellerez-vous ?

Je suis incapable de parler.

— Pour lors, madame votre mère vous nommera Piers, décrète sir Édouard depuis la cheminée où il se réchauffe. Vous ne pouvez encore tenir votre rang, aussi devez-vous garder l'anonymat.

Jamais je ne pardonnerai à l'homme qui m'a forcée à envoyer ce petit prince en exil, dans la maison d'un batelier. Qu'il soit maudit et que ses premiers-nés périssent ! Je ne connaîtrai point le remords.

— Permettez-moi de me retirer, demande sir Édouard, faisant preuve de délicatesse.

Il quitte la pièce et je me laisse tomber sur un siège devant le feu. Mon fils tire à lui un tabouret et prend place à côté de moi.

Nous nous entretenons de son absence, de l'enseignement qui lui a été donné. Son existence, certes, différait grandement de celle d'un prince du sang, mais il a reçu une bonne éducation – grâces en soient rendues à sa tante, Margaret. Elle a fait parvenir une bourse aux moines d'un monastère afin qu'ils dispensent une éducation à un garçon désargenté, spécifiant qu'il devait apprendre le latin, le droit coutumier, l'histoire et les règles du gouvernement. Elle a fait en sorte qu'on lui enseignât la géographie et les limites du monde connu ainsi que, ayant sans nul doute notre frère Anthony à l'esprit, l'arithmétique et les autres sciences des Arabes comme la philosophie des Anciens.

—Sa Seigneurie lady Margaret m'a informé que, une fois en âge, je reviendrais en Angleterre pour y réclamer le trône de mon père. D'autres ont attendu plus longtemps sous de moins favorables auspices. Selon elle, il n'est que d'observer Henri Tudor, forcé de fuir à un plus jeune âge encore, qui revient à la tête d'une armée en s'imaginant avoir une chance de l'emporter.

—Il a passé sa vie en exil. Dieu fasse que ce ne soit point votre cas!

—Assisterons-nous à l'affrontement? s'enquiert-il avec vivacité.

Je souris de son impatience.

—Non, un champ de bataille n'est guère un endroit pour un jouvenceau. Toutefois, lorsque Richard aura remporté la victoire et marchera sur Londres, nous le rejoindrons, ainsi que vos sœurs.

—Je reprendrai ma place à la Cour, à vos côtés? Pour toujours?

—Nous ne nous quitterons plus, comme il se doit.

J'écarte une mèche blonde de son front. Il pousse un soupir et pose sa tête sur mes genoux. Nous restons silencieux tandis qu'autour de nous, la maison émet ses craquements familiers.

— Qu'est devenu mon frère Édouard ? demande-t-il dans un murmure. J'ai toujours nourri l'espoir que vous l'aviez caché en quelque autre endroit.

— Nul ne vous en a entretenu ? Ni lady Margaret ni sir Édouard ?

— Ils se sont montrés incapables de se prononcer avec certitude. Je m'en remets à vous pour connaître la vérité.

— Je crains qu'il ne soit mort, lui apprends-je d'une voix douce, assassiné par des hommes de main du duc de Buckingham et d'Henri Tudor. Votre frère a cessé d'exister.

— Je le vengerai un jour, promet-il.

— Lorsque vous serez en âge et que vous régnerez, vous vivrez en paix. J'aurai vengé la mémoire de votre aîné. Cette tâche ne vous revient pas. J'ai ordonné des messes pour le repos de son âme.

— Mais point pour la mienne ! dit-il avec un sourire effronté.

— Pour la vôtre également, car il est nécessaire que je prétende vous avoir perdu comme j'ai perdu Édouard. Les oraisons des nonnes de l'abbaye de Bermondsey ne sauraient vous faire de mal.

— Qu'elles prient pour mon retour au foyer, alors.

— Elles s'y emploient déjà, comme nous tous. Je n'ai cessé de prier pour vous, trois fois par jour.

Il s'appuie de nouveau contre moi et je glisse la main dans ses mèches blondes, qui bouclent derrière ses oreilles et s'enroulent autour de mes doigts comme des anneaux d'or. Il s'est assoupi. Il est rentré, enfin. Le prince est de retour dans son royaume. Lorsque la bataille aura pris fin avec notre victoire, la rose blanche d'York brillera de nouveau dans le vert des haies anglaises.

Note de l'autrice

Ce nouveau roman, le premier d'une série traitant des Plantagenêts, est le fruit de ma découverte d'une des reines d'Angleterre qui force le plus au respect et à la réflexion : Élisabeth Woodville. Pratiquement tout ce que je peux raconter sur elle dans ce livre relève de la réalité historique et non de la fiction : elle a vécu une existence qui dépasse de loin même mon imagination ! Elle était effectivement d'une beauté louée unanimement, descendante de ces ducs de Bourgogne qui se plaisaient depuis longtemps à se revendiquer de Mélusine, la déesse des eaux. En découvrant cela, je me suis rendu compte que je pourrais écrire une histoire sur une reine d'Angleterre qui fut aussi descendante d'une déesse et fille d'une femme accusée de sorcellerie et condamnée au bûcher.

Étant donné mon propre intérêt pour la conception médiévale de la magie, de ce que cela nous dit du pouvoir des femmes et du préjudice que ces femmes fortes subissaient, je savais que cela serait un terreau fertile pour moi en tant que chercheuse et autrice – et cela n'a pas manqué.

Nous savons qu'Élisabeth a sollicité auprès d'Édouard une aide financière et qu'elle l'a épousé en secret, mais le fait qu'ils se soient rencontrés sur la route alors qu'elle se tenait sous un chêne (qui continue de vieillir à Grafton Regis, dans le comté de Northampton) est une vieille légende nous ne savons pas ce qu'il en est véritablement. Le fait qu'elle lui ait tiré sa dague pour se prémunir d'un viol était une rumeur répandue à l'époque ; nous ne savons pas si elle est avérée. En revanche, une grande partie de sa vie avec Édouard a été largement documentée par les chroniqueurs ; j'ai puisé dans les histoires, et me suis servie de l'Histoire quand elle était disponible. J'ai bien entendu parfois eu à choisir entre plusieurs versions contradictoires et, par moments, inventer ma propre version pour combler les trous.

J'ai introduit dans ce roman un degré supérieur de fiction par rapport aux précédents puisque l'époque est antérieure à celle des Tudors, et que les sources sont donc plus éparses. Il s'agissait qui plus est d'un pays en guerre, où bon nombre de décisions étaient prises sur le vif, sans avoir eu le temps d'être documentées. Certaines des décisions les plus importantes étaient des complots secrets, et j'ai souvent dû déduire grâce aux éléments qui ont survécu les raisons de ces actions, et parfois mêmes ce qu'il s'est réellement passé. Par exemple, nous ne disposons d'aucune preuve fiable concernant le « complot de Buckingham », mais nous savons que Lady Margaret Stanley, son fils Henri Tudor, Élisabeth Woodville et le duc de Buckingham étaient les principaux instigateurs de la rébellion contre Richard. Il est manifeste qu'ils avaient chacun leurs propres raisons pour prendre de tels risques. Nous avons certaines preuves des intermédiaires, et une vague idée du plan, mais la stratégie mise en place et la chaîne de commandement ont été tenues secrètes et le restent à ce jour. J'ai analysé les sources qui restent ainsi que les conséquences de ce complot, et j'offre ici une hypothèse sur la manière dont il a pu être conduit. L'élément surnaturel de la tempête comme entité vivante relève évidemment de la fiction et ce fut un plaisir à imaginer.

Nous ne savons même pas non plus exactement (malgré les centaines de théories) ce qui est arrivé aux princes dans la Tour. J'émets l'hypothèse qu'Élisabeth Woodville aurait sans doute fait en sorte de protéger férocement son second fils, le prince Richard, après que son premier, le prince Édouard, lui a été enlevé. Je doute sincèrement qu'elle aurait accepté de remettre son second fils à l'homme qu'elle soupçonnait d'avoir emprisonné son premier. La suggestion provocante, soutenue par bon nombre d'historiens sérieux, selon laquelle le prince Richard pourrait avoir survécu m'a conduite à avancer qu'elle aurait pu ne jamais l'avoir envoyé à la Tour mais qu'elle lui ait substitué un autre enfant. Je dois toutefois avertir le lecteur que rien ne vient étayer cette hypothèse.

Je rappelle une fois de plus que rien ne nous permet de dire si les princes ont bien rencontré un funeste destin, ni sur quels ordres le cas échéant ; et bien entendu, aucun des corps retrouvés à ce jour n'a clairement été identifié comme étant ceux des princes. J'avance que le roi Richard ne les aurait pas fait assassiner puisque la menace n'était pas grande et qu'il avait beaucoup à perdre par un tel acte ; et je ne pense pas qu'Élisabeth Woodville aurait remis ses filles à ses soins si elle l'avait vu comme l'assassin de ses fils. Il semblerait aussi qu'elle ait rappelé son fils Thomas Grey de la Cour d'Henri Tudor, ce qui pourrait indiquer qu'elle se sentait désabusée par la cause des Tudors et s'était alliée à Richard. Tout cela reste un grand mystère et je ne fais qu'ajouter ma supposition à toutes les autres proposées par les historiens.

Je dois beaucoup au professeur David Baldwin, auteur de Elizabeth Woodville : *Mother of the Princes in the Tower*, à la fois pour son portrait précis et compatissant de la reine dans son ouvrage et pour ses conseils sur ce roman ; je suis aussi reconnaissante envers les nombreux historiens et passionnés dont les études sont basées sur leur amour de cette période, que je partage dorénavant, en espérant que ce sera aussi votre cas.

Vous pourrez retrouver plus d'informations sur les recherches et l'écriture de ce livre sur mon site internet : PhilippaGregory.com. Vous y trouverez aussi les détails des séminaires donnés sur ce roman lors de ma tournée en Grande-Bretagne, aux États-Unis et partout dans le monde, ainsi que lors de diffusions régulières sur le web.

Aubin
IMPRIMEUR

IMPRIM'VERT
Votre imprimeur agit pour l'environnement

Achevé d'imprimer en août 2022
par Aubin Imprimeur à Ligugé
N° d'impression 2205.0088
Dépôt légal, septembre 2022
Imprimé en France
38122483-1